GOLDMANN

Buch

Das Dorf und die Insel Matjora sollen einem Stausee weichen. Während die jüngeren Bewohner des Dorfes sich damit abfinden, in gesichtslose Trabantenstädte zu ziehen, wollen die Alten zunächst nicht wahrhaben, daß der Untergang ihrer Heimat besiegelt ist. Als ein Räumkommando ihren Friedhof aus sanitären Gründen beseitigen will, setzen sie sich erfolgreich zur Wehr.

Aber die Behörden geben nicht nach. Noch einmal erlebt Matjora eine kurze Zeit des Glücks – die letzte Heuernte. Dann aber beginnt für dieses sibirische Dorf die Apokalypse: Während Arbeitsbrigaden ihre Häuser niederbrennen, verlassen die Bewohner Matjoras ihre Heimat. Doch die achtzigjährige Darja weiß, daß es für sie fern von ihrem Dorf keine Zukunft geben kann. Gemeinsam mit zwei anderen Greisinnen, einem alten Mann und einem Kind bleibt sie im verwüsteten Matjora zurück. Die Überflutung beginnt.

»Abschied von Matjora« ist eine leidenschaftliche Parteinahme gegen einen kompromißlosen Fortschrittsoptimismus, der die Wurzeln der menschlichen Existenz ignoriert. Darja, die achtzigjährige Heldin dieser Geschichte, ist eine unvergeßliche Frauengestalt – Symbol des Widerstands und der Hoffnung.

Autor

Valentin Rasputin wurde 1937 in Ustj-Uda, einem kleinen sibirischen Dorf am Fluß Angara, geboren. Seit 1962 schreibt und publiziert er Erzählungen, Reportagen und Romane. In diese Zeit fällt auch der Beginn seines Engagements, auf die gedankenlose Anwendung der Technik aufmerksam zu machen, gegen die verhängnisvolle Vorstellung des »Fortschritts um jeden Preis« zu kämpfen und die zunehmende Zerstörung seiner Heimat anzuprangern. Rasputin lebt als freier Schriftsteller in Irkutsk.

»Abschied von Matjora« ist nach »Die letzte Frist« und »In den Wäldern die Zuflucht« der abschließende Roman eines Zyklus von Bauernromanen des sibirischen Autors.

Von Valentin Rasputin ist außer dem vorliegenden Band
als Goldmann-Taschenbuch erschienen:
In den Wäldern die Zuflucht. Roman (9253)
Der Brand. Erzählung (9346)

VALENTIN
RASPUTIN

ABSCHIED VON MATJORA

Roman

Aus dem Russischen von
Alexander Kaempfe

GOLDMANN VERLAG

Die russische Originalausgabe erschien unter dem Titel »Prostschanije s Matjoroj«, zuerst abgedruckt in der Zeitschrift Nash sowremenik, Oktober/November 1976

Der Goldmann Verlag
ist ein Unternehmen der Verlagsgruppe Bertelsmann

Made in Germany · 8/90 · 1. Auflage
Genehmigte Taschenbuchausgabe

Umschlaggestaltung: Design Team
Umschlagfoto: ARD Bildredaktion
Druck: Elsnerdruck, Berlin
Verlagsnummer: 9571
UK · Herstellung: Heidrun Nawroth
ISBN 3-442-09571-9

I

Und wieder brach der Frühling an – ein neuer Frühling in der endlosen Reihe der Frühlinge, doch für Matjora, für die Insel und das Dorf, war dieser Frühling der letzte. Wieder trieb es mit Wucht und Getöse das Eis stromabwärts, wieder türmten sich entlang der Ufer die Eisschollen auf, die Angara war wieder offen, streckte sich befreit, strömte wieder mächtig dahin. Wieder rauschte an der oberen Inselspitze das Wasser und floß an ihren beiden Seiten in den Fluß zurück, wieder flammten grün die Bäume auf, fiel der erste Regen auf die Erde, kamen die Mauersegler und Schwalben angeflogen, veranstalteten die vom Winterschlaf erwachten Frösche allabendlich ihr frohes Konzert. Dies alles hatte es oft gegeben, schon viele Male war Matjora inmitten der sich verändernden Natur gewesen, ohne auch nur um einen einzigen Tag zurückzubleiben oder sich vorzudrängen. Auch in diesem Jahr war das Gemüse wieder gepflanzt worden – jedoch nicht von allen Dörflern. Drei Familien waren letzten Herbst fortgezogen, in irgendeine Stadt, drei weitere Familien hatten das Dorf noch früher verlassen: gleich in den ersten Jahren, als klargeworden war, daß die Gerüchte zutrafen. Wie immer war auch diesmal wieder Korn gesät worden: aber nicht auf allen Feldern. Die Äcker hinter dem Fluß rührte man nicht an – man bestellte nur die auf der Insel. Kartoffeln und Mohrrüben wurden in diesem Jahr nicht zur gleichen Zeit gepflanzt, sondern wie es gerade kam: viele Dorfbewohner lebten jetzt an zwei Orten, zwischen denen fünfzehn Kilometer Wasserweg und Bergweg lagen, zugleich. Es war noch immer dasselbe Matjora – und doch war es nicht mehr das gleiche Dorf. Alle Gebäude standen noch an ihrer Stelle, nur ein einziges Wohnhaus und das Schwitzbad hatte man zu Brennholz gemacht, überall war noch bewegtes Leben, wie eh und je krähten die Hähne, brüllten die Kühe, bellten die Hunde, und doch war das Dorf schon verwelkt, wie das Laub eines geknickten Baumes, hatte sich von seinen Wurzeln gelöst, war von seinem gewohnten Lauf abgekommen. Alles befand sich an seinem Platz – so schien es. Aber dichter und dreister wucherte die Brennessel, totenstarr blickten die Fenster der leeren, unbewohnten Häuser, und die Hoftore in den verlassenen Höfen standen weit offen. Man verschloß sie zwar der Ordnung halber wieder, aber eine Geistermacht stieß sie immer wieder auf: damit es stärker zog und knarzte und knallte. Die Zäune hatten sich schief zur Seite geneigt, die Scheunen, Speicher und Schuppen waren schwarz und altersschwach, Holzlatten und Bretter lagen sinnlos herum, und es gab keine Hand, die an sie gerührt und sie benutzt hätte. Viele Häuser waren innen nicht geweißelt, nicht einmal richtig gekehrt, der Hausherr lebte nur noch halb hier, irgend etwas war schon an den neuen Wohnort gebracht worden, hatte düstere, abgeschabte Zimmerecken bloßgelegt, irgend etwas anderes war noch hiergeblieben, denn auch dies Haus hier wollte noch eine Weile bewohnt sein. Ständig lebten in Matjora jetzt nur noch die alten Männer und Weiber, sie bewachten Garten und Haus, versorgten das Vieh, kümmerten sich um die kleinen Kinder, bewahrten das Dorf vor der völligen Verödung. An den Abenden versammelten sie sich, redeten gedämpft – und immerzu über das eine: was sein wird. Seufzten häufig und schwer, blickten mißtrauisch zum rechten Flußufer hinüber, wo ein Stück weiter weg eine große neue Siedlung im Entstehen war. Von dorther kamen die Gerüchte.

Jener erste Mann, der vor dreihundert und noch etwas mehr Jahren den Entschluß gefaßt hatte, sich auf der Insel anzusiedeln, hatte ein scharfes Auge und eine schnelle Auffassungsgabe: er hatte gleich begriffen, daß er ein besseres Stück Erde nirgends finden würde. Die Insel zog sich länger als fünf Werst weit hin, und sie war nicht ganz schmal, eher bügeleisenförmig. Es war Platz genug da für Ackerland und Wald, und es gab einen Sumpf mit Fröschen, und stromabwärts befand sich, hinter einem Flußarm, eine andere Insel. Jene andere Insel nannte man abwechselnd Podmoga und Podnoga*. Podmoga: das war klar. Wenn auf dem eigenen Eiland etwas nicht ausreichte, dann holte man es sich von der anderen Insel. Doch warum die Insel Podnoga heißen sollte, das hätte keine Menschenseele je erklären können: damals nicht und heute erst recht nicht. Irgendwessen Zunge war gestolpert und hatte das Wörtlein fallengelassen, und je wunderlicher ein Wort ist, desto lieber greifen es die Leute auf. In der Geschichte, die jetzt beginnt, gibt es noch einen von wer weiß woher herangewehten Namen: den Namen *Herrgottsschmer*. Den hatte man einem alten Mann gegeben, den es aus weiter Ferne eines Tages ins Dorf verschlagen hatte. In diesem

* Podmoga = Beihilfe, Podnoga = was unter dem Fuß ist

Fall konnte man die Herkunft des Namens erraten. Dieser Greis gab sich zwar für einen Polen aus, hatte jedoch eine große Schwäche für den russischen Mutterfluch, und einer von den Zugereisten, die den Dorfleuten an Bildung überlegen waren, wird ihn dann wohl im Zorn *Herrgottsschmäher* genannt haben. Und die Dorfleute hatten das entweder nicht richtig verstanden oder das Wort absichtlich entstellt und zu *Herrgottsschmer* umgemodelt. Ob es wirklich so war oder anders, läßt sich mit Sicherheit nicht mehr sagen, aber diese Deutung drängt sich auf.

Das Dorf hatte im Lauf der Zeit so manches zu sehen bekommen. An ihm vorbei waren einst bärtige Kosaken stromaufwärts gezogen, um die Veste Irkutsk zu errichten. Kaufleute auf großer Handelsfahrt waren zum Übernachten im Dorf eingekehrt. Häftlinge waren auf Schiffen entlanggeschwommen, und wenn die Aufseher direkt vor der Nase das bewohnte Ufer sahen, ließen sie anlegen, entzündeten Lagerfeuer, fingen Fische, kochten Fischsuppe. Während des Bürgerkrieges hatte hier zwei Tage lang ein Gefecht zwischen Koltschakleuten, die die Insel besetzt hielten, und Partisanen getobt, die von beiden Festlandufern aus die Insel mit Booten angriffen. Die Koltschakleute hatten an der oberen Inselspitze eine Baracke zurückgelassen, in der seit einigen Jahren, in der warmen Sommerzeit, der alte Herrgottsschmer wohnte. Auch Flut und Hochwasser hatte das Dorf erlebt, wenn die halbe Insel im Wasser verschwand, während das flachere und tiefer gelegene Podmoga völlig überflutet wurde, so daß man statt dieser Insel nur noch Wasserstrudel sah. Auch Feuersbrünste hatte es gegeben, und Hungersnöte, und Überfälle von Räubern.

Das Dorf hatte auch seine Kirche besessen, wie sich das

eben gehörte, die Kirche hatte auf einer Anhöhe gestanden, gut sichtbar vom einen wie vom anderen Flußarm. In der Kolchoszeit hatte man aus der Kirche einen Speicher gemacht. Gottesdienst war auch schon vorher nicht mehr abgehalten worden, es war einfach kein Pope dagewesen, aber das Kreuz auf dem Kirchturm war stehengeblieben, und die alten Weiber bekreuzigten sich jeden Morgen davor. Später wurde das Kreuz heruntergeschlagen. Auch eine Mühle hatte da gestanden: oben an der Inselspitze, an einem Wasserlauf, den man, wie es hieß, eigens dafür gegraben hatte. Reich werden konnte man nicht mit der Mühle, aber man brauchte sich sein Brot auch nicht bei anderen Leuten zu erbetteln. Und in den letzten Jahren war zweimal in der Woche ein Flugzeug auf der früheren Viehweide gelandet, und wenn die Dorfleute in die Stadt oder in den Rayon wollten, benutzten sie fortan den Luftweg.

So lebte das Dorf: schlecht und recht, hatte sein Auskommen, hielt seinen Platz oben auf dem linken Hochufer besetzt, sah die Jahre kommen und gehen: wie das Wasser, das es mit den anderen Dörfern in der Nachbarschaft verband und das es seit jeher ernährt hatte. Und so wie das Wasser unaufhörlich dahinströmte, so schien auch das Dorf in Ewigkeit dazustehen. Die einen legten sich in die Friedhofserde, andere wurden statt ihrer geboren, manche Häuser wurden altersschwach, dafür wurden neue Häuser gezimmert. So lebte das Dorf dahin, überstand dreihundert Jahre und noch etwas mehr jede Fährnis und Not, während dieser vielen Jahre schwemmte es an der oberen Inselspitze gut eine halbe Werst Erde an, bis eines Tages das Gerücht aufkam, daß das Dorf nicht mehr lange zu leben hat. Weiter flußabwärts wird ein Staudamm für ein Kraftwerk gebaut werden, das Wasser in den Flüssen und

Flüßchen wird steigen und das Land überfluten, und als erstes wird Matjora überflutet werden. Selbst wenn man fünf solcher Inseln übereinander auftürmte, würde es alle fünf überfluten, und hinterher erkennt keiner mehr die Stelle, an der einst Menschen gewohnt haben. Sie werden also fortziehen müssen. Es fiel nicht leicht, daran zu glauben, daß es wirklich so kommen würde, daß das Ende der Welt, mit dem man einst die Tumben geschreckt hatte, für das Dorf Matjora jetzt nahe bevorstand. Ein Jahr nach den ersten Gerüchten kam in einem Motorkutter eine Kommission angefahren. Sie taxierte die Gebäude nach ihrer Baufälligkeit und setzte die Entschädigungssummen fest. Ein Zweifel an Matjoras Schicksal war nicht mehr möglich, das Dorf hatte höchstens noch ein paar Jahre zu leben. Drüben auf dem rechten Ufer der Angara wurde eine neue Siedlung für einen Staatswirtschaftsbetrieb gebaut, in dem man alle nahegelegenen und weiter entfernten Kolchosen aufgehen lassen wollte. Die alten Dörfer – dieser alte Plunder – sollten einfach niedergebrannt werden.

Jetzt stand dem Dorf sein letzter Sommer bevor. Im Herbst würde es überflutet werden.

2

Drei alte Frauen saßen neben einem Samowar, verstummten, wenn sie sich einschenkten und den Tee aus den Untertassen schlürften, nahmen dann wieder ihr karges Gespräch auf: scheinbar müde und lustlos. Sie saßen bei Darja, der ältesten der Alten. Freilich wußte keine von ihnen genau, wie alt sie wirklich war, die Genauigkeit war mit den Kirchenbüchern, in die man einst den Taufakt eingetragen hatte, hingeschwunden. Später hatte man die Kirchenbücher irgendwohin fortgeschafft. Die Greisinnen redeten über ihr Alter:

»Ich, Mädel, hab meinen Bruder Wassjka schon auf dem Buckel geschleppt, als du auf die Welt gekommen bist.« Diese Worte richtete Darja an Nastassja. »Ich kann mich noch genau daran erinnern.«

»Dann wirst du wohl an die drei Jahre älter sein.«

»Nicht an die drei, Mädel – viel mehr. Ich bin schon Braut gewesen – da bist du noch im Hemdchen rumgelaufen. An meine Hochzeit erinnerst du dich wohl?«

»Das tu ich.«

»Dann hab ich also recht. Zwischen uns zweien ist da kein Vergleich. Gegen mich bist du ganz jung.«

Sima, die dritte Alte, konnte bei diesen Gedächtnisübungen nicht mithalten, sie war eine Zugereiste, ein zufälliger Wind hatte sie vor noch nicht einmal zehn Jahren nach Matjora geweht, aus dem gleichfalls an der Angara gelegenen Dorf Podwolotschnaja, wohin sie aus der Gegend von Tula gekommen war. Sie sagte, sie hätte zweimal, vor dem Krieg und während des Krieges, Moskau gesehen, doch über diese Behauptung lächelten die Dorfleute, sie waren es von alters her gewohnt, etwas, das sie nicht nachprüfen konnten, lieber gar nicht erst zu glauben. Wie hätte Sima, dieses zugereiste Weib, Moskau sehen können, wenn von den Dorfleuten kein einziger es je gesehen hatte? Sie sagt, sie hätte in der Nähe gelebt? Was macht das schon aus: es ist wohl nicht anzunehmen, daß man den ersten besten einfach so reinläßt in die Hauptstadt?! Sima war den Ungläubigen nicht böse, sie bestand nicht darauf, sie verstummte, doch nach einer Weile begann sie wieder mit

Moskau. Im Lauf der Zeit trug ihr das den Spitznamen *Moskauerin* ein, der ihr übrigens gar nicht schlecht zu Gesicht stand. Sie war ein anstelliges altes Weib, konnte ein wenig lesen und schreiben und besaß ein Liederbuch, aus dem sie bisweilen, wenn ihr danach zumute war, langgezogene schwermütige Lieder über das traurige Menschenlos vorsang. Ihr eigenes Los war wohl auch hart gewesen, sie hatte viel mitgemacht, hatte im Krieg die alte Heimat verlassen müssen, hatte nur ein einziges Kind zur Welt gebracht, ein Mädchen, und das war stumm. Jetzt, als alte Frau, war sie mit ihrem kleinen Enkel allein geblieben, und wer weiß, ob sie den noch aufziehen konnte? Doch Sima hatte bis jetzt die Hoffnung nicht aufgegeben, einen Greis zu finden, an dessen Seite sie sich wärmen und den sie versorgen könnte: als Köchin und Wäscherin. Das war auch der Grund gewesen, weshalb es sie seinerzeit nach Matjora gezogen hatte. Als sie erfuhr, daß der alte Maxim Witwer geworden war, legte sie zunächst einmal eine Anstandsfrist ein. Nach Ablauf dieser Frist verließ sie ihren damaligen Wohnsitz Podwolotschnaja und suchte ihr Glück auf der Insel. Doch das Glück war ihr nicht hold. Der alte Maxim sperrte sich, und die Dorfweiber, die die Sima nicht recht kannten, kamen ihr nicht zu Hilfe. Den alten Maxim brauchte zwar keine von ihnen, doch immerhin war es ein Greis aus dem eigenen Dorf, dem man nur ungern ein fremdes Weib an die Seite gelegt hätte. Den Maxim dürfte vor allem die Waljka verschreckt haben, Simas stumme Tochter. Waljka war damals schon ziemlich groß, und der Laut, den sie statt artikulierter Rede auszustoßen pflegte, klang ziemlich häßlich, außerdem war das Mädel nervös und forderte immerzu etwas. Über die glücklose Hochzeiterin wurde im Dorf viel gelästert, aber Sima nahm das den

Leuten nicht übel. Nach Podwolotschnaja kehrte sie nicht mehr zurück, sie blieb in Matjora, zog in ein kleines leerstehendes Haus im unteren Dorf, legte ein Gemüsebeet an, erstand einen Webstuhl. Aus Putztuchlumpen webte sie Fußbodenläufer und kam so über die Runden. Waljka ging, solange sie mit bei der Mutter lebte, in den Kolchos arbeiten.

Jetzt hing Koljka an Simas Rocksaum: ihr vierjähriges Enkelkind. Der Junge war seiner Mutter nicht nachgeraten, er konnte sprechen. Doch er sprach schlecht und wenig, wuchs scheu und schreckhaft auf, wich keinen Schritt von der Großmutter: das reinste Omakind. Den alten Weibern tat das Kind leid, sie redeten ihm freundlich zu, versuchten, es zu streicheln, doch Koljka preßte sich nur noch fester an die Oma und blickte die beiden anderen Frauen unkindlich, bitter und sanft verstehend an.

»Wer bist du, daß du mich so anschaust?« fragte Darja verwundert. »Was siehst du dort hinter mir: meinen Tod? Von meinem Tod weiß ich auch ohne dich. Starr mich nicht so an, du Stummer!«

»Er ist kein Stummer«, erwiderte Sima gekränkt und preßte Koljka an sich.

»Ein Stummer ist er nicht, aber er sagt nichts.«

Wieder ließen sie das Gespräch stocken, erschlafft vom Tee und vom hellen Licht der untergehenden Sonne, das durch das Westfenster in den Raum drang. Die alte Darja, ein hochgewachsenes, hageres Bauernweib, einen Kopf größer als die neben ihr sitzende Sima, nickte einverständig vor sich hin, während das strenge blutleere Gesicht mit den eingefallenen Wangen dem Tisch zugewendet war. Trotz ihres hohen Alters war Darja noch gut auf den Beinen, und ihre Hände hatten das Zupacken noch nicht verlernt. Sie verrichtete eine ihren Kräften angemessene Arbeit in Haus und Hof, und das war nicht gerade wenig. Der Sohn und die Schwiegertochter lebten bereits in der neuen Siedlung, sie kamen einmal in der Woche ins Dorf, manchmal auch seltener. Haus und Gemüsegarten blieben Darja überlassen, und im Hof und Stall mußten Mutterkuh, Jungkuh, Jungstier, Ferkel, die Hühner und der Hund versorgt werden. Man hatte der Alten eingeschärft, daß sie sich im Krankheitsfall, oder wenn ihre Kräfte sie verlassen würden, an ihre Nachbarin Vera um Hilfe wenden solle, aber dazu war es bisher nicht gekommen. Darja bewältigte die Arbeit selber.

Der Juni hatte gerade begonnen, ein heiterer Sonnentag löste den anderen ab, die Nächte waren kurz und dämmergrau. Richtig sommerheiß wurde es nie auf der Insel. An den Abenden, wenn sich der Wind legte und warmer Dunst von der erwärmten Erde aufstieg, kehrten ein solcher Frieden, eine solche Seligkeit und Ruhe ringsum in der Runde ein, leuchtete das Grün, das die Insel höher über das Wasser emporhob, so voll und so frisch, strömte die Angara mit einem so hellen, fröhlichen Klang über die Steine, sah alles so beständig und so ewig aus, daß man an keine Umsiedlung und Überflutung, an keinen Abschied glauben mochte. Und dann noch das Aufgehen der jungen Saat überall auf den Feldern und Beeten, der Regen zur rechten Zeit, die gleichfalls rechtzeitig ausgebrochene Sommerwärme: diese seltene Eintracht, die eine reiche Ernte versprach.

»Wenn ich in der Frühe aufstehe, und es fällt mir alles wieder ein . . . Da stockt mir das Herz und will nicht weiterschlagen«, erzählte die alte Nastassja. »Herrgott! . . . Und mein Jegor weint und weint. Ich sag ihm: ›Wein doch nicht, Jegor.‹ Und er sagt: ›Wie könnt ich anders, Nastassja, ich muß einfach weinen!‹ Da geh ich los mit meinem versteinten Herzen, geh durch Haus und Hof, geh auf die Straße. Gehe und gehe. Da seh ich auch die Darja gehen, und die Vera, und die Domnida. Da läßt mein Schmerz ein wenig nach, oder ich gewöhn mich daran. Da denk ich: Vielleicht schrecken die uns bloß. Und nachher bleibt alles beim alten.«

»Wozu sollen die uns schrecken?« fragte Darja.

»Damit es keine Ungeschreckten gibt.«

Nachdem Nastassja und Jegor allein geblieben waren (zwei Söhne waren aus dem Krieg nicht heimgekehrt, der dritte Sohn war ertrunken, als sein Traktor durchs Eis brach, die Tochter war in der Stadt an Krebs gestorben), wurde Nastassja ein wenig wunderlich. Das äußerte sich darin, daß sie Geschichten über ihren Jegor erfand – und immer waren es traurige Geschichten. Mal hatte er angeblich eine Kohlendioxydvergiftung, und sie hatte ihn nur mit Mühe gesund gepflegt, mal hatte er die ganze Nacht laut geschrien, weil ihn von innen her irgendwer würgte. Meistens behauptete sie jedoch, er würde weinen, schon den zweiten Tag lang bitterlich weinen, obwohl alle im Dorf genau wußten, daß der alte Jegor nicht so leicht zum Weinen zu bringen war. Zunächst redete er ihr ins Gewissen, versuchte, ihr die neue Unsitte abzugewöhnen, aber nichts fruchtete. Da gab er es auf und ließ sie gewähren. In allem anderen blieb Nastassja ein normaler, gesunder Mensch, doch dies eine Schräubchen hatte sich gelockert, und sie erfand Dinge, die es nicht gab und auch gar nicht geben konnte. Gute Menschen bemühten sich, Nastassjas harmlose Wunderlichkeit nicht zu bemerken, schlechte Menschen fragten sie bisweilen:

»Wie geht es heute dem Jegor? Lebt er noch?«

»O weh!« nahm Nastassja freudig den Faden auf. »Der Jegor, der Jegor ... der wär heute fast gestorben. Der Alte hat keinen Verstand mehr, er hat eine Warze weggekratzt und ist schier verblutet. Ein ganzer Zuber Blut ist ausgeflossen.«

»Hat denn das Blut zu fließen aufgehört?«

»Als keins mehr drin war, hat es aufgehört. Aber der Jegor ... der atmet kaum. Ach, er tut mir so leid, so arg leid! Ich lauf schnell hin und schau, was er macht!«

Es konnte geschehen, daß Jegor gerade die andere Straßenseite entlangtrottete und seine Nastassja böse und hilflos anstarrte: schon wieder erzählte das Weib Lügenmärchen über ihn!

Jegor und Nastassja stand der baldigste Abschied von Matjora bevor. Als es damals darum ging, wer wohin ziehen sollte, entschied sich Jegor aus Wut oder Ratlosigkeit für die Stadt: eben jene Stadt, wo das Kraftwerk gebaut wurde. Dort wurden für die Einsamen und Heimatlosen aus der Überflutungszone zwei große Häuser gebaut. Der Umzug geschah auf Tauschbasis. Für den Hof in Matjora bekamen sie zwar keine Kopeke, dafür wurde ihnen aber die Wohnung in der Stadt zur Verfügung gestellt. Später hatte sich Jegor, nicht ohne Zutun der jammernden Nastassja, umentschieden. Jetzt wollte er, statt in die Stadt, in die Sowchossiedlung ziehen. Dort bekam man eine Wohnung und obendrein noch Geld fürs alte Haus ausbezahlt. Aber es stellte sich heraus, daß es zu spät war.

»Der Sowchos stellt Wohnungen für Arbeitskräfte, du aber bist keine Kraft«, belehrte ihn der Dorfsowjetvorsitzende Woronzow.

»Ich hab mein ganzes Leben im Kolchos geschafft.«

»Das gilt nicht. Den Kolchos gibt es nicht mehr.«

Die Rayonbehörden hatten Jegor schon zweimal zum Umzug gemahnt, die Wohnung in der Stadt war bezugsfertig, doch die beiden Alten schoben die Übersiedlung immer wieder auf und blieben an ihrem alten Ort. Sie wollten, als komme schon der Tod, noch möglichst viel Heimatluft atmen. Nastassja legte ein Gemüsebeet an, begann mal die, mal jene Arbeit, nur um sich über die Unvermeidlichkeit des Abschieds hinwegzutäuschen und den Umzug so lange wie möglich hinauszuzögern. Letztes Mal hatte der Mann aus dem Rayon sie angeherrscht und damit gedroht, ihre Wohnung anderen Leuten zu geben. Dann können sie sehen, wo sie eine Bleibe finden! Da faßte Jegor den Entschluß: wenn es nun mal sein muß, dann schnell! Er befahl Nastassja:

»Bis Pfingsten muß alles bereit sein!«

Bis Pfingsten waren es noch zwei Wochen.

»Dafür bist du dort alle Sorgen los«, sagte Darja zu Nastassja, sei es aus Spott, sei es zur Beruhigung. »Einmal hab ich meine Tochter in der Stadt besucht – da bin ich aus dem Staunen nicht herausgekommen. Die Angara ist vor der Tür, und der Wald ist vor der Tür, und der Abort und das Schwitzbad sind im Haus. Im Bad sind Hähne wie am Samowar: du brauchst nur daran zu drehen, und schon läuft das Wasser heraus. Aus dem einen Hahn kaltes, aus dem anderen Hahn warmes Wasser. Und in den Herd mußt du kein Brennholz tun, da ist auch wieder so ein Hahn dran. Du drückst drauf – und schon kommt die Hitze. Da kannst du nach Herzenslust kochen und braten! Der Herd macht das alles von selber – und du legst dich auf die faule Haut. Das Brot freilich: das mußt du kaufen, ein Backofen steht nicht da. Vor lauter Ungewohntheit und Erstaunen habe ich alle diese Hähne nur so angeglotzt – und die Leute haben über mich gelacht. Und was noch komischer ist: Schwitzbad und Abort sind ein Raum, wie bei Nichtchristen! So eine kleine Kammer neben der Küche. Das hat mir weniger gefallen. Du sitzt auf dem Abort und zitterst und quälst dich, daß sie dich bei Tisch nicht hören! Und das Schwitzbad . . . da lachen die Hühner! Da kann man höchstens einen Säugling baden. Doch die steigen wirklich ins Bad und kommen naß wieder raus. Und du, Nastassja, wirst dich also bald wie eine feine Herrschaft räkeln. Alles im Haus, was du brauchst: du mußt keinen Finger rühren. Und schaff dir ein Telechon an. Das Telechon sagt klingeling, und du sagst: hallo-hallo. Und dann läßt du das Telechon stehen und legst dich wieder auf die faule Haut.«

»Ach, Darja, zermarter mir das Herz nicht!« seufzte Nastassja, preßte ihre altersschwachen Hände gegen die Brust und schloß die Augen. »Nach einer Woche sterb ich dort vor Heimweh. Denk doch mal an die vielen fremden Leute! Wer wird denn einen alten Baum verpflanzen?«

»Uns alle verpflanzt man, Nastassja, nicht nur dich allein. Uns allen steht jetzt dieser Weg bevor. Es wird nicht mehr lange dauern.«

»Vergleich das nicht, Darja. Ihr werdet alle an einem Ort wohnen – und ich werde allein sein. Die von Matjora werden sich versammeln, und gleich sind sie fröhlicher, fast wie daheim. Und ich? Ach, was soll man lange reden!«

»Wie viele sind wir denn zusammen?« erwiderte Darja. »Es ist kaum einer mehr da. Schau her: die Agafja ist fort, die Wassilissa ist fort, die Lisa soll in den Rayon. Katharinas Junge hat sich seinen Ort noch immer nicht gewählt, rast dahin und dorthin, ist wie von Sinnen. Und wann soll man auch wählen, wenn der Wein noch nicht bis zum letzten Tropfen ausgetrunken ist. Natalja sagt: vielleicht fahr ich zur Tochter an die Lena . . .«

»Schau lieber du her: Tatjana, Domnida, Manja, du, die Tungusin . . . Ziemlich viele. Und ich werde allein sein, wie ein Kuckuck.«

»Du hast schon ganz Matjora aufgezählt! Mein Gott!«

»Von mir selbst schweig ich lieber. Ich schweige, ich schweige«, nuschelte Sima mit trostloser Stimme und drückte Koljka wieder an sich. »Der Koljka und ich: wir setzen uns in ein Boot, stoßen uns vom Ufer ab und rudern immer dem Auge nach: in den weiten, großen Ozean hinein . . .«

Sima besaß weder Eigentum noch Verwandte, ihr blieb nur der Weg ins Altenheim, doch auf diesem Weg war ein Hindernis: der von ihr vergötterte Enkel Koljka. Mit dem kleinen Jungen ließ man sie ungern ins Heim. Simas stumme Tochter Waljka war irgendwohin spurlos verschwunden. Nachdem sie einen Mann, einen zweiten, einen dritten Mann ausprobiert hatte, war sie auf den Geschmack gekommen und hatte einen solchen Gefallen an diesen nächtlichen Spielen gefunden, daß sie sich ohne jede Scheu den Männern anbot. Koljka war das Ergebnis dieser Spiele gewesen. Sima hatte, mit einem Knüppel bewehrt, Jagd auf die Tochter gemacht, die Mütter und Ehefrauen hatten die dreiste Buhlerin zum Teufel gewünscht, und die in der Tat wie vom Teufel besessene Waljka war aus dem Dorf weg und davongelaufen, und schon seit über einem Jahr hatte man nichts mehr von ihr gehört. Auf Anraten der Dorfleute ließ Sima Waljka durch die Miliz suchen, aber stromauf und stromab an der Angara herrschte jetzt ein großes Durcheinander, war eine große Bewegung im

Gange! Dazu kam, daß Waljka nirgends gemeldet und obendrein stumm war. Da war es nicht einfach, das Mädel zu finden.

»Aber den Koljka geb ich sowieso nicht her. Auch wenn die Waljka wieder auftaucht«, sagte Sima. »Wir zwei bleiben zusammen: und wenn wir kriechen müssen.«

»Warum bringst du ihm das Sprechen nicht richtig bei!« sagte Darja. »Wenn er groß ist, wird er es dir nicht danken.«

»Ich bring es ihm noch bei. Er kann ja auch sprechen. Er ist eben schweigsam.«

»Ihn hat was getroffen. Verstehen tut er alles.«

»Jawohl, etwas hat ihn getroffen.«

Ohne Nastassja zu fragen, nahm Darja deren Glas, goß aus einem Tonkrug Tee-Essenz hinein und stellte das Glas unter den Samowar: einen großen alten Kaufmannssamowar aus rotglänzendem reinem Messing auf schön gebogenen stabilen Füßen mit einem lustig verzierten Untersatz, in dem ab und zu Holzkohlenstücke aufglimmten. Aus dem Hahn begann das kochende Wasser reichlich, gleichmäßig und ohne jeden Spritzer zu fließen, es war also noch genug Wasser drin. Der aus seiner Lethargie geweckte Samowar schnaufte leise auf. Dann schenkte Darja auch der Sima ein und goß sich selber nach. Die alten Frauen wischten sich den Schweiß von der Stirn, holten Atem und traten in eine neue Teerunde ein, ächzend und auf die gefüllte Untertasse blasend, ab und zu mit geschürzten Lippen einen Schluck nehmend.

»Es ist bereits das vierte Glas«, zählte Nastassja.

»Trink nur zu, Mädel, solange Tee da ist. Dort in der Stadt stellst du dir keinen Samowar auf. Da wärmst du dir das Wasser auf dem Herd in der Schüssel.«

»Wieso in der Schüssel? Ich nehme die Teekanne.«

»Und trotzdem ist das ohne Samowar kein Tee. Ohne schmeckt er nach nichts. Wie bei der Roßtränke.«

Darja lachte, ihr war eingefallen, daß auch die Wohnungen im Sowchos Stadtwohnungen sind. Sie wird unter den gleichen Bedingungen leben müssen wie Nastassja. Umsonst hat sie ihr Angst gemacht – wer weiß, ob sie selber in die Lage kommt, einen Samowar aufzustellen. Nein, den Samowar wird sie nicht abschaffen, notfalls wird sie ihn im Bett unterbringen. Und alles andere: es kommt, wie es kommen muß. Sie hatte den Gesprächsfaden verloren. Mit Bitterkeit, die plötzlich über sie gekommen war, erklärte sie:

»Wenn es nach mir ginge, tät ich mich nicht vom Fleck rühren. Dann sollen die mich eben überfluten.«

»Das tun die auch«, meinte Sima.

»Sollen sie nur. Der Tod bleibt sich gleich. Wovor soll ich mich sonst noch fürchten?!«

»O weh, ich würd aber ungern ersaufen«, sagte Nastassja erschrocken. »Immerhin ist das Sünde. Lieber sollen sie mich in die Erde legen. Die ganze Heerschar, die vor uns gelebt hat, haben sie in die Erde gelegt. Wir gehören auch hinein.«

»Deine Heerschar wird ins Schwimmen kommen.«

»Das stimmt, sie wird ins Schwimmen kommen. Das wird sie gewiß«, pflichtete Nastassja trocken und vorsichtig bei.

Um das Gespräch abzubiegen, das sie selber begonnen hatte, sagte Darja:

»Der Herrgottsschmer läßt sich heute nicht blicken.«

»Der wird unterwegs sein. Der ist bisher noch immer gekommen.«

»Mit ihm ist es sündig, ohne ihn ist es trostlos.«

»Ja, ja, der Herrgottsschmer! Ein Gottesvögelchen, freilich ein lästerliches.«

»Bekreuzige dich, Nastassja.«

»Herrgott, vergib mir!« Nastassja wendete das Gesicht der Ikone in der Zimmerecke zu, bekreuzigte sich, seufzte tief, trank einen Schluck Tee aus der Untertasse. Dann bekreuzigte sie sich ein zweites Mal und murmelte diesmal ein Gebet.

Herbsüß duftete die verglimmende Holzkohle im Samowar, schräg und träge hing über dem Tisch der durchsonnte Staub, dicht und fast unbeweglich. Im Vorgarten krähte der Hahn und schlug mit den Flügeln, stellte sich auf seinen kräftigen Füßen vor dem Fenster auf und blickte mit unverschämten Augen ins Haus hinein. Durchs andere Fenster sah man den linken Arm der Angara, seine im Sonnenglast gleißende Strömung und das andere Flußufer, das mit Birken und üppig blühenden Faulbeersträuchern bewachsen war. Durch die offene Haustür roch es nach dem sonnenerhitzten Holz der Gehsteige, nach Trockenheit und Fäulnis. Ein Huhn war auf die Haustürschwelle gesprungen, reckte seinen unschönen, zur Hälfte kahlgerupften Hals und blickte die alten Weiber an: ob die wohl noch leben? Koljka stampfte gegen das Huhn auf, das Huhn hüpfte von der Stelle weg, an der es gestanden hatte, und verfiel in ein sinnloses Gackern. Indessen lief es nicht davon, sondern blieb vor der Haustür. Plötzlich begann es zu flattern, jagte durch die Diele, stieß gegen Wände, rannte einen Krug um, der auf einem Kübel stand. In einem Anfall von letzter Verzweiflung flog es in die Stube und ließ sich hier nieder, bereit, sich ans Messer zu liefern. Hinter dem Huhn her, irgend etwas murmelnd, trat ein zottiger, barfüßiger Greis ins Haus. Er stieß das Huhn mit seinem Stock fort und jagte es in die Diele zurück. Dann richtete er sich gerade auf, erhob seine kleinen, von allen Seiten mit Haar umwachsenen Augen und verkündete:

»Hurenbrrrut!«

»Da ist er ja, die heilige Seele auf Krücken«, sagte Darja, überhaupt nicht verwundert über diesen Auftritt, und stand auf, um ein Glas für den Greis zu holen. »Und wir haben gerade gesagt: der Herrgottsschmer kommt nicht. Setz dich hin, solang der Samowar noch warm ist.«

»Hurenbrrrut!« krächzte der Greis rabengleich. »Samowarrr! Sie plündern die Toten aus. Samowarrr!«

»Wen plündern sie? Was redest du?!« Darja schenkte den Tee ein, doch sie war abgelenkt, und das Glas blieb unter dem Samowarhahn stehen. In solchen Zeiten mußte man selbst das noch glauben, was man lieber nicht geglaubt hätte. Wenn jemand gesagt hätte, die Insel sei aus der Verankerung gerissen worden und würde flußabwärts treiben wie ein Holzspan, dann müßte man vors Haus rennen und nachschauen, ob es nicht vielleicht wirklich so war. Denn alles, was noch unlängst ewig und unnachgiebig wie ein Stein erschienen war, flog jetzt mit Leichtigkeit Gott weiß wohin. Man schloß am besten gleich die Augen.

»Sie schlagen die Kreuze weg, sägen die Grabpfosten ab!« schrie Herrgottsschmer und trommelte mit dem Stock gegen den Fußboden.

»Wo denn? Auf dem Friedhof? Rede deutlich.«

»Genau dort.«

»Und wer? Spann unsere Seelen nicht auf die Folter.« Darja erhob sich vom Tisch. »Wer schlägt und sägt auf dem Friedhof?«

»Fremde Männer, Hurenbrrrut!«

»O weh, was mögen das für fremde Männer sein?« ächzte Nastassja.

Darja band eilig das Kopftuch unter dem Kinn zusammen und kommandierte:

»Losgelaufen, Mädels! Entweder hat er den Verstand verloren oder er redet die Wahrheit.«

3

Der Friedhof lag hinter dem Dorf auf dem Weg zur Mühle, auf einer trockenen, sandigen Anhöhe, inmitten von Birken und Kiefern. Von dort aus konnte man weit über die Angara und das Uferland zu beiden Seiten des Flusses blicken.

Als erste, nach vorn gebeugt und mit ausgestreckten Armen, bewegte sich Darja voran. Die Lippen waren streng zusammengekniffen und ließen den zahnlosen Mund erkennen. Nastassja kam hinter Darja nur mit Mühe mit, sie war rasch außer Atem gekommen. Nach Luft schnappend, bewegte sie nickend den Kopf. Hinter ihr drein tippelte Sima, mit dem kleinen Koljka an der Hand. Herrgottsschmer war zurückgeblieben, um das Dorf aufzuwiegeln. Die drei alten Frauen kamen vor ihm auf dem Friedhof an. Dort war die Arbeit schon fast abgeschlossen. Zwei Männer schichteten die abgesägten Grabpfosten, Umzäunungen und Kreuze an einer Stelle auf, um sie alle auf einmal zu verbrennen. Ein Bursche wie ein Bär, in einer grünen Segeltuchjacke und genau solchen Hosen, trug, über die Gräber hinwegschreitend, einen Armvoll Grabkreuze gerade dorthin, als Darja aus letzter Kraft vorpreschte und dem Mann mit einem rasch aufgelesenen Stock einen Schlag gegen den Arm versetzte. Es war nur ein schwacher Schlag, aber der Mann war so verdattert, daß er seine Last auf die Erde fallen ließ und stehenblieb:

»Was willst du von mir, Oma?«

»Mach daß du fortkommst von hier, Höllengezücht!« rief Darja, atemlos vor Angst und Grimm, und erhob den Stock wieder gegen den Mann. Der sprang beiseite.

»Aber Großmutter. Werd mir nicht handgreiflich. Sonst muß ich dir die Hände fesseln. Du . . . Ihr . . .« Der Mann ließ seine rostigbraunen Augen über die Greisinnen hinwegirren. »Wo kommt ihr her, ihr alten Schachteln? Vielleicht aus diesen Gräbern dort?«

»Mach daß du fortkommst, sagt man dir!« rief Darja und ging unbeirrt auf den Mann zu. Der wich zurück, frappiert von ihrem furchterregenden, zu allem entschlossenen Blick. »Verschwinde von hier, Heidenseele! Die Gräber zerstören . . .« Darja heulte auf. »Hast du hier jemanden zu Grabe getragen? Liegt dein Vater, deine Mutter hier unter der Erde? Sind deine Kinder hier begraben? Du hattest gar keine Eltern, du Unchrist! Ja, bist du überhaupt ein Mensch? Welcher Mensch täte sich zu so etwas vermessen?!« Sie warf einen Blick auf die wahllos zu einem Haufen zusammengetragenen Kreuze und Pfosten und heulte noch mal auf. »Oooooh! Laß ihn auf der Stelle tot umfallen. Herr, hab kein Mitleid mit ihm. Hab kein Mitleid mit ihm!« Sie stürzte wieder auf den Mann zu. »Du wirst nicht ungeschoren von hier fortgehn. Du wirst für das geradestehen, was du angerichtet hast. Du wirst dich vor den Leuten verantworten!«

»Laß mich doch endlich in Frieden, Oma!« brüllte der Mann zurück. »Verantworten, verantworten! Man hat mir was befohlen, und ich hab es getan. Eure Toten können mir gestohlen bleiben.«

»Wer hat dir was befohlen? Wer?« rief diesmal Sima und sprang den Burschen von der Seite an, ohne die kleine Hand des Enkels loszulassen. Koljka schluchzte und versuchte, Sima wegzuzerren, er empfand Furcht vor dem riesengroßen, aufgebrachten Mann. Sima ließ sich wegzerren, fuhr jedoch gleichzeitig fort zu schreien: »Für euch gibt es keinen heiligen Ort mehr auf der Erde. Ihr Unmenschen, ihr!«

Auf den Lärm hin kam der zweite Mann aus dem Gesträuch hervor, der etwas kleiner im Wuchs, jünger und manierlicher war, aber genauso mächtig, auch an dem würde noch eine Wagendeichsel abprallen. Auch er trug Arbeitskleidung aus Segeltuch. In seiner Hand war ein Beil. Er blieb stehen und blinzelte.

»Schau dir das an«, sagte der Bär. »Sie sind angerannt gekommen, sie fuchteln mit ihren Stöcken herum.«

»Was ist los, Bürgerinnen?« fragte der zweite Mann gewichtig. »Wir sind eine sanitäre Brigade. Wir entrümpeln das Gelände auf Anordnung der Sanepidstation.«

Die unbekannten Worte klangen in Nastassjas Ohren wie Hohn. »Nattern seid ihr«, keifte sie. »Unersättliche Nattern. Der Satan hat euch ausgeschickt, um uns alte Weiber zu verhöhnen. Tu dein Beil fort, Satansnatter! Schreck mich nicht mit deinem Beil!«

»Hör dir das an«, sagte der zweite fremde Mann, schlug jedoch das Beil in eine in der Nähe stehende Kiefer.

»Und kneif die Augen nicht zusammen. Deine vermaledeiten Räuberaugen. Blick uns gerade ins Gesicht. Mein Gott, was habt ihr angerichtet, ihr zwei Satansboten!«

»Was habt ihr angerichtet?!« klagte jetzt wieder Darja

laut auf. Sie starrte die verwaisten, wie glattgehobelten, stummen Grabhügel voller Qual und wie im Fieberwahn an – jetzt glich einer genau dem anderen – und sie versuchte, sich zu vergegenwärtigen, was wirklich geschehen war. Ihre Miene wurde immer finsterer, der Anblick der entstellten Grabstätten trieb sie zu einem neuen Ausfall. Wie von Sinnen stürzte sie sich mit dem Stock auf den Bären, der näher zu ihr stand als der andere Mann, doch der Bär ergriff den Stock und entwand ihn ihr. Darja fiel auf die Knie. Ihr fehlte die Kraft, sich unverzüglich wieder zu erheben, aber sie hörte Sima und ihren kleinen Enkel kreischen, sie hörte die erwidernden Rufe der beiden Männer. Das Rufen und Schreien wurde von vielen Stimmen aufgenommen, es wuchs und wurde immer lauter. Irgend jemand half ihr wieder auf die Beine, Darja sah, daß aus dem Dorf viele Leute angerannt gekommen waren. Katharina war darunter, und Tatjana, und Lisa, und einige Kinder, und Vera, und der alte Jegor, und die Tungusin, und Herrgottsschmer, und noch irgend jemand. Ein furchtbares Geschrei war in der Luft. Man hatte die beiden Fremden umringt, sie fanden kaum Zeit, sich der vielen Anwürfe zu erwehren. Herrgottsschmer hatte sich des Beils bemächtigt, das der zweite fremde Mann in die Kiefer geschlagen hatte. In der einen Hand hielt er seinen vorne spitz zulaufenden Knotenstock und bohrte ihn dem Bären in die Brust, seine andere Hand hatte das Beil ergriffen, sie war nach hinten gestreckt, das Beil schaukelte einsatzbereit. Der alte Jegor schaute stumm und verständnislos die Kreuze und die von den Grabpfosten abgebrochenen Sterne, dann wieder die zwei Männer an, die dies alles angerichtet hatten. Vera Nossarewa, ein stämmiges, furchtloses Weib, hatte auf einem der Grabpfosten das Photo ihrer Mutter entdeckt. Sie stürzte sich mit einem solchen Grimm auf die beiden Männer, daß die beiseite sprangen und abwehrend ihre Hände hoben. Jetzt fuhr ihnen die Angst erst richtig in die Knochen. Der Lärm wurde immer lauter und lauter.

»Was soll man viel mit denen reden? Ich meine, wir schicken sie ins Jenseits. Hier ist dafür genau der rechte Ort.«

»Damit sie sich das merken, diese Unchristen.«

»Damit sie keinen Friedhof mehr besudeln. Wir werfen sie am besten in den Fluß.«

»Daß ihnen die Arme nicht abfallen! Woher solche Unmenschen nur kommen?«

»Sie haben alles ausgerupft, wie Rüben ... Man stelle sich das einmal vor!«

»Befreien wir die Erde von diesem Gezücht! Sie wird es uns danken!«

»Hurenbrrrut!«

Der jüngere der beiden fremden Männer warf wie ein Hahn den Kopf empor, wandte sich mal nach der einen, mal nach der anderen Seite und versuchte, noch lauter zu brüllen als die Leute aus dem Dorf:

»Was können wir zwei denn dafür? Versetzt euch mal in unsere Lage. Man hat uns eine Anordnung gegeben, man hat uns hierhergebracht. Wir sind doch nicht von selber hergekommen.«

»Du lügst«, fiel man ihm ins Wort. »Ihr seid insgeheim angeschwommen gekommen.«

»Laßt mich ausreden«, flehte der Mann. »Nicht insgeheim. Mit uns ist ein Bevollmächtigter gekommen. Der hat uns hergebracht. Und euer Woronzow war auch dabei.«

»Das kann nicht sein, so was kann es nicht geben!«

»Bringt uns ins Dorf, dort klären wir die Sache auf. Die beiden anderen Männer sind im Dorf.«

»Schon gut, wir bringen euch ins Dorf.«

»Wozu ins Dorf? Dort, wo sie ihre Untat begangen haben, dort sollen sie Rede und Antwort stehen.«

»Die laufen uns nicht weg. Bringen wir sie ins Dorf.«

Die Menge schlug den Weg ins Dorf ein. Die beiden fremden Männer fühlten sich erleichtert und schritten rasch aus, die alten Dorfweiber kamen nicht mit und bestanden darauf, daß die Fremden langsamer gehen. Herrgottsschmer machte kleine Sprünge wie ein gefesseltes Fohlen, sein Stock bohrte sich weiterhin in den Rücken des Bären. Dieser drehte sich ab und zu um und raunzte, woraufhin Herrgottsschmer den Mund jedesmal zu einem zufriedenen Lächeln verzog und mit dem Beil in der Hand spielte. Diese lärmende und böse Prozession – Kinder vorweg, Kinder hinterdrein, dazwischen, ein fester Ring um die zwei Fremden, struwwelhaarige, empörte, verhutzelte alte Männer und Frauen, die wie ein einziges Lebewesen einhertippelten und schrien und den Staub aufwirbelten – diese Menge stieß am Dorfeingang mit zwei anderen Männern zusammen, die ihr entgegeneilten. Der eine der beiden war Woronzow, der Vorsitzende des Dorfsowjets und künftig des Siedlungssowjets in der neuen Siedlung, der zweite war ein Unbekannter vom Typ Büroangestellter. Er trug einen Strohhut und ähnelte einem Zigeuner.

»Was geht hier vor? Was soll das Ganze?« rief Woronzow schon von weitem mit gebieterischer Stimme.

Die Frauen redeten alle auf einmal los, fuchtelten mit den Armen in der Luft herum, fielen einander ins Wort. Sie zeigten auf die beiden Fremden, die jetzt Mut faßten, die Umzingelung durchbrachen und sich zu dem zigeunergesichtigen Mann durchzwängten.

»Wir tun hier unsere Pflicht, und diese Rotte fällt über uns her«, begann der Jüngere.

»Wie eine Meute von Hunden«, bestätigte der Bär und ließ seine Augen auf der Suche nach Herrgottsschmer umherschweifen. »Dir Vogelscheuche werd ich mal . . .«

Er konnte nicht fertig reden. Woronzow unterbrach sowohl ihn wie die Weiber, die auf das Wort »Hunde« mit einem empörten Gemurmel geantwortet hatten.

»Jetzt aber Ruhe!« kommandierte er. »Wollen wir zuhören oder wollen wir einen Wochenmarkt veranstalten? Wollen wir uns in die Lage versetzen oder was wollen wir?« Er zeigte auf die beiden Männer. »Diese zwei haben die sanitäre Ausräumung des Friedhofs in Angriff genommen. Das ist Vorschrift, das wird überall gemacht. Habt ihr verstanden? Überall. Weil das nämlich vorgeschrieben ist. Hier neben mir steht Genosse Shuk aus dem Ressort für Überflutungsfragen. Der befaßt sich damit und erklärt euch alles. Genosse Shuk ist eine amtliche Person.«

»Wenn er eine Person ist, dann soll er uns Rede und Antwort stehen. Wir dachten nämlich, die zwei Burschen lügen. Soll die Person uns erklären: wer hat befohlen, unseren Friedhof dem Erdboden gleichzumachen? Dort liegen Menschen begraben – nicht Tiere. Wer hat es gewagt, unsere Gräber zu schänden? Das soll die Person uns beantworten. Die Toten werden ihn noch selber fragen.«

»Solche Späße bleiben nicht ungestraft.«

»Königin des Himmels! Was müssen wir mitmachen! Da kann man sich vor Schande schier ertränken.«

»Werden wir zuhören oder was werden wir?« wiederholte Woronzow, diesmal in noch schärferem Ton.

Genosse Shuk wartete gelassen und fast gewohnheitsgemäß ab, bis sich die Leute beruhigt hatten. Er sah mitgenommen und erschöpft aus, sein dunkles Zigeunergesicht wirkte fahl. Seine Arbeit fiel ihm offenbar nicht leicht. Man konnte sich das vorstellen; es war wohl nicht das erste Mal, daß er sich mit der örtlichen Bevölkerung in dieser Weise auseinandersetzen mußte. Doch er begann ohne Hast und selbstsicher, und seine Stimme klang herablassend:

»Genossen! Von eurer Seite liegt ein Mißverständnis vor. Es gibt eine Sonderanordnung . . .« – Shuk kannte die Macht solcher Worte wie *Anordnung*, *Entschließung*, *Zielsetzung*, selbst wenn diese Worte mit sanfter Stimme gesprochen wurden – ». . . es gibt eine besondere Anordnung zur Frage der sanitären Ausräumung des gesamten Staubeckengrundes. Sowie der darauf befindlichen Begräbnisanlagen . . . Bevor das Wasser eingelassen wird, muß in der Überflutungszone Ordnung geschaffen werden. Das Territorium muß vorbereitet werden . . .«

Der alte Jegor unterbrach ihn ungeduldig: »Zieh den Kater nicht am Schwanz. Sag uns lieber, warum es nötig war, die Kreuze von den Gräbern zu reißen.«

»Ich bin dabei, diese Frage zu beantworten.« Shuks Stimme klang jetzt gekränkt, und vor lauter Kränkung redete er schneller. »Ihr wißt, daß sich hier an diesem Ort ein Meer ergießen wird. Große Dampfer werden übers Meer gefahren kommen, in den Dampfern werden Leute sitzen. Touristen aus dem In- und Ausland werden kommen. Und plötzlich schwimmt so ein Grabkreuz vorbei. Es wird die Kreuze aus dem Boden waschen, die werden unter Wasser nicht brav auf den Gräbern stehenbleiben. Auch das muß man sich einmal vorstellen.«

»Uns was ist mit uns? Habt ihr einmal auch an uns gedacht?« rief Vera Nossarewa. »Wir sind lebendige Menschen, und wir leben vorläufig noch hier. Ihr denkt schon jetzt an die Touristen aus dem In- und Ausland, und ich habe gerade ein Photo meiner Mutter von der Erde aufgelesen, nachdem deine zwei Burschen auf dem Friedhof gehaust haben. Wie findest du das? Wo soll ich jetzt das Grab der Mutter suchen, wer zeigt mir ihr Grab? Große Dampfer werden angefahren kommen, sagst du. Wann werden die Dampfer denn fahren? Bis dahin vergeht noch viel Zeit, und wie soll ich jetzt hier weiterleben ohne Elterngrab? Eure Touristen, die können mich einmal . . .« Vera war außer Atem gekommen. »Solange ich hier lebe, so lange ist auch Erde unter meinen Füßen, und diese Erde schändet ihr gefälligst nicht! Eure Ausräumung hättet ihr auch zum Schluß machen können, wir hätten sie nicht sehen müssen . . .«

»Was heißt: zum Schluß? Wir müssen siebzig bewohnte Orte umsiedeln, und jeder dieser Orte hat einen Friedhof. Wenn ihr die Lage nicht kennt, dann redet nicht über die Lage.« Shuks Stimme hatte wieder merklich an Festigkeit gewonnen. »Acht Friedhöfe werden übrigens umgebettet. Kurz und gut: es bleibt uns keine Zeit mehr.«

»Du brauchst uns keinen Bären aufzubinden«, sagte plötzlich der alte Jegor. Im Dorf wußte man, daß Jegor nur schwer aus der Ruhe zu bringen war, aber wenn er einmal in Fahrt kam, konnte keine Macht der Welt ihn wieder anhalten. Und jetzt war genau der Augenblick, da Jegor in Weißglut kam. »Geht dorthin, woher ihr gekommen seid«, rief er. »Und rührt den Friedhof nicht mehr an. Sonst hol ich meine Flinte. Und magst du sonstwas für eine Person sein. Ein Strohhut genügt nicht – man muß auch die Leute achten. Ihr habt euch eine schöne Arbeit ausgesucht! Für solch eine Arbeit hätte man in früherer Zeit . . .«

»Ja, seid ihr denn?! . . .« sagte Shuk erbleichend und wandte sich hilfesuchend zu Woronzow um. »Die scheinen immer noch nicht zu begreifen . . . Die wollen einfach nicht begreifen. Sind die vielleicht gar nicht im Bilde, wissen die gar nicht, was bei uns im Gebiet vorgeht?«

»Hurenbrrrut!« meldete sich Herrgottsschmer.

Woronzow wölbte seinen Brustkorb und rief:

»Was soll der Lärm, Leute? Könnt ihr nicht stiller sein? Hier ist kein Wochenmarkt!«

»Und du, Woronzow, brauchst deine Stimme gegen uns nicht zu erheben«, unterbrach ihn Jegor, der jetzt näher trat. »Du selber bist erst vor kurzem bei uns reingeschneit. Du selber bist ein Tourist, wenn auch ohne Dampfer. Dir ist es gleich, wo du lebst: bei uns oder anderswo. Ich aber bin in Matjora geboren. Und mein Vater wurde in Matjora geboren. Und mein Großvater. Ich bin hier der Hausherr. Und solang ich hier bin, brauchst du dich vor mir nicht aufzublähen.« Der alte Jegor fuchtelte mit seinem schwarzen, knorrigen Finger drohend vor Woronzows Nase herum. »Laß mich gefälligst ohne Schande mein Leben zu Ende leben.«

»Wiegel das Volk nicht auf, Karpow. Was erforderlich ist, das werden wir tun. Ohne dich um Erlaubnis zu fragen.«

»Dann geh doch zum Teufel! . . .« erwiderte Jegor.

»Das ist eine andere Sache«, sagte Woronzow. »Das werden wir uns merken.«

»Merk es dir, merk es dir ruhig. Ich bin nicht gar zu sehr vor dir erschrocken.«

»Du bist uns der richtige Fürsprecher.«

»Solche Fürsprecher gibt es noch mehr.«

»Schert euch fort, solange keine Sünde geschehen ist.«

Wieder gerieten die Greisinnen in Wut, riefen durcheinander, umringten Woronzow, Shuk und die beiden anderen Männer. Vera hielt Shuk das Bild der Mutter unter die Nase. Der versuchte angewidert, sein Gesicht abzuwenden. Von der anderen Seite setzten ihm Darja und Nastassja zu. Sein Strohhut war zur Seite gerutscht und hatte sein schwarzes Lockenhaar entblößt, Shuks Ähnlichkeit mit einem Zigeuner war dadurch noch größer geworden. Man hätte glauben können, er hält es gleich nicht länger aus, macht einen Luftsprung und plappert in seiner Zigeunersprache los. Die alte Katharina hatte sich Woronzow vorgenommen, sie bedrängte ihn und wiederholte immerzu: »Ihr habt nicht das Recht dazu, ihr habt nicht das Recht.« Wenn Woronzow ihr ausweichen wollte, tauchte die Tungusin vor ihm auf, die die ganze Zeit über stumm ihre Pfeife geraucht hatte, und machte ihm ein Zeichen, daß er Katharina zuhören solle. Jegors Baß war die Grundstimme, sie übertönte alle anderen Stimmen. Das Tamtam wurde immer lauter und hitziger. Shuk und Woronzow gelang es nur selten, ein Wort miteinander zu wechseln. Nur mit Mühe befreiten sie sich aus der Menge und setzten sich Richtung Dorf in Bewegung. Der Bär machte den Versuch, Herrgottsschmer das Beil zu entwinden, aber der knurrte ihn an, schwang das Beil gegen ihn, und der daneben stehende Jegor riet dem Bären:

»Mit dem laß dich besser nicht ein. Den haben sie zu uns verschickt. Der hat so einen wie dich mit dem Beilrükken . . .«

»Ein Ganove?« fragte der Bär neugierig.

»Das wird er wohl sein.«

»Ich bin vielleicht selber Ganove.«

»Dann versuch dich an ihm. Und wir schauen zu.«

Doch das ließ der Mann lieber bleiben. Er trat noch eine Weile auf der Stelle, schielte Herrgottsschmer an, der ihm mit seinem roten, brennenden, furchterregenden Auge zublinzelte, und zog es dann vor, den drei anderen hinterherzurennen. Eine Stunde später verließen alle vier wieder die Insel.

4

Kaum einer konnte sich entsinnen, wann Herrgottsschmer zum erstenmal in Matjora aufgetaucht war. Er schien schon immer hiergewesen zu sein, das Dorf hatte ihn wohl einst als Geschenk erhalten: als Buße für die Sünden der Dorfleute oder aus einem anderen Grund. Nur daran erinnerte man sich, daß es einmal eine Zeit gegeben hatte, als Herrgottsschmer nicht ständig in Matjora lebte, sondern manchmal angefahren gekommen war auf dem Wasserweg, von Uferdorf zu Uferdorf. Man kannte ihn damals als Tauschhändler: er tauschte alles Erdenkliche gegen alles Erdenkliche ein. Er packte Nähgarn, Nähnadeln, Krüge, Löffel, Knöpfe, Seife, Spangen, Papierwaren in seinen Tragkorb und tauschte dafür Eier, Butter und Brot ein – vor allem Eier. Natürlich hat nicht jedes Dorf sein eigenes Geschäft, was im Haushalt gebraucht wird, ist nicht immer zur Hand, doch schon ist Herrgottsschmer zur Stelle und klopft an die Haustür und fragt, ob man vielleicht dies und jenes braucht? Natürlich braucht man dies und jenes, freilich! Und Herrgottsschmer wurde ins Haus gerufen, mit

Tee bewirtet, mit Bestellungen überhäuft, man legte ihm zum Dutzend Eier noch zwei, drei Eierchen dazu, manchmal auch fünf, denn jeder hat ja schließlich Hühner – diese Eier lieferte er im Dorfhandelskontor ab und machte damit seine Umsätze. Reich werden konnte er auf diese Weise nicht, das war eine klare Sache, aber er nährte sich redlich und hatte sein Auskommen, solange ihn seine Füße trugen.

Ob nun Herrgottsschmer in Matjora besonders freundlich empfangen und bewirtet wurde oder aus irgendeinem anderen Grund, jedenfalls entschied er sich, als es um die Wahl des Alterssitzes ging, für Matjora. Er kam wie gewöhnlich und ging nicht wieder fort. Zur Sommerzeit unternahm er weiterhin kleinere Reisen, die Gewohnheiten des Wanderlebens ließen sich nicht so einfach abstreifen, jedoch den ganzen Winter über blieb er in Matjora, lebte eine Woche bei der einen, die nächste Woche bei einer anderen Greisin, nächtigte bisweilen auch in einem gut durchgeheizten Schwitzbad – und schon war wieder Frühling, und Herrgottsschmer bezog die Baracke aus der Koltschakzeit.

Viele Jahre kannte man ihn als einen steinalten Greis, während dieser vielen Jahre veränderte er sich nicht, der Anblick, den er bei seinem ersten Auftreten geboten hatte, blieb ihm erhalten, als hätte sich Gott zum Ziel gesetzt, wenigstens einen einzigen Menschen durch mehrere Generationen hindurchzuschleusen. Er stand noch fest auf seinen Beinen, schritt langsam und breit aus, vornübergebeugt und schwer auftretend, mit federndem Rücken, den großen zottigen Kopf hochgereckt, in dem ein Spatzenpaar durchaus ein Nest hätte bauen können. Aus dem Gestrüpp auf seinem Gesicht blickte nur der fleischige, höckerförmige Kanten der Nase hervor, und rot glimmten die blutunterlaufenen Augen. Von der Schneeschmelze im Frühjahr bis zum ersten Schneefall im Herbst ging Herrgottsschmer immer barfuß, ohne auf Steine oder Stacheln und Dornen zu achten. Seine tatzenartigen schwarzen Füße, die gar nicht mehr so aussahen, als wären sie von Haut umspannt, hatten sich derart verhornt, daß man hätte meinen können, es sei ein weiterer Knochen draufgewachsen. Eine Zeitlang hatten sich die Kinder im Dorf darauf verlegt, Schlangen einzufangen. Sie drückten die Schlange mit einem Gabelholz gegen die Erde, packten sie dicht unterhalb des Kopfes und zogen damit los, um die Mädchen und Weiber im Dorf zu erschrecken. Als Herrgottsschmer eines Tages eine den Kindern entlaufene Schlange sah, die die Straße entlangkroch, während die Kinder neben ihr herrannten, dachte er nicht erst lange nach, sondern hielt der Schlange seine nackte Fußsohle hin, und die Schlange ließ ihren Giftzahn vorschnellen und versuchte, die Sohle zu durchstechen, doch sie biß sozusagen auf Stein. Seit jenem Vorfall hatten die Dorfjungen einen neuen Spaß: sie lieferten alle eingefangenen Schlangen bei Herrgottsschmer ab, und der saß auf einem Felsbrocken vor seiner Baracke, hielt mit den Händen das eine Bein hoch und neckte solcherart das Reptil. Wenn die Schlange mit einem jähen Sprung den Versuch machte, die ihr hingehaltene Sohle zu durchbohren, kicherte Herrgottsschmer, so als würde ihn irgendwer kitzeln, war selig und sagte:

»Hurenbrrrut!«

Dieses eine Wort ersetzte ihm ein gutes Tausend anderer Worte, ohne die ein anderer schwerlich ausgekommen wäre. Herrgottsschmer kam vorzüglich ohne dieses Tausend aus. Ob er nun Pole war oder nicht: jedenfalls war sein Russisch kärglich, es waren eigentlich gar keine Sätze, sondern eine knappe Umschreibung des jeweils Benötigten, vielfach gewürzt und angerichtet mit jener »Hurenbrut« und deren Anverwandten. Es gab Männer im Dorf, die einfallsreicher und virtuoser fluchen konnten, aber keiner legte ins Fluchen so viel hinein. Ihm rutschte nichts nebenher heraus, er buk den Mutterfluch gleichsam mit Liebe, wendete ihn, fettete ihn ein, würzte ihn mit Zärtlichkeit oder mit Wut. Und was bei anderen Leuten beiläufig und gewohnheitsgemäß herausgeflucht wurde, ohne die Ohren der Anwesenden zu erreichen, was unterwegs zum Ohr dahinsiechte und zerfiel, das schloß bei Herrgottsschmer Sinn und Bedeutung ein, das drückte schlecht oder recht stets und immer seine wirkliche Einstellung zum fluchwürdigen Gegenstand ein. Manchmal, obwohl selten genug, kam Herrgottsschmer mit den alten Weibern richtig ins Gespräch. Auch dann allerdings saß eine Hurenbrut auf der anderen drauf und jagte eine dritte Hurenbrut vor sich her, doch trotzdem war das ein zusammenhängender und eingängiger Bericht, den auch ein Fremder verstanden hätte.

Die alten Frauen liebten Herrgottsschmer. Es war zwar unbekannt, womit er das schaffte, doch er brauchte nur auf der Haustürschwelle beispielsweise Darjas zu erscheinen, und schon warf Darja ihre Arbeit hin und lief ihm entgegen.

»Grüß dich, Darja!« dröhnte seine heisere, wie durchlöcherte Stimme.

»Guten Tag«, erwiderte sie mit verhaltener Freude. »Du bist also gekommen?«

»Wie Gott der Herr – und wie der Mutterfluch.«

Darja bekreuzigte sich, erflehte vom Herrgott Vergebung für alles, was Herrgottsschmer schon gesagt hatte und noch sagen würde. Dann stellte sie den Samowar auf.

»Nastassja! Komm Tee trinken, Herrgottsschmer ist gekommen«, rief sie über den Zaun hinweg. »Sag es auch der Tatjana, die soll auch rüberkommen.«

Da ihn die alten Weiber mochten, liebten ihn die alten Männer weniger. Ein fremder Kerl, dazu noch wunderlich und verschroben, im Wegessen und Leertrinken stark, mit dem man nicht richtig schwatzen, von dem man nichts Gescheites lernen konnte: weiß der Teufel, was das für ein Mensch war, dieser Altweibergesellschafter! Dem eigenen Gatten vergißt sie den Tee hinzustellen, diesem Kerl niemals, dieser Strolch und Landstreicher ist für sie wie der auf die leidgeprüfte Erde herabgestiegene Herrgott, der mit seiner Sündermiene sein Volk auf die Probe stellt. Die Greise murrten vor sich hin:

»Der Sträfling, der!« Es gab tatsächlich das Gerücht, Herrgottsschmer sei einst wegen Mordes nach Sibirien verschickt worden. Doch mit den alten Weibern legte man sich besser nicht an, und immerhin war er ein Mensch und kein Hund. Wenn auch allerdings ein unnützer, schädlicher Mensch. So viel Schädlichkeit findet man auf der weiten Welt nicht so leicht wieder.

In den letzten Jahren, als die Kunde von der Umsiedlung aufgekommen war und dann auch die Unruhe und Plackerei begonnen hatte, war Herrgottsschmer der einzige im Dorf, den das überhaupt nicht zu betreffen schien. Entweder vertraute er auf seinen vorzeitigen Tod oder darauf, daß er sich auch an dem neuen Ort gut bei den dortigen alten Weibern einführen würde. Für die anderen bestand das Leben jetzt aus nichts anderem mehr, und worüber auch immer ein Gespräch geführt wurde: stets kam es früher oder später auf ein und dasselbe Thema: auf die bevorstehende Überflutung Matjoras und die baldige Umsiedlung. Herrgottsschmer saß daneben, rieb einen hornhautbewachsenen Fuß am anderen, was sich anhörte, als würde Stein an Stein gerieben, oder er atmete heftig, prustete schwer nach dem Teetrinken, schnaufte mürrisch:

»Die haben kein Rrrecht.«

»Wieso haben die keins, wenn sie doch eins haben«, erwiderten die Greisinnen mißmutig, wenn auch nicht ganz ohne Hoffnung. »Uns werden die wohl nicht erst fragen.«

»Und sie haben doch keins. Sintflut ... Hurenbrrrut ... sie haben kein Recht gegen die Menschen. Ich kenne mich aus im Gesetz.«

Er hob den Zeigefinger drohend empor und betrachtete den eigenen Finger grimmig und unnachgiebig.

»Und wohin wirst du dich wenden, alter Kerl?« fragte Darja teilnahmsvoll.

»Ich weiche keinen Schritt vom Fleck!« kreischte Herrgottsschmer. »Die sollen doch die eigene Mutter vögeln! Sie haben kein Rrrecht. Hurenbrrrut!«

»Allein hältst du das Wasser auch nicht auf, wenn die es erst mal laufen lassen. Die stellen schon irgendwas an mit dir, die schicken dich irgendwo hin.«

»Ich bin und lebe ... Hurenbrrrut!« krakeelte Herrgottsschmer.

Am Tag nach dem Vorfall auf dem Friedhof kam er nicht, wie üblich, gegen Abend, sondern schon gleich am Morgen bei Darja an. Diesmal erhob sie sich nicht, kam ihm nicht entgegen, sprach ihn nicht an. Sie blieb weiter auf der Liege sitzen, starr und in sich zusammengesunken, die knochigen, von langjähriger Arbeit verschlissenen und wie ausgedörrten Hände zwischen den Knien verschränkt. Herrgottsschmer nahm keuchend und ächzend auf der Sitzbank neben der Tür Platz – die neuen Möbel aus dem Geschäft hatte Darjas Sohn Pawel noch vor Frühlingsbeginn über den zugefrorenen Fluß in die neue Wohnung befördert, nur das alte Zeug stand noch hier –, keuchte noch eine Weile vor sich hin, brummelte unwillig und verstummte dann, in Erwartung dessen, daß Darja zu reden beginnt. Doch die schien es weder nach Tee noch nach einem Gespräch zu gelüsten, sie schwieg, seufzte von Zeit zu Zeit auf, heftete den schweren Blick ihrer wie blind, wie ins Leere schauenden Augen auf Herrgottsschmer, als würde sie ihn nicht erkennen oder nicht begreifen, warum er sich hier aufhalte, aus welchem Grund er hergekommen sei.

Es war schon spät am Morgen, und der Morgen war still und ruhig. Die Sonne stand bereits hoch am Himmel, sie leuchtete hell und klar, aber ohne große Macht und Nachdruck, mit verhaltener Kraft, das spürte man sogar noch im Haus drin. Das Licht hinter dem Fenster wirkte matt, die verschiedenen Geräusche schienen sich nicht an einem Punkt, an dem sie gehört werden konnten, versammeln zu wollen, sie zerflossen gleichsam nach allen Seiten. In der ungeheizten Stube herrschte eine mittlere, ausreichende Wärme, es war hier nicht heiß und nicht kühl, die Temperatur war nicht zu spüren, wie im Schlaf. Träge und beharrlich summten Fliegen am Fenster und prallten ab und zu gegen die Scheiben. Es roch säuerlich aus dem gußeisernen Trog, in dem das Futter für das Vieh bereitet stand. Der Trog war nicht hinausgetragen worden. Auch der

Tisch war seit gestern abend nicht aufgeräumt, auf ihm stand immer noch das gestern für Herrgottsschmer eingeschenkte, von ihm jedoch nicht mehr geleerte Glas Tee. Jetzt entdeckte Herrgottsschmer das Glas, trat auf den Tisch zu und trank das Glas aus. Daraufhin machte Darja eine jähe Bewegung und fragte:

»Soll ich neuen aufstellen?«

Herrgottsschmer schüttelte abweisend den Kopf, aber sie stand trotzdem auf und stellte Tee auf. Diese eine Verrichtung zog andere Verrichtungen nach sich: sie trug den Futtertrog hinaus, schüttete ihn vor den Hühnern aus, die sich aufgescheucht und laut lärmend auf das Futter stürzten, räumte den Tisch ab, und als draußen in der Diele der Samowar zu summen begann, gab sie in den Essenzkrug zwei Portionen schwarzen Tees hinein und stellte den Krug auf den Samowarrost. Erst dann, nachdem sie den Samowar in die Stube gebracht und den Tee aufgegossen hatte und darauf wartete, daß er zieht, begann Darja endlich zu reden: ohne jede Klage und schlicht, als hätte sie ihre Rede vorhin für eine Minute unterbrochen:

»Gestern am Abend hab ich die Kuh nicht gemolken. Die Milch wird ja doch wieder sauer. Ich stell sie hin, damit Sahne daraus wird, und auch die Sahne wird sauer. Alle Schüsseln sind voll damit. Und der Pawel kommt angeschwommen, trinkt ein Glas Milch leer, steigt wieder ins Boot, und fort ist er. Und ich selber trink ganz wenig. Und nicht weil ich trinken müßte, sondern weil es schade um die Milch ist. Da nehm ich also einen Krug und trink ihn aus, damit die Milch nicht wieder hin ist. Macht nichts, bald ist es auch damit vorbei. Und willst du dann einmal Milch in den Tee tun, dann findet sich keine Milch mehr zum Tee.«

Sie goß den fertigen Tee in die Gläser, schob Herrgottsschmer sein Glas zu, goß sich aus dem eigenen Glas etwas Tee in die Untertasse und trank einen Schluck. Hob den Kopf, als würde sie auf etwas horchen, und erstarrte in dieser Haltung. Dann ließ sie den Kopf wieder sinken, als hätte sie das zu Vernehmende endlich vernommen, trank wieder einen Schluck Tee, indem sie die Untertasse an die trockenen, schlangenhäutigen, scharfen Lippen hielt, und gab dem Gespräch eine Wendung in eine andere Richtung:

»Heut hab ich gedacht: die werden mich zur Rede stellen. Die werden mich fragen: wie hast du diese Ruchlosigkeit geduldet, wo hast du deine Augen gehabt? Wir haben, werden sie sagen, unsere Hoffnung in dich gesetzt, und du? Wie soll ich jetzt Rede und Antwort stehen, vor ihnen? Ich bin doch wirklich hiergewesen, ich hätte besser aufpassen müssen. Und auch an der Wasserflut werde ich schuld sein. Und auch daran, daß ich in fremder Erde liegen werde. Es wäre besser, ich erlebte es nicht mehr. Herr, du mein Gott, wäre das gut! Doch offenbar ist mir das auferlegt. Mir allein. Aber welcher Sünden wegen?« – Darja blickte die Ikone an, hielt jedoch die Hand zurück und bekreuzigte sich nicht. »Alle sind sie beisammen: Vater, Mutter, die Brüder, der Junge – nur mich allein wird man in eine andere Erde bringen. Später werden sie wohl auch mich überfluten, darauf geht jetzt alles zu, auch meine Knochen werden ins Schwimmen kommen, aber nicht zusammen mit den anderen. Ich werde die anderen nicht mehr einholen . . .

Der Vater hat gesagt – unser Vater war immer sanft zu mir – er hat gesagt, lebe dein Leben, Darja, solange es sich lebt. Ob es schlimm kommt, ob es besser kommt: leb dein

Leben, denn das ist dir nun mal zugefallen. In der Not, im Übel wirst du baden, deine Kraft wird dir ausgehen, zu uns hin wird es dich ziehen – doch ich sage dir, lebe, rühr dich, beweg dich, damit wir Toten fest mit dieser Welt verkettet sind, damit wir wie ein Splitter hier im Diesseits stecken. Von unserem Schlag und Geschlecht hat noch keiner den Mut aufgegeben, so einer muß erst noch kommen, aber er wird nicht kommen. Doch da hat der Vater geirrt. Ich bin's, die den Mut sinken ließ. Ich hätt mich früher nach drüben aufmachen müssen, ich bin schon lange keine Hiesige mehr . . . ich bin eine Dortige, ich gehör ins Jenseits. Ich leb schon längst nicht mehr auf meine eigene, sondern nach fremder Weise, ich begreife nichts: wohin, warum? Aber ich lebe. Heute hat sich die Welt in zwei Hälften gespaltet: du hast es selbst gesehen, was sich tut! Und die Kluft geht mitten durch uns Greise durch, und wir können nicht dahin und nicht dorthin . . . Herrgott, steh uns doch bei! Freilich kann man an uns Greisen vielleicht sehen, wie in alter Zeit die Leute waren, aber keiner blickt sich um und blickt zurück. Alle rennen immer nur vorwärts. Die sind schon ganz außer Atem, die müssen nach jedem Schritt verschnaufen – und trotzdem rennen sie immer weiter . . . Die blicken nicht nur nicht zurück, die schauen nicht mal sich selbst vor die Füße . . . Dafür reicht ihre Zeit nicht aus. Als würde einer hinter ihnen herjagen.«

»Die sollen die eigene Mutter vögeln!« pflichtete ihr Herrgottsschmer bei.

Darja schenkte sich aus dem Samowar nach, dann wurde der Tee aus dem Glas in die Untertasse gegossen, und sie schlürfte ihn gelassen und ohne Hast, ließ den Tee in der Mundhöhle verweilen, damit seine Süße besser zur Geltung komme, schluckte ihn nicht auf einen Schlag hinunter, leckte sich sorgfältig die Lippen ab und redete. Sie redete langsam, aber so, als würde sie die Worte nicht mit Bedacht auswählen, sondern aufs Geratewohl von irgendwo hernehmen, sie lenkte das Gespräch nicht in eine bestimmte Richtung, sie zog es mal dahin, mal dorthin.

»Ohne Tee lebt es sich schlecht«, sagte Darja im Vollgefühl der Wonne des Teetrinkens. »Mir ist jetzt schon ein wenig wohler. Heut früh hat es mir die Brust wie mit einem Eisenring zusammengepreßt . . . da hätten mir die Kräfte beinah gefehlt. Ich hab mich gezwungen, hab die Kuh gemolken, die Arme hat schon wild gebrüllt, hab die Kuh auf die Weide gelassen. Ich hab die Fenster gar nicht mehr gesehen, vor meinen Augen ist es schwarz gewesen. Ich hab gedacht, du mußt den Samowar aufstellen. Und dann hab ich wieder gedacht, du hast am Samowar gesessen, hast deine Zunge gewetzt, und derweil haben die Unchristen dem Vater und der Mutter das ewige Gedenken ausgeblasen. Du wirst heut keinen Samowar bekommen, da brauchst du gar nicht erst darum zu betteln. Wenn ich mich entsinne, wenn ich mich ihrer entsinne . . . da reißt es mir das Herz aus dem Leib, und kalt wird mir, eiskalt. Ich versuch es von mir wegzustoßen, einmal, noch einmal . . . und wieder kommt es über mein Gedächtnis, und ich kann es nicht abweisen. Dann denk ich wieder: wohin werden die mich bringen, in welches Erdloch werden sie mich stecken? Als der Kleine von Rajka Sjorkina gestorben ist, da haben sie drei Tage nach einem Fußbreit Erde gesucht, um den Kleinen zur ewigen Ruhe zu betten. Dort sollte der neue Friedhof hinkommen. Aber der kam dann woanders hin, und der Kleine von Rajka Sjorkina lag mutterseelenallein irgendwo ganz, ganz weit weg . . . Wie dem Kleinen da wohl zumute war: dort irgendwo weit weg im

Wald, wo die wilden Tiere des Waldes hausen? Der wird es seinen Eltern nicht danken!

Unsere Eltern sind, darf man sagen, zur gleichen Zeit verstorben. Sie waren gar nicht einmal alt, wenn man sie an mir mißt. Zuerst starb die Mutter, so einfach mir nichts, dir nichts, der Tod sprang sie an und nahm sie mit. In der Frühe war sie noch auf den Beinen und hat den Haushalt versorgt, dann legte sie sich ins Bett, um auszuruhen, lag eine Weile so da, und plötzlich hob ein lautes Schreien an. ›Der Tod würgt mich‹, schrie sie, ›der Tod!‹ Und griff sich mit den Händen an den Hals und an die Brust. Wir liefen zu ihrem Bett hin, aber was zu tun war, wußte keiner von uns, wir fuchtelten nur mit den Armen in der Luft herum und fragten die Mutter: ›Was fehlt dir, Mutter, was hast du nur?‹ Sie wurde vor unseren Augen blau und fleckig im Gesicht, sie konnte nur noch keuchen ... Wir hoben sie hoch, setzten sie aufrecht hin, und schon mußten wir sie wieder hinbetten. Und auf dem Hals waren Spuren zu sehen, Würgespuren, das wird wohl der Tod gewesen sein, der sie gewürgt hat. Unser Vater hat später gesagt: ›Der Gevatter Tod hat mich im Sinn gehabt, ich hab ihn gerufen gehabt, doch er hat danebengegriffen, hat sich auf den Falschen gestürzt.‹ Der Vater nämlich, der war sieben Jahre krank. In der Mühle haben sie ein neues Mühlrad aufgestellt, das hat unseren Vater getroffen, das Rad. Er ist ausgerutscht und haargenau unters Rad! Daß er überhaupt am Leben blieb! Blut hat er speien müssen, das Innere hat es ihm kaputtgeschlagen. Und doch hätte er sich länger am Leben gehalten, der Vater, wenn er sich nur geschont hätte, aber das hat er nicht gekonnt, sich schonen. Geschuftet hat er, wie ein Gesunder, hat nicht auf sich achten wollen. Die Mutter haben wir zur Winterzeit zu Grab getragen, um

Weihnachten herum, und den Vater, den begruben wir um diese Zeit, wie jetzt: gegen Pfingsten. Den Sarg der Mutter haben sie an der Seite freigeschaufelt, und der war überhaupt nicht nachgedunkelt, als hätten sie ihn gestern in die Erde gesenkt. Den Sarg des Vaters haben sie daneben hingestellt. Die Erde sei ihnen beiden leicht! Zusammen haben sie gelebt, und drüben sind sie auch wieder beisammen, so daß keiner von den beiden gekränkt sein kann.

Auf unserer Insel, da ist ein einsames Grab ... Die Leute kennen den Ort gar nicht mehr, doch der muß unterhalb vom Dorf sein, auf einem Hügel. Ich kann mich noch daran erinnern, von der Zeit her, als ich klein war. In dem Grab liegt, so sagt man, ein Kaufmann begraben, der auf dem Fluß fuhr und mit Waren Handel getrieben hat. Und einmal schwimmt er also her mit seiner Ware und sieht unser Dorf am Ufer liegen und weist seine Leute an, hier an Land zu gehen. Und so sehr hat es ihm unser Matjora angetan gehabt, daß er zu den Männern im Dorf hingegangen ist, zu den Männern, die damals hier lebten, und ihnen gesagt hat: ›Ich bin der und der, ich möchte, wenn der Tod mich ereilt, auf eurer Insel begraben sein, auf dem Hochufer überm Fluß ... Und zum Lohn dafür will ich euch eine Kirche Christi des Herrn bauen.‹ Nun, die Männer im Dorf waren nicht blöd, sie willigten ein. Und wirklich hat er ihnen Geld gegeben, der Kaufmann, er wird wohl ziemlich reich gewesen sein ... Tausende sind das gewesen, zehntausend oder zwanzigtausend. Und seinen besten Gehilfen hat er hergeschickt, damit der den Bau überwacht. So haben sie unsere Kirche gebaut, und haben sie geweiht, und der Kaufmann ist selber zur Weihe gekommen. Und bald darauf brachten sie ihn wieder her, und diesmal ist er zur ewigen Ruhe gekommen. So haben es die alten Leute erzählt, aber ob das wirklich so gewesen ist, das freilich weiß ich nicht. Doch meine ich: so war es auch. Denn wozu hätten die Alten für nichts und wieder nichts etwas erfinden sollen? . . .

Als unser Vater ans Sterben ging, und er blieb bis zu seinem Hinscheiden bei klarem Verstand, da hat er immer mit mir reden wollen. Da hat er gesagt: ›Bürde dir nicht zuviel auf, Darja, sonst plagst du dich dein Leben lang, aber denk daran, was das erste ist: daß du ein Gewissen hast und behältst‹. Früher hat man das Gewissen gleich gesehen. Wenn einer ohne Gewissen durchs Leben kommen wollte, haben es die anderen Leute sofort gemerkt, denn jeder konnte ja den anderen sehen, damals. Die Leute freilich, die waren schon immer verschieden. Manch einer hätte vielleicht gern nach dem Gewissen gelebt, aber wo hernehmen, wenn nun mal keines mit ihm auf die Welt gekommen ist? Für Geld kannst du keins kaufen. Und wer zuviel davon bekommen hat, dem ist dieser Reichtum auch nicht gerade zur Freude ausgeschlagen. Dem zerren sie das letzte Hemd vom Leib, und er sagt noch danke schön dafür, daß sie ihn ausgezogen haben. Unser Pate Iwan ist so einer gewesen. Das war der beste Ofensetzer weit und breit. Die Leute sind hundert Werst weit angefahren gekommen, damit der Iwan ihnen den Ofen baut. Und niemals hat er eine Bitte abgeschlagen, und für die Arbeit hat er nichts genommen, das hat er nicht übers Herz gebracht, so hat er eben umsonst geschuftet. Die Patin, sein Eheweib, hält ihm das vor: ›Du gehst für eine Woche fort, und wer wird auf dem Feld arbeiten? Wer wird die Arbeit im Haus verrichten, du Einfaltspinsel?‹ Und das ist wahr: einfältig ist er wohl gewesen, ›die Leute bitten mich darum‹ war alles, was er sagen konnte ... Da hätte sein Weib gleich den Bettelstab nehmen können. Zu jener Zeit wurde auch eine Kommune gegründet. Und den Iwan: den zog es sofort hin ...« Die letzten Worte hatte Darja gedehnt gesprochen, ihr war das Heute wieder eingefallen, sie machte einen Gedankensprung: »Gestern auf die Nacht zu hab ich das Grab des Paten finden wollen. Aber es war schon dunkel. Und es war nicht zu erkennen, wer wo liegt. Haben die vielleicht auch dem Iwan sein Grab glattgehobelt? Ein bemalter kleiner Stern ist draufgewesen, der Sohn hat nämlich aus der Stadt einen eisernen Grabpfosten mitgebracht, und auf dem Pfosten war ein Stern, grad wie ein kleines Vögelchen. Ich prüf das heut noch nach, nachher. Herrgott, hol du diese Scheusale ein, und straf sie, da wir sie selber nicht bestrafen können. Wenn es diese Sünde auf der Welt gibt: welche andere Sünde könnte dann noch größer sein?«

Um nicht wieder Seelenwunden aufzureißen, schüttelte Darja vorsichtig den Kopf, holte tief Luft, erhob sich, ging in den Küchenverschlag hinüber und kam von dort mit fünf in buntes Papier gewickelten Schokoladenbonbons zurück. Drei davon reichte sie Herrgottsschmer, zwei behielt sie. »Süß damit deinen Tee, ich weiß, du liebst das. Ich weiß noch, wie du im Krieg Zucker herbeigeschafft hast, wie du uns die Zuckerstückchen geschenkt hast. Und außer dir bist du gewesen, wenn wir den Zucker für die Kinder zurücklegen wollten, du hast gewollt, daß wir ihn selber knabbern. Süßeres als damals im Krieg den Zucker hab ich mein Lebtag nicht gegessen. Süß ist immer das, was nicht da ist.«

»Zucker ist gut, Schnaps ist nicht gut!« meinte Herrgottsschmer und machte eine abweisende Bewegung mit dem Kopf, die andeuten sollte, daß er scharfe Getränke nicht mochte und niemals gemocht hat.

»Den Schnaps soll der Teufel saufen«, bestätigte Darja und nahm wieder ihren Platz am Tisch ein. »Was hab ich vorhin über den Paten Iwan gesagt? Ich hab gar kein Gedächtnis mehr, das ist mir rundweg ausgegangen. Richtig, ich hab vom Gewissen geredet. Früher war es ganz deutlich: es ist ein Gewissen da oder es ist keines da. Wer eins hat, der ist gewissenhaft, wer keins hat, der ist gewissenlos. Heute siehst du nicht mehr durch, alles ist ein einziger Haufen und Knäuel geworden: du kannst das eine vom anderen nicht mehr scheiden. Sie reden ohne Ende davon und haben es natürlich arg verschlissen. Und keiner ist da, der es beherrschen könnte, das Gewissen. Das ist rundweg zum Lachen. Es sind ja viel mehr Leute da als früher, aber Gewissen ist noch genauso viel da, da haben sie es wohl verdünnen müssen, damit es für alle reicht. Damit jeder eins vorzeigen kann – er muß ja nicht gleich danach leben. Und dann tun sie heute so schrecklich große Dinge, die kleinen haben sie derweil vergessen, und wenn einer große Dinge tut, dann freilich ist sein Gewissen aus Eisen gefertigt, da kannst du nicht reinbeißen. Und das Gewissen von uns alten Leuten ist selber alt geworden, und wer sieht schon gern alte Weiber an? Herr, du mein Gott! Ich red noch von Gewissen! Wenn ich jetzt dran denke, was sie gestern auf dem Friedhof angerichtet haben!

Letzte Nacht hab ich auf den Schreck hin kein Auge zugemacht, ich hab immer nur gegrübelt und gegrübelt. Und da ist mir dann so manches durch den Sinn gegangen. Mein Leben lang hab ich mich vor keiner Seuche und Pestilenz gefürchtet, und plötzlich hab ich Angst bekommen. Die ganze Nacht war mir, als würde gleich ein Unheil über uns hereinbrechen. Ich hab es kaum noch ausgehalten, vor lauter Vorahnung, vor lauter Erwartung ... Ich bin vors Haus hinausgegangen, hab mich am Zaun hingestellt, bin stehengeblieben. Vielleicht schlägt Blitz und Donner ein, hab ich gedacht, und streckt uns nieder, weil wir doch solche Unmenschen sind. Oder es geschieht sonstwas. Vor lauter Angst und Furcht wär ich gern zurück ins Haus, doch ich hab weiter dagestanden und hab mich nicht gerührt. Bald hab ich gehört: Da geht eine Tür, dort geht eine Tür. Da hab ich mir gedacht, es ängstigt auch die anderen Leute, nicht nur dich. Die Augen hab ich zum Himmel erhoben, und am Himmel, da waren die Sterne, viele, viele Sterne, der ganze Himmel war voller Sterne, es war gar kein Platz mehr frei. Und groß und heiß waren die Sterne. Und immer tiefer und niedriger haben sie dagehangen, und immer näher sind sie mir gewesen ... Umringt haben mich die Sterne ... und ich hab mich nicht mehr erinnert, wer ich bin, wo ich bin, was mit mir ist. War ich hier oder hat es mich davongetragen? Dann bin ich wieder zu mir gekommen, und man hat schon alle Dinge sehen können, es hatte schon zu tagen begonnen, und die Sterne standen wieder hoch am Himmel, und ich hab gefroren und gezittert. Und wohl ist mir trotzdem gewesen, als hätte meine Seele an was Heiliges gerührt. Was mag das gewesen sein – hab ich gedacht. Und wohl war mir, das Wohlsein hat aber geschmerzt. Da hab ich mich erinnern wollen, ob ich nicht was gesehen hab, und mir war, ich hätt was gesehen. Mir war, als wär eine Stimme gewesen. ›Geh und schlaf, Darja, und warte. Von einem jeden wird sein Teil gefordert werden.‹ Da bin ich wieder zurück ins Haus gegangen. Schlafen hab ich nicht mehr können, doch leichter als vorher ist mir ums Herz gewesen. Doch wessen Stimme das war und woher die Stimme gekommen ist, daran kann ich mich nicht erinnern.

Bei uns in Matjora sind die Männer seit jeher alteingesessen gewesen. Fremden Männern neigte man sich nicht sonderlich zu. Nur der eine Orlik hat sich zu meiner Zeit hier im Dorf eingelebt, doch der hätte selbst noch mit dem Teufel Bruderschaft gehalten. Der Orlik hätte seine Wohnstatt selbst noch auf dem Wasser eingerichtet und hätt sich die Füße nicht naß gemacht. Eine lose Zunge hat er gehabt, der Orlik, man darf das wohl sagen, eine Zunge wie ein Dreschflegel. Der hat den Leuten hundert Körbe voll Lügenmärchen vorgelogen. Das wird wohl der Grund gewesen sein, warum ihn die Männer im Dorf nicht wieder hinausgetrieben haben. Die haben ihn als Spaßmacher gebraucht. Bei uns im Dorf sind solche Witzbolde niemals zur Welt gekommen. Die Männer haben sich also versammelt und haben sich schier totgelacht, das Lachen hat man in ganz Matjora gehört, und er, der Orlik, hat dagesessen und sein Garn gesponnen, rotbraun der Schopf, das Gesicht pockennarbig und nicht zuviel Zähne im Mund. Grad wie ein Räuber hat er ausgesehen. Das mit den Zähnen ist ein sicheres Zeichen. Wer wenig Zähne hat, so wird gesagt, der ist der allerbeste Lügner, denn alles schlüpft ihm zwischen den Zähnen durch. So hat er also seine Zunge gewetzt an seinen wenigen Zähnen, der Orlik, und die Männer im Dorf sind fast umgefallen vor Lachen. Aber arbeitsam ist er gewesen, das muß man sagen. Wo der was gemacht hat, wuchs hinterher kein Halm mehr. Du kennst doch die Dunjka, die mit dem Genka Pressnjakow verheiratet ist: das ist Orliks Tochter. Mehr hat er nicht hinterlassen. Und die Dunjka ist ihm nicht nachgeraten, die kann weder richtig lügen noch richtig arbeiten. Zwei Söhne hat er noch gehabt, der Orlik. Die waren ganz der Vater, die mußten ihr Wort nicht aus der Hosentasche holen. Den einen haben sie daraufhin verhaftet, als deutschen Spion. Der andere Sohn hat die Zunge zwischen die Zähne genommen und ist fort aus Matjora. Wohin er ist und ob er heut noch lebt: das weiß ich nicht. Ich hab schon selber ganz vergessen gehabt, daß es ihn einmal gegeben hat, sonst hätte man ja die Dunjka mal fragen können.

Die Männer kamen also alle aus dem Dorf. Doch ihre Weiber nahmen sie sich lieber von woanders. Das war seit jeher schon der Brauch im Dorf. Aber unsere Mädchen waren auch sehr gefragt, die Freier kamen von weit her. Es galt ihnen als Ehre und Freude, sich mit dem Dorf Matjora zu verschwägern. Denn seit Menschengedenken haben wir in unserem Dorf ein reiches Leben geführt. Und die Töchter, die unsere Männer in die Welt setzten, die waren alle stattlich und aus gutem Holz. Solch eine Ware bleibt nicht lange liegen. Noch heute siehst du das genau. Meine Mutter aber, die freilich kam aus dem Burjätischen. Unser Vater hat sie von dort mitgebracht. Und hat sie dann noch damit aufgezogen, daß sie burjätisches Russisch sprach: ojjoook! In diesem Ojjoookland, der Heimat meiner Mutter, da haben sie kein Wasser gekannt oder höchstens ein Bächlein zum Drüberschreiten. Und meine Mutter hat das Wasser auf den Tod gefürchtet. In der ersten Zeit hier im Dorf, hat unser Vater erzählt, hat sich unsere Mutter ans Ufer gestellt und hat die Augen geschlossen, damit sie nichts sieht. Doch bei uns in Matjora kannst du dem Wasser nicht entgehen – ringsherum ist überall die Angara. Selbst nach Podmoga mußt du rüberrudern, und auf Podmoga haben wir unser Heu gemäht. Meine Mutter hat sich bis zu ihrem Tod nicht ans Wasser gewöhnen können. Wir haben die Mutter ausgelacht, uns war der Fluß von Kindheit an vertraut, die Mutter aber hat gesagt:

›O weh, es kommt noch eine Not über mich, umsonst lebt keine Furcht im Menschen drin.‹ Doch gottlob ist bei uns im Haus keiner ertrunken, und daß das Wasser seine Grenzen nicht mehr achtet und über die Ufer treten und alles überschwemmen wird, das ist aller Leute Not, nicht unsere Not allein. Erst jetzt ist meiner Mutter Furcht an den Tag gekommen, und daß sie doch nicht umsonst gewesen ist . . . Erst jetzt . . . erst heut . . .« Darja ließ verwirrt ihre Rede stocken, ihre Stimme wurde beinahe tonlos, die abschließenden Worte sprach sie fast unhörbar: »Dann wird es also wohl so sein: das Wasser wird die Mutter einholen. Und ich hab das erst gar nicht begriffen.«

Betroffen von dieser jähen Neuigkeit, die sie längst hätte wissen müssen, die sich irgendwo verloren hatte und erst jetzt aus der Erinnerung wieder aufgestiegen war, ließ Darja den Tee stehen und begann, mit stumpfer Zielstrebigkeit nach etwas zu suchen, das schwer und fruchtlos auf ihr lastete. Gegen Mittag hatte sich die Sonne noch mehr eingetrübt, ihr Licht war vollends fahl und schwach geworden. Auf den geweißten, abblätternden Zimmerwänden, auf dem abgetretenen Fußboden, auf dem aufgesprungenen Holz der Fensterbretter, überall, wo dieses Licht hinkam, sah es dürftig und öd aus, altersschwach, verfallen. Mitten im Raum, hinter Herrgottsschmers Rükken, seilte sich eine Spinne – in Matjora sagte man »Netzweber« – flink von der Zimmerdecke ab. Ab und zu hielt sie für eine kurze Weile an, schaukelte ein wenig in der Luft, vielleicht um sich auszuruhen oder um sich umzusehen, dann ließ sie sich weiter herabgleiten. Über die Angara jagte brummend ein Motorboot und rief eine Welle hervor, man konnte es durch das eine Fenster sehen, in dem anderen Fenster wurde der weißliche Himmel unten durch einen Zaun begrenzt. Und je eindringlicher Darja alles anblickte und doch nichts sah, nichts zum sichtbaren Detail machte, desto unruhiger war ihr zumute. Desto stärker wuchs in ihr die Sorge, daß sie schon wieder nicht das Rechte tat, daß sie schon wieder, wie gestern, am Samowartisch saß. Irgend etwas belastete und wurmte sie, ließ es nicht zu, daß sie sich sammelte, zerrte ihre Seele nach den Seiten auseinander.

Sie stand auf und sprach in Eile, als würde sie sich verspäten, zu Herrgottsschmer:

»Jetzt haben wir uns also satt getrunken. Satt ge-trunken. Mehr Tee geht nicht mehr in uns rein. Jetzt geh, wenn du gehen mußt. Oder bleib, ich aber gehe. Jetzt haben wir uns wieder voll geredet, dabei gibt es gar nichts zu bereden ... Unsere Gespräche sind wie Spreu, sie haben kein Gewicht und keinen Nutzen. Das Korn ist nur noch im Gedächtnis da. Das Korn und die Zeit.«

»Wohin gehst du, Darja?« fragte Herrgottsschmer streng und riß seinen Kopf hoch.

Sie zögerte eine Minute und wies ihn dann ab.

»Nein, ich geh allein. Und du bleib hier. Dorthin geh ich allein.«

Dabei wußte sie gar nicht, wohin es sie zog. Sie trat vors Tor hinaus, verweilte dort kurz, in Gedanken versunken, schlug dann den Weg zur Angara ein, bereits ahnend, daß sie seitwärts abbiegen würde, bog auch wirklich ab, ging auf der Höhe der Gemüsegärten zum Dorf hinaus – die Füße trugen sie zum Friedhof hin. Doch sie erreichte den Friedhof nicht, eine innere Stimme sagte ihr, daß es nicht gut sei, mit vager, nachgiebiger Seele dorthin zu gehen und die Ruhe der Toten zu schmälern, die durch die gestrigen Kriegshandlungen ohnehin gestört war. Sie würde es heute nicht finden, das Wort, das an das Gehör der Toten rührt. Dieses Wort war nicht da und würde nicht kommen, nicht jetzt.

Noch verwirrter als zuvor, ließ sie sich kraftlos auf die Erde sinken: auf eine mit trockenem Gras bewachsene Anhöhe. Ihr Gesicht war jetzt der unteren Inselspitze zugewendet, sie suchte mit den Augen nach etwas, dessen Anblick sie beruhigen würde. Sie blickte um sich. Einmal, ein zweites, ein drittes Mal ...

Von hier, vom oberen Inselkap, schien alles ausgebreitet wie ein Tuch: die Angara, und weit hingestreckt das ferne fremde Ufer, und die heimatliche Insel, die hinter einer Kieferneinöde mit der Nachbarinsel Podmoga zu einem Ganzen verschmolz, so daß das gedoppelte Eiland sich fast bis zum Horizont hinzog – nur dicht an dessen Rand glitzerte ein schmaler Streifen Wasser. Der breite Flußarm rechter Hand, der an der Knickstelle ein Stück weit abzustehen schien, bedrängte das gegenüberliegende flache Ufer, dellte sich in jenes Ufer ein, um sich in einer noch weiteren Ferne wieder geradezustrecken. Der ruhigere und nähere linke Flußarm, der das Eigentum des Dorfes zu sein schien und zu dem ein Steilufer hinabführte, wirkte jetzt im sanften Scheinen der Sonne bewegungslos. Dieses Flußstück nannten die Leute im Dorf: »Unsere Angara.« Zu diesem Flußstück blickte das Dorf hinüber, hier wurden die Boote schwimmfertig gemacht, von hier holte man das Wasser fürs Dorf, an diesem Ort schauten die Dorfkinder zum erstenmal in die Welt hinaus. Bis zum letzten Kieselstein war hier alles erforscht und dem Gedächtnis einverleibt. Jenseits dieses Flußarms waren in der Kolchoszeit Felder bestellt worden, die man erst in diesem Jahr aufgegeben hatte.

Still und geruhsam lag die Insel da: vom Schicksal zugewiesene Heimaterde, weil sie deutlich verlaufende Grenzen besaß, hinter denen kein festes Land, sondern fließendes Wasser war. Jedoch von einem Ende zum anderen, von Ufer zu Ufer, besaß die Insel genug Weite und Reichtum, Schönheit und Wildheit, und von jedem Tierchen ein Pärchen: alles, wodurch sich das Festland auszeichnete, das gab es in ausreichender Fülle auch auf Matjora. Still und in sich abgeschlossen lag sie da, die Insel, und sammelte die Säfte des Frühsommers. Rechts, schräg gegenüber der Anhöhe, auf der Darja saß, grünte dicht und gleichmäßig das Wintergetreide, dahinter erhob sich der noch bläßliche Wald mit den dunklen Flecken der Tannen und Kiefern. Zwischen den Bäumen des Waldes sah man da und dort, höher und tiefer, die nach Podmoga führende Straße durchscheinen. Näher zum Wald hin und links von der Straße lag eine auf zwei Seiten eingezäunte Viehweide – die beiden anderen Seiten, zur Angara und zum Dorf hin, blieben offen, dort weideten Kühe, und am Hals einer der Kühe schepperte, gluckerte fast, ein Glockenklöppel. Mitten auf der Viehweide stand ein geradezu königlicher Baum, eine drei Armweiten dicke, uralte Lärche – die alten Leute im Dorf sagten: »der Lärch.« Die mächtigen Zweige des Baumes standen im rechten Winkel vom Stamm ab, den Wipfel hatte einst ein Blitz weggeschlagen. Ein Stück weiter weg stand eine Birke. Es sah aus, als sei die Birke auf die Lärche zugegangen, unterwegs aber stehengeblieben, erschrocken durch den mächtigen Anblick des Nachbarn oder durch seine Enthauptung. Darja erinnerte sich noch gut an die Zeit, als die Birke ein Birkchen war. Später hatte sich der knorrige Stamm in der Mitte gespalten, die Rinde sah wie versteint aus, die Äste hingen schwer herab. Außer diesen beiden Bäumen war es auf der Weide leer – alles andere hatte das Vieh abgenagt und zerstampft.

Aber Darja sah auch, was hinter dem Wald war: die Felder mit den Feldrainen aus hohen Espenbäumen, das leicht abfallende, feuchte rechte Flußufer mit dem Weidengestrüpp und den Johannisbeersträuchern und, näher zu Podmoga hin, ein kleines Moor, bewachsen mit Zwergbirken. Diese Birken wurden rasch morsch, das Moorwasser tat ihnen nicht gut, kahl und verräterisch ragten sie in die Höhe: wenn einmal eine Hand nach so einer Stütze griff, brach die Stütze gleich ab. Auf dem linken Hochufer standen ganz andere Birken: die waren hoch gewachsen und rein und reich belaubt, und wenn man die Rinde einer solchen Birke berührte, blieb auf der Handfläche ein leichtes mörtelartiges Weiß zurück. Die Birken vom linken Ufer standen fröhlich da und streckten sich in die Höhe und Breite, als wären sie zum Zwecke eines Spiels hier aufgestellt worden, in Gruppen zu drei oder vier. Und wirklich veranstaltete die Jugend ihre Spiele auf dieser Wiese. Hier wurde so manche Verabredung getroffen, und manches Mädchen aus dem Dorf erwarb auf diesem Grasbett einen schlechten Ruf, verließ die Wiese etwas weniger heil, als es sie betreten hatte. Manchmal spannte das ganze Dorf die Gäule ein und galoppierte feiertags im Sonnenglast hierher. Die jungen Burschen sprangen vom Hochufer ins dunkle Wasser der Angara, und irgendwann, in einem weit zurückliegenden Sommer, soll ein Bursche namens Pronja, so jedenfalls lautete die Legende, nicht wieder ans Ufer geklettert sein. Seither und schon viele Jahre lang streift er in Sommernächten hier herum, als Nixengemahl, und ruft etwas mit scheuer Stimme.

In ihrem Gedächtnis sah Darja noch weiter, sie sah wieder Felder zu beiden Seiten der Straße, und auf den Feldern da und dort einsam stehende, meistens eingetrocknete Bäume, die in den Zeiten der privaten Landwirtschaft die Grenzen der Grundstücke bezeichnet hatten. Auf diesen Bäumen saßen Krähen, träg und stumm, verwirrt durch die bläßliche Sonne und die für die Jahreszeit ungewöhnliche Stille. Die Straße bog zur alten Dorftenne ab, wo im Spreu, durch das Korn hindurchwuchs, die Sperlinge ihr Wesen trieben, während das geschwärzte Stroh schichtweise herumlag. Wieviel Altes gab es, das seinen Dienst abgeleistet, seine Zeit abgelebt hatte, das ohne Nutzen und Notwendigkeit zurückblieb, aber nur langsam und ungern wegfaulte! Was sollte man damit anfangen? Wie sollte man mit ihm verfahren? Gut: hier in Matjora würden Feuer und Wasser alles verzehren. Und an den anderen Orten? Und Darja dachte: nichts auf der Welt ist ungerechter, als wenn irgendwer, Baum oder Mensch, so lange lebt, daß er für keinen mehr von Nutzen ist und jedermann nur zur Last gereicht. Unter den vielen Sünden, die der Fürbitte und Sühne anheimgestellt sind, geht diese eine Sünde über jedes Menschen Kraft. Bei einem Baum geht es noch hin, der stürzt und fault und düngt die Erde. Aber beim Menschen? Bringt er wenigstens diesen Nutzen? Wozu soll man das Alter erdulden, wenn es nichts bringt, außer Mühsal und Qual? Wozu sollst du nach einer höheren Wahrheit suchen, wenn die ganze Wahrheit darauf hinausläuft, daß du jetzt keinen Nutzen bringst und auch künftig keinen bringen wirst, daß du alles längst getan und vollbracht hast, dessentwegen du einst auf die Welt kamst, daß dein jetziger Dienst nur noch darin besteht, anderen Leuten zur Last zu fallen. »Ist das so? Ist das wirklich so?« fragte und forschte Darja, von Angst erfüllt, und wußte keine Antwort darauf, oder genauer: sie wußte immer nur ein und dieselbe Antwort. Verwirrt und ratlos verstummte sie.

Drüben aber lag das stumpfe Inselende: das schlammige Ufer und die Furt hinüber nach Podmoga. Bei ruhigem Wasser war das Vieh rasch hinübergetrieben – jeden Sommer weidete die Kolchosherde dort. Aber wenn Wind aufkam, wenn der Fluß aufgewühlt wurde, dann war es nichts mit der Furt, dann mußte man sich fest ans Boot klammern. Die Spitze von Podmoga ragte in die Angara hinein und reichte ein Stück über die Mutterinsel hinaus, so als hätte das eine Eiland irgendwann das andere überholen wollen, hätte guten Anlauf genommen und wäre dann steckengeblieben. Und so mußte Matjora Podmoga ins Schlepptau nehmen. Auf der Höhe der Furt hatte man ein Seil durch die Luft gespannt, damit sich die Leute bei unruhigem Wetter daran festhalten konnten. Auf das Seil setzten sich gern die Mauersegler, die auf dem Hochufer nisteten. Auch jetzt saßen sie dort, wippten mit den Schwänzen und schauten ins Wasser hinab.

Und man wußte nicht, ob die Insel besonnt ist oder ob die Sonne bereits verschwunden ist. Am Himmel stand sie zwar, aber der Sonnenschein war schwach und gedämpft, er warf keine Schatten, spendete fast keine Farben. Ringsum war alles schläfrig und geduldig, und nicht ein Laut war jetzt zu hören. Das alte Dorf linker Hand lag stumm da, mit seinen blinden, rindsblasenartigen Fenstern. Auf der Weide stand starr der enthauptete »Königslärch«, seine riesigen, weit verästelten Zweige blind gespreizt. Bleich und wie eingeschlafen wirkten die grünenden Felder, schütter, nicht vollwüchsig und nicht voll belaubt erschienen die Wälder. Genauso stumm, dürftig und herrisch zugleich, sein Geheimnis nicht preisgebend, lag daneben jenes andere und volkreichere Dorf, in dem sich jetzt freilich niemand mehr ansiedelte: der Friedhof, die Zuflucht der Ahnen . . .

Schon bald wird alles ein Ende nehmen.

Darja versuchte, den schwer auf ihr lastenden Gedanken wegzuschieben. Vielleicht ist das richtig so? Doch sie konnte nicht, der Versuch ging über ihre Kraft. Sie rückte ein Stück davon weg und wollte Antwort auf einen leichteren Gedanken finden: was ist nun »richtig so«? Worüber hat sie nachgegrübelt? Worauf hat sie hinausgewollt? Aber auch das wußte sie nicht. Lohnte es denn, dies lange beschwerliche Leben zu leben, um sich an dessen Ende einzugestehen, daß sie in diesem Leben nichts begriffen hat? Während sie sich auf ihr Alter zubewegte, hat sich auch das menschliche Leben irgendwohin aufgemacht. Sollen es andere jetzt einholen. Aber auch die holen es nicht ein. Sie meinen nur, daß sie ihm auf den Fersen bleiben. Auch sie werden voller Wehmut und Ohnmacht dem Leben nachblicken, so wie sie das jetzt tut.

Irgendwo in ihrem Rücken tutete auf dem Hauptarm der Angara ein Dampfer, von einem einsamen Baum auf dem Feld flog jäh eine Krähe zum Himmel auf. »Auf dem Ozean, auf der Insel Bujan . . «, fiel Darja plötzlich ein. Das waren die Anfangsworte eines alten, schaurigen Zauberspruchs. Und wieder erschrak Darja.

5

Gegen Abend kam Pawel angefahren. Darja hörte die Gartentür gehen und hob den Kopf. Sie sah, wie Pawel in den Hof trat und den leeren Rucksack von den Schultern gleiten ließ. Darja erriet, daß Pawel Kartoffeln holen wollte. Als er ins Haus trat, fragte sie:

»Die Kartoffeln habt ihr wohl alle aufgegessen?«

»Das haben wir.«

»Ich hab euch gesagt, nehmt mehr mit. Ihr seid mit dem Lastkahn gefahren. Und habt nicht mal einen halben Sack mitgenommen. Und dabei seid ihr starke Esser.«

»Die wären doch nur angefault«, erwiderte Pawel. Er hatte sich auf die Bank gesetzt und versuchte, die schweren Stiefel abzustreifen.

»Angefault, sagst du?« wunderte sich Darja. »Du hast gesagt, ihr habt einen Keller!«

»Den haben wir, den haben wir«, keuchte Pawel, über die an den Füßen klebenden Stiefel gebeugt. »Wir haben einen Keller, allerdings. Doch wir werden ihn als Brunnen benutzen. In unserem Keller steht so hoch das Wasser, daß man es wegpumpen kann.«

»Was sagst du da! Und warum hast du nicht aufgepaßt, als sie euch die Wohnung zugeteilt haben?«

»Da kannst du aufpassen, soviel du willst. In allen Kellern steht das Wasser. Wir in der Siedlung brauchen keine Angara mehr.«

»Großer Gott, was geht auf der Welt vor! Und warum haben sie dort Häuser hingebaut? Statt vorher ein Loch in die Erde zu bohren!«

»Warum? Weil es fremde Baumeister waren. Denen war es gleich.«

»Mein Gott, das wird immer besser!«

Darja verstummte wieder, eines kam zum anderen. Und wie soll man auch etwas erklären, das keine Erklärung verträgt, das schon in sich selbst die Antwort enthält? Nur die kleinen Kinder fragen: warum heißt das Brot Brot und das Haus Haus? Weil Brot und Haus ihre angestammten, althergebrachten Namen tragen, von denen andere Wörter ihren Ursprung nehmen – und was würde sich schon ändern, wenn irgendwer wüßte, woher diese Namen kommen? Solange Brot da ist und das Haus dasteht, solange menschliche Behausungen nicht von blinden Baumeistern errichtet werden!

Sie sah, wie müde Pawel war. Mit Mühe riß er sich endlich die Stiefel von den Füßen und trug sie hinaus, damit sie ihren Geruch nicht in der Stube verbreiteten. Dann ging er barfuß in die vordere Zimmerecke, setzte sich auf die Liege und stellte nicht ohne Sorgfalt seine weißen, geschwollenen Füße vor sich auf. In diesem Frühjahr, kurz vor Ostern, war er fünfzig geworden. Er war jetzt Darjas Ältester, nach der Reihe des Geborenwerdens jedoch ihr zweiter Sohn – den ersten hatte der Krieg geholt und nicht wieder hergegeben. Noch einen anderen Sohn hatte sie im Krieg, wenn auch nicht durch den Krieg verloren. Der war wegen seiner Minderjährigkeit daheim geblieben, aber auch hier hatte ihn der Tod aufgespürt und ereilt, bei Waldarbeiten, dreißig Kilometer vom Dorf. Sie brachten ihn in einem geschlossenen Sarg und begruben ihn, ohne ihn der Mutter gezeigt zu haben, sie sagten, als die Mutter sie darum bat, es sei nichts da, was man anschauen könne. Das war so einfach und so grausam, daß es sich dem Begreifen entzog. Sie hatte ihn geboren, gestillt, aufgezogen, der Junge hatte die Schwelle zum Mann fast erreicht, und ein durch Zufall abgebrochener schwerer Ast hatte in Augenblicksschnelle nicht mal für den Sarg was übriggelassen. Wer hatte mit dem Finger auf ihn gezeigt, und warum gerade auf ihn? Sie glaubte nicht daran, daß so etwas blindlings geschieht. Nein, in diesen Dingen steckte etwas Vorentschiedenes und Gezieltes, etwas, das genau wußte, auf wen es Jagd macht. Und es gab, es gab eine unbegreifliche, furchtbare Wahrheit: alle ihre drei Kinder, die sie zu Grabe getragen hatte, waren aufgewachsen und ins Leben getreten. Der eine taugte für den Krieg, der andere taugte für die Arbeit, Darjas älteste Tochter, die in Podwolotschnaja bei der zweiten Niederkunft starb, hatte schon Familie gehabt. Das bedeutete, daß auch sie unters Wasser geraten würde. Nur jener Sohn, der im fremden Land in einem Gemeinschaftsgrab zusammen mit seinen Kameraden bestattet worden war, würde vielleicht in der Erde bleiben. Je nachdem natürlich, wie es dort um Erde und Wasser bestellt war, welches dieser Güter die Lebenden dort dringender brauchten.

Genauso viele Kinder, wie gestorben waren, waren am Leben geblieben, nämlich drei. Eine Tochter lebte in Irkutsk, ein Sohn war aus einem alten, weit gelegenen Waldwirtschaftsbetrieb unlängst in einen neu eröffneten Betrieb der gleichen Art übergesiedelt, der näher zu Matjora hin lag. Und dann Pawel. Es wäre eine Sünde gewesen, sich über diese Kinder zu beklagen, sie alle erwiesen der Mutter Ehre und Achtung, die weiter weg Wohnenden schrieben regelmäßig und luden sie zu sich ein. Pawel hatte noch niemals ein grobes Wort an die Mutter gerichtet und auch sein Eheweib in diesem Sinne beeinflußt. Nicht jedem widerfährt auf seine alten Tage ein so günstiges Los. Was wollte sie noch mehr? Heutzutage hungert und friert keiner, und wenn dich dann auch noch die Kinder achten: dann darfst du dich wohl glücklich schätzen!

Pawel saß eine Weile stumm da, den schweren versonnenen Blick auf den Fußboden gerichtet. Das war wohl auch der Grund, weswegen er merkte, daß der Boden nicht gekehrt war. Er fragte:

»Wie kommst du zurecht? Hilft dir die Vera?«

»Wenn die Vera vorbeischaut, dann sag ich ihr, ich komm allein zurecht. Aber gestern hab ich nicht gekehrt. Gestern hab ich nicht einmal die Kuh versorgt!«

»Hast du dich krank gefühlt?«

»Ja, weißt du, was die treiben, Pawel?! Weißt du das?! Das geht über den Menschenverstand!«

Erst redete sie gelassen, doch sie hielt es nicht aus, sie begann zu weinen, bedeckte das Gesicht mit den Händen, wurde von trockenen, glucksenden Schluchzern geschüttelt. Pawel fragte sie nicht, er wartete. Und selbst noch, als die Mutter sich etwas beruhigt hatte und zusammenhängend von den Vorgängen des gestrigen Tages berichtete, wobei sie besonderen Nachdruck auf Woronzows und Shuks Worte legte, die besagten, daß mit dem Friedhof das ihm Angemessene geschehen würde, selbst dann noch sagte Pawel kein einziges Wort. Er wirkte noch müder, sein Oberkörper hing schwer und schlaff herab, die Hände lagen nach Greisenart zwischen den Knien. Ein schwieriger, zäher Gedanke setzte ihm zu. Als Darja keine Antwort erhielt, sprach sie den Sohn flehend an:

»Vielleicht überführt ihr wenigstens deine Großeltern? Was meinst du, Pawel? Kolzows haben zwei mitgenommen ... zwei Särge. Und die Anfissa hat ihren Kleinen vom Friedhof geholt und an einen anderen Ort gebracht. Freilich ist es Sünde, die Toten anzurühren ... Aber sie zurückzulassen ist eine noch größere Sünde. Denk nur mal, was die anstellen, diese Leute! Und wenn erst das Wasser . . .«

»Im Augenblick hab ich genug zu tun, Mutter«, erwiderte Pawel. »Ich kann sowieso kaum noch schnaufen. Wenn mehr Zeit ist, schaffen wir sie rüber. Ich hab schon selbst daran gedacht. Ich mach mit irgendwem was aus. Das machen wir dann mit vereinten Kräften.«

Sie wußte nicht so recht, ob sie sich darüber freuen sollte, daß sie das Gespräch darauf gebracht und so etwas wie eine Absprache mit dem Sohn herbeigeführt hatte. Schließlich freute sie sich und fragte erregt:

»Werden wir das Heu mähen?«

»Weiß ich nicht, Mutter. Ich weiß vorläufig nichts.«

Sie bekam Mitleid mit ihm und fragte ihn nicht länger.

Und doch hatte sie die Frage der Heumahd nicht von ungefähr angeschnitten. Es mußte jetzt entschieden werden, ob sie weiter eine Kuh halten werden. Mit diesem Problem war nicht nur Darjas Familie konfrontiert, sondern jeder, der in den Staatswirtschaftsbetrieb übersiedelte. Von dort, aus der Sowchossiedlung, drangen sonderbare Neuigkeiten zu den Dörflern. Es wurde erzählt, und zwar nicht einfach so, sondern auf Grund von verbürgten Augenzeugenberichten, daß in die Siedlung die ehemaligen Bewohner von sage und schreibe zwölf Dörfern zusammenströmten. Es hieß weiter, die Häuser in der neuen Siedlung würden für jeweils zwei Familien gebaut. Jede Familie bekäme ihren eigenen Eingang und ihre eigene Wohnung, diese Wohnung würde zweistöckig, zwischen den zwei Stockwerken sei eine steile Treppe, fast eine

Hängeleiter. Und jede Wohnung würde haargenau der anderen gleichen. Daß die Treppe wirklich steil war, so steil, daß es nicht nur für eine alte Frau, sondern selbst noch für einen kränkelnden Menschen wenig ratsam war, sie zu benutzen, konnte man daraus ersehen, daß bereits welche zu Schaden gekommen waren. Der betrunkene Samowar – so nannte man den hitzigen und wohlbeleibten Kolchosbuchhalter – purzelte, als er eines Nachts auf der Wendeltreppe herumkletterte, diese Treppe herab und hatte, wie er hinterher im Krankenhaus erfuhr, zwei Rippen gebrochen. Ein kleines Mädchen aus einem fremden Dorf war ebenfalls gestürzt und hatte sich am Kopf verletzt. Das war ja auch kein Wunder, sie waren das ebenerdige Gehen gewohnt und brauchten Zeit, um es sich abzugewöhnen. Darja hatte sich fest vorgenommen, eine solche todbringende Treppe, falls sie doch einmal in so einem Haus wohnen müßte, auf gar keinen Fall hinaufzusteigen. Die Wohnungen freilich, so wurde geprahlt, seien wunderschön, die Zimmerwände seien mit lauter Blümchen und Blättchen bemalt, in der Küche sei, statt eines russischen Ofens mit Brennholz und Kohlen, ganz wie in der Stadt ein Elektroherd mit vielen Schaltern, hinter einer dünnen Wand sei, damit man nicht auf die Straße zu laufen braucht, eine Toilette, und im Obergeschoß, falls doch mal einer hinaufsteigt, gäbe es noch mal zwei große Stuben mit allen möglichen Schränkchen und Türchen und Schikanen.

Soweit die Wohnung. Daneben, in einem kleinen Hof gleich an der Hauswand, soll sich ein winziger Gemüsegarten befinden, für den man aber erst noch Erde anfahren müsse, damit überhaupt etwas wüchse, denn der Boden sei steinig und lehmig. Und auch das sei zum Verwundern, und ganz und gar verkehrt: nicht der Garten käme auf die

Erde drauf, sondern die Erde auf den Garten! Und dann noch die winzige Größe des Gemüsegartens, da werden selbst die Hühner lachen. Für die Hühner übrigens soll ein Verschlag da sein, ein zweiter Verschlag für die Sau, ein Kuhstall jedoch war nicht vorgesehen, und es war auch gar kein Platz für einen Stall vorhanden. Irgendein Zigeuner, so wurde erzählt, hatte es trotzdem fertiggebracht, einen Kuhstall zu errichten, aber dann waren die Leute aus dem Siedlungssowjet gekommen und hatten gesagt, das geht nicht, das mußt du wieder fortmachen, das hier ist kein Zigeunerlager, sondern eine städtische Siedlung, in der alles einheitlich zu sein hat. Das mit dem Zigeuner wollte Darja nicht recht glauben, woher soll ein Zigeuner eine Kuh haben? Die Zigeuner waren noch niemals aufs Rindvieh versessen gewesen, sie weigerten sich sogar, Kühe zu stehlen, und waren nur auf Gäule scharf. Der Zigeuner taugt genauso zum Viehhalter wie der Wolf zum Schafhirten. Doch seltsamerweise erzählte man diese Geschichte so, als sei sie einem Zigeuner passiert. Als Darja fragte, ob es wahr sei, daß der Siedlungssowjet den Bau von Kuhställen verbietet, verzog Pawel das Gesicht und erwiderte ausweichend:

»Sie werden es schon noch erlauben ... Es geht nicht um den Stall ...«

Es war klar, daß es vor allem um das Heu ging. Am neuen Ort gab es weder Heuwiesen noch Viehweiden, und keiner in der Siedlung wußte, wie man nicht etwa nur das private, sondern auch das der Gemeinschaft gehörende Vieh füttern sollte. Zur Gewinnung von Ackerland wurde die Taiga über Dutzende von Kilometern hin gerodet, an Grünlanderschließung war hingegen vorerst nicht gedacht. Um der Erde das eine ab- und das andere anzugewöhnen, würde man Jahre und Jahre brauchen. Für den Bedarf des ersten Winters konnte man das Heu natürlich am alten Ort ernten, doch dieses vage *konnte man* versetzte die Leute erst recht in Verlegenheit und Trübsal: für den ersten Winter, nun gut, und was weiter? Was würde weiter werden? Sollte man es da nicht besser gleich bleibenlassen? Aber sie hatten sich doch so an die Haltung von Kühen gewöhnt, in schwerer Zeit hatte die Kuh ihnen Speise und Trank gewährt – und immerhin gab es dieses *konnte man*! Aber andererseits gab es auch genug Fallgruben, in die man stürzen konnte. Wo sollte man die Zeit für die Heumahd hernehmen, sie hatten ja keinen Kolchos mehr, wo ein jeder die gleichen Sorgen hatte, wo deine Sorgen vom Nachbarn verstanden wurden. Und weiter, wie sollte man das mit Hängen und Würgen vielleicht doch gemähte Heu über den Fluß schaffen, bevor er über seine Ufer tritt, und wie sollte man es auf dem anderen Ufer den Berg hinaufbringen? Und noch weiter, gesetzt den glücklichen Fall, das Heu wäre gemäht, hinübergeschafft, den Berg hinaufbefördert und in die neue Siedlung transportiert, wo bringt man das Heu dann dort unter? Und wo, Herrgott noch mal, die Kuh?! Eine Schwierigkeit türmte sich auf der anderen auf, und unwillkürlich ließ man die Arme sinken, und Mutlosigkeit breitete sich aus.

Nein, dieses letzte Jahr, dieses Umbruchsjahr, fuhr einem mächtig in die Knochen. Besonders ungerecht und schlimm war, daß auch dieses Jahr, wie jedes andere, nach althergebrachter Ordnung, im üblichen Rhythmus des Jahresablaufs, sich Tag um Tag auf das zubewegte, was sein würde, und dieses *würde sein* war durch nichts abzuwenden. Wenn es dann einmal eingetreten wäre, wenn sie sich in ihrem neuen Leben wiederfinden würden, wenn sich entschieden hätte, was sie fortan sind, weiterhin Bauern, aber andere Bauern als bisher, oder vielleicht Edelleute aus altem Geschlecht, wenn sie ihr neues Arbeitsleben anpacken und voranbringen würden, dann würde ihnen wahrscheinlich leichter werden, einstweilen jedoch flößte ihnen alles Furcht ein, erschien ihnen das Bevorstehende fremd und unverläßlich und überforderte ihre Kräfte, ähnlich jenen steilen Treppen, die der eine spielend schafft, während ein anderer lieber unten bleibt. Die Jungen haben es leicht, die hüpfen die Treppe auf einem Bein hinauf! Und wirklich fiel der Abschied von Matjora der Jugend viel leichter. Klawka Strigunowa beispielsweise sagte:

»Die hätten das Dorf längst überfluten müssen. Hier riecht es doch nur nach Moder. Das ist ein Leben für Wanzen und Kakerlaken. Oder für Frösche: links und rechts nichts als Wasser!«

Sie konnte die Stunde nicht erwarten, in der sie das Haus ihrer Väter und Vorväter anzünden und die dafür angesetzte Geldsumme einstreichen würde. Sie hätte schon längst gezündelt und wäre mit dem Geld auf und davon, aber beiderseits von Klawkas Haus standen genau solche Häuser, deren Insassen noch nicht fortgezogen waren, das Feuer hätte auf sie überspringen können. Deswegen mußte sich Klawka das Zündeln einstweilen versagen. Sie stieß wüste Flüche an die Adresse des Dorfes und seiner Bewohner aus, die sich nicht aus ihren angestammten Löchern wegbewegen wollten, sie wünschte ihnen Blitz und Donner aufs Haupt.

»Und ich werd es doch anzünden«, drohte sie, wenn sie aus der Siedlung angefahren kam. »Das Weitere geht mich nichts an. Wenn ihr nicht fort wollt, wenn ihr lieber brennen wollt – dann brennt eben in Gottes Namen. Ich habe nicht vor, euretwegen zu leiden.«

Die gleiche Sorge – möglichst rasch die zweite Hälfte der Ablösungssumme zu bekommen – bewegte auch Petrucha, den Sohn der alten Katharina. Jedoch Petrucha stieß auf ein anderes Hindernis. Vor etwa zwei Jahren waren Leute durchs Dorf gegangen, hatten fast jedes Bauwerk geprüft und an Petruchas Haus ein Blechschild angebracht: *Denkmal der Holzarchitektur. Eigentum der Ak.d.Wiss.* Sie sagten Petrucha, sein Haus würde in ein Museum kommen, und das erfüllte ihn zunächst mit großem Stolz. Immerhin war es sein Haus, daß dieser Ehre teilhaftig geworden war. Menschen würden eigens Geld dafür bezahlen, um das Haus zu sehen, um zu sehen, wie fein die Fensterverzierungen geschnitzt sind, wie lustig die Bemalung der Zäune ist, was für einen Hängeboden das Haus besitzt, aus was für Baumstämmen es gezimmert ist. Zwar hingen an Mühle und Kornspeicher genau solche Blechschilder, aber das hier war ein Wohnhaus, also kein Vergleich! Das derzeitige Blechschild war eine Notlösung, später im Museum würde ein anderes Schild drankommen: *Wohnhaus des Bauern Petrucha Sotow aus dem Dorf Matjora . . .*, oder nein, besser: . . . *des Bauern Nikita Alexejewitsch Sotow.* Alle werden das lesen, werden staunen und neidisch werden. Nikita Alexejewitsch Sotow war Petruchas richtiger Name, bei der Geburt war er auf den Namen Nikita getauft worden, erst später, als seine Torheit und Tagedieberei offenkundig wurden, benannte man Nikita in Petrucha um. Dieser Name klang weniger seriös. Inzwischen war sein richtiger Name in Vergessenheit geraten, sogar die eigene Mutter nannte ihn Petrucha, und auch er selber gebrauchte den gesetzlichen Namen nur in seinen kühnsten

Tagträumen, wenn er sich irgendeine Auszeichnung in Würdigung seiner hervorragenden Verdienste ausmalte, während ihm im alltäglichen Umgang der Name Petrucha vollauf genügte. Aber auf dem Schild im Museum würde natürlich der richtige Name ordnungsgemäß und komplett draufstehen.

Doch es vergingen Monate um Monate, die Leute, die so großen Gefallen an Petruchas Wohnhaus gefunden hatten, ließen nichts von sich hören, und Petrucha begann sich zu sorgen. Der Vorschuß, die Hälfte der Ablösungssumme für das Haus, war längst ausgegeben und vertrunken, für den Erhalt der zweiten Hälfte des Geldes war Voraussetzung, daß Petruchas Haus an diesem Ort nicht mehr stand. Das ganze letzte Jahr über hatte Petrucha Briefe geschrieben und darauf bestanden, daß die *Ak. d. Wiss.* ihr Eigentum abholt. Niemand beantwortete seine Briefe. Er empfand schon gar keine Freude mehr beim Gedanken ans Museum – soll doch der Teufel das Schild mit der Inschrift holen! Jetzt kam es darauf an, das restliche Geld zu erhalten. Nach Auflösung des Kolchos hatte Petrucha nirgends mehr gearbeitet, höchstens gelegentlich, seine Mutter und er nagten fast am Hungertuch, und dabei stand ihm das runde Sümmchen von tausend Rubel zu, ein Vermögen. Was ihn von dieser Summe trennte, war das Haus. Hätte es die *Ak. d. Wiss.* nicht gegeben, Petrucha hätte längst gehandelt. Petruchas Hof lag abseits, die Nachbarn wären nicht in Gefahr gekommen. Aber das *Eigentum der Ak. d. Wiss.* hielt Petrucha vorläufig noch zurück. Immerhin stand in Druckbuchstaben angenagelt, daß es nicht sein, Petruchas, Eigentum war – es könnte also Unannehmlichkeiten geben. Seltsam genug war es ja, das Haus war Petruchas Haus, aber nicht Petruchas Eigentum. Und der wirkliche Hausherr war schwer zu ermitteln. Er kriegt nichts – und die anderen nehmen nichts.

»Die werden es noch erleben«, sprach Petrucha in drohendem Tonfall und richtete seinen Blick in irgendwelche flußjenseitigen Fernen. »Holz ist nicht Eisen, es kann sich auch von selbst entzünden. Hinterher kannst du lange fragen, wessen Eigentum es war.«

Klawka und Petrucha und vermutlich noch einige von den Jungen freuten sich über die bevorstehenden Veränderungen und verhehlten ihre Freude nicht, alle übrigen fürchteten sich davor und empfanden Unbehagen vor der Ungewißheit des Kommenden. Hier im Dorf war alles wohlbekannt, jeder Winkel im Haus, jeder Pfad durch Wald und Flur, hier war sogar der Tod im Kreis der Dorfleute eine vertraute, klare, schlichte Sache: wer dich beweinen, wer dich bestatten wird, neben wen du zu liegen kommst – das war dir bekannt. Drüben herrschte völlige Finsternis, im Diesseits wie im Jenseits. Und wenn, jedesmal für kurze Zeit, Pawel aus der Siedlung angefahren kam und Darja ihn auszufragen begann, beantwortete er ihre Fragen nur ungern und fast schuldbewußt, als fürchte er sich vor ihrem Erschrecken, davor, daß das Neue zu ihren althergebrachten Begriffen nicht passen würde.

»Du sagst, es gibt nur ein Schwitzbad für alle?« staunte sie und versuchte sich vorzustellen, was das für ein Riesenschwitzbad wäre. »Das wird immer besser! Ein einziges Bad für so viele Leute? . . . Ja, kann man denn dort nicht ein eigenes bauen?«

»Wo willst du es hinbauen?«

»Herrgott! Ich glaub, ich wachs lieber mit Dreck zu, als daß ich in so ein Unding von Schwitzbad hineingeh!«

Und jetzt noch diese Neuigkeit: in den Kellern steht das

Wasser. Wenn es in diesem Jahr steht, dann steht es bestimmt auch im nächsten Jahr, dieser Sommer ist nicht besonders feucht. Dann muß man wohl den Keller höher legen, falls Platz dafür da ist: muldenförmig und mit Holzbeschlag. Für einen so kleinen Gemüsegarten reicht gewiß auch ein so kleiner Keller aus! So einen Zwerggarten kann man fast den Hühnern überlassen.

Noch lange, lange wirst du an Matjora denken . . .

6

Als die Nacht hereinbrach und das Dorf in Schlaf versank, schlüpfte aus dem Ufer des Mühlbachs ein kleines, gerade katzengroßes, keinem anderen Tier gleichendes Geschöpf. Und es war auch gar kein Tier – es war der Herr der Insel. So wie in den Häusern Hausgeister leben, so besaß die Insel ihren Inselgeist. Keiner hatte ihn je gesehen, keiner war ihm je begegnet, doch er selber kannte hier alle und wußte alles, was auf dieser vom Wasser umgebenen, aus dem Wasser hochragenden Erde geschah. Dafür war er ja auch Herr über die Insel: um alles zu sehen, alles zu wissen und niemandem hinderlich zu sein. Nur auf diese Weise konnte er der Herr der Insel bleiben. Ihm durfte keiner begegnen, niemand durfte etwas von seinem Dasein ahnen.

Schon vorher, als er aus seiner Erdhöhle, aus seiner alten Zufluchtsstätte in der Uferböschung des Mühlbachs, herausgelugt hatte, sah er, daß die bei Anbruch des Abends aufgegangenen Sterne bald wieder erloschen waren. Vielleicht waren sie jetzt an einem anderen Ort, denn vom Himmel kam fahles Dämmerlicht herab, und dieses Licht mußte irgendwo herkommen – aber selbst die scharfen Augen des Herrn der Insel konnten nirgends einen Stern entdecken. Außerdem schaute er ungern zum Himmel hinauf, der Anblick des Himmels versetzte ihn in den Zustand einer vagen Unruhe, schreckte ihn durch seine Abgründigkeit. Sollen die Menschen dorthin schauen und Trost darin finden.

Die Nacht war warm und still und andernorts wahrscheinlich dunkel, aber hier unter dem riesengroßen Himmelszelt am Fluß war die Nacht durchsichtig. Es war still, doch aus dieser schläfrigen und lebendigen, wie der große Fluß dahinströmenden Stille konnte man das Gurgeln des Wassers an der nähergelegenen oberen Inselspitze heraushören, und das unstete, dumpfe Rauschen der Stromschnellen wie Wind im Laubwerk weit weg am linken flußjenseitigen Ufer, und dann und wann das jähe Aufplätschern eines Fisches, der sogar noch zu so später Stunde sein Spiel im Wasser trieb. Das waren die klareren, dem Gehör eingängigeren Geräusche, die Laute der Angara. Wenn man sie einmal wahrgenommen hatte, konnte man auch die Geräusche der Insel hören, das schwere, angespannte Knarzen der alten Lärche auf der Viehweide, und das dumpfe Getrampel der weidenden Kühe, das fast zu einem Klingen verschmelzende Schmatzen und Wiederkäuen. Und im Dorf das nie aussetzende Sichregen dessen, was draußen lebt: der Hunde, der Hühner, des Kleinviehs. Aber selbst diese Geräusche kamen dem Herrn der Insel überlaut und grob vor. Mit besonderem Wohlgefallen und besonders feinem Gehör horchte er hingegen auf das hin, was in der Erde und in Erdnähe geschah: auf das Geraschel der Feldmäuse, die auf nächtliche Jagd gingen, auf das dünne Zirpen eines Vogels, der im Nest auf seinen Eiern brütend saß, auf den schwachen, gleich wieder ersterbenden Laut eines wippenden Astes, der einem anderen Vogel zu unbequem gewesen war, auf den Atem des wachsenden Grases.

Nachdem er aus seiner Höhle geschlüpft war, auf alles hingehorcht und sich alles wieder vergegenwärtigt hatte, was sich hier in der Runde nach alter Sitte und Gewohnheit tat, schlug er mit nicht minder gewohnter Bedächtigkeit und Sorgfalt seinen Weg quer durch die Insel ein. Es war nicht immer der gleiche Weg, einen Tag verlief er weiter links, am anderen Tag weiter rechts, bisweilen machte der Herr der Insel auf halbem Wege wieder kehrt, an anderen Tagen lief er seinen Weg bis ans Ende, wechselte vielleicht sogar nach Podmoga über und blieb stundenlang dort, damit auch das dortige Leben nicht ungeprüft bliebe. Niemals jedoch ließ er das Dorf aus. Jene Veränderungen, von denen zu wissen er verpflichtet war, vollzogen sich meistens im Dorf – nicht in der Landschaft. Und obwohl der Herr der Insel ahnte und begriff, daß sich bald mit einem Schlage alles so sehr verändern würde, daß es mit seiner Herrschaft ein für allemal vorbei wäre, hatte er sich bereits damit abgefunden. Dem Vorbestimmten kannst du nicht entgehen. Er hatte sich auch deshalb damit abgefunden, weil nach ihm kein anderer Herr mehr über diese Insel herrschen würde. Er war der letzte. Aber solange die Insel noch stand, war er hier der Herr.

Er lief eine Anhöhe hinauf, ganz nahe der Stelle, wo die alte Darja heute am Tag gesessen hatte, hob den Kopf, blickte sich um. Ruhig und unbeweglich lag die Insel da, es dunkelten die Wälder, mattsilbern schimmerte auf der Erde das junge Gras, schwarz, in Gestalt dunkler, verschwommener Flecken, lag das Dorf da. Nichts klopfte und schepperte jetzt von drüben her, aber die Geräusche des kommenden Tages schienen schon heranzureifen. Die Wärme des vergangenen Tages war abgeebbt, von der Erde stiegen kühle, bittere Gerüche auf. Von irgendwoher kam ein schwacher Windstoß, stieß einen ächzenden Laut aus und verebbte: wie eine Welle, die vom Sand eingesogen wird. Aber länger und unruhiger knarzte die alte Lärche, und ohne erkennbaren Grund, wie aus dem Schlaf geschreckt, muhte eine Kuh, mit fast so dünner Stimme wie eine miauende Katze. Weiter weg im Ufergesträuch befreite sich ein Johannisbeerstrauch, den ein anderer Strauch zu Boden gedrückt hatte, endlich von dieser Last und erhob sich schwankend zu vollem Wuchs. Wasser plätscherte leise auf: entweder war eine seit dem Abend schwimmende Wasserblase geplatzt, oder es war die Todeszuckung eines sterbenden Fisches. Übers Gras lief und verlief sich auf schmalem Streifen ein unbekanntes Gekräusel, und erst jetzt riß sich von der Birke, die neben der Lärche auf der Viehweide stand, das letzte Blatt vom letzten Jahr ab.

Der Herr der Insel schlug den Weg ins Dorf ein.

Er begann seinen Inspektionslauf, wie immer, mit der von Herrgottsschmer bewohnten Baracke auf der Inselspitze. Diese lastkahnähnliche, längliche, niedrige Baracke stank nach Moder und Verödung, und dieser Geruch würde nie mehr weichen! Auch Herrgottsschmers Anwesenheit änderte nichts daran: Was rasch gebaut wird, altert rasch. In Matjora gab es Häuser, die zweihundert Jahre und noch länger standen und trotzdem nicht baufällig aussahen. Die Baracke war gerade ein halbes Jahrhundert alt. Aber es hatte niemals einen Hausherrn hier gegeben, jeder, der die Baracke bewohnt hatte, hatte sich darin bloß gegen

Kälte und Regen geschützt und sich so schnell wie möglich eine bessere Bleibe gesucht. Herrgottsschmer war erst recht kein richtiger Hausherr, obwohl er nirgendwohin übersiedeln würde.

Herrgottsschmer schlief in jenem Raum, der auf das Dorf zu lag. Durch Fenster und Barackenwand war sein mächtiges, sich wie verdoppelt anhörendes Schnarchen zu vernehmen, hin und zurück, hin und zurück. Auf dieses Geschnarch hinhorchend, überzeugte sich der Herr der Insel ein weiteres Mal: hier in Matjora würde diesen Mann endlich der Tod ereilen. Dieser Sommer war Herrgottsschmers – wie auch des Herrn der Insel – letzter Sommer.

Einst war der Flußarm gerade und gleichmäßig hingeströmt, aber im Lauf der Zeit hatte es Steine angeschwemmt, das lebendige schnelle Wasser war nach links abgedrängt worden, jenseits des Inselkaps hatte sich ein Altwasser mit schlammigem Grund und Wasserpflanzen gebildet. Flußabwärts kam das Wasser wieder in Bewegung, strömte in seiner ganzen Breite dahin, dort entstand bald wieder ein sandiges, steiniges Ufer, das sich zum Hochufer auswuchs. Auf das Hochufer wurde später das Dorf gebaut. Zuerst kam, noch nicht auf voller Uferhöhe, Petrucha Sotows Haus. Man hätte meinen können, es sei unterwegs vom Fluß auf die Höhe erschöpft stehengeblieben. Der Herr der Insel wußte, daß kein Museum je dies Haus abholen würde, genausowenig wie die Mühle und den Kornspeicher – schon bald wird Petrucha eigenmächtig darüber verfügen. Von dem Haus ging jener besondere, ein wenig ranzige Geruch nach abgelebtem und auslaufendem Schicksal aus, der unverkennbar ist, obwohl ihn nur der Herr der Insel wahrnahm. Das ganze Dorf strömte ihn in den Nächten aus, von einem Dorfende zum anderen, jedoch neben Petruchas Haus war die Ausdünstung am stärksten. Auf etwas, das ihnen vorbestimmt ist, bereiten sich Erde und Gebäude lange vorher vor.

Der Herr der Insel hockte sich neben der Hauswand hin, preßte sich gegen das alte feste Holz. Er spürte, wie es von oben nach unten durch das Holz pulsierte. Das Haus schien zu stöhnen. Er lauschte diesem Laut eine Weile und schmiegte sich dann, beruhigt, noch dichter an das Holz des Hauses. Irgendwer mußte den Anfang vom Ende machen, irgendwer mußte den letzten Dienst beginnen. Alles, was auf der Welt lebt, hat nur den einen Sinn, zu dienen. Und jedes Dienen nimmt einmal ein Ende.

Er stand wieder auf, ging einige Schritte auf die Straße zu und blickte sich dann nach den schönen, geschnitzten, fast wie geklöppelt aussehenden Fensterverzierungen um. Die Fenster befanden sich in Erdbodennähe, aber nicht, weil das Haus im Lauf der Zeit in den Boden gesunken wäre – es war umgekehrt, die Erde war in diesen langen Jahren in die Höhe gewachsen. Drin im Haus, hinter den Fenstern, schlief Petrucha seinen trüben unruhigen Schlaf, und es schlief auf dem russischen Ofen, selbst noch mitten im Sommer die alten Knochen wärmend, seine Mutter, die alte Katharina. Wer weiß schon eine Antwort auf die Frage, warum rechtschaffene, vernünftige Leute solch heillose Kinder zur Welt bringen? Nur der eine Trost bleibt der alten Katharina, daß ihre Jahre zu Ende gehen.

Dort, wo das Dorf richtig anfing, verlangsamte der Herr der Insel seinen Lauf, blieb oft stehen, lauschte, witterte. Er empfand keine Furcht, Hund und Katze vermochten ihn nicht zu erschnuppern. Aber nichts sollte ihm entgehen, das sich seit der vorigen Nacht hier verändert hatte. Gestern hatte er erst gegen Morgen das Dorf zu betreten gewagt, aber selbst noch gegen Morgen ächzten und quälten sich schlaflos die alten Leute, verschreckt und empört durch das, was sich auf dem Friedhof abgespielt hatte, in der furchtsamen Erwartung einer Vergeltung. Doch inzwischen schien sich das Dorf wieder beruhigt zu haben. Alles schlief.

Das Dorf schlief. Es bellten nicht, wie gestern nacht, die Hunde, die Türen knarzten nicht, aus dem Hausinnern kamen keine Geräusche. In der grauen Dunkelheit der Straßen war es leer und ruhig. Still, ohne ein Lebenszeichen zu geben, standen die Dorfhäuser mit den mattweißen Fenstern da, aber wenn der Herr der Insel auf eines der Häuser zutrat, gab das Haus seufzend Laut, womit es anzeigen wollte, daß es alles weiß, alles fühlt und zu allem bereit ist. Es waren auch solche Häuser darunter, die erst vor zwanzig oder dreißig Jahren gebaut worden waren, sie hatten noch keine Zeit gehabt, nachzudunkeln und in die Erde hineinzuwachsen, aber auch diese Häuser standen demütig und ergeben in der Reihe der anderen Häuser, auch sie kannten ihr Schicksal und rückten ihm in dieser Sommernacht um einen weiteren Schritt näher. Geduldig und stumm wie ein Stein werden sie bis zum letzten, zum endgültig letzten Tag ausharren, das eine Haus etwas kürzer, das andere etwas länger. Geduldig werden sie den Feuertod sterben und in ihrer letzten Stunde zeigen, wieviel Wärme und Sonne in ihnen gesteckt hat. Denn das Feuer ist nichts anderes als die eingesogene und aufbewahrte Sonne, die mit Gewalt dem Fleisch des Holzes entrissen wird. Die Nacht ging ihrer Mitte entgegen, sie war jedoch weiterhin fahl und schattenlos. Vom nahen Wasser her roch es nach abgestandener Feuchtigkeit, und wenn diese Wellen verebbten, setzte sich sogleich der starke, trockene Geruch nach Fäulnis und Verödung durch. Jedesmal wenn er einem Haus näherkam, spürte der Herr der Insel die dem Holz entströmende Wärme, die das Haus am Vortag gespeichert hatte. Doch heute war dies Strömen schwächer – wahrscheinlich wird sich die Sonne morgen verstecken.

Das Dorf Matjora lag in Schlaf versunken da. Die alten Weiber träumten unruhige Träume, sahen im Traum ihre Toten und sprachen mit ihnen. Nur nachts stoßen sich die Lebenden vom festen Ufer ab und begegnen den Toten, und die Toten kommen in Fleisch und Blut zu ihnen und fragen die Lebenden nach der Wahrheit, um die Wahrheit dann weiterzugeben, an die in ihrer eigenen Erinnerung ruhenden Verstorbenen. Und in der gedächtnislosen Freiheit des Traums sagen die Lebenden so manches, was sie nach dem Wiedererwachen nicht mehr erinnern können, und die Erwachten suchen nach zufälligen Erklärungen für das, was ihrem Traumauge bereits entschwunden ist.

Jetzt flammten die Träume hinter den Fenstern der Dorfhäuser fahl auf, wie fernes Wetterleuchten, und allein schon an diesem fahlen Schein konnte man erkennen, in welchem Haus noch Menschen wohnten. Niemandem in dieser Nacht blieben Träume erspart, und die alten Frauen führten bittere Klage über das, was ihnen in den letzten Tagen widerfahren war.

Nachdem der Herr der Insel das Dorf von einem zum anderen Ende durchquert hatte, bog er links von der Straße ab und bewegte sich auf das Hochufer zu. Hier konnte man wieder weit sehen. Mehrschichtig schimmerten die dunklen Fernen, gläsern glitzerte und klang das Wasser an der unteren Stromschnelle. Mit einem langgezogenen, den Tönen eines Saiteninstruments nicht unähnlichen Rauschen strömte die Angara dahin. In der Mitte der Insel teilte sich dieses Rauschen, jetzt waren es zwei sich deutlich voneinander abhebende Saiten, die übers Wasser hinglitten, bis sie der Fluß wieder in eins verschmolz. Der Herr der Insel lauschte gern diesem von innen her kommenden Tönen des fließenden Wassers, das am Tag von anderen Geräuschen gedämpft und übertönt wurde, während es in der Nacht reiner und deutlicher erklang. Das Tönen des Wasser rief den Gedanken an die Ewigkeit in ihm wach, die ein für allemal eingeführte Ordnung der Dinge, aber der Herr der Insel verstand, daß das Tönen bald abreißen würde. Dann wird über das stumme und taube Wasser nur noch der Wind dahinwehen. Bei diesem Gedanken schlug er den Weg zum Inneren der Insel ein.

Die Nacht schien zum Stillstand gekommen zu sein, zum Stillstand und zu voller Kraft. Blind und behutsam kreiste sie über Dorf und Insel. Genauso blind kam ab und zu ein schwacher Wind auf und schlief unterwegs wieder ein, ließ sich fallen, blieb im Gras stecken. Das Gras duftete stark und war feucht, und der Herr der Insel erkannte am Gras, daß morgen um die Tagesmitte ein kurzer Regen vom Himmel auf die Erde niedergehen würde.

Die Insel lebte weiter ihr gewohntes Leben, streng nach der Jahreszeit. Korn und Gras wuchsen in die Höhe, die Wurzeln streckten sich in der Erde, an den Bäumen mehrte sich das Laub. Es duftete nach abblühenden Faulbeersträuchern und nach der Feuchte des Blattgrüns. Das Buschwerk am rechten Ufer neigte sich zum Wasser herab. Die Tiere und Vögel der Nacht gingen ihrer Jagd nach.

Die Insel rüstete sich für ein langes Leben.

7

Und lange Sommertage brachen an, gleichmäßig dahinfließende, nie endende Tage, und trotzdem lief dem alten Jegor die Frist für den Umzug so schnell ab, daß die beiden letzten zwei Wochen wie im Flug vergangen zu sein schienen. Nastassja hatte nach Pfingsten noch drei Tage zugelegt – aber auch die waren jetzt vorbei . . .

Die Abreise fiel auf den Mittwoch. Eigentlich war es ja gleich, wann man abreiste, doch Nastassja klammerte sich an den alten Glauben, eine Abreise in der Wochenmitte würde eine Rückkehr an den Ort, den man verließ, begünstigen. Zwar war der Donnerstag ihr liebster Wochentag, er hatte ihr im Leben immer Glück gebracht, jedoch von Donnerstag war es schon wieder ein Stück näher zum Ende der Woche, das bedeutete, zum anderen Ufer, zum anderen Leben, das aber hätte die Aussicht auf ein Wiedersehen mit Matjora geschmälert.

Die ganze letzte Nacht über fand Nastassja keinen Schlaf, sie saß neben der Petroleumlampe – den elektrischen Strom hatte man bereits im Frühjahr abgeschaltet, die Maschine, die den Strom erzeugt hatte, war fortgeschafft worden, das Dorf war wieder zur Petroleumbeleuchtung übergegangen. Nastassja schlief nicht – wie hätte sie auch schlafen können? Wo hätte sie in dieser letzten Nacht im heimatlichen Dorf die Ruhe für den Schlaf hernehmen sollen? Immer wieder fiel ihr ein, daß sie das eine oder andere vergessen hatte, sie begann zu suchen, fand das Gesuchte nicht, sah, Stoßgebete murmelnd, an zehn verschiedenen Orten nach, inspizierte Diele und Speisekammer, ging mit der Kerze in den Speicher, band bereits zugeschnürte Bündel wieder auf, wühlte darin herum, stieß endlich auf den vermißten Gegenstand und bemerkte sofort irgendeinen anderen Verlust. Und wenn sie einmal nichts verloren wähnte, ging sie dennoch im Haus herum, in der Furcht, etwas hier zurückzulassen, das man dort nicht würde entbehren können. Im Haus war es leer, es hallte laut wider, Nastassjas Schritte hörten sich an, als würde sie auf Blech treten. Kläglich klirrten die Fensterscheiben. Die Fensterläden hatte man absichtlich unverschlossen gelassen, um das erste Licht des Tages nicht zu verschlafen. Welch müßige Sorge! Die Zeiten, als man den Tag verschlief, waren längst vorbei – und diese letzte Nacht blieb sowieso schlaflos!

In dieser sinnlos bewegten Nacht erstarrte sie mehrmals für kurze Augenblicke: wo war – daheim, wo nicht daheim? Kahle Wände, an den Wänden weiße Flecken, dort hatten die Photos gehangen. Zwischen den Fenstern ein großer Kreis, hier hing der Spiegel. Kahl auch die Zwischenwände, kahl der Fußboden, die Türen weit geöffnet, leere Kleiderständer, leere Zimmerwinkel. Ringsherum alles kahl und unwirtlich. Inmitten des Eingangszimmers eine riesengroße, mit Metall beschlagene Truhe, daneben drei Bündel, in diesen vier Behältnissen ist alles Hab und Gut verstaut. Nur die Gardinen an den Fenstern hängen noch. Zunächst hatte Nastassja auch die Fenstergardinen abgenommen, aber da sah das Haus einfach trostlos, man kann schon sagen, schamlos aus. Da hielt sie es nicht aus und hing die Gardinen wieder hin. Jetzt holte sie die alte Fußmatte hervor und legte sie an ihren angestammten Platz vor der Türschwelle zurück. Legte die Matte vor die Schwelle, sprach zur Matte: »Dir ist es nicht beschieden, Matte, mit uns in die Stadt zu fahren, dein Leben zu ändern! Bleib lieber dort, wo du immer warst. Den Jegor und mich brauchst du nicht mehr, du brauchst die Türschwelle, vor der du immer gelegen hast. Das hat dann wohl auch seine Richtigkeit. Bleib hier liegen, keiner rührt dich an an diesem Platz. Als wärst du in Pension gegangen.« Nicht nur an die Fußmatte – an fast jedes Ding im Haus richtete Nastassja ihr Wort. »Du aber, du fährst mit. Brauchst dich gar nicht erst zu verstecken. Dich laß ich hier nicht zurück, ohne dich bin ich wie ohne Hände. Brauchst gar nicht erst zu betteln. Ich würd ja selber gern bleiben, aber das geht nun mal nicht.« – »O weh, dich hab ich ganz vergessen. Steig auch du in die Truhe, steig ein, steig schon ein, drin ist noch Platz für dich. Tu nicht so, steig ein.« – »Wenn es nach mir ginge, nähm ich dich gleich mit. Aber leider . . . Du mußt schon entschuldigen, es wird nichts daraus. Aber ich komm noch mal her – dann feiern wir Wiedersehen.«

Im September wollte Nastassja noch einmal zur Kartoffelernte nach Matjora kommen.

Der alte Jegor sah seiner Nastassja nicht ohne ein gewisses Mißtrauen zu. Seit Pfingsten hatte sie keine einzige Träne mehr vergossen, als hätte sie endlich begriffen, daß ihre Abreise unabwendbar ist, mit oder ohne Tränen. Bis dahin war sie immer mit verweinten Augen herumgelaufen, hatte unablässig geschluchzt. Das war bis Pfingsten immer schlimmer geworden – bis es dann schlagartig aufhörte. Bevor es aufhörte, pflegte sie mitten in der Arbeit plötzlich innezuhalten, Jegor anzustarren und zu sagen:

»Vielleicht fahren wir doch nicht, Jegor? Vielleicht bleiben wir lieber in Matjora? Ach, laß uns hierbleiben . . .«

»Verflixtes Weib!« erregte sich Jegor. »Wann hörst du endlich damit auf?! Wer braucht uns denn noch hier im Dorf?«

»Und wie wird es uns dort erst ergehn? . . .« erwiderte

Nastassja und brach jedesmal in Tränen aus. Nach ein, zwei Stunden wiederholte sich die Szene.

Vor einer Woche hatte zum erstenmal in diesem Sommer die schwimmende Verkaufsbude in Matjora angelegt, die hauptsächlich der Versorgung der Bojenwärter diente. Der alte Jegor hörte davon und lief hin. Er kaufte Machorka und zwei Flaschen Rotwein. Eine Flasche machten sie zu Pfingsten auf. Tranken sie zu zweit leer – sonst trank niemand mit. Der alte Jegor mied in letzter Zeit die Leute und hockte immer zu Hause, vielleicht um sich des Heimatdorfes rechtzeitig zu entwöhnen, um sich im Alleinsein zu üben. Nastassja fuhr der Wein in die Knochen und in den Kopf, in diesem widerborstigen Kopf gab es daraufhin einen Ruck, Nastassja sagte:

»Wir zwei, Jegor, wir werden auch dort immer beisammen sein, so wie jetzt. Wo sollen wir sonst auch hin?«

»Wie gut, daß du das endlich mal begreifst!« erwiderte Jegor, doch er traute der so jäh umgeschlagenen Stimmung seiner Ehehälfte nicht ganz. Wie lange würde sie wohl bei Vernunft bleiben?

»Die Kinder haben wir verloren ... wo nehmen wir jetzt neue her?« fuhr Nastassja versonnen und beharrlich fort. »Aber wir zwei ... wir leben uns schon ein, dort in der Stadt. Dort wohnen auch Menschen. Das sind zwar alles unbekannte Menschen, doch vielleicht lernen wir sie kennen. Und wenn nicht – dann werden wir eben zu zweit sein. Was sollen wir auch anderes tun? ... Und du, Jegor, wein nicht ...«

Mit dem Spruch übers Weinen hatte er sich abgefunden, wenn seine Alte nur abfahrwillig blieb. Selber vergoß sie seither keine Träne mehr. Von Zeit zu Zeit, wenn sie es nicht mehr aushalten konnte, hob Nastassja ihr breites, geschwollenes Gesicht zu Jegor empor, biß sich in die ungehorsame, hüpfende Unterlippe und wiederholte:

»Und du, Jegor, wein nicht. Das ist jetzt nun mal so . . .«

Es verging die letzte Nacht in Matjora, der letzte Morgen begann zu tagen. Erst kurz vor Tagesanbruch, nachdem Jegor sie angeherrscht hatte, breitete Nastassja ihren Mantel auf der Truhe aus, fand aber auch jetzt keinen Schlaf und erhob sich gleich wieder. Jegor stand noch nicht auf. Nastassja trat vors Haus, stand eine Weile auf der Außentreppe, wärmte sich in der gerade aufgegangenen Sonne und ließ ihren Blick umherschweifen: über Matjora – das Dorf und die Insel. Dann stieß sie einen Seufzer aus, lud sich einen Armvoll Brennholz auf und kehrte ins Haus zurück. Dort zündete sie den Ofen an. Jegor hörte ihre Vorbereitungen und brummte:

»Du, Alte, hast wohl endgültig den Verstand verloren?«

»Aber nein, Jegor«, erwiderte Nastassja beflissen. »Wir müssen das Haus zum Abschied noch mal durchheizen. Damit die Wärme drinbleibt. Der Ofen ist schnell angezündet. Wir können keinen kalten Ofen zurücklassen.«

Und sie zündete den Ofen wirklich an, wärmte das letzte Essen auf und fegte das verkohlte Holz in die Aschenmulde.

Der Tag versprach warm und sonnig zu werden. An einem prächtigen Sommertag war es für die beiden Alten soweit, Abschied von Matjora zu nehmen. Am riesengroßen, hell-trockenen Himmel war nicht die leiseste Andeutung eines Wölkchens oder gar eines heraufziehenden Unwetters zu bemerken. Die Sonne brannte bereits vom Himmel herab – sie brannte nicht nur, sie schien zu tönen.

Der Ordnung halber kam Südwind angeweht, verebbte aber wieder, ohne daß sich auf dem Fluß Wellen erhoben hätten, die Strömung glättete sich gleich wieder. Unter der hell leuchtenden Sonne gleißte und tönte vom frühen Morgen an alles ringsum, noch das kleinste Ding bot sich froh und ohne Scheu dem Blick dar. Reich und üppig ging es auf Matjora zu, in den Wäldern, auf den Feldern und am Wasser. Wild entbrannte das Grün auf der Insel, breit und stattlich strömte die Angara dahin. Leben, mit voller Kraft leben müßte man in dieser Jahreszeit, seine Seele am Anblick des Blühens und Reifens erfreuen, die Aussichten auf die Ernte mit dem Auge abschätzen: auf die Gemüseernte, die Beerenernte, die Pilzernte. Auf die Heumahd warten, dann auf die Getreideernte, sich still und heimlich rüsten, sich gemächlich dem Fischfang hingeben, die von Tag zu Tag anfallende Arbeit, ohne sich zu übernehmen, bis zu ihrem Höhepunkt im Hochsommer anschwellen lassen. So hatten sie viele Jahre gelebt, ohne zu wissen, was das für ein Leben war.

Zum letztenmal stellte Nastassja den Samowar auf – sie tranken Tee. Aber sie hatten keine Freude am Tee, denn sie hatten es jetzt eilig, sie konnten nicht lange am Tisch sitzen bleiben. Nastassja goß das nicht verbrauchte kochende Wasser weg, schüttelte die Holzkohle aus dem Samowar und stellte den Samowar neben die Haustür. Jegor rollte den Karren, der unter einem Schutzdach stand, auf die Straße hinaus. Sie griffen die Truhe, versuchten sie hochzuheben, brachten sie aber nicht von der Stelle. Das ging weit über ihre Kraft. Der alte Jegor befahl verwirrt und erzürnt – hier würde ihnen irgendwer beim Aufladen helfen, aber wie sollten sie dort die Truhe hochheben? – den Tisch freizumachen, obwohl der Tisch eigentlich erst zuletzt verladen werden sollte. Außerdem nahmen sie noch das zerlegbare Metallbett mit dem Eisenrost, zwei Schemel und den kleinen Geschirrschrank mit. Der Hühnerverschlag, die Sitzbänke, die Liege, ein weiterer Tisch, der russische Ofen und die Türen blieben zurück. Und noch manches andere blieb zurück: in den Speichern, im Hof, in der Wagenremise, im Keller, in den Schuppen, auf dem Heuboden, in der Hausdiele, auf dem Hängeboden, und alles waren Dinge, die von Vätern und Großvätern auf die Kinder und Kindeskinder gekommen waren. Hier in Matjora hatte man sie jede Minute benötigt, dort in der Stadt würde dies alles nicht den mindesten Nutzen bringen. Die Ofengabeln, der Backtrog, die Quirle, die gußeisernen und irdenen Töpfe, die Kübel und Bottiche, die Ofenzange, der Webstuhl ... Und weiter: Heugabeln, Spaten, Harken, Sägen, Äxte (von vier Äxten nahmen sie eine mit), der Schleifstein, der Kanonenofen, der Pferdewagen, der Pferdeschlitten ... Und weiter: Tellereisen, Fangschlingen, Fischreusen, Skier, dazu alles mögliche Werkzeug. Wozu soll man es lange aufzählen, was soll man sich das Herz schwermachen! Und du kannst es nicht verkaufen, kannst es an keinen weggeben, denn die anderen sind alle in der gleichen Notlage, wohin sollen sie mit ihrem Hab und Gut? Zum Wegwerfen ist es zu schade, und ins neue Heim kommst du mit dem alten Zeug nicht rein, und außerdem hättest du dort nichts davon. Nastassja nahm alles, schleppte es zum Gepäckhaufen, Jegor herrschte sie immerzu an:

»Was willst du damit in der Stadt! Der Teufel soll doch ...«

»Nein, Jegor, schau doch mal her, dieser Zuber ist noch fast wie neu. Darin kannst du Wasser aufbewahren.«

»Laß den Zuber stehen, sag ich dir, und rühr ihn nicht wieder an. Wasser aufbewahren . . . Wenn ich das schon höre! Wozu brauchst du Zuberwasser in der Stadt?«

Er selber nahm indessen sein altes Jagdgewehr mit, Kaliber sechzehn, alte Tulaer Qualitätsarbeit, dazu die ganzen Jagdgerätschaften, obwohl es mehr als zweifelhaft war, ob ein Mann in seinem Alter in der Stadt ein Jagdgewehr brauchen würde. Doch ein Gewehr ist eben ein Gewehr – und kein Zuber, von seinem Jagdgewehr hätte sich Jegor unter gar keinen Umständen getrennt. Nastassja wollte wiederum das Spinnrad nicht stehenlassen. Als Jegor das Spinnrad in ihren Händen sah, schrie er sie wieder an, aber diesmal setzte die Frau ihren Willen durch:

»Nein, Jegor . . . wenn ich in der Stadt einmal spinnen will . . . was mach ich dann ohne Spinnrad?«

»Verdammtes Weib! Dort in der Stadt kriegst du ja doch kein Werg zum Spinnen!«

»Nein, Jegor . . .«, versteifte sich Nastassja und setzte sich schließlich durch.

Sie verstaute das Spinnrad auf dem Karren, gleich bei der ersten Wagenladung, und stellte obendrauf ein Bündel. Jegor fuhr den Karren ans Flußufer, wo ein beim Bojenwärter entliehenes, für den Transport sperriger Lasten geeignetes großes Boot bereitlag. Dieses Boot sollte die beiden Alten zur Schiffsanlegestelle in Podwolotschnaja bringen. Dort sollten sie das Boot beim dortigen Bojenwärter zurücklassen und ihre Reise mit dem Flußdampfer fortsetzen. Pawel Pinigin, Darjas Sohn, hatte Jegor angeboten, ihn ins Schlepptau seines Motorkutters zu nehmen und bis an den Anlegeplatz zu befördern. So hätte sich der alte Jegor das Rudern erspart. Aber Jegor lehnte ab:

»Bring mich über den Fluß, hinterher fahr ich allein

weiter. Wozu die Eile? Bis zum Dampfer schaffen wir es immer. So schau ich mir noch mal die Angara an.«

Kaum war Jegor mit dem Karren fort, kam Darja. Sie verweilte kurz vor dem Haus, horchte und blickte mitleidig in die Runde, stieg dann die Außentreppe hinauf, öffnete behutsam die Haustür.

»Nastassja!« rief sie, denn sie war sich nicht sicher, ob jemand zu Hause sei.

»Halb so schlimm, Darja«, erwiderte Nastassja. »Komm rein. Der Jegor und ich: wir fahren heut los. Dort leben auch Menschen . . .«

»Ihr habt euch entschlossen?« Darja betrat das Haus.

»Das haben wir, Darja. Und mein Jegor, stell dir das vor, der weint und weint und will nicht fahren. Ich sag zu ihm: ›Wein nicht, Jegor . . .‹« Sie ließ ihren Blick auf Darja ruhen, als hätte sie sie erst jetzt erkannt. Sie zuckte zusammen und verstummte, das heißt, ihr war jetzt wieder alles bewußt. »Aber das macht alles nichts, Darja«, flüsterte sie. »Du siehst . . . dies alles hier . . .« Sie zeigte auf die Bündel auf dem Fußboden, auf die kahlen Wände, gab gleichsam zu verstehen, daß sie gern bei vollem Verstand bleiben würde – aber das sei nun einmal nicht möglich. Und sie bat kläglich: »Du, Darja, denk nicht zu schlecht von mir . . .«

»Und du nicht von mir, Nastassja . . .«, erwiderte Darja mit brechender Stimme und wischte sich mit dem Kopftuch die Augen ab.

»Weißt du noch: wir haben Kinder gehabt?«

»Freilich weiß ich das noch!«

»Und wo soll man sie jetzt hernehmen? Wir zwei sind allein. Da sag ich also zum Jegor: ›Komm, Jegor, wir fahren los, wir haben lang genug gewartet.‹ Und der Jegor . . .«

Sie brach mitten im Satz ab und ließ sich kraftlos auf die Sitzbank fallen. Darja trat auf die Bank zu und setzte sich neben Nastassja. Im leeren, ausgeräumten Haus dazusitzen war ungemütlich und bitter. Dies Haus war todgeweiht, und die beiden Frauen fühlten sich schuldig. Und keine Hilfe war möglich, und der Anblick des Hauses war unerträglich: der Anblick der erblindenden Wände und des nutzlos durch die Fenster strömenden Tageslichts.

Da fiel Nastassja ein:

»Um was ich dich hab bitten wollen, Darja. Fast hätt ich es vergessen. Nimm unsere Njunja bei dir auf.«

»Was für eine Njunja?«

»Unsere Katze. Jetzt ist sie gerade fortgelaufen. Als wir angefangen haben, die Sachen zur Abreise zu richten, ist die Katze auf und davon. Nimm sie bei dir auf und stelle ihr Futter hin.«

»Ich hab selber zwei. Die Anfissa hat mir ihre gegeben. Was soll ich mit den vielen Katzen?«

»Nein, Darja, die Njunja mußt du nehmen«, erwiderte Nastassja erregt. »Das ist ein zärtliches Kätzchen, so eines hast du noch nicht. Ich hab sie mit mir nehmen wollen, aber der Jegor hat gesagt, die lassen sie nicht auf den Dampfer. Und wenn sie sie wirklich nicht raufiassen, dann ist das Kätzchen verloren. Und du wirst keine Sorge mit ihr haben, die Njunja frißt fast nichts, du wirfst ihr ein Krümelchen hin . . .«

»Mein Gott . . . jetzt noch diese Katze . . . Also, wenn ich sie seh, dann nehm ich sie auf. Nachrennen tu ich ihr nicht.«

»Nicht nachrennen, Darja, wozu? Das ist ein selbständiges Kätzchen. So ein gescheites und verständiges. Und wenn du sie ansiehst, dann denkst du an mich. Und wenn ich wieder herkomm, nehm ich sie wieder zu mir ... Nur daß du sie im Auge behältst, daß sie nicht verhungert.«

»Kommst du wirklich noch mal her?«

»Wie will denn einer ohne Kartoffeln leben? Wenn wir diesen Winter nicht sterben, wie kommen wir dann ohne Kartoffeln über den Winter?« Das hörte sich an, als würde Nastassja ihre Rede nicht an Darja, sondern an jemanden anderen richten. Zu Darja sagte sie, mit hoffnungsloser Stimme: »Was red ich vom Winter! Nicht einen Tag seh ich vor mir. Ach, Darja ...«

Mit seinem Karren polternd, kam Jegor zurück, die beiden Frauen standen auf. Wieder ergriffen sie die Truhe, diesmal zu dritt, und wieder mußten sie sie sinken lassen. Darja rief Pawel herbei. Der kam, schaute den sperrigen Riesenkasten verwundert an. Die Truhe war dafür geschaffen, ewige Zeiten am gleichen Fleck zu stehen, so hatten das die Vorväter berechnet. Das dachte Pawel, aber er sagte nichts. Erst als sie das Ungetüm mit Mühe auf den Karren gehoben und festgebunden hatten, gab Pawel den Rat:

»Wenn du in Podwolotschnaja ankommst, Onkel Jegor, dann geh gleich zum Mischka. Laß dir ja nicht einfallen, das Ding ohne fremde Hilfe zu bewegen ...«

»Natürlich nicht ohne fremde Hilfe«, bestätigte der alte Jegor. »Sonst hol ich mir noch einen Leistenbruch. Die Nastassja ist blöd im Kopf, die hat alles mögliche Zeug reingezwängt.«

»Das macht doch nichts, Jegor, das macht nichts«, erwiderte Nastassja, ohne den Sinn seiner Worte richtig verstanden zu haben. Sie nickte mit ihrem großen Kopf und blickte immerfort um sich, als würde sie weiter nach etwas suchen.

Pawel beförderte die Truhe zum Fluß. Jegor ging neben dem Karren her und hielt sie, damit sie nicht umstürzte, am Messingring fest. Pawel half auch beim Abtransport des übrigen Gepäcks und bei dessen Verstauen im Boot. Dann stieß er das Boot ins Wasser und prüfte, ob es gleichmäßig belastet war. Der Karren wurde zurückgebracht und wieder unter das Schutzdach gestellt.

Über den Hof rannten gackernd die Hühner. Vera Nossarewa hatte sie gekauft. Drei Hühner hatte man geschlachtet. Zwei davon waren bereits aufgegessen, das dritte sollte als Wegzehrung dienen. Vier Hühner hatte Vera für zehn Rubel lebend gekauft. Doch obwohl sie verkauft waren, kamen sie in ihren angestammten Hof zurückgelaufen und begriffen nicht, daß dieser Hof jetzt fremd und tot war. Die Färse hatten sie für hundertdreißig Rubel an den Sowchos abgeliefert – und waren mächtig reich geworden! Aber die Färse weidete auf Podmoga, und das war gut, sie mußten sie nicht noch einmal sehen. Und damit fertig. Es hatte Haus und Hof gegeben, sie hatten ihr Leben lang mit ihren Händen gearbeitet – und alles ließ sich jetzt in einem Boot unterbringen. Soll doch das letzte Hab und Gut den Weg alles Irdischen gehen – das blieb sich jetzt gleich.

Es waren jetzt mehr Leute im Haus, Katharina und Sima mit ihrem Enkelkind waren noch gekommen. Stumm und bedrückt saßen sie da, die Worte waren ihnen ausgegangen, sie verfolgten Nastassja mit ihren Blicken, die immer noch von einer Ecke in die andere lief, als würde sie jene Nastassja, die abfahren mußte, selber suchen und nicht finden. Als Jegor und Pawel in die Stube traten, zuckten die Greisinnen erschreckt zusammen und erstarrten, darauf gefaßt, daß ihnen jetzt ein letzter Befehl erteilt würde.

Aber Jegor holte die zweite Rotweinflasche aus dem Küchenverschlag, und Pawel und er stellten den zweiten Tisch neben die Sitzbank. Froh darüber, daß sie noch eine kurze Weile hier sitzen bleiben konnten, lösten sich die Frauen aus ihrer Erstarrung und stießen Seufzer aus. Am meisten freute sich Nastassja, sie lebte förmlich auf, begann zu lachen und davon zu erzählen, wie sie vorhin den Ofen zum letztenmal geheizt hatte.

Es waren nur zwei Trinkgläser da, zuerst tranken Pawel und Jegor.

»Dann stoßen wir wohl auf die Reise an?« fragte Pawel etwas verlegen. Es mußte noch etwas gesagt werden, und Pawel fügte hinzu: »Auf ein langes Leben, Onkel Jegor und Tante Nastassja!«

»Ein laaanges Leben! . . .« erwiderte Jegor, und das *lang* wurde mehr gepiepst als gesprochen.

Pawel trank aus und ging hinaus. Die Frauen waren wieder verstummt, sie tranken den Wein in kleinen Schlückchen, wie sonst Tee, verzogen das Gesicht, schienen am Wein zu leiden, milderten durch dieses neue kleine Leid das große Leid des Abschieds. Dann stand auch Jegor auf, zündete sich eine selbstgedrehte Zigarette an und rief im Hinausgehen den Frauen zu:

»Bleibt nicht mehr zu lang, Nachbarinnen. Wir müssen uns jetzt auf den Weg machen.«

Die Frauen begannen, sich zu schneuzen und durcheinander zu reden. Alle hatten sie bei Nastassja irgendeine Schuld abzubitten, doch welche Schuld genau, das wußte keine von ihnen, aber desto zwingender mußten sie ihre Reue bekunden. Nastassja hörte nichts und verstand nichts, doch sie vergab unbesehen jede gebeichtete Schuld. Auch darauf kam es jetzt, wie bei den Gegenständen des

Haushalts oder bei den Kieselsteinen am Flußufer, nicht mehr so genau an.

»Den Samowar, nimmst du den mit in die Stadt?« fragte Sima und zeigte auf den Samowar, der blankgeputzt und wie am Feiertag neben der Tür stand.

»Aber freilich«, nickte Nastassja. »Der fällt uns gewiß nicht zur Last. Ich hab nicht gewollt, daß er auf den Karren kommt, ich trag ihn selber bis zum Fluß. Einwickeln werd ich ihn im Boot, im Haus darf das nicht geschehen.«

»Warum nicht im Haus?«

»Damit er den Ort sieht, wohin er heimkehrt. Das ist so ein Zeichen.«

»Auf uns trifft kein Zeichen mehr zu«, sagte Darja. »Wir sind dafür ungeeignet. Doch vielleicht fällt einmal wem ein, uns einen Samowar ins Grab zu legen. Was machen wir im Jenseits ohne den?«

»Und wozu brauchst du ihn im Jenseits?«

»Was heißt wozu? Zum Teetrinken natürlich.«

»Der Jegor und ich, wir fahren jetzt los«, sagte Nastassja, der das Gespräch über den Samowar läppisch vorkam. »Vielleicht wird es gar nicht so schlimm. Gleich fahren wir los, alles Zeug ist schon am Fluß.«

Als hätte er mitgelauscht und den Augenblick genau abgepaßt, klopfte Jegor ans Fenster und machte ein Zeichen, es war jetzt wirklich Zeit geworden.

»Aufgestanden, losgefahren«, rief Nastassja und sprang behend vom Tisch auf. »Ich hab das gesagt . . . Komm, Jegor, komm jetzt!« rief sie, aber plötzlich wieder verändert und durch irgendwas erschrocken: »Wart auf mich, Jegor, geh nicht allein.«

Sie ergriff den Samowar und rannte auf die Haustür zu. Im Rennen wandte sie sich nach den anderen Frauen um und mahnte sie stumm flehend zur Eile. Darja stand auf, bekreuzigte sich gegen den jetzt leeren Ikonenwinkel hin, daraufhin schlug auch Katharina zum Abschied das Kreuz. Sie zögerten, erwarteten etwas von Nastassja, irgendeine passende Geste, aber Nastassja hatte endgültig den Kopf verloren, erinnerte nichts, tat nichts. Auf der Vortreppe stellte sie den Samowar dort ab, wo er sonst immer gebrodelt hatte. Als die anderen Frauen endlich aus dem Haus herausgetreten waren, schloß Nastassja die Tür, steckte mit unsicherer Hand den Schlüssel ins Vorhängeschloß und drehte ihn herum. Dann schaute sie sich um – Jegor war schon zum Hoftor gegangen, sie rief mit aller Macht:

»Jegooor!«

Der blieb einen Moment lang stehen.

»Wo soll ich den Schlüssel hintun?«

»Wirf ihn in die Angara«, erwiderte Jegor und spuckte aus.

Keine Sekunde länger verweilend, ging er auf die Straße hinaus und schlug den Weg zum Fluß ein. Er ging langsam, setzte Fuß vor Fuß, mit jener Aufmerksamkeit, bei der man jeden Schritt bedenkt und vermerkt. Nastassja stand da und blickte ihm verständnislos und mit leidverzerrtem Gesicht nach.

»Gib ihn her«, sagte Darja, das Kopftuch vor dem Mund, um nicht loszuweinen, nahm Nastassja den Schlüssel ab und preßte ihn in der Faust zusammen. »Ich will ihn verwahren. Manchmal geh ich vorbei und schau nach dem Rechten.«

»Aber mach das Hoftor immer zu«, erwiderte Nastassja, die jetzt zu lächeln schien. Ihr vergessenes, dem Schicksal überlassenes Gesicht schien zu zucken. »Sonst kommt das Vieh rein und verschmutzt den Hof.«

»Ich wohn ja nebenan. Jeden Tag schau ich vorbei. Mach dir keine Sorgen.«

»Und der Jegor und ich: wir fahren los . . .«

. . . Es war schon hoher Morgen, aber immer noch Morgen, als Nastassja und Jegor in die Stadt aufbrachen. Hell schien die Sonne, das Grün auf der Insel war wie gebleicht, durchs Wasser glitzerte das Gestein auf dem Flußgrund. In heißen, gleißenden Streifen entbrannte der Fluß, und die Mauersegler ließen sich pfeifend hinabstürzen und verloren sich in diesem Gleißen. Dort wo die Strömung rein war, versenkte sich der hohe klare Himmel tief unter den Wasserspiegel, und die Angara flog durch die Luft dahin. Hätte sie sich doch wirklich in die Luft erheben können! Das wäre ihre Rettung gewesen!

Das vollbepackte Boot war am Steg festgemacht, wo die Dorfleute das Wasser holten. Die Frauen gingen, hinter Nastassja her, auf das Ufergestein hinunter. Das Dorf konnte man von hier aus nicht sehen, es wurde durch das Hochufer verdeckt. Und auch zu hören waren Dorf und Insel hier nicht mehr: die Angara übertönte alles. Nastassja verstaute den Samowar vorn am Bootsbug und kehrte zu den anderen Frauen zurück, um sich von ihnen zu verabschieden. Die Frauen schluchzten jetzt ungehemmt. Dadurch verschreckt, weinte Simas Enkel lauthals. Nastassja reichte den Frauen der Reihe nach die Hand – eine andere Art des Abschiednehmens kannte sie nicht. Den Kopf hin und her bewegend, wiederholte sie immerfort:

»Vielleicht macht es nichts . . . Vielleicht geht es auch so . . .«

Der alte Jegor ermahnte sie zur Eile.

Gesenkten Blickes und heftig winkend, als wolle sie durch ihr Winken etwas verscheuchen, betrat Nastassja den Steg, schaute sich noch einmal rasch um und stieg ins Boot.

»Und mein Jegor: der weint und weint . . .« begann sie wieder, zeigte auf den Greis und verstummte sofort. Jegor wendete sein Gesicht dem Ufer zu und verbeugte sich dreimal tief: nach rechts, nach links und nach vorn. Dann stieß er das Boot ab und ließ sich hineinfallen.

»Nastassja! Nastassja!« riefen die alten Weiber am Ufer.

»Es macht nichts, es macht alles nichts«, murmelte Nastassja, aufrecht im Boot stehend und mit beiden Händen die Tränen wegwischend. Plötzlich brach ihr Redefluß ab, sie sank auf die Bündel herab und jammerte auf.

Jegor stieß sich mit dem Ruder schnell vom Ufer ab. Weiter zur Strommitte hin, wo das Wasser tiefer war, wartete Pawel in seinem Motorkutter. Als die Strömung Jegors Boot erfaßt hatte, warf Jegor ihm das Schleppseil zu. Pawel ließ den Motor an, das Boot mit den beiden Greisen machte einen Ruck nach vorn und bewegte sich immer schneller voran, immer weiter die Angara hinab. Dort wo der Fluß eine Biegung machte, war das Dorf Matjora einen kurzen Augenblick lang noch einmal zu sehen. Dann entschwand es endgültig dem Blick.

8

Und auch diese Nacht brach herein: die erste heiße und taghell erleuchtete Nacht auf Matjora. Später sollte es solche Nächte öfter geben: im September, wenn es auf das Ende zugeht, wird es lodern, und die Angara wird weithin erleuchtet werden, als würden die Feuer ihr zur Ehre und zum Zeichen des Abschieds von ihr entzündet werden. Aber diese Nacht war die erste, und sie ging den anderen Feuernächten lange voraus.

In dieser Nacht brannte Petruchas Haus nieder. Petrucha, der von Anfang bis Ende dabeistand und, trotz des Durcheinanders, die Brennzeit genau zu ermitteln vermochte, tat den Dorfleuten anschließend kund, ein gutes, trockenes, rechtschaffenes Bauernhaus würde zwei Stunden brennen. Im Dorf zweifelte kaum einer daran, daß Petruchas Haus nach Petruchas Wunsch in Flammen aufgegangen war. Vorher war Petrucha irgendwo weg gewesen, möglicherweise hatte er Erkundigungen eingezogen. Bei seiner Rückkehr von der kurzen Reise hatte er seiner Mutter, der alten Katharina, Anweisungen gegeben, das Haus zu räumen. Wenn nicht heute, dann morgen würden die Leute vom Museum anrücken und das Haus abholen. Zum Räumen war freilich kaum was da. Petrucha war einer jener Reichen, bei denen es sich gleichbleibt, ob sie ins Schwitzbad gehen oder einen Umzug machen.
Die Kuh hatten sie bereits vor zwei Jahren verkauft, das letzte Stück Vieh, ein fast ausgewachsenes Jungschwein, war im April geschlachtet worden, weil einfach nichts mehr auf den Tisch gekommen war. Jetzt nahm die alte Katharina ihre spärlichen Siebensachen und trug sie mit der Kraft ihrer eigenen Hände zu Darja, das war am Tag vor der Feuersbrunst. Der betrunkene Petrucha hatte darauf bestanden, hatte die Mutter fast mit Gewalt aus dem Haus gejagt. Katharina hatte sich gefügt, um einen Skandal und einen Zwist mit dem Sohn zu vermeiden. Darja hatte sie schon früher zu sich gerufen: zu zweit würde es ihnen leichter fallen, die ihnen auf Matjora noch verbliebenen

Tage hinter sich zu bringen. Das stimmte auch, bei Darja ging es meistens fröhlich zu, wenn sich die alten Dorfweiber zum Plausch und Zungengewetz in ihrem Haus versammelten. Auch Darja war jene Furcht nicht fremd, von der alle erfüllt waren, aber Darja führte ein bestimmteres, ernsthafteres Leben, sie hatte zudem ihren Sohn bei der Hand, der in der neuen Siedlung ziemlich angesehen war, sie brauchte sich keine Sorgen darüber zu machen, wo sie nach der Überflutung ihr Haupt hinbetten würde, sie konnte sogar wählen: ob sie dahin oder dorthin gehen soll. Außerdem besaß Darja einen Charakter, den die Jahre nicht zermürbt oder verschlissen hatten, und im Falle eines Falles ließ sie ihn auch spüren: und zwar nicht nur in ihrem Eigeninteresse. In jedem unserer Dörfer gibt es mindestens eine, manchmal auch zwei charakterfeste alte Frauen, unter deren Schutz sich die Schwachen und Leidgeprüften begeben. Und wenn so einer alten Frau die letzte Stunde schlägt, dann nimmt bestimmt eine andere Frau in angemessenem Greisenalter deren Platz ein, die sich vor anderen Dorfweibern durch ihren strengen, auf Gerechtigkeit versessenen Sinn auszeichnet. In jener besonderen Lage, in der sich Matjora befand, konnte Darja den alten Weibern allerdings nicht helfen, und trotzdem gingen sie zu ihr, scharten sich um sie, fühlten sich an Darjas Seite mutiger und hoffnungsvoller. Bekanntlich ist im Angesicht der Dorfgemeinde selbst noch der Tod schmuck und schön, und hätte man diesen alten Frauen das Angebot gemacht, daß sie alle, Seite an Seite, zu gleicher Stunde sterben sollten, dann hätte sich wohl kaum eine von ihnen erst lange besonnen: sie alle hätten freudig zugestimmt.

Am Tag vor dieser Nacht war Matjora früh zur Ruhe gekommen. Langes Aufbleiben ist mehr was für junge

Leute, die aber gab es in Matjora, abgesehen von Kurzbesuchern aus der Siedlung, nicht mehr. Man war noch bei Tageslicht zu Bett gegangen, als das Licht des Tages, der untergegangenen Sonne nach, hinter die Angara herabglitt. Eine sonderbare Zeit war jetzt angebrochen, eine andere Zeit als bei normalen Leuten. Einesteils hatten die Menschen im Dorf Lust, den Sommer festzuhalten und zu verewigen und jenes Unerhörte und Niegelebte hinauszuzögern, das herannahte, sich vorbereitete, andererseits konnten sie es nicht erwarten, daß dieses quälend zähflüssige Zwischenleben ein Ende nimmt, dieser Zustand, in dem man nicht daheim und nicht zu Gast ist, in dem man nicht weiß, ob man wirklich lebt oder sich selbst in einem langen Alptraum sieht. Sie waren also früh schlafen gegangen, wie gewöhnlich. Katharina war zum erstenmal im Leben außer Haus geblieben, und obwohl sie sich lange darauf vorbereitet hatte – auch auf dieses kleine Fortgehen vor dem großen Auszug –, war ihr jetzt unsäglich bitter zumute, und jedes Wort erschien ihr unangemessen und müßig. Darja verstand das und lag Katharina mit nichts in den Ohren. Gegen Abend kam Herrgottsschmer vorbei, doch auch mit dem kann man nicht groß reden. Der eine oder andere machte ab und zu eine Bemerkung, um nicht ganz in Schweigen zu verfallen, dann beförderte Darja den Besucher hinaus. Sich selber machte sie auf dem russischen Ofen ihr Bett, dort schlief sie sommers wie winters am liebsten. Katharina legte sich auf die Liege im vorderen Stubenwinkel. Für Pawel, wenn er kommen würde, blieb immer noch das hölzerne Bett.

Sie legten sich hin und verstummten sogleich. Katharina wußte nicht, ob sie schon eingeschlafen war oder sich erst noch betend an den Schlaf heranpirschte, als gegen das

Fenster getrommelt wurde; zunächst gegen das Fenster und gleich darauf gegen die Tür. Dazu ertönte Herrgottsschmers – dieses ewigen Unglücksboten – heiser rollende Stimme:

»Katharrrina!« Es folgte die übliche Dosis Mutterfluch, ohne den Herrgottsschmer nun einmal keine zwei normalen Worte zusammenfügen konnte: »Katharrrina, du brrrennst! Hurenbrrrut! Petrrrucha!«

Die zwei alten Frauen sprangen auf. In beiden Fenstern, die auf das obere Dorfende hinausgingen, tanzten Funken und Blitze, das Feuer schien in so großer Nähe zu brennen, daß die aus dem Schlaf gerissene Darja zunächst einmal mächtig erschrak:

»Wer brennt denn hier? Brennt unser Haus?«

Katharina begriff sofort, was los war. Ungeschickt nach den Kleidern suchend, schrie sie schwach und jähzornig, als würde sie mit der Stirn gegen eine Wand schlagen:

»Ich hab es doch gewußt, der Teufelsbursche! Ich habe es genau gewußt, o Mutter Gottes!« Als sie fertig angezogen war, rannte sie sofort los, nach Hause, genauer, zu dem, was noch am Abend ihr Haus gewesen war. Herrgottsschmer eilte zunächst hinter ihr drein, wechselte jedoch auf halbem Weg seine Laufrichtung und rannte an den unteren Dorfrand, um auch dort die Leute aus dem Schlaf zu reißen.

Als Katharina die Brandstelle erreicht hatte, stand das Haus bereits in hellen Flammen. Es bestand keine Möglichkeit mehr, es dem Feuer abzutrotzen, keine Möglichkeit – und auch keine Notwendigkeit. Petrucha war der einzige, der im Angesicht des Feuers wirr umherrannte, alle anderen standen da und starrten stumm in die Flammen. Petrucha erzählte, wie er selber fast ein Raub der

Flammen geworden wäre, wie er im letzten Augenblick aufgewacht sei, während ihm der Rauch bereits in die Lungen gedrungen war und das Haar vor Hitze knisterte. »Sonst wär's nämlich aus mit mir gewesen«, wiederholte er in albernem Ton. »Ich wär schlichtweg verschmort in dem Bau, und die Leute hätten mich hinterher nicht mehr erkannt.« Ab und zu trat er auf jemanden zu und schaute ihm in die Augen: ob der seine Worte wohl glaubt? Man rückte von ihm weg wie von einem Pestkranken, aber Petrucha schätzte seine Glaubwürdigkeit ohnehin nicht sehr hoch ein, er kannte seine Matjoraner, er wußte, daß die Dörfler ihn zur Genüge kennen, weshalb er Fahrlässigkeit als Brandursache gelten ließ. »Am Abend hab ich den Ofen angeheizt und hab mich dann schlafen gelegt«, fuhr er in seinen völlig überflüssigen Erklärungen fort. »Da kann es wohl geschehen sein, daß irgend so ein gottverdammtes Kohlenstück aus dem Ofen gefallen ist und das Unheil angerichtet hat.« Und wieder kamen langatmige Darstellungen seiner Errettung vor dem Flammentod. Für ihn war nur dies eine wichtig, daß er selbst hätte verbrennen können und wie durch ein Wunder gerettet worden war. Er war inzwischen so davon durchdrungen, daß er beim Erzählen in Tränen ausbrechen und ein trauriges Tremolo in seine Stimme bringen konnte. Das half seiner Glaubwürdigkeit nach. Den Ofen und das Kohlenstück vergaß er gleich wieder. Drohend sprach er: »Wenn ich rauskriege, welcher Schuft das war, dann kann der Bursche sich auf was gefaßt machen!« Dazu ballte Petrucha die Fäuste und ließ sie gegeneinanderprallen, als würde er sie wie Messer wetzen. Entweder hatte ihn die Feuersbrunst betrunken gemacht oder der Rausch vom Vorabend war noch nicht verflogen, jedenfalls schwankte und stolperte er beim Gehen und wirkte alkoholisiert. Sein Haar war zerzaust, ein Träger seines Leibhemds war von der Schulter gerutscht. Allerdings hatte er Stiefel an – wenigstens zuunterst herrschte strenge Kleiderordnung. Er hatte übrigens auch Zeit gefunden, den einen oder anderen Gegenstand zum Fenster hinauszuwerfen. Auf der Erde vor dem Haus lagen eine wattierte Bettdecke, ein alter Pelz sowie seine Ziehharmonika, auf der er stets nur das eine Lied spielte: das von der breiten Straße, über die weder Gockel noch Huhn spazieren ... Petrucha ergriff immer wieder die Ziehharmonika und schleppte sie von einem Ort zum anderen, damit sie nicht von der Hitze beschädigt würde. Auch die Leute wichen ein Stück zurück, wenn es ihnen zu heiß wurde, zerstreuten sich aber nicht. Sie konnten den Blick ihrer beunruhigten, wißbegierigen Augen nicht vom Feuer abwenden.

Das ganze übriggebliebene Dorf war hier versammelt, sogar die kleinen Kinder. Aber auch die lärmten nicht wie gewöhnlich, sie standen betreten da, gebannt von der furchtbaren Macht des Feuers. Die alten Weiber, mit ihren strengen, gramvollen Gesichtern, standen nicht an einer Stelle, bildeten keine Gruppe, sie waren über das Gelände verteilt, jede stand dort, wo die Glut und das Schauspiel des Feuers sie zum Stehen gebracht hatte. Ihre Gesichter, die starrer denn je waren, wirkten im Widerschein des Feuers wächsern und wie modelliert. Katharina, als sie angerannt kam, begann zu schreien, stimmte ein Klagegeheul an, streckte die Arme nach dem brennenden Haus aus, verbeugte sich schluchzend immer wieder in seiner Richtung. Man drehte sich nach ihr um, erkannte sie, billigte ihr das Recht zu, sich in dieser Weise aufzuführen. Man bemitleidete sie stumm und begann wieder, in starrem Dahinsinnen, das Feuer anzublicken. Darja tauchte aus der Dunkelheit auf und stellte sich neben Katharina, und gleich war den anderen ruhiger ums Herz. Wenn Darja neben Katharina steht, dann wird sie sie im äußersten Fall zurückhalten, wird einen Verzweiflungsakt verhindern. Da konnten die anderen getrost auf ihren Plätzen verweilen. Aber auch Katharina verstummte bald, vom schaurigen, aufmerksamen Schweigen der anderen selber zum Schweigen gebracht. Sie erhob die Augen und wendete sie fortan nicht mehr von dem ab, was von Kindheit an ihre Heimstatt gewesen war.

Die Menschen hatten vergessen, daß jeder von ihnen hier nicht allein war, sie hatten einander verloren, benötigten einander jetzt auch gar nicht. So ist das immer: während eines unangenehmen, vielleicht auch peinlichen Geschehnisses versucht jeder, so viele auch zugegen sein mögen, niemanden anderen wahrzunehmen und lieber für sich allein zu bleiben – dann vermag er sich hinterher leichter von der Scham zu befreien. Ihnen allen, wie sie hier dastanden, war peinlich und unwohl zumute. Sie hatten sich nicht gerührt, hatten, als das noch möglich war, nicht versucht, das Haus zu retten, ein solcher Versuch wäre sinnlos gewesen. Genauso wird es ihnen schon bald mit den anderen Häusern im Dorf ergehen. Und sie blickten und blickten und starrten und ließen mit den Augen nichts aus. Sie wollten genau erfahren, wie es mit dem Dorf kommen würde. Genauso betrachtet ein Lebender mit bohrendem Blick einen Toten: er will sich in Gedanken rechtzeitig in jene Lage versetzen, die auch ihm nicht erspart bleiben wird.

So wurde durch dieses Feuer das Schicksal eines jeden von ihnen hell erleuchtet, jenes mit niemandem mehr zu teilende, ganz dicht am Abgrund angelangte und dort zunächst noch verweilende Schicksal. Die Anwesenheit der anderen, dicht neben einem, war unglaubhaft geworden.

Die Flammen hatten schon das ganze Haus erfaßt, sie loderten zum Himmel empor. Das Feuer brannte richtig und gleichmäßig und verzehrte alles, die Hauswände, das Dach, den Dielenvorbau. Angesengte Holzstücke wurden zur Seite geschleudert, Funken sprühten so heftig, daß sich die Leute ducken mußten, Fensterscheiben platzten und zerschmolzen. Aus dem Hausinnern heraus leckten mit einem saugenden Geräusch lange, gierige Feuerzungen: als würde jemand Treibstoff ins Feuer gießen. Es brannte so stark, daß der Himmel nicht zu sehen war. Alles ringsum in weiter Runde war von diesem heißen, bösen Lodern beleuchtet. Die Häuser am Anfang der Dorfstraße warfen den Feuerschein zurück und schienen selber zu brennen, erfaßt von den übers Holz geisternden Flammentupfern. Feuer rot war auch die ufernahe Angara, sie war wie eine offene Wunde zwischen pulsierendem, blutendem Fleisch. Der Hügel jenseits der Straße, der mal aus der Finsternis herausgehoben, mal wieder ins Dunkel zurückversetzt wurde, wirkte dunkelbraun und wie versengt. Hinter den lodernden Hauswänden fiel mit einem explosionsartigen Knall etwas in sich zusammen, durch die Fenster schleuderte es glühende Kohlen heraus. Zu den Sternen hinauf, sich in ihnen verlierend, flogen die Funken, die Spitze der Flammenzunge zischte und ging in schwachen Rauch über. Der Dachsparren richtete sich im Feuer auf und neigte sich, kohlschwarz und immer noch brennend, auf das Dorf zu: dorthin, wo es bald neue Brände geben würde. Fast im gleichen Augenblick stürzte das Dach ein, das Feuer mäßigte seine Wut, die obersten Balkenreihen fielen zu Boden, die Leute schrien auf und sprangen beiseite. Katharina begann wieder laut zu schluchzen und verneigte sich blindäugig vor den Resten ihres dem Untergang geweihten, schon fast niedergebrannten Hauses. Das Haus wurde für eine kurze Weile von Rauch verhüllt, das Feuer schöpfte unterdessen frischen Atem und richtete sich mit erneuter Macht hoch. Durch die Flammen hindurch konnte man sekundenweise den russischen Ofen sehen, was den Eindruck hervorrief, der Ofen würde einen Tanz vollführen. Das Feuer kletterte am Zaun entlang in den Hof, aber auch hier gebot man ihm nicht Einhalt. Wozu auch? Was sollte ein Hof ohne Haus? Wer wird die Beine retten wollen, wenn er bereits den Kopf los ist?

Als der obere Teil des Hauses in sich zusammengestürzt war und das Haus nicht mehr bestand, erlahmte die auf das Feuer gerichtete Aufmerksamkeit der zuschauenden Menge. Wie auf ein geheimes Zeichen blickten sich alle nach Petrucha um. Sie schauten auch Katharina an, die ihr Schluchzen noch immer nicht bezwingen konnte, sie empfanden jetzt noch größeres Mitleid mit ihr. Doch der auf den Sohn gerichtete Blick war länger. Was machte der jetzt? Was mochte er empfinden? War er zufrieden oder erschrocken? Petrucha stand da, rieb sich mit der Hand die nackte Brust und zuckte nervös mit dem Kopf, die forschenden Blicke der Leute hatten ihn wütend gemacht. Bereits von dem Augenblick an, als seine Mutter angerannt gekommen war, wurmte es ihn, daß sie nicht auf ihn zugetreten, ihn nichts gefragt, ihn auch nicht angeherrscht und beschimpft hatte – es war, als hätte sie ihn ganz vergessen, als gäbe es ihn für sie gar nicht mehr. Schon die ganze Zeit über war er versucht gewesen, selber auf die Mutter zuzutreten, sie daran zu erinnern, daß auch er hier war, und zu sehen, wie sie sich daraufhin verhalten würde. Die Wut auf die Leute gab den Ausschlag und stachelte ihn vollends an. Er ging zur Mutter hinüber und richtete das Wort an sie, und das fiel so rüde und unverschämt aus, daß er selber erschrak:

»Mutter, gib mir was zum Rauchen.«

Verständnislos und weiter schluchzend hob sie ihr Gesicht.

»Du schnupfst doch Tabak, ich weiß es. Dann hast du wohl welchen dabei«, fuhr Petrucha fort.

Aber Darja verstand seine Worte.

»Ich geb dir gleich was zu rauchen!« drohte sie mit leiser, aber kraftvoller Stimme. »Ich steck dir ein Holzscheit ins Maul! Ich führ dich Zündler zur Brandstätte hin und halt deine Nase hinein, damit du merkst, wonach das riecht. Der Unhold macht sich noch über die Mutter lustig! Jetzt mach, daß du fortkommst von hier, sonst nehm ich mich noch wirklich deiner an!«

Petrucha gab einen verlegen glucksenden Laut von sich, dann trat er ins Dunkel zurück.

Doch das nächtliche Dunkel hatte sich schon merklich gelichtet, vom Himmel herab tagte es fahl. Jetzt, da das Feuer in sich zusammengefallen war und nur mehr in Bodennähe das Holz aufzehrte, roch es stärker nach Verbranntem. Streifen von Ruß zogen langsam über die Erde hin. Im Gras und auf der Straße rauchten verkohlte Holzscheite. Leidenschaftslos und fast träge brannte der Speicher. Das wachsende Licht des Morgens ließ auch das Feuer heller erscheinen.

Die Menschen begannen sich zu zerstreuen. Während sie sich von der Brandstätte entfernten, blickten sie sich unsicher und furchtsam um. Matjoras Ordnung war gestört, an einem Ende war das Dorf jetzt kahl, hier war das Dorf schutzlos geworden. Von hier würde das Feuer weitergehen, und keine Macht der Welt und keine Dorfgemeinschaft würde Rettung bringen ...

Das war es, was Darja Katharina sagte, als sie sie wegführte und beruhigend auf sie einsprach. Ihnen allen ist das gleiche beschieden, keiner kommt um sein Schicksal herum. Katharina empfing den Schicksalsschlag als erste, später würde ihr dafür leichter sein. Sie wird sich nicht mehr, in Erwartung des Feuers, für ihr Haus quälen müssen, wird dem Feuer nicht mehr zusehen, ihr Herz nicht daran versengen müssen. Sie hat ihr Teil abgeleistet und abgelitten.

Und wirklich: mit heller Flamme brennt ein Haus nicht lange, zwei Stunden vielleicht oder drei, aber noch viele Tage raucht jene Stelle, wo das Haus einmal gestanden hat, und es riecht nach Verbranntem, nach dem nicht völlig Ausgebrannten, nach dem lebendigen Geist des Heimes, den nichts zu vernichten vermag.

Der Herr der Insel hatte in jener Nacht seinen Horchposten schon früh bezogen. Es war eine Stelle auf dem nahegelegenen Hügel, die er rechtzeitig ausgewählt hatte. Von hier aus konnte man die Feuersbrunst bequem beobachten, ohne selber in Gefahr zu kommen. Der Herr der Insel sah alles vom Anfang bis zum Ende. Er sah den Widerschein des ersten Zündholzes, dessen besonderes, keiner häuslichen Verrichtung dienendes Aufblitzen das Haus sofort verspürte. Es spannte sich, stöhnte schmerzhaft auf und sank wieder in sich zusammen. Der Herr der Insel lief auf das Haus zu, preßte sich ein letztes Mal einen Augenblick lang gegen das trockene und wie erstorbene Holz der Hauswand, um zu zeigen, daß er hier sei und bis zum Ende bleiben würde. Dann kehrte er auf seinen Horchposten zurück.

Er sah, wie das Haus innendrin aufschimmerte, zunächst mit einem schwachen, ungleichmäßigen Flackern, das an Stärke zunahm, bis die Fenster von innen mit roter Farbe übergossen waren. Der Herr der Insel schaute zu und sah durch die Hauswand hindurch, was sich im Haus vollzog. Das Feuer versuchte lange, sich am festen, glatten, im Lauf der Zeiten blankgeschabten Fußboden festzukrallen, aber es glitt immer wieder ab. Da erblickte es die dünne Bretterzwischenwand, stürzte auf sie zu und sprang mit Leichtigkeit daran hoch. Die Wände knisterten auf, waren rasch heiß, und durch die Hitze oder durch den Eingriff einer fremden Macht platzte mit sanftem Knall, der sich anhörte wie das Verschütten von Wasser, das Glas in dem auf die Angara hinausgehenden Fenster. Von dorther strömte frische Luft herbei, wie durch ein Zugloch, das Feuer seufzte befreit, dröhnte auf und breitete sich im Nu übers ganze Haus aus, griff nach jeder brennbaren Kleinigkeit, und gleich waren Fußboden und Stubenwände zum Glühen gebracht.

Der Herr der Insel sah, wie die Menschen herbeiliefen, als einer der ersten Petrucha, er sah, wie der mit den Armen in der Luft herumfuchtelte und auf das von den Flammen bereits erfaßte Haus wies. Alles Leben war schon im Holz abgestorben, und so brannte es, ohne Schmerz zu empfinden. Die Flammen drangen nach außen und fielen von beiden Seiten über das Haus her. Hoch loderte das Dach auf, und der Feuerschein erreichte auch den Herrn der Insel und nötigte ihn, ein Stück wegzukriechen.

Solange das Haus der alten Katharina brannte, schaute der Herr der Insel zum Dorf hinüber. Im hellen Schein dieser Feuersbrunst sah er deutlich die vorerst noch fahlen, wie hingezeichneten Flämmchen über den noch heilen Dorfhäusern. Nur er konnte diese wabernden Feuer erkennen, und er sah auch, in welcher Reihenfolge das Feuer die Häuser verschlingen würde. Er sah fremde Menschen neben den Häusern – viele Menschen. Und als er seine Augen etwas höher hob, sah er die Rauchschwaden über den Inselwäldern, und der Rauch kreiste in windstiller Luft zum Zeichen des Abschieds über der Insel.

Und auch die Nachbarinsel, auch Podmoga brannte ...

Und er sah den Rauch über dem Friedhof: jenen Rauch, den die alten Dorfweiber einen Monat zuvor verhindert hatten.

Die Augen wieder senkend, sah er wieder Petruchas Haus, und er sah, wie die alte Katharina morgen noch einmal herkommen wird, wie sie bis zur Nacht nach etwas suchen wird, in der heißen Asche und in ihrem Gedächtnis, und wie sie auch noch übermorgen und noch später kommen wird ...

Und noch weiter sah der Herr der Insel ...

9

Pawel kam immer seltener ins Dorf, und er blieb, wenn er kam, immer kürzer. Schnell erledigte er das Notwendigste und trat den Rückweg in die Siedlung an. Das ewige Hinundherfahren erschöpfte ihn: müde und stumm stieg er jedesmal das Ufer hinauf. Er war noch nie ein Vielredner gewesen, doch jetzt schien ihm die Zunge eingetrocknet zu sein. Im Kolchos hatte Pawel als Brigadier, später als Garagenwart gearbeitet, und er war mit der Arbeit stets zu Rande gekommen. Welche Stelle man ihm im Sowchos zuweisen würde, wußte er noch nicht genau, das wußten auch die meisten anderen nicht. Die Schwierigkeit, vor die sich die Sowchosführung gestellt sah, bestand darin, die höheren und mittleren Kolchoschargen mit gleich hohen Positionen im Staatswirtschaftsbetrieb abzufinden. Alle diese Leute hatten früher einmal Macht ausgeübt, mochte diese Macht noch so gering gewesen sein. Sie hatten sich das Kommandieren angewöhnt und hatten verlernt, unter der Anleitung eines anderen zu arbeiten. Pawel hätte jede Arbeit übernommen, er hatte keine überzogene Meinung von seinen Fähigkeiten, aber er sah, wie sich die auf gute Posten versessenen Leute anstellten, wie peinlich sie auf das Verhalten ihres Nachbarn achteten, mit welcher Verkrampftheit sie Worte an Hinz und Kunz richteten, nicht wissend, in wessen Abhängigkeit es sie bald verschlagen würde. Pawel hatte man einstweilen in die Reparaturwerkstatt eingewiesen, wieder als Brigadier, und zunächst war er hier der einzige Chef, aber dann kam ein zweiter Brigadier hinzu, und jetzt sollte noch ein dritter folgen. Das aber bedeutete, daß es im Falle eines Falles keiner gewesen sein würde. Gelegenheit für eine Havarie gab es überreichlich: das bewegliche Material, das alte wie das neue, ging auf schlechten Straßen und ohne richtige Wartung leicht in die Brüche, Ersatzteile waren, wie immer, nicht genug da, dagegen gab es übergenug Benutzer. Außerdem wurde fast jeder Auftrag widerrufen, und auf den Widerruf folgte oft ein erneuter Auftrag. Ähnlich erging es den Brigadiers mit den Arbeitern – die wußten nicht, auf wen sie hören sollten. Das war keine Arbeit mehr, sondern purer Nervenverschleiß. Und eine Änderung zum Besseren war vorerst nicht in Sicht. Zunächst einmal mußte der Sowchos seine Füße aus der Angara ziehen, seine Leute an einem Ort versammeln, seine Wirtschaft straffen. Zunächst mußte sich das neue Leben einspielen und festigen.

Als Katharina zu Darja gezogen war, wurde Pawel etwas ruhiger ums Herz. Die beiden Greisinnen würden einander zur Hand gehen, sie würden es zusammen leichter haben als allein, und er, Pawel, würde sich weniger Sorgen um die Mutter machen müssen. Katharina würde im Haushalt mithelfen, sie war ja soweit noch ganz rüstig, und das Gespräch im Haus würde nicht verstummen. Allerdings zog es auch ihn jetzt, wo das Ende nahte, noch einmal in sein Dorf, er wollte bei der Heumahd und bei der Getreideernte dabeisein, wollte die Insel, wie ein guter Wirt und Hausherr, sauber zurücklassen, bevor sie von den Wassermassen überschwemmt würde. Man erwiderte ihm, wie üblich, nebulös: »Das sehen wir dann.« Pawel rechnete eigentlich nicht damit, daß man seinem Wunsch entsprechen würde: Freilich drängte er auch nicht, er fürchtete insgeheim, man würde ihn nach Abschluß der Erntearbeiten dazu bestimmen, die Häuser anzuzünden. Irgendwer würde ja diese Arbeit auf sich nehmen müssen, aber Pawel konnte sich nicht vorstellen, daß er die Einäscherung seines Heimatdorfes leiten sollte. Noch nach zwanzig oder dreißig, noch nach fünfzig Jahren würden sich die Leute daran erinnern: »Ach ja, Pawel Pinigin! Das ist der, der Matjora angezündet hat . . .« Einen solchen Ruhm verdiente Pawel nicht.

Wenn er nach Matjora kam, war er jedesmal verwundert, mit welcher Bereitwilligkeit sich die Zeit hinter ihm wieder schloß: als hätte es die neue Siedlung nie gegeben, als hätte er Matjora nie verlassen. Dabei gab es diese Siedlung wirklich, daran war nicht zu rütteln, man hatte sie hingebaut: drüben auf dem anderen Ufer, aber zu ihm, zu Pawel, hatte jener neue Ort im Grunde keine Beziehung. Zu jemand anderem sicherlich, aber nicht zu ihm. Er war dort gewesen, er hatte die Siedlung mit eigenen Augen gesehen, es war eine gute Siedlung, gewiß. Jedoch auf der Welt gab es viele gute Siedlungen. Sein Haus stand hier im Dorf, und zu Hause ist es bekanntlich am besten. Dies war es, was Pawel jedesmal wieder aufging, wenn er das Hochufer hinaufstieg und Matjora sich seinem Blick darbot, mitsamt allen Dingen, die er von Kindheit an kannte. Er war angekommen auf der Insel – und schon war eine unsichtbare Tür hinter ihm ins Schloß gefallen, und das Gedächtnis sagte ihm nur das ein, was sich auf das hiesige Leben bezog, während die Veränderungen von ihm fernrückten.

Die Veränderungen? Die waren nicht abzustellen, nicht rückgängig zu machen. Ihnen war nicht auszuweichen. Das lag weder in seiner noch in eines anderen Menschen Macht. Das Neue mußte kommen, das war klar. Doch Pawel begriff nur die eine Hälfte dieses »Muß«, er begriff, daß Matjora aufgegeben werden mußte, daß das im Bau befindliche Kraftwerk ein Gebot der Notwendigkeit war. Hingegen begriff er nicht, warum sie in diese Siedlung ziehen mußten, die zwar Haus für Haus richtig und geradlinig hingestellt worden war, aber nicht für diese Menschen, sondern linkisch und ungereimt, daß man nur den Kopf darüber schütteln konnte. Und wenn die Männer mal zusammentrafen und das Gespräch wieder einmal auf die

Siedlung kam, dann könnte nicht einer von ihnen, sosehr er sein Gehirn anstrengte, eine halbwegs vernünftige Erklärung dafür finden, warum man die Ortschaft fünf Werst vom künftigen Stausee entfernt angelegt, warum man sie auf Lehm und Stein und obendrein auch noch auf einen Nordhang gebaut hatte. Nicht einmal zum Jux fiel den Männern was ein. Am ehesten war es wohl wie im Märchen gewesen: man hatte aufs Geratewohl einen Pfeil ausgeschickt, und wohin der Wind den Pfeil trug, dort wurde die Siedlung hingebaut. Dabei war die Erklärung denkbar einfach: die Erbauer hatten nicht für sich selbst gebaut, und sie hatten es sich leichtgemacht. Am allerwenigsten hatten sie sich den Kopf darüber zerbrochen, ob es sich in den von ihnen gebauten Häusern bequem wohnen läßt. Als der Standort ausgewählt und die Entscheidung gefallen war, hatte es geheißen, in der Baukommission sei ein Mann, der die Interessen der künftigen Bewohner vertreten würde: nämlich der Direktor des Staatswirtschaftsbetriebs. Doch diese angebliche Vertrauensperson kümmerte sich nur halbherzig darum und verschwand sehr schnell wieder, wie vom Erdboden verschluckt, bald nach Leistung der erforderlichen Unterschrift. Mit der gleichen Seelenruhe hätte dieser Mann die Verlegung der Siedlung unter die Erde gutgeheißen. Es wurde berichtet, der Chef der Kraftwerkbauleitung, in dessen weitere Zuständigkeit der Bau der neuen Siedlungen fiel, hätte, als er sich an Ort und Baustelle von der Sachlage überzeugt hatte, einen kräftigen Fluch ausgestoßen und geäußert, er würde, falls das in seiner Macht läge, die Siedlung an einen anderen Ort verlegen. Doch die Sache war bereits getan, der Beschluß gefaßt, das Geld ausgegeben – und zwar nicht wenig Geld. Es war nicht mehr möglich, nachträglich etwas zu ändern. Das

Leben ist gerade deshalb das Leben, damit es sich fortsetzt, es hält alles aus, setzt überall an, notfalls auch auf kahlem Fels, in Sumpf und Moor und sogar unter Wasser. Aber warum soll man das Leben auf die Probe stellen, warum soll man den Menschen sinnlose und unnötige Schwierigkeiten aufbürden, warum soll man, um kleine Bequemlichkeiten bemüht, große Unbequemlichkeiten hervorrufen? Das war es, worüber Pawel nachgrübelte, ohne eine Antwort und Erklärung zu finden. Deswegen konnte er sich auch nicht voll und ganz mit der neuen Siedlung einverstanden erklären, obwohl er wußte, daß sie wohl oder übel dort würden leben müssen und daß das dortige Leben früher oder später ins Lot kommen würde.

Wenn das notwendig war, dann mußte es wohl auch so sein. Aber wenn Pawel daran dachte, was für ein vorzügliches Stück Land überflutet werden würde: das beste, in Jahrhunderten gehegte, von den Ahnen und Urahnen bestellte Land, das viele Generationen mit Nahrung versorgt hatte – dann erstarrte sein Herz in Mißtrauen und Sorge. War der Preis, den sie jetzt zahlten, nicht doch zu hoch? Bestand nicht die Gefahr des Überbezahlens? Nur jene schmerzte der Verlust nicht, die hier nicht gelebt, nicht gearbeitet, die nicht jede Furche mit ihrem Schweiß getränkt hatten. Die Urbarmachung eines Hektars Neuland kostete tausend Rubel, und diesen Hektar, der mit Gold aufgewogen wurde, hatten sie in diesem Jahr mit Weizen bepflanzt, aber der Weizen war nicht aufgegangen. Oben war die Erde schwarz, doch als man sie aufriß, war sie weiter unten rot gewesen: da hätte man besser eine Ziegelfabrik hingestellt! Sie sahen sich genötigt, Luzerne nachzusäen, nach dem Sprichwort: daß das räudige Schaf wenigstens ein Büschel Wolle bringt. Und es war nicht einmal sicher, daß es mit Luzerne klappen würde. Wer weiß, wieviel Zeit es brauchen würde, um dieses kärgliche Waldland in Ackerland zu verwandeln, damit es leistet, was ihm gar nicht gemäß ist! Das alte Ackerland jedoch, in früheren Zeiten, hatte nicht nur sie selber ernährt – Tausende Pud Korn waren in den Norden und Osten geliefert worden. Das war bei Gott ein Ackerland gewesen!

»Ich glaub, ich werde langsam alt«, widersprach Pawel seinen eigenen Gedanken. »Ich werde alt, wenn ich das nicht begreifen kann. Die Jungen, die begreifen es. Denen fällt nicht im Traum ein, die Zweckmäßigkeit dieser Vorgänge anzuzweifeln. Wenn man die Siedlung just an diesem Ort hingebaut hat, dann hat das auch seine Richtigkeit, dann ist das eben der einzig mögliche Standort. Alles was geschieht, schlägt zum Besseren aus, das Leben kann immer nur interessanter und glücklicher werden. Man soll leben, wie es sich grad lebt, ohne Grübelei und ohne Heimweh nach dem Gestern. Wenn der hiesige Boden kein Korn hergibt, dann wird man das Brot fertig geliefert bekommen, gemahlen und gebacken, Laib um Laib. Da kannst du dich dann dumm und dusslig essen! Wenn es keine Milch von der eigenen Kuh mehr gibt, dann wird die Milch herangeschafft, und du bist die ewige Plackerei mit der Kuh los, brauchst nicht durchs Gelände zu strolchen, auf der Suche nach ein wenig Heu. Und Kartoffeln, und Rettiche, und Zwiebeln: alles werden sie anfahren . . . Und wo sie es hernehmen, das soll nicht deine Sorge sein. Wir leben in einer Siedlung städtischen Typs, das ist amtlich beglaubigt, folglich wird es hier wie in der Stadt zugehen – kein bißchen schlechter! Das Geld für die aufgerissene, sich gegen jeden Samen sträubende Scholle werden sie dir trotzdem auszahlen, und du kannst es ausgeben, für dieses

Geld kannst du dir manches leisten. Bedarfsdeckung wird großgeschrieben. Schau mal an, was sie drüben für ein Geschäft verglast haben! Da siehst du dich nicht satt daran! Und gleich daneben kommt ein zweites hin, und gleich neben das zweite kommt später ein drittes . . . Und wenn es dir hier trotzdem nicht gut genug geht, dann gehst du woanders hin, wo es wirklich echt gut ist. Keinem ist der Weg dorthin verwehrt.«

»Jawohl, Pawel, du wirst alt«, gestand er sich ein.

»Du sagst immer, daß die Mutter sich ans Alte klammert, aber bist du selber viel anders? Und die Mutter hat ihr Leben immerhin gelebt, du aber – hast noch viel zu leben und zu arbeiten. Ja, begreif ich etwa nicht«, fuhr Pawel in seinen Gedanken fort, »daß man das Neue nicht am leeren Ort errichten kann, daß man es nicht einfach herbeizaubern kann, daß man um des Neuen willen auf etwas verzichten muß, das einem teuer und ans Herz gewachsen war? Daß man viel Kraft und Schweiß in diese Arbeit stekken muß? O doch, ich verstehe das vorzüglich. Und ich verstehe auch, daß man heute ohne Technik, ohne weiträumige Technik, nichts ausrichtet. Das versteht doch jeder? Aber wie soll man das begreifen, wie soll man ja sagen zu dem, was sie mit der Siedlung angestellt und angerichtet haben? Warum haben sie den Menschen, die hier leben müssen, so viel überflüssige Arbeit aufgehalst? Wieviel Zeit haben sie, auf der Hetzjagd nach der Zeit, vergeudet und verloren? Und wieso konnte das nicht gleich einberechnet werden? Natürlich braucht man solche Fragen nicht zu stellen, man kann auch einfach vor sich hin leben, vor sich hin schwimmen, aber das macht doch gerade den Menschen zum Menschen, darin steckt doch sein Salz und sein Pfiff, zu wissen, wie etwas zusammenhängt und abschnurrt, der Wahrheit auf den Zahn zu fühlen und auf den Grund zu kommen.«

Wenn Pawel dann in die Siedlung zurückkehrte, wenn er seinen kleinen Hof betrat, an den er sich unbewußt bereits gewöhnt hatte, zog in seine Seele wieder Ruhe ein. Man konnte hier durchaus leben. Alles war hier anders als früher und zunächst etwas unbequem, man fühlte sich als Mietpartei, man war ja auch Mieter. Dies Haus ist nicht dein eigenes Haus, du wirst dich darin nicht als Hausherr aufführen, dafür aber findest du hier alles fertig vor, du brauchst kein Brennholz zu spalten, brauchst den Ofen nicht einzuheizen . . . Das Wasser freilich, das muß man noch anschleppen, aber auch das soll sich bald ändern. Bald wird es, verspricht die Behörde, fließendes Wasser in den Häusern geben. Dagegen kannst du nichts sagen, das Leben wird dir hier mächtig erleichtert! Du kommst von der Arbeit heim, wäschst dich, legst dich auf die faule Haut, kannst, wenn dir das Spaß macht, die Zimmerdecke anglotzen, kannst sogar notfalls zur Decke hinaufspucken. Keine Sorgen, keine inneren Erlebnisse . . . Allerdings hat die Erleichterung den Nachteil, daß du dich selber leichtgewichtig fühlst, deine Festigkeit und Verläßlichkeit schwimmt dir davon, und wenn ein Orkan kommt und zu blasen beginnt, dann könnte es wohl auch geschehen, daß er dich hinten an der Jacke packt und wegträgt, und hinterher kannst du dann lange suchen, bis du dich selbst wieder gefunden hast. Ein widerlicher Wurm der Ungewißheit nagt und nagt irgendwo an dir: bist du das oder bist du es nicht? Und wenn du es bist, wie bist du dann hierhergeraten?

Aber das macht nichts, auch daran wird man sich noch gewöhnen . . .

Pawel mußte immer staunen, wenn er seiner Ehefrau Sonja zusah. Die war ins Haus getreten – jetzt muß man Wohnung dazu sagen, nicht mehr Haus – hatte den wie teures Spielzeug glitzernden Elektroherd gesehen, die Blümchen und Blättchen an den Wänden, die nicht einmal geweißelt werden mußten, die in die Wand eingebauten Schränke, und dann noch das Bad mit den Kacheln und im Bad die Sitzbank zum Baden – vorerst freilich ohne Wasser, einstweilen noch außer Betrieb – und schließlich die lustige, grüne, auf der einen Seite verglaste Veranda. Sie war also ins Haus getreten, hatte dies alles erblickt und sich sofort so gefühlt und benommen, als hätte sie ihr Leben hier verbracht. Innerhalb eines Tages hatte sie sich in der Wohnung zurechtgefunden, war zu den Nachbarn gelaufen, um sich auch bei denen umzusehen, hatte Anweisung gegeben, wo was abzustellen sei, welche alten Möbelstücke ohne Schamröte hergeschafft werden konnten, welche neuen Möbelstücke gekauft werden mußten. Sie schätzte auch gleich ab, wo man am besten den Keller graben und wie man die Vorratskammer erweitern könnte. Sie rannte erhitzt hin und her, überglücklich und zufrieden und offenbar bereit, sich an diese Wohnung festschmieden zu lassen. Und dabei war auch Sonja ein Dorfweib, unter ihren Ahnen gab es weder Fürsten noch Edelleute, ins schöne Leben hatte sie noch nie hineingeschmeckt. Freilich war es für eine Frau eine arge Versuchung und ein starker Anreiz: alles so schön eingerichtet, alles blitzblank, keine weiten Entfernungen. Man muß nicht aus dem Hof in die Küche und zurück hetzen. Alles ist da und liegt griffbereit. Sonja besaß überdies zwei Schwestern in Irkutsk. Die eine hatte einen rührigen und vom Erfolg begünstigten Mann geheiratet, der im Versorgungswesen beschäftigt war, sie lebte wie eine feine Herrschaft, ihre Wohnung war vorzüglich eingerichtet, und Sonja war neidisch auf die Schwester. Wenn sie einmal in der Stadt zu Gast gewesen und wieder ins Dorf zurückgekehrt war, hatte sie die Ofengabeln und gußeisernen Töpfe mit mürrischen Blikken gemessen und einmal den Versuch gemacht, Pawel zu einem Umzug in die Stadt zu bewegen. Man hatte ihr dort goldene Berge versprochen, hatte ihr Gott weiß was vorgeflunkert, wie hochkultiviert und wohlgesittet es in der Stadt zugeht, der Schwager vom Versorgungssektor hatte Pawel ein ähnliches Pöstchen verschaffen wollen – da war Sonja schlichtweg zerflossen und wäre am liebsten gleich morgen in die Stadt gezogen. Sie hatte Pawel fast herumgekriegt. Damals waren gerade die Überflutungsgerüchte aufgekommen, sie mußten sowieso irgendwohin fortziehen, aber dann hatte Pawel doch nicht mitgemacht. In der Stadt haben es jene Leute gut, die was für Städte übrig haben, doch wen das Mütterchen Dorf aufgezogen hat und wer bis ins gesetzte Alter hinein auf dem Land gelebt hat, der soll lieber dort bleiben und sich nicht vom Fleck rühren. Und stellte sich heraus, daß ein Umzug in die Stadt gar nicht nötig war, die Stadt selber würde zu ihnen herkommen. Jetzt konnte sich auch Sonja beruhigen, die ihren Ehemann zunächst mit Vorwürfen überschüttet hatte. Jetzt hieß es: hinaus aus dem Dreck und hinein in den Fürstenstand . . .

Heimlich und still renkt sich das Leben in der Siedlung schon noch ein. Die Leute werden sich den neuen Umständen anpassen, das ist immer so. Später wird man dann auf den Überresten der alten Äcker ein Kartoffelfeld anlegen, alle Kartoffeln lassen sich eben nicht von außerhalb anliefern. Auch das Fehlen der eigenen Kuh wird sich bitter bemerkbar machen, trotz der Gemeinschaftsherde, und als Geschenk von oben und große Gnade wird die Hauskuh wieder zugelassen werden und auch das für ihre Ernährung nötige Heu. Also, mäht und melkt mal schön, wenn euer Herz diese Freude und euer Magen diese Speise begehrt. Und bestimmt wird es dann Leute geben, die auf diese Freuden gern verzichten, denn bis dahin werden die Neubürger neue Gewohnheiten haben.

Sie beide hatten es leichter. Sonja war schon jetzt wunschlos glücklich, und auch er wird sich bald angepaßt haben. Aber Pawel begriff sehr wohl, daß die Mutter sich in der Siedlung nie eingewöhnen würde. Unter gar keinen Umständen. Für sie war das ein fremdes Paradies. Wenn man sie hierherschaffte, würde sie sich in eine Ecke verkriechen und nicht wieder herauskommen, bevor sie vollends eingetrocknet wäre.

Diese Veränderung und Umstellung würde über ihre Kraft gehen. Und sie fragte ihn auch fast nichts mehr, sprach ihn kaum je auf die Siedlung an, als stünde ihr gar kein Umzug bevor, und wenn er von sich aus etwas erzählte, ächzte und seufzte sie zwar ausgiebig und schlug wohl auch die Hände zusammen, aber diese Reaktionen galten einem fernen, weit abgelegenen Wunderding und Wunderland, das in keiner Beziehung zu ihr selber stand. Die neue Siedlung lag für Darja nicht näher, war ihr nicht vertrauter als sagen wir Amerika, wo die Menschen zur Schonung der Beine angeblich auf den Köpfen spazierengehen. Wenn Pawel die Mutter beobachtete, wurde ihm immer wieder klar, daß die Mutter, mochte sie auch manchmal von der Übersiedlung reden, sich selber dennoch nur in Matjora vorstellen konnte. Und er fürchtete den Tag, an dem er sie aus dem Dorf fortbringen mußte.

10

Wie zu erwarten war, hatte sich Petrucha gleich am Tag nach dem Brand irgendwohin verzogen. Bereits seit einer Woche ließ er nichts mehr von sich hören. Seiner Mutter hatte er noch nicht mal eine Brotrinde hinterlassen, die alte Katharina wurde von Darja versorgt. Katharinas letzter Mehlvorrat war in ihrer Speisekammer verbrannt. Obwohl das Haus fast leer gestanden hatte, wurde ihr jetzt nach der Feuersnot ein Verlust nach dem anderen bewußt. Dieses war verbrannt, jenes war verbrannt . . . Am meisten betrübte Katharina der Verlust des Samowars. Als sie zu Darja hinübergegangen war, hatte sie natürlich nicht an ein bevorstehendes Feuer gedacht. Der Samowar war im Haus geblieben – und nach dem Brand fand Darja in der Asche nur mehr einen zerschmolzenen Messingklumpen. Seine stimmlose Ziehharmonika hatte Petrucha nicht vergessen, die hatte er gerettet, während er den um sein Leben so verdienten Samowar, der ihn getränkt und ernährt hatte, dem Schicksal überlassen hatte. Ohne den Samowar war Katharina vollends verwaist.

Sie ließ die Hoffnung noch immer nicht sinken, daß Petrucha zu Vernunft und Einsicht kommen, daß er sich Arbeit beschaffen und die Mutter zu sich nehmen würde. Jetzt stellte sich ihr das so dar, daß sie zwar ein Haus haben werden, doch daß es keinen Samowar im Haus geben wird. Heutzutage werden keine mehr hergestellt, und wo soll man einen alten auftreiben? Ein Tisch ohne den Samowar zu Häupten des Tisches war kein rechter Tisch mehr, sondern einfach so . . . ein Eßtrog, eine Futterkrippe, wie bei Tieren. Ein solcherart enthaupteter Tisch war seiner Gemütlichkeit wie seiner strengen Würde beraubt. Seit alter

Zeit hatte man im Haus drei Hausherren Achtung erwiesen: dem eigentlichen Herrn des Hauses, dem Familienoberhaupt, dann dem russischen Ofen und endlich dem Samowar. Auf diese drei Herren stellte man sich ein, ihnen zollte man Respekt, ohne sie begann man den Tag nicht, nach ihnen richteten sich alle übrigen häuslichen Dinge. Jetzt hatte Katharina auf einen Schlag Haus, Samowar und Ofen eingebüßt. Der Ofen freilich stand noch auf der Brandstätte, zersprungen und mit geöffneter Ofentür, wie ein Denkmal. Aber dieses Denkmal würde niemanden mehr wärmen.

Darja konnte es einfach nicht fassen, daß jemand vor der Zeit sein eigenes Haus anzünden konnte, sie brachte die Rede immer wieder auf Petrucha und schmähte ihn grimmig. Sie verlangte eine Antwort auf die Frage: wie konnte sich eine menschliche Hand zu so etwas vermessen und hergeben?

Katharina schwieg und wendete schuldbewußt die Augen ab, als sei sie selber die Geschmähte, und wenn Darja ihr besonders hart zusetzte und sie irgendwas darauf erwidern mußte, gab sie die abwehrende Auskunft:

»Der Bursche ist nun mal leichtfertig, was willst du da machen?«

Woraufhin sich Darja noch ärger erboste: »Dein Leben lang hast du es so gehalten. Hast ihm alles durchgehen lassen, hast dich nie widersetzt. Du verdienst jetzt nichts Besseres. Es geschieht dir ganz recht. Er hat dir das Haus angezündet, er wird dich noch bei lebendigem Leib unter die Erde bringen. Nein, nicht unter die Erde«, berichtigte sie sich sofort. »Ins Wasser wird er dich bringen, statt dich zu begraben. Das geht einfacher. Und du wirst ihn noch selber darum bitten, daß er dir den schwersten Stein um den

Hals hängt ... damit du nicht mehr aus dem Wasser auftauchst!«

»Zuzutrauen wär ihm das«, seufzte Katharina. »Wo der Bub doch so leichtfertig ist ...«

»Mit ihr soll mal einer reden«, erwiderte Darja. »Ich sag ihr was, das Hand und Fuß hat, und sie kommt immer mit dem weißen Zicklein an ... So heb dich von dannen mitsamt deinem Buben! Einen schönen Ernährer hat dir der Herrgott geschenkt!«

Katharina war nie verheiratet gewesen. Den Petrucha hatte sie von einem hiesigen Bauern, dem Aljoscha Swonnikow, bekommen, der längst nicht mehr unter den Lebenden weilte: er war im Krieg gefallen. Katharina war viel jünger als Aljoscha gewesen. Als die Liebschaft zwischen ihnen begann, hatte Aljoscha bereits vier Kinder in die Welt gesetzt, doch er hatte es ihr so angetan, daß sie keinen anderen heiratete, obwohl sie in jungen Jahren eine begehrte Braut war. Auch Aljoscha ging der Leichtsinn in dieser Hinsicht nicht ganz ab. Und Petrucha war durchaus ein Reis von seinem Stamm, aber der Vater hatte die Arbeit nicht verschmäht, und es mußte wohl auch sonst was an ihm gewesen sein, das ein Eheweib dazu brachte, sich mit Katharina abzufinden, und das Katharina jedesmal aufstrahlen und vor Freude vergehen ließ, wenn dieses fremde Mannsbild, das ihr niemals Hoffnungen auf eine Heirat gemacht hatte, gegen Mitternacht bei ihr aufkreuzte. Sogar heute noch veränderte sich ihr Gesicht, wenn sie ihren Erinnerungen an Aljoscha nachhing. Sie wurde plötzlich lebhaft, als hätte sie Wein getrunken. Ihre Augen öffneten sich weit und blickten glückstrahlend in jene nun schon vierzig Jahre zurückliegenden Tage und Nächte. Was sie dort erblickte, vermochte sie noch heute zu wärmen. Und sie sprach von Aljoscha als von ihrem Mann und besaß ein Recht darauf in Matjora, denn Aljoschas andere Familie war nach dem Krieg fortgezogen.

Die Verbindung Katharinas und Aljoschas war nicht verborgen geblieben, im Dorf wußten alle davon. Als dann Petrucha geboren wurde, gab Aljoscha endgültig jede Geheimnistuerei auf und sorgte ganz offen und unverhohlen für seine neue Familie. Mitten am hellichten Tag fuhr er Brennholz und Heu für sie an oder er reparierte, vor den Augen des Dorfes, Katharinas Hofzaun. Drei oder vier volle Jahre, bis der Krieg kam, lebte Aljoscha in und für zwei Familien zugleich, und in Matjora gewöhnte man sich daran, das Zungengewetz hörte auf. Aljoscha war ohnehin taub auf diesem Ohr, jedes Getratsch prallte an ihm ab wie die berühmten Erbsen an der Wand. Er verstand es auch selber recht gut, anderen Leuten ins Gewissen zu reden oder sie auf den Arm zu nehmen, und man legte sich nicht gern mit ihm an. »Ich bin nun mal so einer«, pflegte er nicht ohne Prahlerei zu sagen. »So einer bin ich – und kein anderer.« Noch zehn oder fünfzehn Jahre nach Kriegsende pflegte man im Dorf von einem Mann oder Burschen, der nicht auf den Mund gefallen war, zu sagen: »Der ist wie der Swonnikow-Aljoscha!«

Die Leichtigkeit und Offenheit hatte Petrucha von seinem illegitimen Erzeuger geerbt. Aber während sie bei Aljoscha nicht allein dastand, während bei ihm die Arbeit vorging, war es bei Petrucha genau umgekehrt. Als Arbeiter war er hundsmiserabel, was er auch immer anpackte geriet daneben. Dort, wo er die Hände richtig hätte einsetzen können, verschränkte er sie auf dem Rücken, dort, wo Pfiff und Kunstfertigkeit gefragt waren, übte sich Petrucha im Prahlen und Aufschneiden. Und niemals kam etwas dabei heraus. Einst hatte ihn der Kolchos zu einem Traktorfahrerlehrgang geschickt. Ein halbes Jahr war er dort, dann gab man ihm einen fabrikneuen Belarus-Traktor mit großen Rädern. Wieder daheim im Dorf, setzte er die Traktorräder erfolgreich gegen Zäune ein, machte Jagd auf Katzen und Hunde, ebnete in Wochenfrist sein eigenes Hofgelände sowie den Gemeinschaftsviehhof ein. Er brauchte nur einen zu kippen – und schon saß er hinterm Traktorsteuer. Und schon flogen Fetzen und Splitter, und Hunde und Menschen nahmen Reißaus. Katharina rannte auf die Straße:

»Mein Gott, Petrucha, was stellst du an! Komm zur Besinnung, Sohn, komm wieder zu dir! Du kannst doch nicht das ganze Dorf zusammenfahren!«

Der aufrechte Traktorist entgegnete:

»Du Alte verstehst nichts davon. Ich tu nur, was mir aufgetragen ist.« Und weiter in diesem Stil. Dann wurde Katharina unsicher und dachte: Wer weiß, vielleicht ist es wirklich so, am Ende hat ihm das die Behörde aufgetragen, damit der Traktor hinterher gleichmäßig übers Feld fährt und nicht immer aus der Furche springt?

Schließlich nahm man ihm den Traktor wieder weg, Petrucha wurde zum Fußgänger zurückgestuft. Doch er war inzwischen so verwöhnt, daß er keine Arbeit mehr verrichten wollte. Man setzte ihn mal da, mal dort ein, doch jedesmal ging es schief, und überall wäre man ihn am liebsten gleich wieder los gewesen. Man sagte ihm das ins Gesicht. Seine Antwort war regelmäßig ein verlegenes Kichern. Es gefiel ihm, daß von ihm geredet wurde, er stachelte die Redenden sogar noch an, goß Öl ins Feuer, brachte sie dadurch vollends gegen sich auf. An Petrucha prallte jedes erzieherische Mittel ab, gegen seine Arbeitsscheu war kein Kraut gewachsen. Und als der Kolchos in einen Sowchos umgewandelt wurde, konnte der Kolchos im Sterben aufatmen: endlich war er diesen Un-Werktätigen losgeworden!

Der Bursche ist bald vierzig, doch er bleibt bei seinen Flausen, er will einfach nicht zur Vernunft kommen, will keine Familie gründen. Zweimal hatte er von jenseits der Angara Frauen ins Dorf mitgebracht, jedoch die eine wie die andere war in kürzester Zeit, noch vor Ablauf eines Monats, wieder über den Fluß davon. Keine arbeitsfähigen Hände, kein lebensfähiger Kopf. Alles ist ihm wurscht und scheißegal. Hauptsache, er kommt über den Tag, was morgen sein wird, das berührt ihn nicht, seine verwegenen, aber kurzatmigen Gedanken reichen nicht soweit. Zunächst hatte er sich für den Sowchos vormerken lassen, dann entschied er sich für die Stadt, dann begann er plötzlich, als hätte ihn eine Stechfliege gestochen, von einer Jagdgenossenschaft zu reden, obwohl er sein Leben lang immer nur auf Flaschen geballert hatte – und auch das daneben. In allerletzter Zeit machte er Andeutungen, daß er in den Norden gehen würde. Dort gäbe es Rubel wie Heu! Aber komm erst einmal an im Norden, Junge! Bis dorthin ist ein weiter Weg, und Geduld ist nicht deine Stärke!

Man kann sich leicht ausmalen, wie der Mutter eines solchen Menschen zumute sein mußte. Aus Mutterliebe und Angst um den Sohn nahm Katharina die Schuld an Petruchas Unvernunft auf sich. Sie sagte:

»Ja, wenn er nun einmal so ist: was willst du da machen? Du kannst ihm doch nicht den Kopf abhacken?«

»Wie hätt der auch anders werden sollen, du hast ihn stets gewähren lassen!« erwiderte Darja darauf. »Er hat dir das Haus angesteckt, und du hast kein Wort gesagt.«

»Du sagst doch selber, Darja, die hätten es so und so in Brand gesteckt . . .«

»Aber doch nicht mit eigener Hand! Und daß sie ihm nicht vertrocknet ist, dem Bösewicht, als er das Zündholz angezündet hat! Da muß einer schon einen Stein, statt dem Herzen, in der Brust mit sich herumtragen. Der Kerl ist in dem Haus zur Welt gekommen, er ist in dem Haus aufgewachsen, und jetzt hat er es, den anderen voraus, angezündet!«

»Und wenn es ein Versehen war . . .«

»Ein Versehen! . . . Du bist mir eine Närrin in Christo! Dein Kopf kommt wohl nicht mehr ganz mit!« Darja war geradezu entzückt über so viel törichte Naivität. »Ein Versehen: das will ich wohl meinen! Er hat dir das Haus hingebaut, mit seinen goldenen Händen, er hat Geld für die Mutter gescheffelt, hat sie zu Reichtum gebracht! Wozu soll er ihr dann das Haus über dem Kopf anzünden? Das sind die bösen Leute im Dorf, die so reden! Ein Versehen, aber freilich: ein Versehen! . . .«

Katharina verstummte.

»Wie wird ein Kind zu so einem Menschen?« versuchte sie zu begreifen. Sie versuchte es nicht zum erstenmal, und sie wußte im voraus, daß sie es auch diesmal nicht begreifen würde. Aber sie fragte trotzdem, sie erhoffte sich Erleichterung, wenn sie selbst mit Darjas Hilfe diese Dinge nicht klären konnte. »Von Kindesbeinen an ist er leichtfertig gewesen. Und du sagst, ich hab ihn gewähren lassen, hab ihn auf den Geschmack gebracht. Ja, hab ich das denn wirklich? Ich hab es so und anders versucht bei ihm. Aber er ist nun mal so auf die Welt gekommen. Schon als er ganz klein war, hat er nichts wissen wollen. Hat die Augen abgewendet, und du hast reden können, soviel du wolltest, und du hättest ihm mit dem Holzscheit auf den Kopf hauen können, er hat nicht zugehört, hat nichts begreifen wollen. Hast du dich denn mit deinen Kindern viel abgegeben?«

»Wo hätt ich die Zeit dafür hernehmen sollen? Ich bin von früh bis spät auf den Beinen gewesen.«

»Und alle sind sie zu rechten Menschen geworden, deine Kinder. Nicht einer ist vom Weg abgekommen. Den meinen hab ich auch nicht grad verwöhnt, die Zeiten waren nicht danach. Vernachlässigt hab ich ihn aber auch nicht. Mühe hab ich mir gegeben mit ihm. Wenn ich heut Klawkas Kinder sehe . . . die wären bei einer Stiefmutter besser aufgehoben . . . Sie ist zwar die leibliche Mutter, aber nicht für ihre Kinder. Keine Sorge, keine Freundlichkeit, nur Kopfnüsse und ab und zu ein schmaler Bissen. Und trotzdem sind das so nette Kinder, so zärtliche, so folgsame. Auf welcher Hefe mögen diese Kinder aufgehn, da doch die Mutter schlimmer als ein Hund ist?«

Die Rede war von Klawka Strigunowa.

Katharina fuhr fort:

»Wie ist das nun mit den Kindern? Den einen prügeln sie immerzu, und es wird ein Mensch aus ihm. Beim anderen helfen keine Prügel, es war ein Räuber und bleibt einer. Dem einen gereicht die Sanftmut der Eltern zum Nutzen, dem anderen zum Schaden. Was mag das alles wohl bedeuten? Daß aus dem Menschen das wird, was drinsteckt in ihm? Magst du dir die Hände an ihm wundprügeln, mag dein Herz um ihn vor Traurigkeit vergehen. Nichts kannst du einrenken, nichts kannst du ausrenken. Ist es so? Du sagst: Ich stell ihn nicht zur Rede, zieh ihn nicht zur Verantwortung. Himmlische Königin! Ich bin schon ganz heiser geworden davon. Und jetzt hab ich es aufgegeben, als ich gesehen habe, daß es umsonst ist. Jetzt soll er bleiben, wie er ist. Oder soll ich ihn vors Gericht bringen? Jetzt soll er tun, was er will. Sein Leben muß er selber leben.«

»Auch du redest nicht aus dem Grab. Auch du mußt dein Leben erst fertig leben.«

»Ach was, ich komm damit schon hin«, sagte Katharina mit einer abwehrenden Bewegung. »Wir alle leben jetzt nicht aus eigener Kraft und eigenem Antrieb. Es zieht uns hin . . . Wohin es uns gezogen haben wird, da wird es dann wohl gut sein.«

»Da hast du recht, es zieht uns hin . . .«, erwiderte Darja.

»Und Klawkas Kinder werden später, wenn sie groß sind, die liebe Mutter auch nicht auf den Händen tragen.« Katharina war bemüht, diesem Gespräch mit Darja eine abschließende Wendung zu geben. »Doch es kann auch anders kommen. Das Sprichwort sagt zwar: Wie der Gruß, so der Gegengruß. Aber nicht immer hat das Sprichwort recht. Es kommt darauf an, wem was an der Wiege gesungen wurde, welches Siegel dir bei der Geburt aufgeprägt wurde. Manch eine Mutter zieht ein Dutzend Kinder groß und lebt im Alter schlechter als bei fremden Leuten. Die Fremden haben Scheu, dich zu verhöhnen. Und die eigene Familie glaubt sich im Recht, wenn sie gegen dich wütet. Der ärgste Feind tut ihnen mehr leid. Und womit hast du ihn verdient, den Haß?«

»Dann leb nicht so lange und werde nicht steinalt«, bemerkte Darja mit jäher Bosheit. »Dann halte deine Frist ein.« Darja senkte die Stimme, sie wußte, daß das Wissen um die eigene Lebensfrist keinem Menschen gegeben ist. »Ob uns der Herrgott wohl für irgendwelche ganz besonders argen Sünden so unmäßig lange auf der Erde beläßt? Das müssen wirklich schlimme Sünden sein. Wo kommen die her? Ein Mensch soll leben, solange er etwas nützen kann. Und bringt er keinen Nutzen mehr, dann soll er lieber fortgehn. Fort ins Jenseits! Wozu soll er sich länger quälen und anderen Leuten Pein bereiten? Die Lebenden sollen ihr Leben leben, und nicht den Tod im Haus halten, und nicht dem Tod seine Nachttöpfe raustragen. Auch ich hab solche Töpfe vor mir hergetragen, ich weiß Bescheid. Ich weiß noch, wie ich meine Schwiegermutter angeschaut hab. Ich komm bald selber wieder auf den Topf, aber das weiß ich noch.« In Darjas Stimme kam wieder ein böser Tonfall. »Ich hab sie angeschaut und hab gedacht: ›Wann nimmt der Herrgott dich endlich zu sich? Du hängst mir gar zu sehr zum Hals heraus.‹ Und dabei sind wir zwei noch recht gut ausgekommen, sie war anstellig, und ich war so schnell nicht angeekelt. Aber das weiß ich noch genau, aufs Ende zu hab ich kaum noch an ihr Bett treten können, ich hätt mich übergeben müssen. Begriffen hab ich, daß sie nicht schuld ist, aber ich habe nicht gegen mich angekonnt. Eher wär ich aus dem Haus gerannt. Da hab ich dann gedacht: und wenn das jetzt deine eigene Mutter wär, die vor dir im Bett darniederliegt, würdest du auch der den Tod wünschen? Ich sträubte mich gegen den Gedanken, doch dann hörte ich von fern eine Stimme: du wünschtest dann auch der Mutter den Tod. Vielleicht nicht so sehr, vielleicht mit mehr Geduld, aber in schlimmen Minuten käme der Wunsch über dich. Und er käme nicht von innen, er käme von woanders her. Nein, Katharina, das Alter darf sich nicht zu sehr auswachsen in uns. Das ist für keinen von uns gut.«

»Ja, soll ich den Kopf in die Schlinge legen?«

Darja antwortete nicht. Sie sagte:

»Ja, sie begraben und beweinen uns, gewiß . . . Doch sie beweinen nicht den, den sie ins Grab gelegt haben, sie beweinen den, der in ihrem Gedächtnis fortlebt. Und wir tun ihnen deshalb leid, weil sie sich selber leid tun. Sie sehen, daß sie, wenn sie einmal alt sind, nicht einen Deut besser sein werden. Und ohne uns altern sie schneller. Für sich haben sie uns schon längst zu Grabe getragen. Damals hätten wir fortgehen müssen, den Augenblick hätten wir abpassen müssen. Und wir klammern uns immer ans Leben. Doch was soll das Klammern – wir nehmen nur Schaden daran. Wenn du in jüngerem Alter fortgehst, behalten sie dich in besserer Erinnerung, und das Angedenken an dich wird schöner sein. Es wird den Weiterlebenden größeren Schmerz bereiten, es wird sich ihnen tiefer einkerben. Doch wenn sie dich ins Grab legen, und du bist nur noch Haut und Knochen, dann macht es keine Freude, dich im Grab liegen zu sehen. Denn so ein Schreckbild tilgt jedes Angedenken . . .«

»Aber wir selbst, was können wir dafür?«

»Dies können wir dafür: wir halten uns die Gewöhnung an uns selbst wie einen Hund. Damit das Hündchen uns bewacht und andere Leute ankläfft. Wenn dir in der Jugend einer sagt, welch eine Katharina oder Darja du einmal sein und dulden wirst, dann bekreuzigst du dich, in der Jugend, bekreuzigst dich und glaubst es nicht. Es ist schon gar nichts mehr Lebendiges an dir, alles ist dir ausgefallen, alles ist versteint. Keine Zähne, keine Hörner, keine Bazillen mehr. Ein berückenderes Bild hat die Welt nicht gesehen. Aber wozu? Der Herrgott hat dir zu leben aufgegeben, damit du deine Sache machst, damit du Kinder zurückläßt. Und dann hinein in die Erde mit dir . . . damit die Erde nicht versiegt. Den Nutzen bringst du jetzt unter der Erde. Du aber zierst dich und sperrst dich, du stellst dich quer zu den Leuten. Wenn du fertig gekocht hast, dann mach das Herdfeuer aus und geh fort, stör die anderen nicht. Gib auch den anderen Gelegenheit, ihr Werk zu tun, nimm ihnen nicht die Zeit weg. Denn auch den anderen fehlt die Zeit sehr.«

»Aber wozu soll ich mich so beeilen?« zweifelte Katharina. »Im Trab gelebt, im Trab gestorben? Rätst du mir das? Aber ein ander Mal leb ich vielleicht nicht mehr.«

»Vielleicht hast du auch diesmal nicht gelebt . . .«

»Wer dann? Wenn du schon redest, dann rede deutlich. Wer wird an meiner Statt sonst leben?«

»Vielleicht ein anderer. Und dir haben sie vorgelogen, daß du das warst. Denn wenn du es bist, warum kommst du dann mit deinem Petrucha nicht zurecht? Warum lebst du dann nicht deiner Lust und Fröhlichkeit, sondern gehst umher, wie es die anderen von dir wollen? Warum quälst du dich dann dein langes Leben lang? Nein, Katharina, von mir selbst würde ich, Gott vergib mir, nie sagen, daß ich gelebt hab . . . Es gibt so viel, was dagegen spricht . . .«

Zu zweit lebte es sich wirklich leichter, bei der Hausarbeit und im Gespräch. Die Tage waren lang, die beiden Alten verrichteten und erledigten alles Notwendige und kamen mit der Zeit zurecht. Ermattet legten sie sich nach dem Mittagessen hin, um auszuruhen, schliefen aber nicht ein, sondern redeten im Liegen weiter. Auch wenn sie wieder aufgestanden waren, in Erwartung des abendlichen Hausputzes, und auch noch danach setzte sich ihr Gespräch fort. So verging ihnen die Zeit, so glitten die langen Sommertage unmerklich vorbei. Manchmal stellte sich Sima mit ihrem

Enkelkind ein, das nie auch nur einen Schritt von ihr wich, bisweilen kam Herrgottsschmer vorbei: keuchend und fluchend. Auch die schwerhörige Tungusin mit der Pfeife zwischen den Zähnen ließ sich blicken, doch die sagte nur ganz selten etwas, weil sie die Pfeife fast nie aus dem Mund nahm. Es gab auch noch einige weitere Teegäste und Gesprächspartner, Leute, die weiter im Dorf ausharrten ... Sie gedachten des Alten, wunderten sich über das Neue, suchten nach einem Zusammenhang von Leben und Tod ... Noch nie zuvor hatten diese Menschen so lange Gespräche geführt.

Nur weniges gab es, das sie nicht durchgesprochen hätten. Und nur wenig, trotz des langen Lebens, das sie gelebt hatten, hatten sie in diesem Leben begriffen.

Und in der Zukunft, im Angesicht der noch ausstehenden Tage, sah es, jenseits dieser Tage, immer geräumiger, weiter und freier aus. Bald weht der Wind durch leere Räume.

11

Aber noch einmal wogte das Leben hoch in Matjora: in den Tagen der Heuernte. Das neue Wiesenland bot eben nicht genug Viehfutter, und gab es diese neuen Wiesen überhaupt? So zog man zum letztenmal auf die alten Wiesen hinaus. Der Staatswirtschaftsbetrieb zerfiel für einen kurzen Augenblick wieder in die Kolchose, aus denen er entstanden war, ein jeder erntete das Heu am Heimatort. Und es gab kaum einen, der sich nicht gefreut hätte über diese glückliche Fügung, die es ihm erlaubte, zuletzt noch einmal in sein Dorf zu kommen, wo fast jeder Haus, Hof, Vieh und Garten hatte und irgendeine Sache, die noch erledigt werden mußte. Und auch die Erde blieb nicht stumm, sie rief alle, die nicht erblindet und nicht taub geworden waren, herbei, um vor dem Tod Abschied von ihnen zu nehmen. Und kaum einer, wenn er nicht wirklich blind und taub war und wenn ihn die Büroarbeit nicht an den Schreibtisch fesselte, kaum einer überhörte diesen Ruf und blieb der Heimat fern. Ein Mensch, der Haus und Heimat hat, ist ein anhängliches Wesen!

Das halbe Dorf kehrte nach Matjora zurück, und Matjora lebte wieder auf, mochte dies Leben auch nicht ganz das frühere sein, mochte es auch anders ablaufen als früher. Die Ähnlichkeit war dennoch unverkennbar, und man hätte gemeint, die Leute seien deshalb noch mal in ihr Heimatdorf zurückgekehrt, um ihrem Gedächtnis einzuprägen, wie es hier einmal gewesen und zugegangen war. Wieder wieherten die Gäule, die man von Podmoga herübergeschafft hatte, wieder erklangen, in Zuruf und Erwiderung, jeden Morgen die Stimmen der Mäher, wieder schepperte das zur Mahd benötigte Gerät. Man ging in die Schmiede und setzte sie wieder in Betrieb, damit auch Pferdekraft mit helfen konnte, man holte die Sensen hervor. Und der alte bettlägerige Schmied Maxim stand vom Krankenbett auf, fand seinen Schmiedehammer wieder und band eine Schlinge daran, damit der Hammer beim Rückstoß nicht abrutschte. Alles war noch an Ort und Stelle, man mußte nur ein wenig danach suchen: die Haussense und der Dorfschmied. Zum alten Maxim trugen sie jetzt die Harken und Heugabeln, und Maxim richtete, erneuerte, befestigte, schärfte und wetzte alles und setzte den Harken neue Zähne ein. Dem alten Schmied tat diese Arbeit gut, er schien wieder rüstiger und froher zu werden, obwohl er noch unlängst im Sterben gelegen hatte. Er setzte seine Arme wieder in Bewegung und setzte auch seine Stimme ein, um die nötigen Anordnungen zu treffen. Man unterwarf sich ihm mit vergnügtem Lächeln, man entsann sich, daß Maxim vor zwanzig und noch mehr Jahren genauso herumkommandiert hatte. Und auch Pawel wuchs in seine frühere Funktion zurück, er war damals Brigadier gewesen und war es jetzt wieder geworden. Es war, als hätte sich nichts geändert. Und genauso wie einst kam man auch jetzt ohne moderne Technik aus. Die Traktoren und Maschinen befanden sich hinter dem Fluß, dort waren sie ständig im Einsatz, hier in Matjora waren nur eine kleine Mähmaschine und zwei Motordrescher zurückgeblieben, die auf einer Anhöhe hinter dem Dorf auf ihre Stunde warteten. Jedoch die Mähmaschine wurde, wie zur Strafe, zweckentfremdet, man setzte sie als Beförderungsmittel ein – auf ihr wurde der eisgekühlte Kwaß herangeschafft –, und zur Viehversorgung. Die Mäherinnen wurden damit auf die Wiese befördert. Ernsthaft arbeiten ließ man die Mähmaschine nicht. Einer launischen Anwandlung nachgebend, holten sie aus der Wagenremise zwei alte Pferdewagen, spannten Gäule vor und fuhren damit jeden Morgen zur Heumahd, während die Maschine wie ein Waisenkind hinterherzockelte und viel deplazierter wirkte als die beiden Pferdewagen. Das freilich war Laune und Spiel und Übermut, aber alle spielten mit und fanden großen Spaß daran.

Später würde es ohne Technik vermutlich doch nicht ganz abgehen, wenn das Heu erst zum Fluß gebracht werden mußte. Dazu würde man einen, vielleicht mehrere Traktoren benötigen. Aber das würde später sein, viel später ... Einstweilen ging es ohne Technik ganz famos.

Gearbeitet wurde mit einer Freude und Leidenschaft, wie sie die Menschen schon lange nicht mehr empfunden hatten. Die Sensen wurden mit großer Kunstfertigkeit gehandhabt, als wolle ein jeder zeigen, daß er in dieser Kunst, die sie bald mit ihrem Heimatdorf für immer aufgeben würden, ein Meister sei. Hinterher ließ man sich erschöpft ins gemähte Gras fallen, berauscht und erregt von der Arbeit und vom Gefühl, daß sich dies nie mehr wiederholen wird. Man zog einander auf, erzählte lustige Lügengeschichten, die zum Teil aus dem Stegreif erfunden wurden. Die nicht mehr ganz jungen Frauen schienen sich zu verjüngen, jede sah um zehn Jahre jünger aus, aber sie wußten auch, daß sie gleich nach diesem Sommer, sogar gleich nach diesem Heumonat, um genau die gleiche Zahl von Jahren wieder altern würden. Sie lärmten, spielten, scherzten, trieben Blödsinn, wie kleine Kinder. Kaum war ihnen der Schweiß auf der Haut getrocknet, da rannten und sprangen sie vor Freude quietschend in die Angara, und wer das nicht von selber tat, den fing man mit vereinten Kräften ein und stieß, schleppte, zerrte ihn in den Fluß, wie angezogen oder ausgezogen er auch war. Freilich war man meist nackt. Auf Klawka Strigunowas Betreiben entblößten die Frauen ihre Brüste und traten verwegen und mit Räubermiene vor die Männer hin, die sowieso in der Minderzahl waren und außerdem Landsleute. Es wurde sogar Jagd auf Männer gemacht, mit dem Ziel, sie ins Wasser zu stoßen. Und wenn man wieder an die Arbeit ging und zur Besinnung kam, sagte irgendwer: »Wir sind ja übergeschnappt, Weiber! Die Insel glaubt uns einfach nicht, daß wir das sind.« Was die so Sprechenden indessen nicht daran hinderte, sich bei der nächsten Ruhepause ähnlich aufzuführen.

Die alten Weiber krochen aus ihren Löchern und wanderten auf die Heuwiesen hinaus, um zu sehen, wie die Leute arbeiten. Bei diesem Anblick kamen ihnen die Tränen. Sie gingen auf die Arbeitenden zu und fragten:

»Was habt ihr früher immer gewollt? Was hat euch gefehlt, worüber habt ihr euch beklagt? Könnt ihr uns das verraten? Keiner ist da, der euch übers Knie legt.«

Die Leute wurden nachdenklich, und die Jüngeren pflichteten den Alten bei:

»Ja, wirklich, es ist keiner da.«

Selbst Klawka Strigunowa fing keinen Streit an, sondern schwieg lieber.

Am Abend kehrten sie singend ins Dorf zurück. Sogar die früher im Zustand der Nüchternheit nicht sangesfreudigen Männer stimmten mit ein. Wenn das Lied ertönte, strömte alles, was noch im Dorf war, aus den Häusern und stellte sich am Straßenrand auf: die kleinen Kinder, die Greisinnen, aber auch Leute von auswärts, wenn welche da waren. In letzter Zeit war hier mehr los, immer mehr Motorboote durchmaßen die Angara, schlitzten deren Wasser auf. Nicht nur aus dem Sowchos kamen Leute angefahren. Aus den Städten, aus weitabgelegenen Gebieten kamen die, die einst hier gelebt und ihr Heimatdorf nicht ganz vergessen hatten. Das war ein Feiertag, wenn auch ein bitterer. Menschen, die sich viele Jahre nicht gesehen hatten, die einander schon verloren und vergessen hatten, trafen sich wieder, stürzten aufeinander zu, fielen sich mitten auf der Dorfstraße um den Hals, stießen Freudenschreie aus, wurden von Weinkrämpfen geschüttelt, konnten sich vor Erregung kaum auf den Beinen halten. Mütter und

Väter, Großväter und Großmütter brachten kleine Kinder mit, überredeten auch ganz fremde Leute zum Mitfahren, um ihnen die Erde zu zeigen, aus der sie einst hervorgegangen waren und die man bald nicht mehr sehen und finden würde. Die halbe Welt schien zu wissen, daß es ein Matjora gibt, noch gibt. Hinter dem oberen Dorf schossen an einem erhöht gelegenen Ort bunte Zelte hoch, die Zeltenden wanderten über die Insel, besuchten den Friedhof, saßen am Flußufer, blickten ernst und besorgt in die Ferne, pflückten in den Flußauen die ersten roten kleinen Beeren, und man hätte auf Anhieb nicht sagen können, ob das Einheimische oder Fremde waren.

Von der Arbeit auf den Heuwiesen kehrte man müde und ohne Hast heim, der eigenen Würde bewußt. Zuerst kamen die beiden wiederentdeckten und flottgemachten Pferdewagen. Die Pferde nickten, wie zum Einverständnis, mit den Köpfen, nach links und nach rechts, als würden sie dem Dorf den abendlichen Pferdegruß entbieten. In jedem Wagen saßen zwei, drei Leute. Zu beiden Seiten ritten ein paar Reiter. Alles übrige Volk zog singend hinter den zwei Pferdewagen her. Die Lieder wechselten. Es wurden sowohl alte wie neue Lieder gesungen, am häufigsten jedoch ein altes Lied des Abschieds und des Angedenkens. Es stellte sich jetzt zum Erstaunen der Leute heraus, daß sie dies Lied noch alle kannten, als hätten sie es just für diese letzte Heumahd behalten . . . Wer mitsang, der hatte es leichter, denn das Zuhören beim Singen dieses hoffnungslosen Beschwörungsgesanges war eine Qual und Pein. Das Herz blutete den Zuhörern.

Die zweite Hälfte des Juli hatte begonnen, das Wetter war beständig, klar und trocken, das allerbeste Wetter für das Einbringen des Heus. Auf der einen Wiese wurde gemäht, auf der anderen wurde das gemähte Gras zusammengerecht. Das gemähte Gras trocknete bei Sonne und Wind innerhalb eines Tages. Vormittags setzten die Frauen ihre Sensen ein und mähten an schwerer zugänglichen, feuchten und unebenen Stellen nach. Nach dem Mittagessen griffen sie zu den Harken. Die Männer bündelten mit Heugabeln bewehrt das Heu. Riesengroßen, zottigen Kugeln gleich schwangen die Männer hinter dem Rücken die voll beladenen Heugabeln, wie ein sich auf seinen eigenen Beinen fortbewegendes Lebewesen mit einem unförmigen, nach hinten gedrückten Kopf. Gegen Tagesende waren alle berauscht und erschöpft, von der Arbeit, von der Sonne und besonders vom scharfen vollen Geruch des trockenen Heus. Diese Düfte erreichten das Dorf, die Leute im Dorf atmeten sie mit Behagen ein und vergingen fast vor der Süße dieses Duftens. In welchem anderen Landstrich auf der Welt konnte es so berückend und erregend riechen?

Und schon begann man sich enttäuscht umzublicken, zu rasch, allzu rasch kam die Arbeit voran! Wenn das so weiterging, mußten sie bald wieder weg von der Insel, zurück in die Siedlung, ohne das Leben in und auf Matjora richtig geschmeckt zu haben. Wenn wenigstens etwas Regen fallen würde: damit sich diese herrliche Sache, diese allerletzte Heumahd, ein wenig in die Länge ziehen könnte. Die Männer hatten bereits begonnen, den für den späteren Abtransport des Heus von der Insel benötigten Traktorwagen zu zimmern. Das Ende war abzusehen, aber die Eile tat nicht gut und war auch gar nicht nötig. Vor lauter Heu würden sie noch den Abschied versäumen: den gelassenen Abschied von jenem Ort, wo sie ihr Leben verbracht hatten, den abschiednehmenden, langsamen Blick auf das, was sie besessen hatten und nun verlieren mußten. Aber, wenn sie morgens begannen, ergriff die Arbeit gleich von ihnen Besitz, sie trieb sie ganz von selbst zur Eile an, und keine Menschenkraft hätte diese Arbeit drosseln können. Sie spornten sich, im Gegenteil, immer mehr an, mochten sie auch Wut dabei empfinden. Dies hier war nicht die Arbeit, der man hätte Einhalt gebieten, die man hätte schleifen lassen können, die hier Arbeitenden waren gegen die Versuchung der Trägheit gefeit.

An den Abenden, bevor sie in die Betten fielen, gingen sie auf die Dorfstraße hinaus und versammelten sich dort. Keine Festwiese war das, auch keine Plauschrunde, und dennoch . . . Sie waren sich alle bewußt, daß ihnen nur noch wenig Abende blieben. Die Müdigkeit war für kurze Zeit vergessen. Matjoras Schicksal ließ Dorf und Insel wie entrückt erscheinen. Die Abendröte verglühte hinter der Angara und füllte mit ihrer Glut die dem Fluß zugewendeten Fenster, der Abgrund des Himmels war noch ferner, sanft gluckerte das Wasser am nahen Ufer. Der Tag verdämmerte, und genauso verlosch, von Dankbarkeit erfüllt, das Leben ringsum. Die Geräusche und Farben verschmolzen zu einem einzigen seligen Raunen, das manchmal stärker wurde, um dann wieder abzuflauen. Auch die Gefühle der Menschen vereinigten sich, im Takt dieses Wiegens und Schaukelns, zu einer vagen, jedoch nichts auslassenden Übereinstimmung. Und die Häuser des Dorfes schienen näher zusammenzurücken, sie schienen zu schlingern und mit einer dem Wind vergleichbaren Stimme zu reden. Von irgendwoher drang der Geruch eines längst verwehten Rauches her, und alles, was auf der Insel lebte, schien dicht und immer dichter zusammenzutreten. Das von Menschenhand Geschaffene wie das

Selbstgewachsene blickten einander über die Schulter und fragten in einem nicht abreißenden Flüstern nach irgend etwas. Wonach? Das war nicht zu hören und nicht zu verstehen, doch dies Flüstern bedurfte wohl auch gar keiner Antwort.

Sie redeten wenig und gedämpft. Ihnen kamen keine Gedanken über das durchlebte Leben, und das Kommende flößte ihnen keine Furcht ein. Nur dieser Zustand der traumwandlerischen Entrückung war ihnen wichtig, nur in ihm wollten sie verharren. Doch dann stellte sich, wie der Teufel zur Andacht, Petrucha mit seiner lästigerweise aus dem Feuer geretteten Ziehharmonika ein, begann zu spielen, immer wieder dasselbe Lied von der Straße ohne Gockel und Huhn, verdarb den Versammelten die Stimmung, sie erhoben sich von ihren Sitzen, erinnerten sich an das, was morgen bevorstand, gingen heim, gingen schlafen.

Nach vierzehntägiger Abwesenheit war Petrucha kreuzfidel ins Dorf zurückgekehrt, in einem neuen, aber bereits schmutzigen hellen Anzug mit roter Ziernaht und in einer braun gemusterten Lederschirmmütze. In diesem Aufzug ähnelte er einem minderjährigen Ganoven verblüffend. Als Darja ihn erblickte, rief sie:

»Was für ein Marienkäfer kommt da angekrochen?«

»Rück mal ein Stück«, empörte sich Petrucha nicht über den Insektenvergleich, sondern über das Wort »kriechen«. »Ich krieche nicht, ich flieg im Flugzeug durch die Luft!«

Das »Rück mal ein Stück!« hatte er während seiner Wanderschaften irgendwo aufgeschnappt, und es hatte ihm so gefallen, war ihm so schön und so schneidig erschienen, daß Petrucha es seitdem in jedes Gespräch reichlich einstreute. Heimgekehrt blätterte er der Mutter aus der hohen Ablösesumme für das Haus ganze fünfzehn Rubel hin. Als die Mutter schüchtern bemerkte, das sei etwas wenig, erwiderte er:

»Rück mal ein Stück. Wovon bestreite ich meinen Unterhalt? Ich muß herumfahren, muß mich um einen festen Wohnsitz bemühen. Und das Herumfahren kostet Geld. Während du hier im Dorf fast keines brauchst.«

Immerhin ließ er sich dazu herab, der Mutter noch einmal zehn Rubel in zerknitterten Scheinen zu geben.

»Wieviel hast du insgesamt bekommen?« fragte Katharina beim Anblick der schmuddeligen Geldscheine, die offenbar durch viele Hände gegangen waren, und zwar durch die Hände von Leuten, die es an Leichtsinn mit Petrucha aufnehmen konnten.

»Das ist meine persönliche Angelegenheit. Ich mische mich nicht in dein Leben ein, und du halte dich aus meinem Leben heraus. Wenn ich Arbeit und eine Wohnung gefunden habe, laß ich dich nachkommen. Bis dahin, liebe Mutter, rück ein Stück.«

Zwei Tage hielt es Petrucha in Matjora aus, länger nicht, es gab keine Schnapsauslieferung hier am Ort. Dann fuhr er in die neue Siedlung und schwamm drei Tage im Alkohol. Seinen Konfektionsanzug behielt er auch beim Saufen an. Dessen helle Tönung dunkelte rasch nach, der rote Zierfaden ward nicht mehr gesehen. Dann setzte er wieder nach Matjora über, schlief mal da, mal dort, bisweilen sogar in Herrgottsschmers Baracke, was im Dorf als das Äußerste an Heruntergekommensein galt. Jedoch den forschen Ton behielt er bei. Er erfand die Geschichte von dem ihm gesetzlich zustehenden Urlaub, den er gerade verbringe. Bald würde ein Motorkutter kommen und mit ihm davonbrausen, denn man würde ihn woanders dringend benötigen. Seine invalide Ziehharmonika versah er mit einem Bindfaden, schulterte sie und griff Tag und Nacht in die Tasten. Einmal erschien er auf der Heuwiese, setzte sich unter eine Birke und legte los. Doch die schweißgebadeten, fröhlichen Heumäher bereiteten ihm einen solchen Empfang, daß es der sonst so zungenfertige Petrucha vorzog, wortlos wieder zu verschwinden.

... Aber nach einer langen Gutwetterperiode zogen eines Nachts Regenwolken auf, und es begann zu regnen ...

12

Am ersten trüben Tag, als es sich erst noch einregnete, als ein Nieselregen wie himmliches Manna auf Felder und Gärten schwebte, kam Pawels jüngster Sohn Andrej angereist. Töchter hatte Pawel nicht gezeugt, viermal hatte Sonja Söhne in die Welt gesetzt. Einer davon hatte, als er die Augen aufmachte, den Anblick der Welt nicht ertragen. Geblieben waren drei Söhne. Der älteste hatte eine Nichtrussin geheiratet, war mit ihr in deren kaukasische Heimat gefahren, um sich die Gegend aus der Nähe anzuschauen, und war dortgeblieben: verführt durch das warme Klima. Der mittlere Sohn studierte in Irkutsk Geologie und wollte in diesem Jahr seinen Abschluß machen. Andrej, der jüngste, hatte den Wehrdienst abgeleistet, war letzten Herbst nach Matjora heimgekehrt, aber nur anderthalb Wochen geblieben. Verblüfft über das immer stärker anwachsende Durcheinander im Dorf, ein Vorzeichen baldiger Umsiedlung, fuhr er in die Stadt weiter und nahm dort eine Arbeit in der Fabrik an. Jetzt hatte er, wie er berichtete, die Stelle aufgegeben. Er befand sich auf dem Weg zu einem anderen Arbeitsort. Zwei Tage hatte Andrej in der Siedlung bei der Mutter verbracht – Sonja arbeitete in der Buchhaltung und war nicht zur Heuernte mitgegangen –, anschließend wollte er dem Vater und der Großmutter die Ehre erweisen. Während der Heumahd war Pawel fast die ganze Zeit über in Matjora und nur mal auf einen Sprung in der Siedlung.

Der Regen kam ihnen sehr gelegen. Man konnte sich Zeit nehmen, in Ruhe dasitzen, ohne Eile reden. Aus eigenem Anstoß hatten sie keine Verschnaufpause einlegen wollen, da hatte der Herrgott selber eingegriffen. Im Gegensatz zum Vater wirkte Andrej kerngesund und durch keine Überarbeitung verschlissen. Der Wehrdienst war ihm offenbar gut bekommen. In die Armee war er als ein gebückt gehender, sich vor die Füße blickender Tolpatsch gezogen, zurückgekehrt war er mit aufrechtem Gang und hoch erhobenen Hauptes. Jetzt pendelte er, während die Großmutter den Tisch deckte, ungeduldig zwischen Haus und Hof hin und her, stapfte auf der Außentreppe laut mit den Stiefeln, entfernte von den Sohlen und Absätzen den dort klebenden feuchten Staub und erkundigte sich beiläufig nach den Leuten im Dorf: wer sich wo aufhält, wer wohin fort ist. Vor lauter Langeweile versuchte er sogar, seine Oma dezent zu hänseln.

»Jetzt wirst auch du bald evakuiert, Großmutter?«

»So ist es, Junge, die wollen uns alle evakuieren«, erwiderte Darja bedächtig und ohne einen Seufzer.

»Lust hast du nicht, was, Oma?«

»Wo soll die Lust herkommen, Junge? Hier im Dorf täten wir Alten noch ein Weilchen herumkriechen. Aber wenn sie uns jetzt wegholen, sterben wir alle auf einen Schlag weg.«

»Da bin ich gespannt, wer euch zu sterben erlaubt.«

»Wir fragen nicht um Erlaubnis«, erwiderte Darja, nun selber schnippisch. »Wir machen das von alleine. Fürs Sterben gibt es keinen Vorgesetzten. So einen haben sie noch nicht ernannt. Was tun da die Leute? Sie sterben von selber, wie es grad kommt.«

»Schnapp nicht gleich ein, Oma. Jetzt bist du beleidigt, hast eine Wut auf mich? Ich red doch einfach so daher.«

»Auf dich hab ich keine Wut.«

»Auf wen dann?«

»Auf keinen. Nur auf mich. Du aber kannst mir böse sein, weil ich einen Körperteil von dir mit Brennesseln abgerieben habe. Damit es sich besser drauf sitzt. Doch es hat nichts gefruchtet. Du hast trotzdem kein Sitzfleisch bekommen, bist bald auf und davon . . .«

Andrej lachte.

»Solange man jung ist, muß man überall herumgekommen sein. Was glaubst du, Großmutter, was es auf der Welt alles zu sehen gibt! Das ist doch kein Leben: immer am gleichen Fleck! Der Mensch muß frei über sein Schicksal verfügen.«

»Verfüg nur, Junge, verfüg nur . . . Ich hätte Lust, dich nachher anzuschauen, wozu du dich verfügt hast. Nein, Andrej, die ganze Welt kannst du doch nicht bewohnen. Und wenn du auf Flügeln dahinfliegst. Darauf brauchst du gar nicht erst zu hoffen. Du meinst: wenn du als Mensch geboren bist, dann kannst du alles. Aber so ist es nicht, Andrej, so nicht. Wenn du eine Weile gelebt hast, wirst du es selber begreifen.«

»Nein, Oma, da muß ich dir widersprechen. Das hängt

dir so an, von alten Zeiten her. Das kommt daher, daß du deine Nase nie zum Dorf hinausgestreckt hast. Daß du außer Matjora nichts gesehen hast. Der Mensch vermag so viel, daß man es gar nicht ausdrücken kann. In seinen Händen liegt jetzt eine solche Macht, eine solche . . . Was er sich vornimmt, das vollbringt er auch.«

»Vollbringen tut er was, da hast du recht . . .«, bestätigte Darja.

»Na also. Und du widersprichst mir . . .«

»Siehst du, Andrej. Der Mensch wird was vollbringen, sagst du . . . Und wenn der Tod kommt, wird er sterben. Streit nicht mit mir, Andrej. Ich hab wenig von der Welt gesehen, das ist wahr. Doch ich hab viel erlebt. Und was ich mir hab anschauen können, das hab ich genau angeschaut. Da hab ich lange hingeschaut. Nicht so schnellfertig wie du. Solange Matjora gestanden hat, hab ich nirgendwohin gehen müssen. Und an den Leuten hab ich bemerkt, daß sie klein sind, die Leute. Sie mögen sich so oder anders gebärden, deshalb sind und bleiben sie doch klein. Leid können sie einem tun. Dir selber tust du zwar nicht leid, aber das kommt daher, daß du so jung bist. In dir steckt viel Kraft, und du glaubst, daß du stark bist, daß du alles kannst. Nein, Junge. Ich hab noch keinen Menschen gekannt, mit dem du nicht hast Mitleid haben müssen. Und wenn er noch so stark und klug gewesen ist. Aus der Ferne mag das zwar so aussehen: der hat vor nichts Furcht, der bezwingt noch den Teufel, der hebt den Kopf voller Stolz in die Höhe. Aber wenn du genauer hinschaust, dann siehst du, auch der ist genau wie die anderen, kein bißchen besser. Du willst aus deiner Menschenhaut heraus? Nein, Andrej, das wird dir nie gelingen. Das hat noch keiner vermocht. Du wirst dir nur den Leib wundscheuern. Wirst dich übernehmen. Und wirst deine Sache nicht tun. Du willst aus der Menschenhaut raus, du strengst und strengst deine Kraft an, da kommt der Tod und läßt dich nicht raus aus deiner Haut. Die Menschen haben vergessen, daß sie unter Gottes Macht und Auge leben, das sage ich dir. Wir sind nicht besser als die anderen, die vor uns gelebt haben. Und wir sollen uns nicht zuviel aufbürden. Lad grad so viel auf die Fuhre drauf, wie die Stute ziehen kann, sonst verendet dir die Stute, und du hast nichts mehr zum Fahren. Der Herrgott, der hat unseren Platz nicht vergessen, der nicht. Der sieht, stolz und vermessen ist der Mensch geworden. Aber je stolzer, desto schlimmer für den Menschen. Jener Mann, der auf dem Ast gesessen und an diesem Ast gesägt hat, der hat so mancherlei von sich gedacht. Und dann ist er heruntergepurzelt, grad auf die Stelle, wo er seine Leber gehabt hat. Jener Mann ist auf die Erde gestürzt – nicht auf den Himmel. Von der Erde kannst du nirgendwohin fort. Wahr ist es, gewiß, euch ist heute eine große Macht gegeben. Eine große . . . Das siehst du auch von hier aus recht genau. Daß die große Macht nur nicht euch selbst besiegt! . . . Die Macht ist groß, doch ihr selber seid so klein, wie ihr immer gewesen seid.«

Sie blieben lange am Tisch sitzen. Der Vater hatte mit dem Sohn die von diesem mitgebrachte Wodkaflasche geleert. Die zwei Männer waren davon nicht betrunken geworden, nur wirkte Andrej jetzt noch jünger, während Pawel älter aussah. Darja blickte die beiden an und dachte: »Das ist er: der Faden mit den Knoten. Von Knoten zu Knoten, sind es so viele Jahre gewesen . . . Doch wo sind jetzt diese Jahre?«

Der Regen draußen auf der Dorfstraße nahm an Stärke zu, über die Fensterscheiben flossen Schlieren. Die Erde wurde dunkel, große eiszapfenförmige Tropfen fielen von den Dächern, die Angara, die durchs Fenster zu sehen war, schien schäumend zum Stillstand gekommen zu sein. Und gleich roch es stärker und angenehmer nach dem Samowar, der Tee duftete frischer als zuvor. Den tranken jetzt alle am Tisch, und das Familiengespräch, das sie führten, wurde gewichtiger.

»Hast wohl nicht genug verdient, in der Stadt?« fragte Pawel den Sohn. Er wollte erfahren, warum Andrej aus der Fabrik fortgegangen war.

»Ich hab genug verdient, für mich allein«, erwiderte Andrej achselzuckend. Er bemühte sich, auf gleich und gleich mit dem Vater zu reden, aber da er diese Gleichheit noch nicht gewohnt war, kam er immerzu vom richtigen Tonfall ab, seine Stimme hob sich, senkte sich wieder. »Für mich allein war es genug. Es geht auch gar nicht um das Geld. Es war einfach nicht interessant in der Fabrik. Da ist der Bau des Kraftwerks schon viel besser. Das ist nun mal ein völlig anderer Maßstab. Morgens stellst du das Radio an, und schon bringen sie was übers Kraftwerk. Sogar noch einen extra Wetterbericht und Konzerte für die Leute dort. Die Fabrik dagegen . . . davon gibt es viele. In jeder Stadt stehen Fabriken.«

»Für die Fabrik geben sie das Wetter wohl nicht durch?«

»Ich wußte, daß du so was sagen wirst. Die Fabrik braucht keinen Wetterbericht, der wird für die Stadt durchgegeben. Es geht um ganz was anderes, Vater. Die Fabrik läuft mir nicht weg. Das Kraftwerk aber, das ist bald fertig gebaut. Solange ich jung bin, möcht ich gern dabeisein . . . Damit ich später etwas zum Erinnern habe . . .«

Andrej verzog das Gesicht, seine Antwort an den Vater hatte ihn selber unbefriedigt gelassen. Er hatte sich peinlich, fast krampfhaft bemüht, die großen Worte zu vermeiden, denn er wußte, daß der Vater solche Worte nicht liebt. Pawel schwieg jetzt abwartend, und dies vage Schweigen des Vaters verführte den Sohn, sich in Hitze zu reden.

»Jetzt ist eine Zeit, da kannst du nicht an einem Fleck sitzen«, sagte Andrej, halb zum Beweis, halb zur Rechtfertigung. »Ihr beispielsweise würdet gerne sitzen bleiben, aber man läßt euch nicht, man bringt euch auf Trab, man zwingt euch, sich in Bewegung zu setzen. Das kommt daher, daß die Zeit so bewegt ist ... Ich möchte einfach, daß man meine Arbeit sieht und daß sie für immer bestehen bleibt. Und was ist in der Fabrik? Da hockst du eine Woche auf dem Werkgelände. Kommst nicht raus. Und das am Steuer! Fährst Eisenteile von einer Stelle an die andere Stelle, aus einer Werkabteilung in die nächste. Aber ich bin keine Ameise, ich habe keine Lust, mich im Kreis zu drehen. So eine Arbeit kann jeder Greis verrichten. Die Fabrik ist was für Leute mit Familie. Aus der Fabrik geht es ab in den Ruhestand. Ich will dorthin, wo junge Menschen sind wie ich, wo alles anders ist ... Dorthin, wo wirklich was Neues entsteht. Und wenn sie das Kraftwerk erst fertig gebaut haben, dann wird es seine tausend Jahre stehen.«

»Du hast dich verspätet, Junge«, sagte Pawel mit einem nachdenklichen Nicken. »Sie haben das Werk ohne dich aufgebaut. Jetzt wird schon bald die Überflutung kommen.«

»Da bleibt noch genug Arbeit übrig für mich. Im Gegenteil: jetzt wird es erst interessant ...«

Darja merkte auf, horchte genauer hin.

»Sag mal, Andrej: willst du dorthin gehen, wo sie die Angara stauen?« fragte sie, endlich begreifend.

»Genau dorthin will ich, Oma.«

»Mein Gott, das wird ja immer besser . . .«, begann sie und brach die begonnene Rede gleich wieder ab. Das kam für sie so unerwartet, daß sie nicht wußte, was sie sagen sollte. Sie blickte den Enkel mit forschendem Unverständnis an.

»Was ist, Großmutter?«

»Ja, hast du keinen anderen Ort gefunden?«

»Was soll ich an einem anderen Ort? Ich will nun mal dorthin. Matjora werden sie so oder so überfluten: mit mir und ohne mich. Weil man nämlich Strom braucht.« Andrej sprach mit Darja jetzt wie mit einem kleinen Kind. »Auch unser Matjora wird ihn liefern, die Menschen werden Nutzen davon haben.«

»Dann hat es bisher wohl Schaden gebracht«, erwiderte Darja leise und wie für sich, ohne den Wunsch nach einem Streit, der ohne sie längst entschieden war. Sie verstummte wieder, zog sich in sich zurück und lauschte dem Gespräch fortan ohne große Aufmerksamkeit. Sie hörte kaum noch zu, betrachtete aber die Gesichter, die sich im Gespräch veränderten. Sie achtete darauf, ob den Sprechenden die gesprochenen Worte leicht- oder schwerfielen und mit welcher Stimme sie gesprochen wurden. Aber das, was sie gerade erfahren hatte, ließ ihr keine Ruhe. Und sie sprach es noch einmal aus, weniger fragend als sich selber zur Bestätigung, denn es wollte schlichtweg nicht in ihren Kopf. »Dann wirst du also das Wasser einlassen, das uns überfluten wird? . . . Mein Gott! Es ist nicht zu fassen!«

»Persönlich laß ich es nicht ein«, lachte Andrej. »Dort

ist auch ohne mich schon alles fertig. Denk nicht schlecht von mir, Großmutter!«

»Mußt du wirklich dorthin fahren?«

»Das frag ich dich auch«, warf Pawel ein. »Warum bleibst du nicht einfach bei uns? Fahrer werden überall gebraucht. Du kriegst einen fabrikneuen Laster. Und Arbeit gibt es hier mehr als genug.«

Er sagte das mit hoffnungslosem Lächeln und gesenktem Blick. Er wußte, daß der Sohn auf das Angebot nicht eingehen würde. Und wirklich schüttelte Andrej nach einem kurzen Schweigen, als hätte er inzwischen nachgedacht, den Kopf:

»Ich habe ehrlich keine Lust. Fort aus der Stadt und dann zu euch? Das ist doch wohl nicht ganz das Wahre?«

Der Vater hätte sich entrüsten können. Welches Recht besaß dieser Bursche, der hier zur Welt gekommen und groß geworden war, in diesem Ton von seiner Heimat zu reden? Aber Pawel entrüstete sich nicht. Er hatte dieses Gespräch begonnen, um zu hören, welche Antwort der Sohn bereithält, was er in den Jahren außerhalb des Elternhauses, des selbständigen Lebens, dazugelernt hatte, welche Gedanken und Gefühle ihn erfüllten und bewegten, von welchen Lebensregeln er sich leiten ließ. Und was immer Andrej ihm jetzt antworten würde, jede Antwort müßte nachdenklich aufgenommen werden. Und wirklich, warum sollte er in den Worten des Sohnes nicht einen vernünftigen Kern suchen? Andrej war inzwischen erwachsen, und er war offenbar kein schlechter Mensch geworden. Bald würde er die Stelle seines Vaters auf der Erde einnehmen, besser gesagt, nicht auf der Erde, sondern in der Welt. Von der Erde hatte er sich entfernt, war von ihr weggerückt und würde wohl niemals zu ihr zurückkehren.

Und wenn Pawel jetzt zu reden fortfuhr, so tat er es nicht, um den Sohn zu überzeugen, sondern um dessen Antworten zu hören.

»Du solltest so nicht reden, Sohn. Bei uns in der Siedlung ist es gar nicht so übel. Das ist nicht das alte Dorf, wo wir jetzt sitzen.« Pawel warf einen raschen Seitenblick auf die Mutter, die er ungern gekränkt hätte. Für die Siedlung empfand er zwar keine Liebe, doch er wollte ihr Gerechtigkeit zollen. »Es wird bei uns so werden wie in der Stadt, wie die Dinge laufen. Du warst ja selber dort und hast mit eigenen Augen gesehen, was sich tut.«

»Ich hab es gesehen. Und finde es prima. Und trotzdem ist es bei euch nicht interessant.«

»Und wo ist es interessant?«

»Das hab ich schon gesagt . . .« Andrej verzog das Gesicht, er hatte keine Lust, das zu wiederholen, was sich in seinem Kopf noch nicht richtig geordnet hatte, was in diesem Kopf erst noch rundging. Es wäre ihm schwergefallen, sich genauer auszudrücken. »Später schaff ich mir eine Familie an, da zieh ich dann vielleicht zu euch. Doch solange ich jung und ledig bin, möchte ich lieber weiter vorn meinen Mann stehen. An der vordersten Front, heißt das wohl . . . Sonst komm ich zu spät. Die ganze Jugend ist dort vorn im Einsatz.«

»An der vordersten Front«, sagte Pawel, der solche Worte wirklich ungern hörte. »Jetzt ist aber doch längst kein Krieg mehr.«

»Front oder nicht Front . . . das bleibt sich gleich. Das ist so eine Redensart. Wo es am heißesten zugeht, das hab ich damit sagen wollen. Wo das wichtigste Bauvorhaben ist. Die ganze Aufmerksamkeit ist jetzt darauf gerichtet. Noch aus weitester Ferne kommen die Leute angefahren, um dort mitzumachen. Und ich befinde mich dicht nebenan – und bin nicht dort. Das ist fast so, als würde ich mich drücken wollen. Das werd ich dann vielleicht mein Leben lang bereuen. Das Kraftwerk wird doch wohl benötigt, sonst würden sie nicht so viel darüber schreiben. Und ich bin auch nicht schlechter als die anderen.«

»Wenn sie es fertig gebaut haben, wird die Aufmerksamkeit nachlassen. Und was ist dann? Was tust du dann? Einen neuen Arbeitsplatz suchen, wieder einen, dem große Aufmerksamkeit geschenkt wird? Ihr gewöhnt euch bald daran, im Lichte der Öffentlichkeit zu sein, ihr seid rasch verwöhnt. Daß die Sonne scheint, das wird euch dann nicht mehr genügen. Für wie lange willst du denn ins Blickfeld der Welt?«

»Das wird man dann sehen.« Andrej spürte, daß diese Antwort kärglich war, er begann rascher und selbstsicherer zu reden, in seine Rede kam ein trauriger, fast gekränkter Ton. »Wieso begreift ihr das nicht? . . . Wenn Großmutter das nicht versteht, so ist das verzeihlich, sie ist eine alte Frau. Aber du?« Andrejs Rede stockte einen Augenblick lang: »Vater« zu sagen, konnte er sich nicht entschließen, aber das kindliche »Papa« wollte er auch nicht verwenden. »Warum verstehst du es nicht? Du hast mit Maschinen zu tun, du weißt, daß jetzt eine andere Zeit ist. Auf Schusters Rappen kommst du nicht sehr weit, besonders in der Wirtschaft nicht. Fußgänger kannst du auf dem Lande spielen . . . Und dann das Kraftwerk. Die werden sich was dabei gedacht haben, als sie mit dem Bau begonnen haben. Aus dem Stegreif entsteht so was nicht. Folglich braucht man es heute, das Kraftwerk, und nicht irgendwann. Und man braucht es nicht einfach so, man braucht es dringend. Und weil man es so dringend braucht, will ich dabeisein und mitmachen. Ihr denkt nur an euch, und auch das mehr mit dem Gedächtnis, ihr habt zuviel darin aufgespeichert. Dort aber denkt man an alle Menschen zugleich. Natürlich ist es schade um Matjora, auch mir tut das liebe Kaff leid. Immerhin ist es meine Heimat gewesen. Aber anders geht es offensichtlich nicht. So wie Matjora jetzt dasteht, in dieser Altertümlichkeit wäre es sowieso nicht mehr lange dagestanden. Dem neuen Leben wärt ihr auch hier im Dorf nicht entgangen. Selbst ein Mensch lebt nicht länger als hundert Jahre, hinterher werden andere geboren. Wieso begreift ihr das alles nicht?«

Pawel musterte den Sohn mit Aufmerksamkeit und Verwunderung, als sei ihm erst jetzt richtig zum Bewußtsein gekommen, daß ein erwachsener und vernunftbegabter Mensch vor ihm saß, jemand, der nicht mehr aus seiner eigenen, sondern aus der nächsten Generation war.

»Wir begreifen es, Andrej«, sagte er versonnen und ein wenig zögernd. »Auch wir sind nicht die Dümmsten auf der Welt. Nicht darüber streit ich mit dir, ob das Kraftwerk gebaut werden muß, darüber gibt es keinen Streit. Ich sage dir nur, auch hier muß irgendwer die Arbeit tun.«

»Dann tut sie in Gottes Namen. Auch die Arbeit, wenn man so will, ist nach Altersgruppen unterschieden. Wo etwas Neues hingebaut wird, wo es am schwierigsten zugeht, da gehört die Jugend hin. Und wo es leichter ist . . .«

»Du denkst, es ist hier leichter?«

Ohne sich an irgendwen zu wenden, ohne jemanden anzublicken, sagte Darja: »In alten Zeiten hat man gesagt . . . Wenn eine Mutter das eine Kind hegt und das andere Kind schlägt, dann ist das eine schlechte Mutter.«

»Was willst du damit sagen, Oma?« prustete Andrej los, froh über das Eingreifen der Großmutter in sein Gespräch mit dem Vater, das nicht nur arm an Einverständnis, sondern irgendwie verschämt und unaufrichtig war: als würden sie nicht über das Alte und das Neue sprechen, sondern schlüpfrige Weibergeschichten erzählen. Wenn ein Altersunterschied von dreißig Jahren besteht und dem einen das junge Blut in Kopf und Glieder schießt, während des anderen Blut schon merklich abgekühlt ist: dann ist es mit dem Einverständnis freilich nicht weit her.

»Ich hab das nur so hingesagt«, erwiderte Darja und preßte die dünnen scharfen Lippen zusammen.

»Jetzt regnet es aber ganz tüchtig«, sagte Andrej, nach einem kurzen Blick durchs Fenster. Er hatte den Eindruck gehabt, daß gerade er jetzt etwas sagen müßte, um die Peinlichkeit und das Nichtverstehen abzumildern.

Sie begannen, dem Regen zuzuschauen, wie er gegen die Erde trommelte und klatschte, sich in Pfützen sammelte, schon nicht mehr tropfenweise, sondern in raschen Strömen von den Speicherdächern herabfloß. Sie vernahmen das Mit-sich-selbst-um-die-Wette-Gluckern des Wassers, das sich noch nicht zu einem Rauschen ausgewachsen hatte. Dieser angenehme Laut brachte Ruhe in ihre Herzen, und gleich spürten sie, daß ihnen das Atmen leichter fiel, daß die durch die Himmelsgerüche und andere Regendüfte erneuerte Luft bereits ins Haus geströmt kam. Und sie wollten gern glauben, daß sie allzu lange beim Tee und beim Gespräch verweilt waren, daß das Gespräch sie, die eng miteinander Verwandten, voneinander entfernt hatte, während das minutenlange wortlose, von keiner Gedankenarbeit begleitete Betrachten des Regens sie einander wieder näher brachte. Doch, vom Tisch aufstehend, sprach der Vater den Sohn auf das an, wonach er ihn wohl schon lange hätte fragen sollen:

»Wann fährst du wieder weg von hier?«

»Ich bleibe noch etwas«, sagte Andrej mit einem jähen Lächeln und gab zugleich durch ein Achselzucken zu verstehen, daß er noch keinen festen Entschluß gefaßt hatte. »Brandeilig hab ich es nicht.«

»Wenn du noch etwas bleibst, dann hilfst du mir vielleicht, unser eigenes Heu zu mähen?« schlug der Vater vor. Erst in diesem Augenblick war ihm das eingefallen, und gleich hatte er es ausgesprochen, wie von selbst, noch ehe er abwägen konnte, ob er das aussprechen sollte und ob er selber zu dem bereit war, wofür er den Sohn gewinnen wollte.

Andrej erklärte sich mit Freude einverstanden:

»Klar, das machen wir. Was soll ich im Dorf sonst auch tun? Natürlich helfe ich mit.«

»Du, wirklich, das ist eine gute Sache«, erwiderte Pawel, froh darüber, daß diese Entscheidung nun gefallen war, und begann gleich lebhafter zu reden. »Zusammen machen wir genug Heu für die Kuh, daß sie gut über den Winter kommt. Solange du hier bist, ist das rasch getan. Wir waren nämlich schon in Panikstimmung, wir wußten weder aus noch ein. Allein hätt ich es nicht geschafft . . . wegen der Arbeit. Mutter ist drüben in der Siedlung, und Großmutter ist keine vollwertige Arbeitskraft mehr.«

»Nur noch drei Fürze bis zur Bahre«, nickte Darja.

Und diese höchst unschickliche Erwähnung des Todes brachte sie auf das zurück, was ihr die ganze letzte Zeit über den ärgsten Kummer bereitet hatte. Sie stand auf, straffte sich und flehte mit gepreßter Stimme:

»Und dann die Gräber, Pawel. Du hast es versprochen.

Hinterher ist es dafür zu spät . . . Am besten, ihr macht beides gleich auf einmal . . .«

»Natürlich«, entsann sich Pawel. »Die Toten müssen wir auch noch überführen. Die Großmutter bittet schon lange darum.«

Andrej war verwundert, schwieg erwartungsvoll, hob die Brauen. War das ernst gemeint? Doch auch damit war er sofort einverstanden.

13

Manchmal ließ der Regen nach, verwandelte sich in Nieselstaub, der trüb in der feuchten Luft schwebte. Dann begann er wieder mit neuer Kraft die Erde zu peitschen. Alles ringsum war durchnäßt, vom vielen Wasser aufgegangen und schwer geworden und sog kein Wasser mehr ein. Da floß das Wasser über den Rand, über alle Ränder, strömte in die Breite, füllte sich immer mehr auf. Sogar zwischen den Grashalmen stand das Wasser. Die ausgefahrene Dorfstraße glich einem Flüßchen, an dessen Ufern die Häuser aufgereiht standen. Entlang der Häuser konnte man sich zur Not gerade noch fortbewegen, um jedoch von einem Ufer des Flüßchens ans andere zu gelangen, brauchte man bereits eine Art Fähre. Einige Tage lang herrschte eine große Stille. Weiter oben fand der schwere, aufgedunsene Himmel zwar gerade noch die Kraft zu gelegentlicher Bewegung, als würde er die leergeregneten Wolken beiseite schieben, weiter unten jedoch wehte nicht einmal die leiseste Andeutung eines Windes, und die wie erstorbene Luft wurde nur vom Regen durchschnitten.

Die Zweige an den Bäumen hingen schlaff herunter, große, weiße, schneeige Tropfen lösten sich dann und wann von ihnen und fielen zur Erde. Auch das noch ungemähte Gras hing herunter, die Grasspitzen waren unsichtbar, und gegen dieses niedergebeugte Gras rauschte, mal lauter, mal leiser, der Landregen an. Nach den drei ersten Regentagen begann die Angara anzuschwellen, das muntere Murmeln des Wassers an der Inselspitze verstummte, das Wasser führte Weggeschwemmtes mit, bildete Blasen und Schaum, der Schaum lagerte sich an den überschwemmten Uferstreifen ab, sammelte sich zu weiß zerfetzten Strudeln, fand listig kreisend den Weg in die Strömung zurück und trieb weiter flußabwärts. Schutz vor der Feuchtigkeit suchten die Dorfleute, indem sie die Öfen anheizten.

In den Morgenstunden erhoben sich die Rauchsäulen über den Bauernhäusern, wie im Winter: genau so zielstrebig und gravitätisch. Auch Nastassjas Haus wurde beheizt, von Katharina, die nach der Ankunft Andrejs hierhergezogen war. Ihr kam das sehr gelegen, so konnte sie ihrem Petrucha wieder eine trockene Stubenecke einrichten. Der streunte wieder sorglos und arbeitslos durchs Dorf, wie eine unter Gottes persönlichem Schutz stehende Pusteblume: wo es dich hinbläst, da rollst du entlang. Als Petrucha davon hörte, daß Andrej sich beim Kraftwerkbau nützlich machen wollte, erschien er in Darjas Haus und sprach mit Andrej ausführlich die dortigen Umstände und Bedingungen durch: wieviel man verdienen kann, wie die Leute dort leben, was für »Fettaugen« anfallen: das war auch so ein Lieblingswort von ihm.

»Ich lege Wert auf eine Wohnung. Verstehst du, eine Wohnung – keinen Stall«, verkündete Petrucha mit der ihm eigenen dümmlich forschen Eloquenz. »Ich bin der

Sohn von meiner Mutter, und ich wünsche, daß meine Frau Mutter ein ihr zuträgliches Seelenleben führen kann. Sie hat sich genug herumgequält, das arme Luder. Für den Jugendverband ist sie freilich zu alt . . . Das heißt, wie man es nimmt! Sie könnte dort zum Beispiel einen Vortrag halten: über das Hundeleben in der Zarenzeit.«

Andrej konnte Petruchas Wißbegier nur halb befriedigen, er wußte selber nur das, was in den Zeitungen stand und was er den verworrenen Berichten einiger Augenzeugen entnommen hatte, aber Petrucha war plötzlich fest entschlossen, mit Andrej mitzufahren. Er kam jeden Tag vorbei, um sich sein kommendes Kraftwerkbauarbeiterleben im Zwiegespräch mit Andrej in bunten Farben auszumalen. Seinen Beitrag stellte er immer so dar, als sei er eine erfahrene, dringend benötigte, unersetzliche Arbeitskraft. Im Dorf erzählte er, er hätte bereits eine Stelle gefunden und bekäme seinen Lohn ausbezahlt. Die Dörfler, die ihren Petrucha kannten, fragten hämisch:

»Schicken sie dir den Lohn ins Dorf?«

»Doch nicht ins Dorf!« verwunderte sich Petrucha über die Begriffsstutzigkeit seiner Landsleute. »Ihr wißt doch genau, daß es bei uns im Dorf kein Postamt gibt. Die hätten das doch glatt getan, aber da wär das Geld gleich hingewesen. Ich habe es im letzten Moment noch verhindert. Wenn sich das Wetter wieder bessert, fahr ich hin und hol das Geld selber ab.«

»Dir werden wohl keine Steuern abgezogen, da du noch gar nicht gearbeitet hast?«

»Als ob es um die Steuer geht!« parierte Petrucha, in seinem Gerechtigkeitssinn gekränkt. »Ich überweise den gleichen Betrag ans Waisenhaus, solang ich selber kinderlos bin. Du sagst: ich hab nicht gearbeitet. Na, und? Was ist daran merkwürdig? Deswegen bezahlen die mich, damit ich keine andere Arbeit nehme. Die wollen mich bei sich halten. Und laut Gesetz kann ich mich dann nirgends mehr verdingen. Das Gesetz ist ein Schlaumeier. Rück mal ein Stück! Mit dem Gesetz ist nicht gut spaßen!«

»So ein Plappermaul, so ein loses!« sagten die Leute Petrucha direkt ins Gesicht. Und der war hoch zufrieden, daß seine Zuhörer nichts anderes einzuwenden hatten, und betonte mit hartnäckiger Überzeugung:

»Man muß Einblick in die Dinge haben.«

In diesen für die Arbeit im Freien ungeeigneten Tagen, bedrückt durch die Untätigkeit und die sich daraufhin einstellende Schwermut, stärker noch angetrieben von einer vagen, sie würgenden Sorge, versammelten sich die Leute oft und redeten miteinander. In den Gesprächen schwang Unruhe mit, sie zogen sich träge dahin, unterbrochen von langen Schweigepausen. Das mochte am Wetter liegen, oder vielleicht kam ihnen jetzt die Einsicht, daß dies alles trügerisch war, die freundschaftlich verbissene Arbeit bei der Heumahd, und die Lieder, und die abendlichen Zusammenkünfte, und dieses ganze gemeinschaftliche Leben im Heimatdorf, zum Abschied vom Schicksal geschenkt oder diesem auch bloß abgeluchst. Alles dies war bloßer Trug, dem sie in der Schwachheit ihres Menschenherzens aufgesessen waren. Die Wahrheit aber bestand darin, daß sie, ob sie wollten oder nicht, übersiedeln mußten, daß sie ihr künftiges Leben am neuen Ort einrichten mußten, statt hier am alten Ort herauszufinden, worin ihr früheres Dasein bestanden hatte. Wenn sie es bisher nicht gewußt hatten, dann brauchten sie es auch nicht mehr zu erfahren. Die Wahrheit steckte nicht in dem, was sie bei der Arbeit empfanden, nicht in den gemeinschaftlich gesungenen Liedern, nicht in den beim Anblick der untergehenden Sonne und des verdämmernden Tages selig vergossenen Tränen, in der Stunde der Seelenwirrnis, der Liebe und der Sehnsucht nach einer noch größeren Liebe: in alldem steckte keine Wahrheit. Die Wahrheit war, daß das Heu bereitet werden mußte. Das war der Grund, weshalb sie hier waren. Unstreitig war es so und nicht anders. Aber bisweilen kamen ihnen Zweifel. Das Heu werden sie schließlich bereitet haben, die Kühe werden das Heu bis zum nächsten Frühling bis aufs letzte Hälmchen verzehrt haben, doch diese Lieder nach der Arbeit, die scheinbar schon gar nicht mehr von den Kehlen der Menschen, sondern von ihren vereinten Seelen gesungen wurden – so ursprünglich war ihr Glaube an die kunstlosen Worte der Lieder, so selbstvergessen war der Aufschwung ihrer vereinigten Stimmen –, dieses allabendlich süß nachzitternde Erschauern vor der Schönheit und Unheimlichkeit der heraufziehenden Nacht, wenn du schon nicht mehr begreifst, wo du bist und was du bist, wenn du geräuschlos über der Erde zu schweben und zu gleiten meinst, deine Flügel leicht bewegend, hellhörig alles in dich aufnehmend, was unterhalb von dir vorbeischwimmt, dieser wer weiß woher entstandene stille und tiefe Schmerz darüber, daß du dich bis zu dieser Minute überhaupt nicht gekannt hast, daß du nicht nur das bist, was du in dir selbst trägst, sondern auch noch jenes meist Unbemerkte, das rings um dich herum ist und dessen Verlust manchmal schlimmer sein kann als der Verlust eines Armes oder Beines: alles dies wird sich für lange Zeit dem Gedächtnis einprägen und als nie verdämmerndes Licht, als stetig fortwährende Freude in der Seele wohnen bleiben. Vielleicht ist überhaupt nur eines ewig, das, was wie der Heilige Geist von Mensch zu Mensch wandert, von den Vätern zu den Kindern und von den Kindern zu den Enkelkindern, sie in Verlegenheit bringend und ihnen zugleich Richtung und Läuterung gebend – und eines Tages wird es sie dorthin bringen, um dessentwillen die vielen Generationen der Menschen gelebt haben. Was wird das sein? Stiller, über die weite Welt hin tönender Gesang über der wüsten, erneuerten Erde im Schein der Morgen- oder Abendröte – oder etwas anderes? Nein, nicht über der wüsten Erde. Wüst darf die Erde nicht sein. Ein kleines Kind muß über die Erde schreiten, mit seinen nackten, übereinander stolpernden Füßchen, und dieses Kind muß weinen und sein Gesicht erschrocken und entzückt zum Himmel hinaufheben, neugierig darauf horchend, woher dieser Gesang wohl tönen mag. Und sanft hinfallen muß das Kind, und einschlafen, und das Singen muß sich tief herabsenken, und die Abendröte muß noch heller leuchten. Erfahre die Wiedergeburt, Mensch, beginne alles von vorn, denn ohne das kommst du nicht weit.

Lag es nicht nahe, daß sie am Ende jenes Lebens, das viele, viele Jahre in Matjora gewährt hatte, Umschau hielten, mit verwunderten und traurigen Augen: das also ist gewesen? Und jetzt ist es abgelaufen. Der Tod schreckt uns, doch er sät in die Seelen der Lebenden die reichlichste, nutzbringendste Saat, und aus dem Samen des Geheimnisses und der Verwesung keimt dann der Same des Lebens und Verstehens. Blickt hin, denkt nach – und ihr werdet die Wahrheit erkennen! Der Mensch ist nicht aus einem Stück gebildet, in seiner Haut stecken mehrere Wesen, wie Landsleute, die in einem Boot von einem Ufer ans andere rudern, und der wahre Mensch tritt fast nur in den Augenblicken des Abschiednehmens und des Leidens hervor. Dies ist er – so prägt ihn euch ein.

Aber weshalb ist die Seele von dieser dumpfen Unruhe erfüllt? Liegt das wirklich nur am anhaltenden Unwetter, an der erzwungenen Untätigkeit? Oder hat es noch andere Gründe? Da soll einer durchblicken! Da steht sie, die Erde, die ihnen ewig erschien, aber jetzt stellt sich heraus, daß das nur Schein war. Bald wird es diese Erde nicht mehr geben. Es riecht nach Gras, es riecht nach Wald, es riecht nach Laubwald und nach Nadelwald, ein jeder Strauch läßt seinen Odem aufsteigen. Es riecht nach dem Holz der Häuser, nach Vieh, nach menschlicher Wohnstatt, nach dem Misthaufen hinter dem Stall, nach Gurkenkraut, nach den alten Kohlen in der Schmiede. Der Regen hat aus allen Dingen herbe Gerüche herausgewaschen und aufsteigen lassen, er hat einen jeden Duft befreit. Warum wird dies alles, hier auf dieser Erde, noch zu Lebzeiten der jetzt Lebenden aufhören zu sein? Warum nicht früher und nicht später? Welche Bewandtnis hat es damit? Ist das gut und gerecht? Und welcher Trost ist für die Seele bereitet?

Als das Gespräch darauf kam, das Gespräch kam in diesen Tagen so ziemlich auf alles, da machte Darja, wie gewöhnlich, eine entschiedene und zugleich hoffnungslose Armbewegung und sagte:

»Ich hab schon mit gar nichts mehr Mitleid . . .«

Vormittags schien das Wetter umschlagen zu wollen, die wie ausgewrungenen Wolken hellten sich auf, gerieten in Bewegung, von irgendwoher kam ein Gutwetterlüftchen angeweht, gleich würde, so schien es, auch die Sonne mithalten und aus den Wolken schlüpfen. Und die Menschen faßten Mut und rührten sich gleichfalls und fanden sich bei Pawel ein, um ihn zu fragen, ob es Arbeit gebe. Doch während sie sich versammelten und berieten, verdüsterte sich der Himmel erneut, und der Regen setzte wieder ein. Sich in ihre Häuser zu verziehen, hatten sie keine Lust. So saßen sie also bei Pawel und führten wieder die gleichen endlosen Gespräche. Darja stellte den Samowar auf, aber die Anwesenden schlugen Darjas Tee aus, sie hatten wohl vom eigenen genug. Nur Katharina ließ sich einschenken.

Auf der Sitzbank neben der Tür, an die Wand gelehnt, das eine Bein hochgestellt, saß Afanassij Koschkin. Neben ihm saß Vera Nossjarowa, Darjas Nachbarin. Schon mehrmals hatte Vera Anstalten gemacht, aufzustehen und heimzugehen, das heißt nicht heim, sondern auf die Wiese, um dort im Alleingang etwas Heu zu bereiten, aber sie hatte keine Lust, aus der Wärme und der Nähe der Menschen fortzugehen, überdies war der Regen wieder richtig auf Touren gekommen und rauschte mächtig draußen vor dem Fenster. Auf der Liege, als säße sie auf Nadeln, rutschte Klawka Strigunowa hin und her. Sie blickte jede Minute zum Fenster hinaus. Gern wäre sie auf die Straße gerannt, aber der Regen ließ das nicht zu. Aus Langeweile hielt sich Klawka an Andrej und fragte ihn nach den Männern in der Stadt, auf was für Weibern die derzeit stehen – auf füllige oder auf schlanke? Andrej zuckte nur verlegen mit den Achseln. Mitten am hellichten Tag wurde es wieder dunkel, der Regen peitschte die Erde, das muntere Gespräch versickerte und pendelte sich dann wieder auf ein einziges Thema ein: auf das Schicksal der Insel, des Dorfes und der Dörfler. Da war es dann, daß Darja sagte:

»Ich hab schon mit gar nichts mehr Mitleid . . .«

»Ich bin noch nicht soweit, ich hab noch welches«, sagte Afanassij und verstummte wieder.

»Ihr alten Furzgreise«, mengte sich, von Andrej ablassend, Klawka Strigunowa ins Gespräch ein. »Ihr alten Flenner und Klageweiber! Was Besseres als Jammern fällt euch wohl nicht ein! Dabei stinkt euer geliebtes Matjora nur so nach Jauche, man kann gar nicht mehr richtig atmen. Aber euch scheint der Gestank noch Freude zu bereiten. Überall ringsum hat ein neues Leben begonnen, und ihr klammert euch ans alte wie die Mistkäfer. Ihr betrügt euch nur selber, ihr macht euch was vor. Es wird langsam Zeit, daß euer Matjora in den Fluß gekippt wird und davonschwimmt.«

Jetzt nahm Afanassij wieder das Wort und sagte mit nachdenklich gedämpfter Stimme, als würde er nicht Klawka, sondern seinen eigenen Zweifeln erwidern:

»Neues Leben oder altes Leben – ohne Brot kommst du nicht durch.«

»Ja, sind wir vielleicht ohne Brot? Sogar die Säue fressen nur noch Brot!«

»Das Maul aufreißen, das kannst du«, sagte Darja. »In dieser Kunst kommt dir keiner gleich. Maulaufreißer wie dich hat es früher im Dorf nicht gegeben.«

»Früher nicht – aber jetzt.«

»Das sehe ich, ich bin nicht blind. Daß du dich nicht mit dem Petrucha einläßt, Klawka! Da kann ich mich wirklich nur wundern. Du, Katharina, hör nicht hin, ich hab das nicht für dich gesagt. Sonderbar, Klawka, daß ihr immer noch getrennt lebt. Wo er doch haargenau wie du ist! Ihr paßt zusammen wie zwei Stiefel.«

»Den brauch ich wie der Hund das fünfte Bein«, meinte Klawka.

»Mein Petrucha braucht dich genausowenig«, bemerkte Katharina.

»Ihr zwei habt hier freilich nichts zu beweinen«, sagte Darja. Sie saß allein am Tisch, wie auf dem Präsidiumssitz. Ihr Kopf zuckte beim Reden vor Erregung vor und wieder zurück, das blaue ausgeblichene Kopftuch rutschte ihr immer wieder in die Stirn. »Euch juckt es schon lange in den Beinen. Euch kann die Heimat gern gestohlen bleiben ... Ihr seid hier nicht festgewachsen und werdet nirgendwo festwachsen. Ihr seid wie Spreu oder wie ödes Land ...«

Klawka führte den Streit leichthin, mit einem schnippischen Lächeln auf dem Gesicht:

»Ihr schnuppert schon den Weihrauch, Tante Darja, aber den Jüngeren wollt ihr vorschreiben, wie sie zu leben haben. Selbst ich kann in dem stinkigen Matjora nicht mehr leben, mir kommt die Siedlung auf dem Ufer gerade recht, und euer Andrej, euer Enkel, der noch jünger ist als ich, der will auch von der Siedlung nichts wissen. Bei dem muß es gleich die Stadt sein. Ist es so, Andrej, oder ist es anders? Sag, tut dir das Matjora wirklich leid?«

Andrej wand sich, wollte nicht antworten.

»Sprich, sprich nur, sag nur, was du denkst«, drängte Klawka.

»Es tut mir schon leid, das Matjora«, sagte Andrej.

»Und warum?«

»Ich hab achtzehn Jahre hier gelebt. Ich bin hier geboren.«

»Du bist mir ein Säugling! Deine Kindheit ist doch längst vorbei! Du bist heraus aus ihr – und aus Matjora bist du auch heraus. Mit Händen und Füßen würdest du dich wehren, wenn sie dich in so ein Bierdorf sperren würden. Du hast das nur gesagt, weil du vor der Oma Schiß hast. Die Oma tut dir leid – und nicht das Dorf.«

»Aber wieso denn ...«

»Kein wieso! Mir machst du nichts vor. Und deine Großmutter hat Mitleid mit sich selbst. Die wird nie wieder jünger werden, und deshalb hat sie eine Wut im Bauch.

Deshalb sträubt sie sich gegen das Lebendige. Sei mir nicht böse, Tante Darja, daß ich die ganze Wahrheit auf den Tisch lege ... Du selbst liebst das Versteckspiel auch nicht.«

Darja war Klawka gar nicht böse.

»Ich hab darüber auch schon nachgedacht, Mädel«, gestand sie, bestätigte die eigenen Worte mit einem leichten Kopfnicken und goß sich Tee nach. »Bisweilen setzen einem die Gedanken zu, da geht dir dann so manches durch den Sinn. Da denk ich dann von mir: so eine bist du also ... Aber dann denk ich wieder: und ihr anderen? Was stellt ihr an, wo steuert ihr hin? Gehört denn diese Erde euch allein? Wir alle sind heute hier auf der Erde – und morgen sind wir alle nicht mehr auf der Erde. Wir alle sind Wanderer, es hält uns auf der Erde nicht. Denn die gehört allen, denen, die vor uns waren, und denen, die nach uns sein werden. Unser Teil auf dieser Erde ist nicht das größte Teil. Und du springst mit der Erde um, wie mit jener Stute, die für sieben Brüder die Erde gepflügt hat ... Der eine der Brüder hat der Stute den Zaum übergeworfen und sie dem Zigeuner für einen Rubel zwanzig verkauft. Aber es ist nicht deine Stute. Und nicht deine Erde ... Wir haben Matjora zu treuen Händen erhalten, damit wir es mit Nutzen hegen und uns redlich nähren darauf. Und was habt ihr getan? Die Älteren haben es euch anvertraut, damit ihr euer Leben lebt und die Erde an die noch Jüngeren weitergeht. Die werden Rechenschaft fordern von euch – nicht die Alten. Vor den Jungen müßt ihr euch fürchten. Ihr setzt doch Kinder in die Welt? Die werden euch zur Rede stellen. In dieser Zeit, da leben wir, aber wer sind wir?«

»Der Mensch ist der Bezwinger der Natur«, sage Andrej.

»Ja, freilich, der Bezwinger. Erst zwingt er, dann hinkt er.«

Alle waren verstummt. Der Regen ließ wieder nach, zwischen den letzten großen Regentropfen nieselte es fein und faulig. Das Dunkel, das zuvor fast wie die Nacht herabgestürzt war, als hätte man einen Truhendeckel über Dorf und Insel gestülpt, hatte sich etwas gelichtet. Alles war grau und verwaschen, auch oben am Himmel, wo die Augen nichts erkennen konnten, außer einer wäßrigen Tiefe. In der Stube war es finster, und finster war auch das Schweigen, in das sie für eine Minute verfielen, wie Steine erstarrt.

»Gieß mir von deinem Tee ein, Darja«, sagte Afanassij, der als erster aus der Starre erwachte. »Die Arbeit ist uns heut davongeschwommen, aber den Tee schwemmt kein Regen aus dem Samowar.«

Jemand betrat die Stube, es war die Tungusin. Die war immer dort anzutreffen, wo sich Leute versammelten. Stumm nahm sie irgendwo Platz, holte ihre Pfeife unter der Jacke hervor und begann schmatzend an ihr zu saugen. Wenn man sie in Ruhe ließ, sagte sie den ganzen Tag kein Wort, hörte vielleicht nicht einmal, was geredet wurde. Sie befand sich stets im Zustand tiefer, schläfriger Versonnenheit. Wenn sie dann trotzdem jemand berührte, das Wort an sie richtete, sie nach etwas fragte, schlug sie sich mit der Handfläche gegen die Brust und verkündete: »Ich sein Tungusin.«

»Du sein Ewenkin, Frau«, erwiderte man ihr dann. »Tungusen gab es einmal in der Zarenzeit. Später hat man sie dann umbenannt. Heute gibt es nur noch die Ewenken.«

»Ich sein Tungusin«, beharrte indessen die Frau.

So war und blieb sie für jedermann *die Tungusin*. Sie war keine alteingesessene Dorfbewohnerin, aber eine Fremde war sie inzwischen auch nicht mehr, denn schon den zweiten Sommer lebte sie im Dorf. Dann und wann, wenn etwas Bewegung und Redelust in sie kam, erläuterte die Tungusin, allerdings mehr mit Gesten als mit Worten, daß das hier ihre Erde sei, daß in alten Zeiten hier Tungusen gewesen seien. Vermutlich stimmte das auch. Das alte Weib war indessen aus einem anderen Grund hergekommen. Der Staatswirtschaftsbetrieb hatte sich eine Pelztierfarm zulegen wollen, hatte aber zunächst bloß die Leiterin der Farm ernannt, und die Wahl war auf die Tochter der Tungusin gefallen. Letztes Frühjahr, als die zwei in die Gegend gekommen waren, waren die Häuser in der Siedlung noch im Bau gewesen, es waren nicht genug bezugsfertige Wohnungen da, und irgendwer hatte der Tochter den Tip gegeben, die Muttter nach Matjora weiterzudirigieren, wo einige Häuser bereits leerstanden. So war die Tungusin ins Dorf gekommen. Oft saß sie ganze Tage am Flußufer und starrte flußabwärts, nach Norden. Den Gemüseanbau betrieb sie nur nebenbei, es war ihr ungewohnt, oder sie hatte keine Lust. Höchstens ein, zwei Beete – und auch die waren ungepflegt. Wovon sie lebte und sich ernährte, wußte keiner genau, die Tochter kam nur selten aus der Siedlung angefahren. Wenn man die Tungusin zum Teetrinken einlud, setzte sie sich gern an den Teetisch dazu, aber niemand konnte sich entsinnen, sie jemals mit einem Stück Brot in der Hand oder im Mund gesehen zu haben. Indessen, sie lebte, und offenbar nicht ganz schlecht. Und sie besaß ein feines Gespür für Menschenansammlungen. Sie war dann immer zur Stelle. Heute hatte sie sich allerdings verspätet. Die Tungusin ging in die vordere Stubenecke und setzte sich zu Katharinas Füßen auf den Fußboden. Die Leute waren es gewöhnt, daß sich diese Frau auf den Boden setzte und auch mit Gewalt nicht wieder in die Höhe zu heben war. Auch die alten Männer im Dorf pflegten sich übrigens zum Rauchen auf den Fußboden zu setzen, diese Sitte oder Unsitte war demnach wohl tungusischen Ursprungs!

»Bist wieder da?« fragte Afanassij.

Die Tungusin nickte.

»Auch dieses Menschenkind lebt für irgendwas«, bemerkte Afanassij philosophisch.

»Sie ist ein guter Mensch, sie soll nur leben«, sagte Vera Nossarjowa mit einem Lächeln.

»Natürlich soll sie leben«, bestätigte Afanassij und wendete sich überlaut an die Tungusin, als sei sie taub: »Ziehst du mit in den Sowchos?«

Die nickte wieder, diesmal bereits mit der Pfeife zwischen den Zähnen.

»Soso, sie zieht mit. Obwohl es ihr dort wohl nicht grad glänzend gehen wird.«

»Immer habt ihr nur den Sowchos auf der Zunge«, drängte sich jetzt wieder Klawka ins Gespräch. »Ihr könnt es nicht lassen. Wenn man euch morgen von dort davonjagt, dann werdet ihr gleich andere Töne spucken. Mein Gott, ist das ein launisches Volk, was du ihnen wegnimmst, da hängen die sich dran, obwohl sie den Krempel gar nicht brauchen, und gegen das hundertfach Bessere, das man ihnen geben will, sträuben sie sich mit Händen und Füßen. Dies paßt ihnen nicht, jenes geht ihnen wider den Strich. Greift doch zu, ihr Spaßvögel, was Schlechtes werden sie euch nicht geben. Andere Leute freuen sich darüber. Was soll Schlechtes an der Siedlung dran sein? Tante

Darja, gut, die ist alt, bei der wär es zuviel verlangt. Aber ihr anderen? Was wollt ihr denn noch?«

Vera Nossarjowa, die vor Untätigkeit müde und ratlos und obendrein durch das Gespräch verwirrt war, seufzte schwer:

»Wenn sie uns nur die Kuh halten lassen ... Und uns das Heu mähen lassen ... Aber sonst? Ans ungewohnte Leben, da gewöhnen wir uns dran. Die Leute sagen, es gibt dort eine Zehnklassenschule. Das ist gut. Bei uns quälen sich die Kinder mit der Vierklassenschule ab. Wo hätt ich meine Irka hingeschickt? Und in der Siedlung bin ich diese Sorge los. Ich brauch das Kind nicht aus dem Haus zu geben.« Verstohlen und wie schuldbewußt blickte sie Darja an. Wieder beschäftigte sie ein Gedanke, der ihr neuerdings öfter kam: »Ja, wenn sie die Siedlung ins Dorf verlegen würden ...«

»Du hast aber sonderbare Wünsche, Vera! Da bin ich absolut dagegen!« kreischte Klawka. »Da bist du wieder abgeschnitten, in dem Kaff. Kannst nirgendwo hingehen, kannst nirgendwo hinfahren. Ringsum nur Wasser und flaches Land. Grad wie im Gefängnis.«

»Wir werden uns dort eingewöhnen«, sagte Afanassij, und seine Worte klangen diesmal wie ein nach reiflicher Überlegung gefaßter Entschluß. »Natürlich werden wir uns eingewöhnen. Nach einem Jahr, nach zwei ... Dies eine Mal hat Klawka die Wahrheit gesprochen. Wenn einer von uns in ein, zwei Jahren woanders hinziehen muß, dann wird es ihm leid tun um die Siedlung. Die Arbeit ist es immer, die uns an die Erde bindet, das wird auch dort nicht anders sein als hier. Du, Klawka, gehst deshalb so gern fort, weil du kaum was getan hast hier im Dorf. Du brauchst nicht gleich zu keifen, wir wissen über dich Bescheid. Solange deine selige Mutter gelebt hat, hat die deine Kinder aufgezogen. Du selber bist herumstrolcht. Bist in Kaufläden gelaufen, hast dich in der Lesestube aufgehalten.«

»Natürlich! Weil ich Bildung habe!«

»Von deiner Bildung sag ich nichts. Ich rede von der Erde. Und was die Erde angeht: mit der wird es schwierig werden in der Siedlung. In den Häusern ist alles schön und wunderbar. Am liebsten gehst du gar nicht auf die Straße raus. Aber der Boden! Da wird es Arbeit und noch einmal Arbeit geben! Wenn ich die Kommission mal in die Finger kriege, die den Ort ausgewählt hat . . .«

»Die haben dich vielleicht mit Absicht dorthin gesteckt, damit du richtig arbeitest und dich besser einlebst.«

»Das kann sein. Wir sind ja einiges gewöhnt. Wir kriegen das hin. Geduld und List braucht man uns nicht beizubringen. Mal geben wir ein Stückchen nach, mal holen wir uns unser Teil zurück. Solang die Kräfte reichen und solange sie den gemeinen Mann machen lassen, findet er aus jedem Schlamassel heraus. Sag ich die Wahrheit, Pawel? Warum schweigst du?«

Pawel rauchte und hörte zu. Und je länger er zuhörte, desto ratloser wurde er. Er begriff immer weniger, haßte sich immer heftiger. Wenn die Mutter redete, war er mit ihr einverstanden. Wenn jetzt Afanassij sprach, war er auch wieder einverstanden, wußte jedenfalls nichts einzuwenden. »Was ist bloß los mit mir?« fragte Pawel. »Wo ist mein eigener Kopf? Und hab ich überhaupt noch einen? Oder ist Sand in meinem Kopf, und der Sand saugt jedes Wort auf, des einen wie des anderen Wort? Und wo ist die Wahrheit, und warum hat man sie so sehr zerdehnt, daß Anfang und Ende nicht mehr aufzufinden sind? Denn es muß, im Kern, doch eine Wahrheit geben, eine ungeteilte?! Doch warum kann ich diese Wahrheit dann nicht finden?«

Aber er fühlte – und er fühlte es schon lange und hatte sich im geheimen längst damit abgefunden, und wenn es in ihm drin nicht zu einer festen Überzeugung ausgereift war, die jedes weitere Grübeln hinfällig gemacht hätte, dann nur deshalb, weil ihn der Schmerz des Abschieds von Matjora und das bittere Chaos der Umsiedlung bisher daran gehindert hatten – er fühlte, daß in Klawkas Worten, obwohl die freilich in den Mund einer gewichtigeren Person gehörten, und auch in dem, was Andrej gesagt hatte, am Tag seiner Ankunft am Teetisch, das gerade darin die heutige Wahrheit steckte, der man nirgendwohin ausweichen konnte. Die Jungen begreifen sie offenbar besser. Was auch kein Wunder ist, dafür sind sie ja jung. Andrej hat recht gehabt, als er sagte, auf Schusters Rappen kommst du heut nicht weit. Ob Pawel wollte oder nicht, er mußte dem Sohn beipflichten.

Jetzt erwiderte er Afanassij:

»Du sprichst die Wahrheit, Afanassij.«

»Was glaubst du, werden wir dem kargen Boden drüben Brot abgewinnen?«, bohrte Afanassij weiter.

»Wir müssen es. Wir werden es. Vielleicht hilft uns die Wissenschaft. Und wenn es nicht gelingt, dann verlegen wir uns auf die Schweinemast oder die Hühnerzucht. Spezialisierung wird heut groß geschrieben.«

Darja war der Gesprächsfaden entglitten. Sie hörte nicht mehr zu und sah nichts mehr. Sie war nur noch darauf konzentriert, aus der Untertasse ihren Tee zu schlürfen. Gleichzeitig nickte sie, wie das so ihre Art war, mit sich im reinen vor sich hin.

»Wollen wir die Versammlung beschließen, Weiber?« fragte Afanassij. »Wir sitzen hier schon eine Ewigkeit herum. Die Darja trinkt grad den Samowar leer. Was für eine Resolution wollen wir verabschieden? Wollen wir in die Siedlung ziehen oder nicht?«

»Das haben sie längst ohne uns entschieden.«

»Natürlich ziehen wir in die Siedlung, allerdings! Dort auf dem Festland werden sie uns mehr Beachtung schenken.«

»Aber die Wanzen und die Schaben, die laßt hier!«

»Was ist mit dir, Tungusin? Kommst du mit?«

Die Tungusin nahm die Pfeife aus dem Mund, fuhr sich mit der Zunge über die Lippen, hob ihre wäßrigen Augen aus einer weiten Ferne, in der sie herumgeirrt waren, zum Fragenden empor und nickte beifällig.

»Auch du, Darja, schnür dein Bündel. Ohne dich ziehen wir nicht los.«

Darja erwiderte nichts.

»Schaut mal an, der Regen«, sagte Vera Nossarjowa. »Er hat, so scheint es, nachgelassen. Während wir hier herumgesessen haben. Aber das viele Zungenwetzen fruchtet nichts. Ich geh jetzt los. Wenn es wieder mit der Arbeit angeht, Pawel, rufst du mich. Aber heute bitte nicht mehr.«

Der Regen, der Regen ... Doch auch des Regens Ende war schon abzusehen, die Abstände von Schauer zu Schauer wurden immer größer, Südwind begann zu blasen und drückte endlich, wenn auch nur mit Mühe, die am Himmel klebende Feuchtigkeit weg. Das Gewölk zog nordwärts ab. Die in Bewegung geratenen Wolken wollten noch rasch ihr Regenwasser loswerden und schütteten es eimerweise auf die Erde. Zwischen diese letzten Regentrommelwirbel fiel schwacher Sonnenschein ein, dann kam wieder Regen. So ging es eine Weile fort, als sollten die Menschen keine Hoffnung mehr auf ein endgültiges Aufklaren schöpfen. Und die Menschen ärgerten sich, verwünschten den Himmel, verwünschten sich selber, weil sie unter diesem Himmel leben mußten.

An einem dieser noch unbeständigen Tage – weder Regen noch Schönwetter, weder Arbeit noch Erholung von der Arbeit – kam Woronzow ins Dorf. Mit ihm kam ein Mann aus dem Rayon, der für die Räumung des zu überflutenden Geländes zuständig und verantwortlich war. Man versammelte die Leute in einem schmutzigen, feuchten Raum, in dem sich früher das Kolchosbüro befunden hatte. Die meisten Fensterscheiben im Raum waren kaputt. Es gab keine Sitzbänke, die Leute mußten stehen, es gab auch keinen Tisch, an dem die beiden Männer hätten Platz nehmen können. So stellten sich die zwei an der hinteren Wand auf, in drei Schritt Abstand von den Versammelten. Als erster sprach Woronzow. Er sagte, man müsse die Heumahd jetzt zu Ende führen, wie es die Aktivisten tun würden. Die Leute blickten ihn an, als würde er vom Mond kommen und nicht wissen, daß man bei Regen kein Heu machen kann. Und, wie zur Bestätigung, nahm der Regen wieder zu, trommelte gegen das Dach, aber der in eine Zeltplane gehüllte Woronzow schien nichts zu sehen und nichts zu hören – er fuhr in seinem Sermon fort. Der Mann aus dem Rayon, sein Name war Pessennyj, hatte ein schlichtes Äußeres, eine gegerbte Gesichtshaut, hervorstehende Backenknochen – eine Eigenart der Bewohner dieser Gegend –, und blaue Kinderaugen. Er sprach als zweiter und zunächst langatmig, aber dann bemerkte er, daß die Versammelten wegen der feuchten Zugluft von einem Bein aufs andere traten und sich gegeneinander preßten, und unterbrach seine Ansprache. Nach kurzem Schweigen nahm er sie wieder auf und sagte, er sei gekommen, weil Matjora bis Mitte September von jedem Bauwerk und Baumbewuchs befreit sein müsse. Am zwanzigsten komme eine Kommission, um das Gelände für die Überflutung abzunehmen.

»Bis dahin sind die Kartoffeln noch nicht geerntet. Auch das Getreide nicht. Besonders wenn das schlechte Wetter anhält . . .« wandte jemand schüchtern ein.

Pessennyj erwiderte nichts, zuckte nur mit den Achseln. Woronzow sagte:

»Eure Hauskartoffeln könnt ihr in der Erde lassen, das ist eure Sache. Aber die Sowchoskartoffeln müssen geerntet werden. Und sie werden geerntet werden. Nötigenfalls ziehen wir Hilfskräfte aus der Stadt heran.

Die Menschen, durch das schlechte Wetter aus ihrem gewohnten Takt gebracht, nahmen die Mitteilung der ihrem Heimatdorf gesetzten letzten Frist mit Gelassenheit auf. Da alles ringsherum von Wasser durchtränkt oder in ihm aufgeweicht war, ließ sich der Gedanke an ein Niederbrennen schwer fassen. Die Septembermitte schien genauso fern wie die Dezembermitte. Das einzige, was sich dem Gedächtnis einkerbte, war: heuer würden sie mit dem Ernten der Kartoffeln früher beginnen müssen. Auf dieser Linie schweiften die Gedanken weiter ab. Ausbuddeln – jawohl, aber der Transport, aber das Abfüllen! Woher so viele Säcke nehmen?

Im Gedächtnis behielten sie noch dies: Als Woronzow sie anwies, nicht bis zum letzten Tag zu warten, sondern alles halbwegs Entbehrliche Zug um Zug niederzubrennen, stellte er ihnen Petrucha als Vorbild hin. Der hätte sein Gelände als erster freigemacht. Das war unerhört. Noch niemals hatte jemand den Burschen gelobt. Petrucha kam sich jetzt wie ein Held vor und blickte stolz in die Runde. Nach der Versammlung trat er auf die beiden Behördenvertreter zu und verwickelte sie in ein Gespräch. Worüber sie sprachen, war nicht zu hören, aber man sah, wie Woronzow mit dem Finger auf Petrucha zeigte und längere Zeit auf Pessennyj einredete. Der nahm einen Notizblock aus der Tasche und machte Eintragungen.

Erst als sie wieder in ihren Häusern saßen und sich aufgewärmt hatten, kam es ihnen zum Bewußtsein: Mitte September! Da begannen sie, laut miteinander zu reden. Bis dahin waren noch genau anderthalb Monate. Die würden wie im Flug vergehen. Ein Schauer erfaßte sie: die Tage danach würden schon ohne das Dorf Matjora ins Land gehen. Sie würden wie immer aufziehen, würden über die Insel hinwegziehen, aber die Insel ist dann wüst und leer. Keines Menschen Auge wird sich mehr zum Himmel erheben.

14

Aus Langeweile und weil er nichts Besseres zu tun hatte, ging auch Andrej auf die Versammlung. Stand herum, an einen Türpfosten gelehnt, abgesondert von den anderen, als ein Mann von auswärts, der sich anhören möchte, was die hiesige Obrigkeit so zu vermelden hat. Als er wieder heimgekommen war, erzählte er der Großmutter den Verlauf der Versammlung. Nannte die Endfrist. Darja ließ sich auf die Sitzbank niedersinken, ließ die Arme herabhängen, schwieg. Nach anscheinend reiflichem Nachdenken sagte sie dann:

»So ist das also.«

Andrej war über ihre Stimme verwundert. Sie klang erhaben, feierlich, bekennerhaft. Das hörte sich an, als hätte keiner es geglaubt und gewußt, nur sie allein, und jetzt hat sie recht behalten. Es schwang jedoch noch etwas anderes mit, eine Art Warnung: wir wollen einmal sehen, wie es kommen wird! Kommen wird es, ausbleiben wird es nicht, aber wie wird es ausfallen? Wird nicht auch die übrige Erde, beim Anblick Matjoras, verschmoren? Bereits leise und schicksalsergeben fügte Darja hinzu:

»So müßte es auch dem Menschen ergehen. Sie sagen ihm, wann es ans Sterben geht. Er hört es und bereitet sich vor . . . Und spart sich die Unrast und Eile . . .«

»Was redest du, Großmutter! Wozu sollen wir das wissen?«

Die erwiderte nichts. Vielleicht war sie mit dem Enkel einverstanden und nahm ihre Worte zurück, ohne es aber zugeben zu wollen. Aber Andrej kam jetzt in Fahrt, seine Phantasie ging mit ihm durch:

»Ach weißt du, Oma, lustig wäre es! Du lebst, bist kerngesund, doch in deinem Paß steht neben dem Geburtsdatum gleich auch das Todesdatum.« Er lachte mit einem verkrampften, wie bei jemandem anderen entliehenen Lachen. »Du hältst deinen Paß hin, doch der andere schaut nicht auf den Familiennamen, er schaut statt dessen auf den Todestag. Weil es auf den nämlich besonders ankommt. Wer nicht mehr viel zu leben hat, soll weitergehen. Dem eine Arbeit zu geben, lohnt sich nicht. Wir stellen den ein, der noch viel zu leben hat. Oder, zum Beispiel, du willst heiraten. Zeig her, mein Schätzchen, wieviel Ehejahre bei dir drin sind! Und auch das Schätzchen guckt gleich nach dem Todestag des Liebsten . . . Nein, Großmutter«, sagte Andrej, wieder nachdenklich geworden, und verzog das Gesicht, »das würde nicht gutgehen. Lieber nicht, lieber so wie bisher. Nicht umsonst hat das dein Gott dem Menschen verheimlicht.«

Pawel kam, und Darja stand auf, um den Tisch zu dekken, aber Pawel sage, er würde erst noch auf die Wiese gehen, um nach dem Heu zu schauen. Gegen Abend klarte es richtig auf, diesmal blieb es nicht beim bloßen Versprechen, der Himmel stieg höher, die Wolken hingen wie Berge am Himmel und verfärbten sich an den Rändern ins Weiße. Es blies ein kalter Wind: das sichere Zeichen für einen Wetterumschwung. Ab und zu erreichte ein Sonnenstrahl die Erde, beleuchtete das Ufer jenseits des Flusses, glitt über die Viehweide, die Felder, die Wiesen, verschwand dann wieder, wie verschluckt. Die in den letzten Tagen fast verstummten Hähne gaben wieder Laut, auch sie spürten das Ende des Regens und stellten sich darauf ein. Alle Töne und Geräusche waren deutlicher und reiner zu hören. Eine Werst weit weg erschallte etwas – und hörte sich an wie dicht am Ohr. Pawel begann zu glauben, daß die schlechte Zeit vorüber sei und beschloß nachzusehen, was der Regen angerichtet hatte, mit welcher Arbeit man wieder beginnen mußte.

Er zog den Regenmantel aus, streifte den Pullover über und ging aus dem Haus. Dem etwas verlegen gewordenen Andrej war unterdessen das Gespräch eingefallen, das am Tag seiner Ankunft stattgefunden hatte:

»Großmutter, du hast damals gesagt, daß dir der Mensch leid tut. Alle Menschen. Weißt du noch?«

»Allerdings.«

»Und warum tut er dir so leid?«

Darja räumte gerade auf. Sie vermißte einen Krug und suchte ihn im ganzen Haus. Deshalb fand sie nicht gleich die Zeit zu einer ernsthaften Antwort. Sie sagte:

»Er tut mir eben leid, der Mensch. Du kannst nicht darum herum, Mitleid mit ihm zu haben. Schließlich ist er kein Fremder.«

»Ich hab dich nach dem Grund gefragt. Du hast gesagt, der Mensch ist klein. Wolltest du sagen, daß er schwach und ohne Kraft ist?«

»Ich hab das so hingesagt.«

»Nein, Großmutter, du hast es nicht so hingesagt.«

Darja fand endlich den Krug. Sie ging in die Diele, schöpfte Wasser aus dem dort stehenden Zuber, trank es aus. Dann kehrte sie in die Stube zurück. Sie konnte und wollte dem Gespräch mit dem Enkel jetzt nicht mehr ausweichen. Sie begann zu reden und fuhr gleichzeitig in der Arbeit fort.

»Meinst du denn, der Mensch ist nicht klein?« fragte sie, sich an das herantastend, was sie darüber zu sagen hatte. »Größer ist er nicht geworden. Auch heute ist er noch von gleichem Wuchs wie einst. Mehr als zwei Beine und zwei Arme sind ihm nicht gewachsen. Doch das Leben, das hat er zum Kochen und Schäumen gebracht. Das kocht und kocht, du kannst schon nicht mehr hinschaun. Das hat er selbst angerichtet, dazu hat ihn keiner angetrieben. Er meint, er ist der Herr über das Leben, aber er ist schon längst nicht mehr der Herr. Ihm ist das Leben aus den Händen geglitten. Es hat sich über ihn gestellt, das Leben, es fordert von ihm, was es will, es jagt ihn vor sich her und bleibt ihm auf den Fersen. Und er muß sich tummeln und eilen. Es täte ihm viel besser, zu verweilen und in die

Runde zu schauen, damit er sieht, was ihm geblieben ist und was der Wind schon fortgeblasen hat . . . Doch er rennt weiter, immer weiter. Da kann sich einer rasch verzehren.«

»Nicht doch, Oma, es gibt überall Maschinen! Heutzutage läuft doch alles maschinell. Du stellst dir nicht vor, was für Maschinen gebaut werden! Und was die alles machen können. Die können viel mehr als der Mensch. Es gibt heute keinen Produktionszweig mehr, wo der Mensch selber alles mit der Hand machen muß. Er holt sich keinen Bruch, der Mensch. Nein, Großmutter, in diesen Dingen bist du hinterm Mond. Den du meinst, das ist der Mensch, der vor hundert Jahren gelebt hat.«

Darja drehte sich unwillig nach Andrej um und richtete sich gerade auf:

»Ich weiß, wovon ich rede, Junge. Vor hundert Jahren, sagst du . . . Da hat der Mensch in Ruhe und Frieden gelebt. Ich rede von solchen, wie du einer bist. Einen Bruch holt ihr euch nicht – das ist wahr. Euren Körper behütet ihr wie euren Augapfel. Aber die Seele, die habt ihr verbraucht. Hast du wenigstens davon gehört, daß der Mensch eine Seele hat?«

»Es soll so ein Ding wirklich geben«, lächelte Andrej.

»Da gibt es nichts zu lachen, Junge. Das habt ihr euch so angewöhnt: wenn etwas mit dem Auge nicht zu sehen, mit den Fingern nicht zu betasten ist, dann gibt es das gar nicht. Wer eine Seele in sich hat, der hat Gott in sich. Und magst du auch gar keinen Glauben haben, Gott ist trotzdem in dir. Und nicht im Himmel. Und er segnet dich und behütet dich und weist dir den Weg. Und sogar noch mehr, er hält den Menschen in dir fest, damit er drinbleibt. Damit du als Mensch geboren wirst und weiter Mensch bleibst.

Und den Segen in dir trägst. Denn wer die Seele in sich ausgemerzt hat, der ist kein Mensch mehr, o nein! Der ist zu allem fähig, so einer, der schaut sich nicht erst um, bevor er Böses tut. So viele von euch haben sich ihrer Seele entledigt – weil es sich ohne sie leichter lebt. Was ich will, das tu ich auch. Und keiner empfindet Schmerz darüber, in seinem Herzen. Keiner fragt. Du sagst, die Maschinen arbeiten für euch. Da irrst du sehr. Das hat sich längst ins Gegenteil verkehrt. Jetzt schuftet ihr für die Maschinen. Du meinst, ich seh das nicht! Und die Maschine, die ist nicht so genügsam wie ein Gaul, der mit dem Hafer im Stall und mit dem Gras auf der Wiese zufrieden ist. Die Maschinen werden euch noch die Sehnen aus dem Leib ziehen. Und sie werden die Erde zuschanden machen, darin sind sie Meister. Die flitzen wie der Wind dahin und raffen sich ihr Teil zusammen. Und ihr rennt hinter ihnen her. Sie laufen euch davon – und ihr hinterdrein. Und ob ihr sie nun einholt oder nicht, die Maschinen haben längst neue Maschinen erschaffen. Die machen das jetzt von alleine, ohne euch. Eisen zeugt Eisen. Und diese neuen Maschinen, die sind noch ärger. Und ihr müßt jetzt noch schneller rennen, um sie einzuholen. Da habt ihr freilich keine Zeit mehr für euch selber, keine Zeit für den Menschen in euch. Euch selber habt ihr bald verloren, unterwegs. Um rascher fortzukommen, werft ihr alles weg. Auch in früherer Zeit haben die Menschen gearbeitet, sie haben nicht müßig dagesessen mit den Händen im Schoß. Doch sie haben in Ruhe gearbeitet, die Alten, nicht so wie ihr heute. Heutzutage geschieht alles im Laufschritt. Zur Arbeit im Laufschritt, im Laufschritt zu Tisch, und keiner hat Zeit oder nimmt sich die Zeit. Großer Gott, was geht vor auf der Welt! Selbst noch die Kinder werden im Laufen geboren.

Der Säugling ist noch gar nicht richtig geboren, er steht noch nicht auf seinen Füßchen, hat noch kein einziges Wort über seine Lippen gebracht – und schon ist er außer Atem. Zu was taugt solch ein Säugling, frag ich dich!« Darja unterbrach für kurze Zeit ihren Redefluß, stellte die Schüssel mit den heute früh gekochten Kartoffeln für die Kuh neben den Wassereimer auf den Fußboden und fuhr dann fort: »Wenn ich deinen Vater anschaue! Meinst du, der wird so alt wie ich! Und dabei hat er in Matjora gelebt, wo es viel ruhiger zugeht. Einmal war ich in der Stadt und hab mir die Stadt angeschaut. Da rennt und kreucht und fleucht und drängt und flitzt es nur so. Wie die Ameisen, wie die Stechmücken! Hin und zurück, hin und zurück! Du siehst nicht durch, du kommst nicht weit. Und sie schubsen und stoßen sich und rennen um die Wette. Da bekommst du es bald mit der Angst zu tun. Du schaust hin und denkst: wo nimmst du so viel Erde her, um alle diese Leute zu begraben? Da reicht der Boden schwerlich aus. Und du, Andrej, tust es den anderen gleich: du galoppierst in der einen Richtung davon, dann machst du kehrt – und rennst in die andere, um ja nicht auf der Stelle zu verweilen!«

»Was du alles für Dinge sagst, Großmutter! Im Laufschritt, im Galopp . . . Wir leben einfach unser Leben: das ist alles. Jeder von uns lebt, so gut er kann.« Andrej war über Darjas Worte verwundert, er blickte aufmerksam und etwas spöttisch.

»Lebt nach Herzenslust, Junge. Du meinst, ich gönne euch das nicht? Du meinst, ich mach euch eine Vorschrift. Gewiß nicht. Wir Alten haben unsere Mühsal hinter uns. Aber du wirst noch einmal an meine Worte denken, wenn du keine Kraft mehr haben wirst. Wozu hab ich mich bloß so beeilt, sagst du dann, was hab ich ausgerichtet und geschafft? Die Unrast rings um dich herum hast du gemehrt. Das ist der ganze Nutzen, den du bringst. Aber lebt nur, lebt ... Euer Leben treibt hohe Abgaben ein. Her mit Matjora, ich hab Hunger!

Und wenn es nur Matjora wäre! Nein, wenn Matjora erst einmal verschlungen ist, dann wird der Hunger weiter wachsen. Dann heißt es bald, gib dies her, gib jenes her. Und ihr könnt nichts anderes tun als nachgeben. Sonst seid ihr verloren. Ihr habt die Zügel schleifen lassen: jetzt könnt ihr eurem Leben nicht mehr Halt gebieten. Und ihr selber tragt die Schuld.«

»Ich hatte dich nach etwas anderem gefragt, Großmutter. Ich hatte gefragt, warum dir der Mensch leid tut?«

»Ja, wovon rede ich die ganze Zeit!« erwiderte Darja, aber dann seufzte sie auf, denn es wurde auch ihr klar, daß sie der Frage ihres Enkels ausgewichen war und statt dessen von etwas anderem geredet hatte. Am besten wäre es, gar nicht zu sprechen. Das viele Reden hatte keinen Sinn. Sie hatten verkündet, wann sie Matjora aus dem Weg des Wassers räumen, wann sie es in Schutt und Asche verwandeln würden, und sie, Darja, statt ihre Seele darauf einzustimmen, hatte sich auf langatmige Reden über Gott und die Welt eingelassen, hatte Betrachtungen über Dinge angestellt, in deren Sinn man doch nicht eindringen konnte, war aus dem Hundertsten ins Tausendste gekommen. Wieviel Zeit wird durch derlei fruchtlose Reden vergeudet. Die Stummen gelten als unglücklich, weil ihnen das Sprechen verwehrt ist, aber vielleicht sind sie es gar nicht, vielleicht sind sie versunken in ihre durch niemanden gestörten Gedanken? Aber Andrej wartete, aus irgendeinem Grunde brauchte er die Antwort der Großmutter. Und sie begann nach einem angemessenen Anfang zu suchen und sagte endlich mit demütiger, zugleich aber ratloser Stimme: »Er tut mir leid der Mensch, das ist wahr ... Du brauchst ihn nur einmal anzusehen ...« Sie rührte im Eimer das flüssige Futter für die Kuh um. Ihre Stimme senkte sich, lief gleichsam neben der Arbeit her, erhob sich wieder, wurde beinahe fahrig, sprang von einem Thema zum anderen über. So gab Darja Antwort auf die Frage des Enkels: »Ein arger Wirrkopf ist dein Mensch. Und er verwirrt nicht nur die anderen. Er verwirrt sich selber. Er hat sich schon so sehr verwirrt, daß er nicht sieht, wo rechts und wo links ist. Er macht alles verkehrt herum, wie mit Absicht. Er tut just das, was er nicht will. Das sehe nicht nur ich allein, ich hab auch keine anderen Augen als ihr. Wenn du genau hinschaust, dann siehst du es selber. Einer hat, zum Beispiel, keine Lust zum Lachen, er weint vielleicht viel lieber, aber er lacht und lacht und lacht ... Und wenn er redet, dann redet er falsch. In jedem Wort steckt eine List, er hat etwas ganz anderes sagen wollen. Und was sich ihm auf die Zunge drängt, das läßt er nicht heraus, er schluckt es wieder in sich rein. Wenn er dorthin gehen muß, biegt er lieber dahin ab. Später kommt er zur Besinnung und schämt sich und bekommt eine Wut auf sich, und das bedeutet, eine Wut auf die ganze Welt. Und kommt sich immer schlimmer in die Quere. Und treibt es immer heilloser und rollt bergab. Statt ordentlich durchs Leben zu kommen, statt darauf zu achten, was die anderen von ihm denken. Denn im Gedächtnis saugt sich alles fest, da geht das kleinste Stäubchen nicht verloren. Hernach magst du jeden Tag Blumen aufs Grab pflanzen – aus jeder Blume werden Dornen wachsen.« Darja seufzte wieder, und in Andrej erwachte, was früher nie mit ihm passiert war,

Mißtrauen gegenüber diesen Seufzern. Entrangen sie sich der sorgenbeladenen Großmutterbrust von selber, um deren Bürde ein wenig zu mildern, oder waren Wort und Seufzer bewußt aufeinander abgestimmt und kalkuliert? Doch er wollte die Großmutter nicht unterbrechen, und sie fuhr fort: »Du meinst, dem Petrucha hängt es nicht längst zum Hals heraus, den Blödrian zu spielen? Der Bursche ist gar nicht so dumm. Der weiß genau, daß dieses Possenspiel kein Leben ist. Aber umkehren wird er nicht. Der hat seinen Weg eingeschlagen und wird ihn bis zum Ende gehen. Doch wer ist schon Petrucha? Den kannst du nicht zur Rede stellen. Aber nimm einen ernsthaften Menschen. Der lebt, so scheint es, seinem Verstand nach, dabei ist er der allerschlimmste Possenreißer. Er geht unter die Leute, nicht wie er wirklich beschaffen ist, er spielt einen anderen statt seiner. Ja, ist dieser andere denn besser? Warum lebst du nicht so, wie du bist, warum trachtest du danach, dich zu verstellen? Meiner Patin Tatjana Sohn Iwan hat ein Mädel zur Frau gehabt, die hieß Gutja. Das war so ein forsches luchsäugiges Mädel. Diese Gutja hat hinter der Abortwand einen Hammer versteckt gehalten. Und wenn einer gesehen hat, daß sie dorthin geht, dann hat sie gleich den Hammer in die Hand genommen und hat damit zu klopfen angefangen. Als wär sie hingegangen, um ein Brett anzunageln. Aber wer geht nicht auf den Abort? Wozu soll ich mich da groß schämen? So sind wir alle. Wir hämmern auf das Festgehämmerte ein. Der Mensch will unbedingt ein anderer sein: auf Teufel komm raus. In große Verwirrung ist er gekommen, er hat sein Possenspiel zu weit getrieben.«

»Und du, Großmutter? Spielst du auch Possen?«

»Ja, freilich, ich ertapp mich dann und wann dabei. Obwohl nichts einfacher ist, als das Rechte zu tun. Doch nein, die Hände vergreifen sich, die Füße gehen in die falsche Richtung. Als hätt mich der Teufel verleitet. Wenn er es wirklich war, dann hat er manches angerichtet, während sich die Leute darüber in den Haaren lagen, ob es einen Gott gibt oder nicht. Barmherziger Herrgott, verzeih mir Sünderin.« Darja bekreuzigte sich und sprach dann weiter: »Nicht um mich geht es, Andrej. Ich bin nicht dazu da, über die Menschen Gericht zu halten. Aber ich hab Augen, die sehen können, und meine Ohren hören auch noch ganz gut. Und ich will dir noch mehr sagen, Andrej, und du behalt das, was ich sage. Du meinst, die Leute begreifen nicht, daß sie Matjora nicht überfluten dürfen? Die begreifen das recht gut. Und trotzdem tun sie ihr Werk.«

»Dann wird es wohl anders nicht gehen. Dann besteht so eine Notwendigkeit.«

Darja stand am Ofen, um das Brennholz hineinzulegen, das morgen früh entzündet werden würde. Jetzt richtete sie sich gerade auf und drehte sich zu Andrej um:

»Wenn es anders nicht geht, dann nehmt das Dorf und schneidet es an der Wurzel ab. Ihr könnt doch alles, ihr habt alle möglichen Maschinen gebaut . . . Schneidet es ab und führt es weg, und dort, wo die Erde feststeht, da stellt ihr das Dorf wieder hin. Als der Herrgott die Erde an uns ausgeteilt hat, da hat er keinem auch nur einen Fußbreit zuviel gegeben. Euch aber ist sie zuviel geworden. Schafft das Dorf fort und stellt es weiter weg auf. Es wird euch noch gute Dienste leisten, dies Matjora, euch und euren Kindern und Enkeln. Die werden euch ewig dankbar sein dafür.«

»Solche Maschinen gibt es nicht, Großmutter. So was haben sich die Menschen nicht ausgedacht.«

»Hätten sie darüber nachgedacht, dann hätten sie sich auch was ausgedacht.«

Aus Furcht vor den eigenen Worten oder aus Scham darüber, sie ausgesprochen zu haben, verfiel Darja in einen versöhnlichen und müden Tonfall, während sie mit einer Holzschaufel das Holz in den Ofen schob:

»Du fragst noch, warum tut er mir leid, der Mensch? Wenn du nicht auf seinen Dünkel schaust, dann siehst du, daß er sein Leben lang ein Kind bleibt. Im Unsinn und im Wahn ist er ein Kind, und wenn er weint: dann ist er auch ein Kind. Ich seh das immer gleich, wenn einer im geheimen weint. Denn er hat keine Macht über sich. Und was ihn alles anficht und verzehrt, das kannst du dir nicht ausdenken, das ist zum Fürchten. Und es treibt ihn mal dahin, mal dorthin. Doch es nutzt nichts, er findet keine Ruhe ... Wo du im Schritt gehen kannst, da rennt er aus Leibeskräften. Und der Tod erst ... Wie er den fürchtet, der arme Wicht! Schon allein um seiner Todesfurcht willen mußt du Mitleid mit ihm haben. Niemand auf der Welt hat solche Furcht vor dem Tod. Nicht einmal der Hase. Und aus Furcht stellt er die ärgsten Dinge an ...«

Sie stellte die Holzschaufel in die Zimmerecke und wendete sich um. In Andrejs Rücken, im Vorraum, dessen eines Fenster auf die Angara hinausging, stand die Sonne. Darjas Gesicht hellte sich auf.

»Herrgott!« flüsterte sie. »Und ich rede vom Tod ... Ich altes Stück hab, scheint es, den Verstand verloren.«

Es war wirklich die Sonne. Müde und blaß zwar, war sie mit großer Mühe durch die Wolken gedrungen. Kurz vor Sonnenuntergang hatte sie sich befreit, und jetzt leuchtete sie: zum Zeichen ihrer Befreiung und mit dem Versprechen, nur gerade eben für die Nacht unterzugehen, um sich dafür morgen früh wieder richtig an die Arbeit zu machen.

Durchdringend schrill krähten die Hähne, das Vieh brüllte, irgendwo hallte Eisen – laut und feierlich.

15

Und die Sonne machte ihr Versprechen wahr. Am nächsten Tag war sie gleich am Morgen da. Am Himmel hingen zwar noch Wolken, doch die trugen keinen Regen mehr mit sich, der östliche Horizont war schon vollends wolkenlos, so daß die Sonne sichtbar aufgehen konnte. Und während sie am Himmel aufstieg, wurden die Wolken immer dünner und durchscheinender und rückten immer weiter fort; verfolgt von der hell leuchtenden Sonne, lösten sie sich endlich wie schmelzende Eisschollen auf. Gegen Mittag war der Himmel klar, und in fröhlicher Ungeduld schien er über der Erde zu wogen und zu kreisen und seine reine Himmelsfarbe Welle um Welle herabzuschicken. In den Himmel hinauf stürzten sich die Vögel, um ihren Flügeln wieder Bewegung zu verschaffen, sie wieder geschmeidig und gelenkig zu machen. Sie jauchzten laut, ergriffen von der Seligkeit des Fluges. Von der feuchten Erde stieg weißer, milchiger Dunst auf, den die Sonne aber sofort auflöste. Die Regenpfützen begannen auszutrocknen, aufmerksame Hühner blickten ins Pfützenwasser, als hätten sie sich endlich entschlossen, schwimmen zu lernen, Ferkel streiften um die Pfützen herum, legten sich aber nicht hinein, sie merkten sich nur die Stellen, wohin sie sich an den bevorstehenden heißen Tagen legen würden.

Das Grün der Wälder und Gräser war während der einwöchigen Regenzeit fast dunkel geworden, jedoch kein Blatt am Baum war vergilbt – ein sicheres Zeichen, daß der Sommer lange anhalten würde. Die im Regen deutlich voneinander geschiedenen Gerüche waren zu einem einzigen mächtigen Duften verschmolzen. Wo der einzelne Duft herrührte, war nicht mehr zu ermitteln, wie man auch dem Flußwasser nicht anmerkt, aus welchem Bach es kommt.

Nach dem Mittagessen, als an der Wetterbesserung nicht mehr zu zweifeln war, rief Pawel seine Heumannschaft zusammen. Jetzt ging es darum, das Heu wieder aus den Garben zu lösen und zum Trocknen auszubreiten. Der Regen hatte einen Teil ihrer Arbeit zunichte gemacht. Schlimmer war aber etwas anderes: die Begeisterung, der Schwung der ersten Heuerntetage war wie weggeschwemmt oder gedämpft. Zweifellos ist es immer mißlich, eine Arbeit ein zweites Mal verrichten zu müssen, aber die Menschen spürten, daß auch hinterher, wenn der Regenschaden behoben wäre und die Heumahd wieder ihren normalen Lauf nähme, sich die Lust an der Arbeit nicht mehr einstellen würde. Sie würden nurmehr um der Arbeit willen schaffen: ohne Vergnügen dabei zu empfinden. Jetzt wünschten sie sich bereits das Ende der Arbeit herbei. Das doppelte Leben, hie Dorf – hie Siedlung, hing ihnen langsam zum Hals heraus. Die Zeit schritt voran – der Fuß wollte endlich festen Boden fühlen. Jetzt, da die Sonne wieder vom Himmel leuchtete, schien die Septembermitte nahe herangerückt zu sein. Und dabei stand ihnen noch viel Sorge und Mühe bevor, noch so manches wollte bis zur Übersiedlung erledigt sein. Wo sollten sie die Kräfte und die Zeit hernehmen? Drüben auf der Weide weidet die

Kuh, ohne Böses zu ahnen. Was soll aus der Kuh werden? Und wer noch etwas Heu für seine Kuh machen wollte, der fragte jetzt besorgt: wann denn, wann? Wäre es nicht besser, die Kuh gleich zu schlachten? Dann bist du wenigstens diese Sorge los.

»Unser eigenes Heu hätten wir auch im Regen machen können«, sagte Darja mit unwilligem Ächzen, ärgerlich darüber, daß der Verstand immer hinterherhinkt.

»Hätten wir, Mutter, hätten wir«, erwiderte Pawel nervös und wendete die Augen ab. »Aber der Regen hat uns nicht gesagt, wann er wieder aufhört. Alles hätte verfaulen können.«

Nur Andrej ließ den Mut nicht sinken, er sagte:

»Das kriegen wir alles noch hin, Oma. Reg dich deswegen nicht auf. Wenn das Wetter erst wieder beständig ist, machen wir das spielend. Ich kann sogar gleich morgen anfangen. Dreißig Garben in der Woche, das schaffen wir leicht. Dreißig Garben für die Kuh, reicht das?«

»Ja, wenn die Kartoffeln gut geraten.«

»Die Kartoffeln? Denen passiert nichts.«

Die überzeugte Art des Sohnes munterte Pawel etwas auf.

»Vielleicht finde ich einen Dritten«, sagte er. »Drei Paar Arme sind besser als zwei. Das geht dann schnell. Im Kolchos wird die Arbeit bald weniger.« Aus alter Gewohnheit sagte Pawel immer noch »Kolchos«.

»Und wenn das Heu gemacht ist, dann denkt an die Gräber. Ich bitt euch sehr darum, denkt an die Gräber«, sagte Darja. »Solang ihr die Gräber nicht rübergeschafft habt, lass' ich euch nicht fort. Oder ich bleib selber hier.«

Andrej ließ den Blick verwundert und ungläubig vom

Vater zur Großmutter und zurück zum Vater schweifen. Würden sie wirklich die Gräber freischaufeln und ausgraben, was von den Toten übriggeblieben war, die vor langer Zeit, als er selber noch gar nicht auf der Welt war, bestattet worden waren? Wozu das? Diese Arbeit war ihm nicht ganz geheuer, sie schreckte ihn ein wenig ab, doch es war auch etwas Verlockendes an ihr. Es war interessant zu erfahren, in was sich ein Mensch verwandelt hat, der dreißig, vierzig, fünfzig Jahre in der Erde liegt. Und nicht irgendein Fremdling, sondern einer aus deinem Geschlecht, dein Onkel oder Urgroßvater. Wird das noch nie empfundene Gefühle in ihm wecken? Schwerlich würde er in seinem späteren Leben etwas Vergleichbares zu Gesicht bekommen. Das war eine Sache für sich, ein besonderer Fall, einmalig, unwiederholbar.

Doch bekanntlich ist der Mensch mehr Denker als Lenker ... Am nächsten Morgen kam ein Bote mit einer Unglücksbotschaft. Pawel wurde dringend in die Siedlung gerufen. Ein Arbeiter seiner Werkstätte hatte, im Rausch oder aus Unachtsamkeit, seine Hand in die Werkbank gesteckt und war fürs ganze Leben zum Invaliden geworden. Der Bote hatte Pawel auf der Heuwiese erreicht, Pawel war auf einen Sprung heimgekommen, hatte sich rasch umgezogen und war, ohne Tee getrunken zu haben, zum Fluß geeilt. Darja rief ihm nach:

»Wann sollen wir dich zurückerwarten?«

»Weiß ich nicht«, rief Pawel im Laufen.

Andrej war an jenem Tag zur Heumahd ausgezogen. Ihr eigenes Heu machten die Pinigins seit fünfzehn Jahren immer am gleichen Ort, auf dem rechten Inselufer, ziemlich weit weg vom Dorf, hinter den Feldern. Dieser Stelle vorgelagert war ein mooriges, unebenes, von Erdhöckern bedecktes Gelände. Andrej hatte den Weg nicht vergessen. Er war am frühen Morgen hinausgegangen, hatte ein Bündel mit Eßbarem mitgenommen, um nicht mittags heimzumüssen, dazu einen Eßnapf und einen Schleifstein zum Schleifen der Sense. Er hatte zwei Sensen mitgenommen, möglichst früh am Abend wollte der Vater nachkommen. Aber der Vater kam nicht. Den Grund erfuhr Andrej, als er in der Dämmerung heimkehrte. Als ihm Darja die Sache mit dem Vater erzählt hatte, erwiderte Andrej mit Bestimmtheit, so daß auch sie es glaubte:

»Morgen früh kommt er wieder angeschwommen.«

Aber Pawel kam am nächsten Morgen nicht. Darja wartete lange auf ihn, doch als die Sonne zu sinken begann, hielt sie es nicht länger aus. Sie lief dorthin, wo Andrej Heu mähte. Das Gelände war nach dem Regen sumpfiger als gewöhnlich, aber Darja wollte einen Umweg vermeiden, er hätte sie zuviel Zeit gekostet. Sie schlug den geraden Weg ein, versank jedoch sofort bis zum Knie im kalten, schwabbeligen Moorboden. Nicht ohne Mühe watete sie auf festen Boden zurück, durchnäßt und schmutzig, einer Hexe nicht unähnlich. Jetzt mußte sie doch den Umweg machen. Als sie den Ort endlich erreicht hatte, war sie völlig entkräftet. Andrej war nicht da. Die Sense steckte in der Erde neben der alten Rindenhütte, die sie im gleichen Jahr gebaut hatten, als ihnen dieses Flurstück zum Heumachen zugeteilt worden war. Die Hütte war halb verfallen, doch sie leistete noch ihren Dienst als Unterschlupf während der Mittagshitze oder bei einem Wolkenbruch. Die andere Sense hing an einem Ast einer jener Birken, unter denen die Hütte stand. Hier im Schatten wollte Darja nicht sitzen. Sie ging ein Stück weit weg und setzte sich an einem sonnigen Platz ins hier bereits gemähte Gras. Ihre Füße wollten nicht warm werden. Sie zog die Strümpfe aus und begann, sie abzureiben. Dabei schaute sie sich um.

Andrej hatte nachlässig gemäht – offenbar war er die Landarbeit nicht mehr gewöhnt, hatte das in der Kindheit Gelernte inzwischen wieder verlernt. Ein bitteres Gefühl ergriff Darja. Aus dem, was sie sich hier im Dorf noch vorgenommen hatten, würde nichts mehr werden. Da war jede Hoffnung umsonst. Sie rief nach Andrej, rief noch einmal und noch einmal, bis endlich eine Antwort kam. Eine halbe Werst flußaufwärts kletterte er aus dem Purpurweidengesträuch. In seiner Hand hielt er den Eßnapf, in dem es rötlich schimmerte. Andrej hatte Johannisbeeren gesammelt. Mein Gott, er war noch ein Kind, der Junge! Wenn man nicht auf ihn aufpaßt, schlägt er sich in die Büsche und sammelt Beeren! Und dieser Junge steht allein im Leben seinen Mann?!

Aber sie war hergekommen, um ihm mitzuteilen, daß es mit der Heumahd ein Ende habe. Das lange Warten auf den Sohn hatte sie zermürbt. Als ihr zu Ohren kam, daß ein Lebensmittelboot in die Siedlung fährt, beschloß sie, daß Andrej mitfahren soll, um herauszukriegen, was mit Pawel los ist. Selbst das Heumachen war vergleichsweise unwichtig. Wenn Pawel erst wieder da wäre, brächten sie das schon hin. Kommt er nicht – dann schafft Andrej es allein sowieso nicht. Übrigens zweifelte sie kaum mehr daran, daß es mit dem Heu in diesem Jahr nichts mehr würde. Was heißt, in diesem Jahr?! Eine neue Heuernte würde es nicht mehr geben. Mit dieser Art von Arbeit war es auf ewig vorbei. Und sicher nicht nur mit dieser ... Ohne auf Andrej zu hören, der die Sensen im Gesträuch verstecken wollte, um später zurückzukommen und die Mahd fortzusetzen, ergriff sie die eine Sense und hob sie sich auf die Schulter, gab die andere Andrej und trat den Heimweg an. Schon im Gehen dachte sie, daß es gut wäre, sich in den nächsten Wochen einmal Zeit zu nehmen und zum Abschied herzukommen. Die ganze Insel war Heimaterde, aber dieses Stück hier war ihr besonders vertraut. Nirgendwo war so viel Arbeit getan, so viel Schweiß vergossen, aber auch so viel Freude empfangen worden!

Andrej war mit dem Boot weggefahren und noch nicht wieder zurückgekehrt. Um sich die Zeit der Erwartung zu verkürzen, werkelte Darja im Gemüsegarten. Nach der Regenwoche wuchs das Gras in die Höhe. Die Erde auf den Kartoffelbeeten war stellenweise weggeschwemmt worden, die Stauden schossen mächtig ins Kraut, sie mußten noch mal umgesetzt werden. Die einwöchige Begießung, auf die wieder Wärme gefolgt war, war den Gurken gut bekommen. Sie wuchsen so schnell, daß man zweimal täglich hätte ernten können. Darja bedauerte, daß keiner da war, der die Gurken essen konnte. Früher war das anders gewesen. Sie erinnerte sich an die Zeit, als ihre Kinder und später die Enkelkinder auf jede Gurke aufpaßten. Sie waren noch nicht reif, doch die Kinder teilten bereits: das ist deine Gurke, das ist meine Gurke . . . Wie weit lag das zurück, wann war das gewesen? Es war gestern gewesen. Während jenes Gesprächs, als Andrej sie ausfragte, hatte sie ihm gesagt, der Mensch würde nur eine kurze Weile auf der Erde leben. Und das stimmte auch; du hast dich kaum umgesehen – und schon ist das Leben vorbei. Es gibt nur drei Tage, auf die du fest bauen kannst; der gestrige, der heutige, vielleicht noch der morgige Tag.

Da es jetzt was zum Aufpicken gab, liefen die Hühner in den Gemüsegarten, und auch die Vögel ließen sich gern zu einer Mahlzeit nieder. Darja beschloß, eine Vogelscheuche aufzustellen. Über zwei kreuzweise aneinander befestigte Stangen warf sie ihren alten ausgedienten Kaftan. Da sie eine passende Mütze nicht fand, band sie um die Spitze der Vogelscheuche einen schmutzigen Lappen. Sie trat einen Schritt beiseite, und zwar so, daß sie den Stiel nicht sah – ihn verdeckte das Kartoffelkraut. Sie war sprachlos über die Ähnlichkeit. Diese Vogelscheuche war sie selber! Wenn sie sich genauso auf dem Beet hinstellen und die Arme nach den Seiten ausstrecken würde, dann würde sich kein Huhn mehr in die Nähe wagen und kein Vogel würde sich aufs Beet setzen. Mein Gott, mein Gott! . . . Aber vielleicht war das ganz in Ordnung und notwendig?

Erst am vierten Tag kehrte Andrej zurück. Er erzählte, man würde den Vater von einer Kommission zur anderen schleifen, das würde sich noch eine Weile hinziehen. Aus der Heumahd würde wohl nichts mehr werden. Aber Darja dachte gar nicht mehr ans Heu, sie hatte Angst um Pawel:

»Was kann er dafür? Er war gar nicht dort. Er war hier.«

»Unfallschutz und Sicherheit im Betrieb fallen nun einmal in seine Zuständigkeit.«

»Und was geben sie ihm . . . für den Unfallbetrieb?« Darja hatte sich während ihres langen Lebens wiederholt überzeugen können, daß die Ermittlung des Schuldigen häufig der Willkür überlassen bleibt. Auf wen sie mit dem Finger zeigen, der wird gepackt und gerichtet. Manch einer wurde blindlings schuldig gesprochen.

»Nichts geben sie ihm . . . Die Sache verläuft im Sande . . .« erwiderte Andrej, auch diesmal wieder mit Bestimmtheit. »Sie schleifen ihn noch ein wenig herum, machen ihm die Nerven kaputt. Hinterher bekommt er einen Tadel. Und damit hat es sich dann.«

»Hat er dir das gesagt?«

»Das hat er. Und ich weiß es auch selber. Das ist ein altes Lied, das kennt man.«

Andrej war drauf und dran abzureisen.

Er meinte indessen, sich vor der Großmutter deswegen rechtfertigen zu müssen. Er sagte, er könne die Abreise nicht länger aufschieben. Bald rücken die aus der Armee Entlassenen an, dann kriegst du keine Arbeit mehr. Darja hielt ihn nicht mit Gewalt fest, sie erwähnte das Heu und die Gräber mit keinem Wort. Alles nahm den Lauf, den sie vorausgeahnt hatte. An jenem Abend kam Herrgottsschmer, saß lange da, betrachtete Andrej und knirschte mit den Zähnen. Andrej maß den Mann seinerseits mit einem schiefen, herausfordernden Blick. Schweigend tranken sie zu dritt Tee, dann sprang Andrej von seinem Platz auf und begann, pfeifend und singend, sein Köfferchen zu packen. Es war unverkennbar, daß er über seine Abreise Freude empfand. In früheren Zeiten hätte Darja das Pfeifen nicht geduldet. »Wen pfeifst du zum Haus hinaus?!« hätte sie gesagt. Jetzt war ihr das egal. Alle werden sie hinausgepfiffen werden, aus dem Haus, aus dem Dorf, von der Insel! Keiner wird zurückbleiben. Herrgottsschmer keuchte empört, er begriff nicht, warum Darja nicht gegen das Gepfeife einschritt. Darja tat indessen, als hörte sie nichts und verstünde seine Zeichen nicht.

Als der erzürnte, unwillige Herrgottsschmer wieder fort war, fragte Andrej:

»Warum läßt du so einen ins Haus, Großmutter? Warum jagst du das Tier nicht zum Teufel? Das ist doch ein Tier – und kein Mensch.«

»Wieso kein Mensch«, erwiderte sie gramvoll und müde. »Der Herrgottsschmer ist ein Mensch.«

»Hör mal, Oma, das soll ein Mensch sein?! Schau ihn dir einmal genauer an. Da kriegst du es gleich mit der Angst zu tun. Der kann noch nicht mal richtig reden, knurrt, brummt und keucht wie ein Tier.«

»Den Herrgottsschmer versteh ich auch ohne viel Worte. Und er mich. Ich halt mich jetzt an Leute, die Ähnlichkeit mit mir haben. Oder bin ich besser als er? Es ist kaum einer da, der mich versteht.«

Am Morgen des Abreisetages kränkte Andrej die Großmutter, er wollte sich bereits zu Hause von ihr verabschieden, wollte nicht, daß sie ihn zum Landesteg begleitete. Sie tat es trotzdem. Schlimmer aber war eine andere Kränkung, die nicht einmal zu benennen war, es fehlte das passende Wort. Man konnte sich deswegen nur quälen, wie einen die Schwermut quält oder ein Leiden, dessen Ursache man nicht bestimmen kann. Sie hatte genau darauf geachtet: seit der Rückkehr aus der Siedlung und bis zur Abfahrtsstunde war Andrej über Haus und Hof nicht hinausgekommen. Er hatte keinen Abschiedsgang durch das Dorf gemacht. Offenbar schwärte in seiner Seele kein verhaltener Schmerz darüber, daß er diese Erde, auf der er geboren und groß geworden war, niemals wiedersehen würde. Er hatte sein Köfferchen genommen, hatte den kürzesten Weg zum Fluß eingeschlagen und den Bootsmotor angelassen.

Auch du, Andrej, leb wohl! Der Herrgott möge verhüten, daß dir dein Leben allzu leicht wird.

Bald nach Andrejs Abreise verschwand auch Petrucha wieder, ohne eine Erklärung zu geben. Katharina zog wieder zu Darja.

Jetzt ging schon der August ins Land. Die Früchte des Feldes, des Waldes und der Gärten wurden reif und prall. Die Angara war wie ein blühendes, nach einer wild bewegten Jugend zur ehelichen Ruhe gekommenes Weib. Und wie ein solches Weib nach der Hochzeit von anderen Männern nicht mehr angerührt wird, so stieg nach dem Eliastag niemand mehr in den Fluß. An diesem Tag hat »der Hirsch ins Wasser gepißt« – so wurde das Verbot begründet. Der Himmel war blasser geworden, an sonnigen Tagen hing er schwer und wie aufgeweicht herab. Das Wetter zeigte keine Launen mehr, es war trocken und beständig, doch man spürte, daß der Höhepunkt des Sommers überschritten war. Die Nächte waren kühl, gleißend leuchteten die Sterne am Himmel, und immerzu fielen welche herab und verloschen im Flug. Bei ihrem Anblick krampfte sich etwas in der Seele zusammen. Wenn die Nacht besonders sternenklar war, stiegen am Mogen graue Nebelschwaden auf, die sich an den Ufern entlang ausbreiteten, während die Strommitte nebelfrei blieb. Die Tage waren schon kürzer, hatten jedoch nichts von ihrer Kraft und Mächtigkeit verloren, sie waren von einer Fülle und Dichte, als hätten sie mehr in sich aufgenommen, als sie zu fassen vermochten, etwas, was sich staute und wieder losbrechen mußte. An zwei oder drei Tagen, und immer gegen Abend, donnerte es in der Ferne, hinter dem Horizont. Aber es blieb beim Donner – Regen und Sturm blieben aus.

Die Heumäher hatten ihre Arbeit endlich beendet, auf der Wiese standen jetzt acht große Mieten. Heu für den Eigenbedarf hatten nur zwei Familien im Dorf gemacht, die Koschkins und Darjas Nachbarin Vera Nossarjowa. Familie Koschkin war so groß, daß sie im Handumdrehen fertig war, während die Vera, dieses verwegene Weib, bei

Regen, Nacht und Nebel im Alleingang ihren Rücken gekrümmt hatte. Fast im Alleingang, denn von der zwölfjährigen Tochter kam nicht viel Hilfe. Zuletzt packten dann noch ein paar Dorfleute mit an. Und obwohl Vera die Helfer anschließend bewirtete, war es klar, daß die sich nicht deshalb um Veras Heu gekümmert hatten, sondern aus erstauntem Respekt für diese beharrliche Frau, die sich dazu durchgerungen hatte, entgegen dem Beispiel der anderen und diesen zur Lehre, ihr Anrecht auf eine eigene Kuh und die eigene, nicht im Laden gekaufte, sondern für die Kinder eigenhändig gemolkene Kuhmilch zu bekräftigen. Wenn sie an Vera dachte, warf sich Darja vor, daß sie die Sense zu früh hatte sinken lassen. Sonst wäre Andrej vielleicht länger hiergeblieben und die Sache mit Pawel wäre gar nicht passiert. Vielleicht war es deshalb zu diesem Unfall in der Siedlung gekommen, weil sie hier in Matjora zu lange gegrübelt und gewartet hatten. Sie waren selber schuld. Und sie, das alte, gewitzte Weib, hatte brav dagesessen, wie bei der eigenen Namenstagsfeier, statt die Männer etwas anzutreiben. Seit wann konnte man bei Regen nicht mähen? Dem grünen Gras wäre nichts zugestoßen, es wäre von keiner Heuseuche dahingerafft worden! Die Augen waren ihr etwas zu spät aufgegangen. Das hatte sie nun davon, daß sie achtzig und noch mehr Jahre gelebt hatte! Gescheiter war sie nicht geworden!

Überall wurden Kartoffeln ausgegraben und zusammen mit Butterpilzen gebraten. Pilze gab es in diesem Jahr in Hülle und Fülle, als müßte die Butterpilzproduktion aller folgenden Jahre in diesen einen Spätsommer hineingepreßt werden. Wo eine Kiefer oder Tanne stand, da schossen unfehlbar zahllose Butterpilze aus dem Boden. Auch die Zeit der Milchpilze, Rothäuptchen und Birkenpilze war gekommen, aber diese Pilzarten wuchsen bedächtig und wählerisch, sie hatten es weniger eilig und waren schwerer zu finden. Auf jeden Fall war dieser letzte Sommer der Insel, als wüßte er, daß er der letzte ist, überreich an Pilzen und Beeren. Gleich nach dem Sauerklee wurden die entlang des Ufers wachsenden schwarzen Johannisbeeren reif. Einen Tag lang sammelte Darja Johannisbeeren, einen großen Eimer voll. Den Eimer schleppte sie nicht ohne Mühe bis zum Friedhof und stellte ihn neben den Familiengräbern im Gebüsch ab. Gegen Abend ging sie wieder hin und nahm Katharina mit. Mit vereinter Kraft trugen die beiden alten Frauen den Eimer mit den Beeren nach Hause. Die Weiber und die Kinder setzten oft nach Podmoga über. Dort wuchsen Blaubeeren. In den letzten Jahren war es üblich geworden, auch noch »Krähenbeeren« zu sammeln. So nannte man im Dorf die Beeren des Geißblatts. Sie halfen angeblich gegen hohen Blutdruck. Aber die alten Leute wußten nicht, was Blutdruck ist, und verschmähten die Krähenbeeren, die einen bitteren Beigeschmack hatten und auf Kahlschlägen und Ödflächen wuchsen. Schon allein, daß diese Beere der Blaubeere nachzueifern versuchte, statt ehrlich das eigene Gesicht zu zeigen, gereichte ihr nicht zur Ehre. Da waren Johannisbeeren, Faulbeeren und Preiselbeeren Gewächse von einem anderen Schlag. Deren Herkunft lag nicht im zweifelhaften Dunkel. Preiselbeeren gab es auf beiden Flußinseln nur wenig, zum Preiselbeerpflücken fuhr man über den Fluß, dorthin, wo die alten Rodungen lagen. Im übrigen war die Preiselbeerzeit noch nicht gekommen. Das war nun freilich die Königin unter den Beeren. Niemand würde sich getrauen, ihr einen Tiernamen wie »Krähe« oder »Bär« anzuhängen.

Darja wartete auf die Schwiegertochter. Sie dachte, Sonja würde herkommen und Beeren sammeln gehen, und sie, Darja, würde die Beeren anschließend kochen und einmachen. Jedoch Sonja ließ sich nicht blicken, offenbar gefiel es ihr so gut an dem neuen Ort. Es war kaum anzunehmen, daß sie dort immer nur arbeitete ... Aber das mußten die selber wissen, wie sie am besten leben. Erst über eine Woche, nachdem man ihn in die Siedlung beordert hatte, kehrte Pawel wieder von dort zurück. Die Sache mit dem Unfall war ausgestanden, aber seine Brigadierstelle war er los. Den beiden Frauen brachte er Tee und Zucker mit. Pawel sagte, er würde künftig als Traktorfahrer arbeiten. Er versorgte sich bei Darja mit Gemüse und fuhr mit seinem Motorboot nach einem knappen Tag wieder davon. Darja stand eine Weile am Ufer und blickte der sich schnell entfernenden gebeugten Figur Pawels lange nach. Man hätte meinen können, daß das Boot mit dem Körper des Sohnes von einer außerhalb dieser beiden liegenden Kraft angetrieben wurde. Die Gedanken lasteten schwer auf der alten Frau und machten sie müde: nein, Pawel war sich selber kein Herr und Meister. Und auch Sonja kommandierte ihn nicht – das würde er nicht zulassen. Es war einfach so, daß eine Macht sie alle erfaßt hatte und sie irgendwohin trieb, ohne daß sie die Möglichkeit gehabt hätten, sich umzublicken. Kaum einer, der eigenen Schrittes seinen Weg gegangen wäre. Sollte sie lieber zu Iwan, ihrem zweiten Sohn, in den Forstbetrieb ziehen? Aber was wäre dort? Der Ort lag zwar nicht weit weg, aber er war ihr fremd. Fremde Menschen, fremde Dinge würden sie dort umgeben, vermutlich war ihr auch der eigene Sohn inzwischen fremd geworden. Sollte sie zunächst zu Besuch hinfahren, um sich dort umzuschauen? Nein, zunächst mußte sie Matjora das letzte Geleit geben. Sich von Matjora verabschieden und dann heim zur Verwandtschaft, das wäre das beste. Heim zu jener Verwandtschaft, die auf dem Friedhof liegt. Dort hausten zehnmal so viele Familienmitglieder wie im Diesseits. Und Darja begann, jene aufzuzählen, die dort lagen. Und plötzlich, aber erst nach einer Weile, fiel ihr dann ihr verstorbener Ehemann Miron ein. Sie erstarrte vor Scham: sie entsann sich seiner nur noch selten, sie hatte ihn schon fast vergessen. Mein Gott, wie leicht trennt sich der Mensch von seinen Nächsten, wie schnell vergißt er seine Anverwandten, wenn es nicht gerade die leiblichen Kinder sind! Die Ehefrau vergißt den Mann, der Mann die Frau, die Schwester vergißt den Bruder, der Bruder die Schwester. Wenn er sie oder wenn sie ihn zu Grab trägt, dann rauft man sich vor Schmerz die Haare, dann hält man sich kaum auf den Beinen, doch es vergeht ein halbes Jahr, oder ein ganzes, und jener Mensch, mit dem du zwanzig, dreißig Jahre zusammen gelebt hast, ohne den du nicht einen Tag leben konntest, ist nicht mal mehr ein Schattenbild, es ist, als hätte es ihn nie gegeben. Was ist das? Ist das dem Menschen zu Recht so beschieden oder ist der Mensch in seinem Herzen versteint? Um seine ihm vorausgestorbenen Kinder leidet er nur deshalb, weil er seine Schuld spürt: er hätte sie behüten müssen und hat sie nicht behüten können. Doch allen anderen ist er einfach so begegnet, hat unter ihnen geweilt, hat mit ihnen geredet, hat ihnen Verwandtschaft vorgespielt und ist wieder seines Weges gegangen – und die Wege haben in verschiedene Richtungen geführt. Nein, ein wildes Wesen ist der Mensch, nicht einmal ein Tier bringt so etwas fertig. Wenn der Wolf seine Gefährtin verliert, will er nicht weiterleben.

Nur eine Rechtfertigung gab es für Darja, und auch die nur dann, wenn sie eigens danach suchte. Miron besaß kein eigenes Grab, an dem sie hätte sitzen, trauern, weinen können, an dem sie ihren Erinnerungen hätte nachhängen und sich das nicht Eingetretene hätte ausmalen können. Er war eines Tages im Herbst hinter die Angara aufgebrochen und nicht wiedergekommen. Er blieb für immer verschollen, als hätte die Erde ihn geschluckt. Und keiner vermochte zu sagen, was ihm zugestoßen war. Als die Zeitspanne, für die die Wegzehrung reichte, zweimal verstrichen war, wurde Darja von einem mächtigen Schrecken ergriffen. Sie rannte im Dorf herum und erreichte, daß sich einige Männer auf die Suche machten. Diese Männer wußten, in welche Wälder Miron zu gehen pflegte. Aber sie fanden keine Spur. Mit ihm waren und blieben seine beiden Hunde verschwunden. Welches Schicksal mochte diese drei lebendigen Wesen ereilt haben? Miron war damals noch kein alter Mann, einen »Greis« nannte ihn Darja nur deshalb, weil sie ihn ihren heutigen Gedanken, ihren heutigen Jahren anpaßte. Er war damals knapp über fünfzig Jahre gewesen, hatte im besten Mannesalter gestanden. So alt, wie heute Pawel ist. Mit dem Sohn freilich war der Vater nicht zu vergleichen, der war ein kräftiger, lebhafter, charakterfester Mensch gewesen. Oder schien ihr das nur so, jetzt, nach Ablauf so langer Zeit? Manches war wohl anders gewesen, als es das unverläßliche, erschlaffte Gedächtnis heute nachzeichnete. Eben war ihr Miron eingefallen, aber sie blieb gleichmütig, nichts rührte an ihr Herz. Es war ausgekühlt, das Herz. Es empfand jetzt nurmehr jenen Schmerz, den das zeitlich Nächstliegende hervorrief, den Schmerz um Matjora . . . Werden die Menschen, die weiterleben werden, auch Matjoras später nicht inniger gedenken als des längst weggeschmolzenen Schnees vom letzten Jahr? Da sie selbst ihre nächsten Anverwandten so schnell vergessen ...

»Verzeih uns, Herr, daß wir schwach sind, daß wir zur Vergeßlichkeit neigen, daß wir in unserer Seele taub sind«, dachte Darja. »Vom Stein wird keine Rechenschaft gefordert, weil er Stein ist, aber vom Menschen wird Rechenschaft gefordert werden. Oder bist du müde geworden zu fragen? Weshalb erreichen deine Fragen nicht unser Gemüt? Verzeih mir, o Herr, verzeih mir, daß ich diese Frage an Dich richte. Es geht mir nicht gut. Du aber läßt mich nicht von hier fortgehen. Ich gehe nicht mehr über die Erde und nicht über den Himmel, mir ist, als sei ich zwischen beiden aufgehängt. Ich sehe alles, aber wie sich das eine zum anderen fügt, das vermag ich nicht zu begreifen. Ich sitze zu Gericht über die Menschen, wer aber hat mir dieses Recht gegeben? Dann habe ich mich wohl von den Menschen entfernt, und es wird Zeit, daß ich ganz von ihnen scheide. Es wird Zeit, Herr ... Schick nach mir, ich bitte Dich darum. Allen hier bin ich eine Fremde geworden. Nimm mich und bring mich zu jener anderen Verwandtschaft, zu jener, der ich näher bin.«

Im Sonnenglast strömte die Angara nach Norden, begleitet von einer leichten Brise. Mit kaum hörbarem Rauschen floß die Zeit dahin. Im Fluß des Wassers, des Windes und der Zeit lag, in Darjas Rücken, das Dorf Matjora. Hoch über ihrem Kopf erhob und wölbte sich der Himmel. Wie herrlich mußte die Erde unter ihm sein, wenn der Himmel so schön, so zum Erschauern schön war? Wenn sie die Angara zum Halten bringen, wird die Zeit deswegen nicht zum Stillstand kommen. Was scheinbar eine einzige Bewegung war, wird dann in Teile zerfallen. Matjora wird unter dem Wasser verschwinden, aber der Himmel wird genauso feierlich erstrahlen, an leuchtenden Tagen und in klaren Nächten. »Was hat der Himmel mit Matjora zu schaffen?« berichtigte Darja ihre Gedanken. »Das Dorf ist Sache der Menschen. Es ist in deren Hand, die Menschen verfügen darüber.« Und trotzdem riß in Darjas raschen und unwillkürlichen, sie umspülenden Betrachtungen etwas ab. Irgendein wichtiger Zusammenhang wollte sich nicht einstellen. Der abgerissene und deshalb zu kurz geratene, jedoch beharrliche Gedanke pulsierte weiter: es strömt die Angara, es fließt die Zeit ... Sie hätte gern gegen jemanden angestritten, diesem Jemand bewiesen, daß sie recht hat, auch wenn sie im voraus wußte, daß die Wahrheit nicht auf ihrer Seite war.

Am Abend vor dem Schlafengehen fragte sie Katharina:

»Ist es dir auch schon so ergangen, daß keiner da ist, und trotzdem redet wer mit dir?«

»Wer redet?« erschrak Katharina.

»Das weiß ich nicht. Heut bin ich zu mir gekommen, da merkte ich, ich red laut vor mich hin. Als wäre einer neben mir. Und hätte mich ausgefragt, und ich hätte geantwortet.«

»Königin des Himmels! Was hat er wissen wollen?«

»Lauter verworrenes Zeug ... Was genau: kann ich nicht sagen. Ich meine, ich verlier bald den Verstand. Wenn mich der Herrgott doch nur abberufen würde ...«

16

Das waren die letzten, zwar nicht gerade ruhigen, aber friedlichen, irgendwie häuslichen Tage in Matjora. Dann kam eine Ernteeinsatzgruppe, dreißig Mann hoch. Mit Ausnahme dreier junger, obwohl nicht gerade jungfräulicher Weiber waren es alles Männer, junge Männer voller Tatkraft und Energie. Gleich am ersten Tag witterten sie die freie Inselluft und betranken sich. Auf die Sauferei folgte die Rauferei. Am nächsten Morgen mußten zwei der Raufbolde zum Arzt geschickt werden. Auch am zweiten Tag wurde weitergelärmt. Man versuchte, die Schuldigen vom Vortag zu ermitteln. Dann wurde ein Boot ausgeschickt, das neuen Wodka holen sollte. Als das Boot wieder da war, wurde weitergesoffen, diesmal weniger wild. Diesmal ging es ohne Schlägerei ab. Schon der erste Tag hatte genügt, den Dorfleuten eine Heidenangst einzujagen. Kaum einer verließ jetzt ohne zwingende Notwendigkeit sein Haus. Das frühere Kolchosbüro, wo sich die Erntehelfer niedergelassen hatten, wurde peinlich gemieden.

Als einmal zwei Burschen aus der Gruppe bei Darja anklopften, wäre sie fast auf die Knie gefallen und hätte die beiden angefleht, Erbarmen mit ihrer christlichen Seele zu haben. Aber die Burschen fragten freundlich nach Zwiebeln, wollten ihr sogar Geld zustecken und entfernten sich wieder. Sie merkte sich die beiden und hob sie fortan aus der Schar der anderen heraus. Nur Herrgottsschmer, der weder Tod noch Teufel fürchtete, hielt sich absichtlich und provokant in der Nähe des Erntehelferdomizils auf und glotzte die Ankömmlinge an, die ihn ihrerseits zwar reizten und frotzelten, zugleich aber doch Furcht vor ihm empfanden. Das war kein Mensch, das war der Waldschrat in Person, von dem konnte vielleicht was kommen. Der barfüßige, struppige, rotäugige Mann mit den riesengroßen Affenpranken und dem stieren Blick flößte Respekt ein. Als einer der Dorfleute beiläufig bemerkte, auf seiner Seele würde eine Sünde lasten, der Mann hätte früher Leute umgebracht, stellten die Erntehelfer ihre Frotzeleien lieber ein. Dafür bekam er einen neuen Spitznamen, sie nannten ihn den »Schneemenschen«. Woraufhin Herrgottsschmer, wie sich das für einen zünftigen, im Hochgebirge ansässigen Schneemenschen gehört, Knurrlaute und Mutterflüche ausstieß.

Schlecht oder recht, die Ernte wurde eingebracht. Die Ankömmlinge rührten sich, taten was, und die Arbeit kam langsam voran. Richtig ins Zeug legten sie sich nicht, es war ja nicht ihr Korn und nicht ihr Brot. Brot kam auch so auf ihren Tisch, und diese Erde würde nicht noch mal Frucht tragen, und hätte sie in diesem Jahr keine Frucht mehr getragen, dann wäre das auch nicht so tragisch gewesen . . . Einer wurde abgelöst, jemand anderer sprang für ihn ein. Fast jeden Tag flitzte das Boot in die Siedlung zurück. Diesmal war viel weniger gesät worden als in früheren Kolchosjahren, dieses Wenige hätten sie auch selber geerntet, doch nun waren diese fremden Helfer angerückt . . .

Die Dörfler waren nach Abschluß der Heumahd wieder in die Siedlung zurückgekehrt. Bis zur Kartoffelernte und zur endgültigen Umsiedlung blieben wieder nur die alten Dorfweiber als Hüter und Wächter in Matjora. Bevor sie sich auf die Straße wagten, schauten sie durch Zaunritzen, um sich zu vergewissern, daß draußen alles ruhig war. Über die Straße wurde mehr geschlichen als gegangen. In den Häusern saßen sie still und ruhig da, gegen Abend wurden alle Schlösser verschlossen und alle Riegel vorgeschoben.

Die Zeit aber verging. Mit jedem Tag rückte der Herbst unaufhaltsam näher. In den Morgenstunden war es schon empfindlich kalt, der Tau trocknete langsam, der Nebel wich nur zögernd, die Sonne stand ganz hoch am Himmel. In der Herberge der Erntehelfer wurde gegrölt, geflucht und gelacht, der angelassene Motor des Geländewagens brummte im Leerlauf, bis die Belegschaft endlich in den Wagen gestiegen war und aufs Feld hinausfuhr. Daraufhin begann in der Küche, die sich gleich hinter dem Kolchosbüro befand, das Tun und Treiben der drei Weibsbilder, die aus größerer Entfernung nur schwer auseinanderzuhalten waren. Alle drei gaben sich forsch, hatten rauhe Kehlen, trugen Männerhosen, alle drei waren wie leibhaftige Schwestern, kleinwüchsig und üppig. Doch von der einen wurde gesagt, sie sei die Ehefrau eines der zur Gruppe gehörenden Männer, während die beiden anderen den Ernteeinsatz unbemannt leisteten. Gegen Mittag trat aus der Tür des Kolchosenbürobaus regelmäßig irgendein Bursche heraus, der an diesem Tag nicht aufs Feld mitgefahren war, weil er einen Rausch ausschlafen mußte oder weil er wirklich krank war. Der Bursche kratzte sich, gähnte, blinzelte in die Sonne und verrichtete seine Notdurft. Dann versank er in Nachsinnen sollte er weiterschlafen oder sich lieber dem wachen Leben zuwenden. In diesem Augenblick des Nachsinnens und Grübelns wurde er von den drei Weibern arretiert, in die Küche abgeführt und dazu verdonnert, Küchenhilfsdienste zu leisten. Schon bald ertönte aus der Küche schrilles Lachen und jener Laut, der beim Niedersausen einer Handfläche auf einen weiblichen Hintern entsteht. Sofern der Bursche nicht an die Küche gefesselt blieb, mußte er Holz hacken und Wasser aus dem Wasserbottich holen.

Tagsüber brannte die Sonne, die warme Luft flimmerte vor den Augen. Von den Gräsern, den Kornfeldern, von allem, was ins Stadium der Ernte eingetreten war, stieg der Geruch nach Trockenheit und Reife auf. Von den Feldern drang das angenehme, gar nicht maschinenhafte Zirpen der Erntemaschinen herüber. Die eine bediente ein Bursche aus dem Dorf, ein Angehöriger der Koschkinfamilie, auf dem anderen arbeitete ein Städter. Am rechten Inselufer, das für das Löschen und Verladen von Gütern gut geeignet war, hatte ein Lastkahn festgemacht, unweit der Stelle, wo die Pinigins immer ihr Heu bereitet hatten. Der Kahn hatte die zweite Maschine sowie einen Traktor herbefördert und wurde jetzt mit Korn beladen. Der Sowchos hatte sich auf den Herbst zu noch einen Motorkutter zugelegt. Der Kutter hatte den Lastkahn hergeschleppt. Momentan diente er der Heranschaffung der Lebensmittel für die Erntehelfer und hielt die Verbindung zwischen Dorf und Siedlung aufrecht. Da es den Kutter nun mal gab, und auch aus Angst vor den fremden Leuten im Dorf, begannen die Dorfweiber, das Kleinvieh, die Hühner, die Ferkel, die Schafe langsam, aber sicher von der Insel fortzuschaffen. So ist das immer, eine macht den Anfang, und schon machen es ihr die anderen nach . . . Das Gackern, Blöken und Grunzen wollte nicht mehr verstummen. Die Kühe ließ man zunächst weiter auf der Weide. Für die Kühe wie auch für den Abtransport des Heus wurde von den Männern im Dorf eine hohe schwimmbare Lastplattform aus doppelten Holzbohlen gezimmert.

Dies alles deutete aufs Ende hin. Es sah so aus, als würde

die der Insel gesetzte Frist eingehalten werden. Die Leute mühten sich redlich – und es waren so viele Leute ...

In Podmoga, wo es keine Felder, sondern nur Weiden und Wald gab, ging eine andere Arbeitsbrigade an Land und ans Werk. Sie kam aus dem Forstbetrieb und hatte Anweisung, das ganze dort weidende Vieh innerhalb eines Tages nach Matjora zu schaffen. Zum Glück führte der Flußarm zwischen den zwei Inseln gerade niedriges Wasser. Als das Vieh nach Matjora gebracht war, ging Podmoga in Flammen auf. Angezündet wurden zunächst die Holzbauten für das Vieh, doch das Feuer sprang bald auf die Wälder über. Der Wind kam von Süden, der Rauch wurde nach Matjora geweht. Bisweilen konnte man vor Rauch den Himmel nicht mehr sehen, die Sonne war eine bleiche, runde Scheibe hinter Dunst und Rauch. Das Hausvieh blieb in den Ställen und brüllte, die Sowchosküthe, die früher einmal dem Kolchos gehört hatten, rannten, mit einem noch lauteren Brüllen, kreuz und quer über die Insel, rotteten sich zusammen, trampelten weiter, während ihnen der Schaum aus dem Maul tropfte. Die Pferde, es waren ohnehin nicht mehr viele übriggeblieben, verhielten sich ruhiger, aber auch sie fürchteten das feste Land und strebten in die Nähe des Wassers. Die Dorfleute waren empört:

»Mein Gott, was stellen die an! Statt noch ein klein wenig zu warten! Es fehlt nicht viel, und auch Matjora geht in Flammen auf. Wo ringsherum alles so trocken ist ... Die Heumieten stehen da, das Getreide steht da. Da genügt ein Funke.«

Die Antwort der Dorffremden – denn wer sollte es sonst gewesen sein?! – bestand darin, die Mühle anzuzünden. Sei es auf ein leises Kommando hin, im Zuge der Räumungsarbeiten, sei es ohne Befehl, aus purem Übermut: wenn der alte Kasten sowieso brennen muß, dann soll er es in Gottes Namen tun, und wir bereiten uns ein Schauspiel. Wozu den Rauch von der anderen Insel schlucken – wir erzeugen unseren eigenen Rauch. Und zwar so, daß es knistert und lodert! Als Darja am Abend auf die Straße trat, sah sie einen hoch in den Himmel hinaufreichenden Feuerschein, diesmal nicht mehr aus Richtung Podmoga, sondern oberhalb und links vom Dorf. Außer der Mühle gab es dort nichts Brennbares. Die zunächst sprachlose Darja ging schnell ins Haus zurück und weckte Katharina, die sich bereits hingelegt hatte:

»Komm, wir gehen hin und verabschieden uns. Dort stehen sicher nur Fremde herum. Wie wird ihr zumute sein! Keiner wird ein freundliches Wort für sie finden. Komm, Katharina, wir gehen.«

»Wohin? Wovon redest du?« erschrak Katharina. Ihnen allen saß neuerdings die Angst im Nacken, sie erstarrten beim kleinsten Geräusch, zuckten bei jedem nicht erwarteten Wort zusammen. Bringt das Wort nicht Not und Leid über sie, bahnt es dem Bösen nicht den Weg?

»Sie haben die Mühle angezündet. Sie hat ihnen im Weg gestanden. Denk mal daran, Katharina, wieviel Mehl sie für uns gemahlen hat! Mach dich fertig. Wir gehen hin und zeigen uns. Soll sie wenigstens uns zwei zum Abschied noch mal sehen.«

Bei der Anfahrt zur brennenden Mühle drängten sich wirklich nur Ortsfremde. Was stellt das Feuer mit den Menschen an, warum hat es auf sie diese entsetzliche Wirkung? Die Herumstehenden schienen wie von Sinnen zu sein: sie hüpften, brüllten, liefen dicht an die Brandstelle heran. Wer der Mühle am nächsten kommt, wer es am längsten dort aushält, der gilt als Held. Wenn er es dann nicht mehr aushalten kann, rennt er ein Stück weg, läßt sich ins versengte, gebräunte Gras fallen und grölt und jauchzt. Zwei der drei Frauen der Erntebrigade waren auch hier. Um ihnen einen Schrecken einzujagen, schubste man sie manchmal auf das Feuer zu. Sie kreischten, ballten ihre Fäuste gegen die Schubsenden, trommelten mit den Fäusten gegen deren Rücken und waren übermütig und überglücklich. Ein Bursche, noch sehr jung und offenbar dumm, war auf eine Birke geklettert und strampelte dort oben mit den Beinen. Gleichzeitig sang er freche Lieder. Von unten kläffte ihn ein kleiner Hund an. Auch dieses Hündchen war wohl nicht mehr ganz bei Sinnen, auch dieses Hündchen hatte den Verstand verloren. Die Herumstehenden zeigten mit den Fingern abwechselnd auf den Burschen und auf den Hund und bogen sich vor Lachen. Der Hund verstand, daß er es den Menschen recht machte, und gab sich redlich Mühe. Es war wirklich ein gewaltiges Vergnügen ... Auf der Birke rollten sich die Blätter ein, im hellen Feuerschein wirkte der Baum farblos und durchsichtig. Durchsichtig, körperlos erschienen auch die Gesichter der Menschen.

Er brannte mit einem unheimlichen, von innen her kommenden Heulen. Die hoch auflodernden Flammen wurden oben an der Spitze vom Wind abgelenkt und weggerissen, die Rußfetzen wurden fortgetragen. Darja und Katharina standen etwas abseits, gegenüber der Seitenwand, durch Buschwerk vor den Blicken der anderen verdeckt. Das war genau nach ihrem Sinn, nur von der Mühle wollten sie gesehen werden. Die war in diesem Flammenmeer schon fast untergegangen, sie war hilflos dem Feuer preisgegeben, das sie wie im Spiel über die Erde emporhob, um sie gleich wieder dort abzusetzen. Man konnte glauben, daß diese riesige wilde Feuermasse sich gleich losreißen, himmelan steigen, über die Angara einherfliegen wird, den Menschen zum Schrecken, von schauriger satanischer Freude ergriffen.

Die beiden Greisinnen überhörten bei dem hier herrschenden Lärm das Hinzutreten eines Unbekannten. Er war ein Ortsfremder, aber älter als die meisten anderen. Der Mann trug ein kariertes Hemd über der Hose. Nachdem er eine Weile stumm neben ihnen dagestanden hatte, fragte der Mann:

»Das war wohl eine gute Mühle?«

»Das will ich meinen«, erwiderte Darja furchtlos.

»Ich verstehe«, nickte der Mann. »Jetzt hat sie also ausgedient.« Und dann sagte er langgezogen: »Los-ge-fahren!«

Dieses Wort, dieses »Losgefahren«, ging Darja nicht mehr aus dem Sinn, es wurde zum Schlüsselwort, war auf alles anwendbar, was ringsum geschah. Ein Ferkel quietschte im Rucksack auf dem Weg zum Kutter, Darja schaute Mensch und Ferkel nach: losgefahren, Ferkel. Das Sowchosvieh wurde zur Angara getrieben, es sollte über den Fluß geschafft werden, aber nicht direkt in die Siedlung, sondern auf die flußnahen Weiden in ihrer Nähe. Darja begleitete das Vieh zum Fluß, gab ihm das Geleit, schaute zu, wie die störrischen Kühe und Kälber auf das von einem Geländer umgebene schwimmende Gefährt, ein Mittelding zwischen Floß und Fähre, geladen, wie sie dort festgebunden wurden, wie das Gefährt vom Ufer abstieß. Losgefahren! Von der Nachbarinsel wehte es schwarzen bitteren Rauch heran, der in die Häuser drang und Hustenreiz hervorrief, und Darja dachte: jetzt ist auch Podmoga losgefahren. Klawka Strigunowa lieferte ihren Jungstier an den Sowchos ab, damit die Stadtleute ihr Rindfleisch in den Topf bekommen: Losgefahren, Stierchen, losgefahren. Die Heumieten wurden zum Ufer geschleift: los-ge-fahren. Immer weniger Eigenes und Gewohntes blieb zurück, alle hatten es jetzt eilig mit der Abreise, keiner wollte mehr auf dieser gefährlichen Insel bleiben. Das Dorf stand verwaist, entblößt und taub da, ebenfalls abreisefertig. Die Stimmen der fremden Leute klangen hohl, wie in einen Bottich gesprochen, die eigenen Stimmen verloren sich und verschwanden. Die Augen konnten jetzt weit sehen, kaum etwas behinderte den Blick.

Klawka Strigunowa, die sich mit Hilfe des abgelieferten und geschlachteten Jungstiers mit den Stadtleuten verbrüdert hatte, hatte sie auch dazu überredet, ihr Haus anzuzünden – sie konnte es nicht mehr erwarten, das Geld einzustreichen. Die Zündler ließen sich das nicht zweimal sagen, sie waren gleich bereit. Und Klawkas Haus brannte nieder, und es war noch ein Glück, daß die Nachbarhäuser nicht von den Flammen erfaßt wurden. Jetzt klaffte mitten im Dorf eine schwarze rauchende Lücke, und das Auge fand keinen stützenden Punkt und stürzte durch die Lücke wie in einen Brunnen. Jetzt war das Dorf nach zwei Seiten auseinandergefallen ...

An jenem Abend, als die Mühle losgefahren war, stießen Darja und Katharina, als sie in der Dunkelheit wieder heimkehrten, vor der Haustür auf Sima und deren Enkelkind. Koljka wimmerte, Sima sprach beruhigend auf ihn ein. Als sie die beiden anderen Frauen sah, stand sie voller Freude auf, strich sich, was sie immer tat, wenn sie nervös war, mit der Hand über die Wange und sagte flehend:

»Laß uns heute zu euch ... Wir zwei fürchten uns so. Er kann nicht schlafen und weint, und ich selber find auch keinen Schlaf. Es ist auch zum Fürchten ...«

Man gab ihnen ein Bett zum Schlafen, und das Bett blieb fortan nicht mehr leer. Tagsüber hielt sich Sima in ihrem eigenen Haus auf, versorgte den Gemüsegarten, doch am Abend kam sie jedesmal zu Darja. Nachdem die Angst sie einmal gepackt hatte, kam sie nicht mehr davon los. Doch nicht nur Sima fürchtete sich. Sogar Herrgottsschmer freute sich, als er in Darjas Hausdiele, an der Wand, unter einem Pelz ein Gewehr entdeckte:

»Gib es her, Darja. Hurenbrrrut! Ich töte sie!«

»Wen tötest du?« fragte Darja erregt. »Wie kann ich dir das Gewehr geben? Am Ende bringst du wirklich irgendwen um! Auf wen hast du denn so einen Zorn?«

»Sie drrrohen mir, Hurenbrrrut! Barrracke! Feuersbrrrunst! Aber denen zeig ich es ...« Er stieß mit den Lippen einen Laut aus, der sich bereits fast wie ein Gewehrschuß anhörte.

»Mit dem Gewehr kannst du gar nicht schießen. Ich entsinn mich nicht, daß es jemals wer von der Wand genommen hat. Nicht mal der Miron ...«

Herrgottsschmer nahm das Gewehr trotzdem an sich und nahm es auch mit, vermutlich um den Fremden einen Schrecken damit einzujagen, denn nach Patronen hatte er nicht gefragt und Darja hätte auch keine herausgerückt. Es war Herrgottsschmer zuzutrauen, im Zustand der Erregung loszuballern. Das hätte ihnen noch gefehlt! Ihn selber würde man wohl kaum zur Rechenschaft ziehen, auch Darja würde glimpflich davonkommen, aber Pawel, an den würden sie sich wieder halten.

Mit den beiden Logiergästen waren sie jetzt nicht mehr

zwei, sondern vier . . . Kartoffeln und Gemüse hatten sie genug, auch der Mehlvorrat würde noch eine Weile reichen, Tee und Salz brachte Pawel entweder selber mit oder er gab sie jemandem mit, der ins Dorf fuhr – er arbeitete jetzt auf dem Traktor, rodete den Wald, kam nicht mehr so leicht los wie früher. Die Milch lieferte die Kuh. Darja war froh, daß endlich jemand da war, der sie trank, sie goß Koljka morgens und abends reichlich ein und sagte ihm, er könne auch tagsüber zum Milchtrinken kommen. Sie schlief auf dem Ofen, Katharina benutzte zum Schlafen wie bisher die Liege, während sie das Bett an Sima und Koljka abgetreten hatten. Seitdem Andrej fort war, kam Herrgottsschmer wieder öfter vorbei. Im Gegensatz zu Sima verbrachte er die Tage bei Darja, während er abends heimging. Er fürchtete, sie würden nachts seine Baracke anzünden. Um das Gewehr vorzuführen, war er mehrmals damit am Kolchosbüro vorbeidefiliert und hatte durch lautes Keuchen und Husten die Aufmerksamkeit auf sich gelenkt. Die Fremden liefen vor die Haustür und riefen:

»He, Partisan!«

»Schneemensch!«

»Kümmeltürke!«

»Gegen wen ziehst du in die Schlacht? Was ist dein Schießeisen für ein Modell?«

»Frag ihn lieber, was er selbst für ein Modell ist. Hast du unter Zar Peter gedient, Schneemensch?«

»Wieso Peter? Sein oberster Dienstherr ist Iwan der Schreckliche!«

»Sein Schießeisen schießt gar nicht.«

Herrgottsschmer hatte darauf nur gewartet.

»Komm her und stell dich drüben hin!« knurrte er und zeigte dorthin, wo sich der Mann hinstellen sollte, während er das Gewehr von der Schulter nahm. »Komm her, Hurenbrrrut!«

Aber es fand sich keiner, der bereit gewesen wäre, die Probe aufs Exempel zu machen. Hochbefriedigt schulterte Herrgottsschmer wieder seine Kanone und zog von dannen, begleitet vom Johlen und Pfeifen der Arbeiter.

17

In Darjas Haus wurden an den Abenden lange Gespräche geführt. Die Hausbewohner legten sich hin, schliefen aber nicht ein, ohne freilich Licht zu machen. Sie brachten die Rede zunächst auf das, was sie vor dem Zubettgehen beim ausgiebigen Teetrinken beschäftigt hatte: wie immer beklagten sich die alten Frauen über ihre alten Knochen und versuchten ächzend, diese Knochen etwas weicher zu betten und bequemer zu strecken. Dann wurde kurz des vergangenen Tages gedacht, als würden sie durch Unterschrift beglaubigen, daß sie diesen Tag wirklich gelebt hatten. Doch wenn draußen das Dämmerlicht verlosch, ebbten die Geräusche ab, die kleinen Sorgen traten zurück, und das Gespräch nahm eine ruhigere Wendung, wurde befreiter, versonnener, trauriger, offener. Die Greisinnen sahen einander nicht mehr – sie hörten sich nur noch. Selig schnaufte Simas Enkel im Schlaf, eisig schimmerten die Fensterscheiben. Jetzt in der Dunkelheit schien das Haus riesengroß zu sein, riesig und einzig auf der ganzen Welt. Immer noch roch es im Haus prickelnd säuerlich nach den verglimmenden Holzkohlen im Samowar – und die Worte bildeten sich wie von selber, ohne Kraftaufwand. Wovon redeten sie? Wovon konnten sie reden? Wohin das Gespräch sie verschlug, dort verweilten sie auch, doch von Matjora und von ihrem eigenen Los kamen sie nur selten ab.

Diesmal mußten Petruchas Ohren klingen, denn das Gespräch begann mit ihm. Klawka Strigunowa war in den Rayon gefahren, um das Geld für das niedergebrannte Haus abzuholen, und war Petrucha am Landesteg in Podwolotschnaja begegnet. Sie berichtete, Petrucha hätte alle Hände voll zu tun, er würde die noch heilen Häuser in jenem Ort anzünden. Die Ortsansässigen würden diese Arbeit scheuen, und da war Petrucha wie gerufen gekommen: für ihn war das eine vertraute Sache. Klawka sagte, man würde ihm für jedes angezündete Haus eine Geldsumme auszahlen, und die Summe sei nicht einmal klein. »Ich bin satt, ich bin blau, und zu rauchen hab ich auch genug«, soll Petrucha geprahlt haben. Seine Sattheit ließ sich nicht nachprüfen, aber besoffen war er garantiert, und er kaufte auf dem Schiff auch schon die nächste Pulle. Er forderte Klawka zum Mitsaufen auf, doch die wollte nicht – behauptete sie jetzt. Petruchas Saufkumpan war ihr verdächtig vorgekommen, und sie hatte schon das Geld bei sich.

Katharina hatte sich mit dem Verlust des eigenen Hauses abgefunden, doch sie konnte es nicht verwinden, daß ihr Sohn fremde Häuser in Flammen aufgehen ließ. Den ganzen Tag, nach dem Gespräch mit Klawka, kam sie aus dem Jammern, aus der Scham und Angst nicht mehr heraus.

»Diese Schande, mein Gott, diese Schande!« jammerte sie. »Ja, hat er den Verstand jetzt ganz verloren? Wie will er den Leuten in die Augen schauen? Wie will er über die Erde wandeln? Oje, ojemine!«

Darja stimmte zunächst in Katharinas Lamento mit ein:

»Jetzt hat dein Petrucha die richtige Arbeit gefunden. Lang genug hat er danach gesucht. Es ist wahr, Zündeln ist nicht Bauen. Du legst ein wenig Stroh hin, du reibst das Zündholz an der Schachtel, du zündest dir am gleichen Zündholz erst mal eine Zigarette an – und dann geht es an die Arbeit! Und warm hast du es, bis das Haus niedergebrannt ist. Podwolotschnaja ist ein großes Dorf, das zieht sich drei Werst weit hin . . . Da findet dein Petrucha genug Arbeit.«

So ging es den ganzen Tag. Aber Katharina wollte sich nicht beruhigen, und als sie am Abend zu Bett gegangen waren, fuhr ihr Darja endlich über den Mund und verbat sich ihre Klagelieder:

»Jetzt ächz doch nicht die ganze Zeit! Wozu quälst du dich so, Katharina? Hast du etwa nicht gewußt, was dein Sohn für einer ist! Und meinst du, nur er allein ist so? Wir zwei sind zur Mühle gegangen, als sie gebrannt hat, da hast du mit eigenen Augen gesehen, wie viele Leute dagestanden haben. Du redest von Scham und von Schimpf und Schande! Aber wenn der Petrucha es nicht getan hätte, dann hätte ein anderer den Brandstifter gemacht.«

»Lieber ein anderer . . . Lieber ein anderer . . . Mein Petrucha wird bis zum Tod den Ruf nicht wieder los, das kann er nicht mehr wegwaschen, der Junge!«

»Wozu wegwaschen? Der lebt damit nicht schlechter als die anderen. Der wird sich noch brüsten damit. Sei seinetwegen nicht gar zu traurig, Katharina, sei lieber traurig wegen dir. Dem Petrucha geschieht nichts. Ist die eine Arbeit vorbei, findet sich gleich wieder so eine.«

»Ja, ich bin seine Mutter oder nicht? Er bringt ja nicht nur über sich Schande – er bringt sie auch über mich. Die Leute werden mit dem Finger nach mir zeigen . . .«

»Red nicht so viel, Katharina. Wer wird schon mit dem Finger nach dir zeigen? Wer braucht dich, du altes Stück? Wie lange willst du überhaupt noch leben, hundert Jahre?«

»Vielleicht sollt ich hinfahren?« gab Katharina behutsam zu bedenken, ohne auf Darjas Frage nach ihrer Lebenserwartung einzugehen. »Womöglich bring ich ihn zur Vernunft. Wenn ich ihm sage, was tust du nur, Petrucha?«

Darja erwiderte belustigt:

»Ja, fahr nur hin. Schau dir an, welche Häuser besser brennen, die in Matjora oder die in Powolotschnaja?! Zur Feier des Tages wird dein Petrucha gleich zwei, drei Häuser auf einen Streich anzünden, das gibt erst ein Freudenfeuer! Danach erzählst du uns, in welchem Dorf die Sonne wärmer brennt. Steh morgens in aller Frühe auf und mach dich auf den Weg. Schieb die Reise nicht auf. Für so eine gute Tat bringen die dich extra mit dem Kutter hin. Red ihm ins Gewissen, mach ihm Angst. Sag ihm, was brennst du fremde Häuser nieder, wo doch im eigenen Dorf noch Häuser stehen! Ach, Katharina, warum sind wir zwei solche Einfaltspinsel? Alt und klapprig sind wir geworden, aber an Verstand haben wir nicht zugenommen. Da nimmt es jedes kleine Kind mit uns auf ...«

Sie verstummten. Gaben das fruchtlose Gespräch auf. Katharina wußte, daß sie nirgends hinfahren würde. Sie wußte, daß sie bei Petrucha nichts ausrichten, daß sie ihn nicht zur Vernunft bringen kann. Er wird immer genau der gleiche bleiben. So wird es ihm wohl bis zum Tod ergehen, das ist nun einmal sein Los. Und ihr, Katharinas Los ist es, Petruchas Mutter zu sein. Dies Schicksal muß sie wortlos tragen, muß sich damit abfinden, statt zu jammern und zu hadern. Die Leute . . . Katharina fragte sich, ob sie sich vor den Leuten, den bekannten und den unbekannten, Petruchas wegen schämen solle, weil er doch selber keine Scham kennt? Und wenn sie keiner mehr braucht, weder der Sohn noch die fremden Leute? Vielleicht sollte sie so tun, als gäbe es sie gar nicht mehr, was in ihrer Haut auf der Erde einherhumpelt – das ist sowieso zu nichts nutze. Was hilft es, sich zu quälen und zu schämen, wenn niemand auf der Welt dein Schamgefühl und dein Gewissen braucht, wenn keine Seele, der du deine Schuld bekennen möchtest, auf dein Bekenntnis Wert legt. Die Darja . . . die versteht alles. Die wird den Stab über sie nicht brechen. In sich gehen, erstarren, nur noch für sich leben . . . Allzu lange wird es ohnehin nicht mehr dauern . . .

Darja überlegte, was sie wohl an Katharinas Stelle empfinden würde, mit welchen Worten sie sich zur Wehr setzen würde. Sicher würde sie das gleiche empfinden und die gleichen Worte gebrauchen. Und an ihrer, an Darjas Statt würde Katharina genau das erwidern, was Darja ihr erwidert hatte. Aber was bedeutet das, was soll das heißen? Zum erstenmal fragte sich Darja, was im Leben eines Menschen der Standort bedeutet, an dem er sich aufhält und befindet. Sie zum Beispiel braucht sich ihrer Kinder nicht zu schämen, und schon nimmt sie sich das Recht heraus, von Katharina Rechenschaft zu fordern und belehrende Reden zu halten, Katharina – da fehlt nicht mehr viel dazu – einer Schuld zu bezichtigen. Dann würde also Katharina, wäre Darja die Mutter Petruchas, mit Darja genauso verfahren und umspringen wie jetzt sie mit ihr? Wo bleibt der Charakter des Menschen, wo bleibt seine unvergleichbare Menschennatur, wenn so viel davon abhängt, ob du Glück gehabt hast im Leben oder nicht? Wo bleibt der Mensch, wenn, statt seiner, sein Standort für ihn redet? Und käme sie, Darja, in Simas Lage, in einem fremden Dorf ohne Verwandtschaft und Fürsprecher leben zu müssen, dazu noch mit dem Enkelkind am Hals, würde sie dann genauso leise auftreten, um ja nicht aufzufallen? Sicher täte sie es – dagegen kannst du nicht an! Wie wenig Eigenes, das ihm von Geburt an mitgegeben wurde, steckt im Menschen. Und wieviel verdankt er dem Schicksal, wieviel bedeutet der Ort, an den es ihn verschlug, und das Gepäck, das er an diesen Ort mitgebracht hat. Mein Gott, war das möglich, daß sie genauso wäre wie die Sima – mit der sie so wenig Ähnlichkeit hatte!

Unterdessen flüsterte Sima irgend etwas ins Ohr des einschlafenden Koljka. Das Licht des Abends war verloschen – nach kurzer Finsternis ging jetzt das Licht der Nacht auf. Die Fenster zeichneten sich wieder deutlicher ab, die trübe Luft war wie von einem toten Leuchten durchwirkt, aus dem Nichtsichtbaren schwammen schwankend die Dinge heran, bebende Schatten. Irgendwo am anderen Dorfende kläffte lange ein Hund, müde und gutartig und offenbar nur zur Erinnerung an sein Hundedasein. Aus Simas Flüstern lösten sich bisweilen einzelne unzusammenhängende Worte und erreichten das Ohr der beiden anderen Frauen, mehr Wortschatten als richtige Worte – so leise und so einsam waren sie. Und wieder begann Katharina, gedämpft und traurig zu reden:

»Es bedarf eines wenigen ... Königin des Himmels, hör mich an. Mehr ist doch gar nicht notwendig, nur daß er endlich festen Fuß faßt ... Daß er eine Arbeit findet, die eines Menschen würdig ist. Auch ohne Matjora läßt sich leben. Wenn sie ihm einen Winkel zum Leben geben würden, da paßte dann auch für mich eine Liege hinein. Ich wecke ihn jeden Morgen: Steh auf Petrucha, es ist Zeit für die Arbeit. Ich brächte ihm das Mittagessen. Und wenn er schimpft, dann würde er eben schimpfen, ich hielte es aus. Ich hielte noch mehr aus, wenn ich wüßte, daß er endlich auf dem rechten Weg ist.«

»Verheiraten muß man ihn«, sagte Darja unwillig – das Wiederaufleben des Gesprächs von vorhin war ihr unangenehm. »Wenn du selber nicht fertig wirst mit ihm, dann muß ein Eheweib her. Und zwar eines, daß ihn an die Kandare nimmt. Sonst wird nichts Gescheites daraus.«

»Wer wird ihn schon heiraten wollen?«

»Es findet sich auch noch für ihn ein Weib – wenn er nur etwas zur Vernunft kommt!«

»Eigentlich ist er ein herzensguter Mensch«, sagte Katharina, erfreut darüber, daß Darja ihren Sohn nicht für einen hoffnungslosen Fall hielt, daß sie wenigstens den schwachen Schimmer einer Hoffnung für ihn sah. »Er hat ein weiches Herz, der Petrucha . . .«

Darja prustete, oben auf dem Ofen, leise los, was sich anhörte wie: allerdings . . . weicher geht es nicht mehr.

»Nein wirklich«, beharrte Katharina. »Umsonst würde ich ihn nicht loben. An seinem Herzen ist etwas zum Loben dran. Wir haben eine Färse gehabt . . . Wenn ich nicht achtgegeben habe, hat er das ganze Brot an sie verfüttert. Erst hat er es in Scheiben geschnitten, dann hat er Salz darauf gestreut, dann hat er das Brot mit dem Salz der Färse gegeben. Und die hat ihn schon gekannt. Abends ist sie ans Tor gekommen und hat gebrüllt und gebrüllt . . . Das heißt: sie hat nach ihm gerufen. Ich jag sie fort, da geht sie in den Hof rein und brüllt noch lauter als zuvor. Wenn ich ihr ein Stück Brot geb, dann ißt sie das Brot, aber sie wird davon nicht richtig ruhig, erst muß Petrucha aus dem Haus herauskommen. Erst wenn er ihr Brot gegeben hat, dann ging sie fort. Noch früher hatten wir eine Kuh . . . Wenn Petrucha gesehen hat, daß die Kuh mein Heu aufgefressen hat, hat er ihr noch mehr gegeben, hat es aber vor mir verheimlicht, damit ich ihn nicht schelte. Und wie viele Welpen hat er mir ins Haus gebracht! Die kannst du nicht mehr nachzählen. Wo er die alle aufgelesen hat! Besonders wenn er angetrunken war, hat er jedesmal einen jungen Hund unter der Jacke heimgeschleppt. Eine Weile haben wir vier Hunde im Haus gehabt. Ich hab die Hunde immer angebrüllt, bin heiser geworden davon. Wir selber haben nicht genug zum Beißen gehabt – und er wirft jeden Bissen den Kötern zu. Er hat das nicht eingesehen.«

»Das nenn ich gutherzig!« bemerkte Darja hämisch. »Die streunenden Köter, die hat er gefüttert, mit denen hat er Mitleid gehabt. Und die leibhaftige Mutter hat er ihrem Schicksal überlassen. Leb, wie du willst, geliebtes Mütterlein. Das soll nicht meine Sorge sein.«

»Leichtfertig war er freilich immer. Leichtfertig und liederlich«, bestätigte Katharina. »Das war auch mit der Kuh nicht anders. Ob ihr das Futter bis zum Frühling reicht, darüber hat er sich keine Gedanken gemacht. Ich teile das Viehfutter ein, er aber hält sich nicht daran. Und auf den Frühling zu geht dann das Futter aus.«

»Was kommst du mir schon wieder mit der Kuh! Was wirst du, arme Seele, selber machen, wenn sie dich von hier davonjagen? Das tun die nämlich bald. Wohin wendest du dich dann? Hast du darüber nachgedacht? Statt mir mit deiner Kuh zu kommen, die seit hundert Jahren tot ist.«

»Drum sag ich eben . . .« sagte Katharina und sagte dann nichts. Sie hatte nichts zu sagen. Bar jeder Festigkeit und Hoffnung, klang ihre Stimme hohl und leer. »Drum sag ich: Wenn er irgendwo festen Fuß faßt . . . wenn sie ihm einen Winkel geben . . .«

Darja seufzte nur.

Aber das Gespräch war aus dieser Richtung offenbar nicht mehr abzulenken. Jetzt ergriff Sima das Wort – den Enkel hatte sie inzwischen in den Schlaf geflüstert. Sima sagte:

»Jedem gebührt das Seine. Die Katharina müßte mit dem Sohn leben und ihn umsorgen. Vielleicht käme ein Enkelkind, um das würde sie sich kümmern . . .«

»Schweig lieber, Sima, schweig davon. Ich halt das nicht aus«, stöhnte Katharina, die an ein solches Glück gar nicht zu denken wagte. »Schweig still.«

»Auch ich hab von der Tochter keine Hilfe zu erwarten. Auch ich weiß nicht, wo ich mein Haupt hinbetten soll. Freilich hab ich den Koljka. Für den geb ich die letzten Kräfte her, für den muß ich leben. Aber wie? Darüber denk ich Tag und Nacht nach. Wie soll ich leben? Wohin soll ich gehen? Wenn sich irgendein Greis fände . . .«

»Großer Gott!« rief Darja. »Es ist nicht zu fassen! Die Sima pfeift bald aus dem letzten Loch, aber ihren Greis kann sie nicht lassen, der geht ihr nicht aus dem Sinn. Du bist mir eine holde Braut, mit deinen siebenundsiebzig Löchern! Und aus jedem rieselt der Sand. Was willst du an der Seite von dem Greis?«

Sima schwieg gekränkt.

»Wozu brauchst du deinen Greis. Wozu hast du den Armen so nötig?« höhnte Darja. »Willst du uns das mal verraten?«

»Ich, Darja Wassiljewna, habe nichts zu verbergen«, erwiderte Sima – der Gebrauch des Vaternamens deutete das Maß ihrer Gekränktheit an. »Seinen Träumen nachzuhängen ist keinem Menschen verwehrt. Katharina träumt davon, an der Seite des Sohnes zu leben, und auch ich habe meine Träume. Auch ich habe große Lust auf ein eigenes Eckchen. So steinalt und nutzlos bin ich auch wieder nicht, für häusliche Arbeit taug ich noch recht gut. Wenn ich in ein Haus käme, würde das keiner bedauern. Ich stelle keine Ansprüche, Darja Wassiljewna. In meinen Jahren tut man sich nicht zum Kinderzeugen zusammen, man möchte einander das Alter erleichtern. Und der Koljka, mein Sorgenkind, würde dann nicht so einsam aufwachsen. Meine Träume sind nicht unsinnig und wahllos, ganz gewiß nicht. Wäsche waschen, Essen kochen: das steht in meiner Kraft und dazu eigne ich mich.«

»Aber freilich Sima, aber freilich . . .«

»Und wenn du selber nichts zum Träumen hast, dann ist das deine eigene Sorge. Deine Kinder sind erwachsen und angesehen, sie erweisen dir Achtung und Aufmerksamkeit. Wir zwei, die Katharina und ich, wir sind verwaist. Und immer weinen, das mögen wir nicht . . .«

»Würdest du deinem Greis auch was vorsingen?«

»Das käme auf den Greis an. Einem freundlichen Greis würde ich bestimmt was vorsingen. Und er würde meinen Liedern lauschen.«

Jetzt war es Darja, die verstummte. Das halbvergessene Wort »träumen« hatte sie verlegen gemacht. Sima war nicht ganz die passende Person, es in den Mund zu nehmen. Und Darja war keine passende Zuhörerin. Träumen hängt man in der Mädchenzeit nach, wenn man sich auf das Leben vorbereitet, ohne sich schon darin auszukennen. Hast du erst einen Mann, hast du eine Familie um dich herum, dann bleibt dir nur noch die Hoffnung. Doch auch die läßt von Jahr zu Jahr nach, sie schmilzt dahin wie der

Schnee, bevor sie endlich ganz versiegt ist, bevor die Erde sie aufgesaugt hat. Und schon hast du es nicht mehr mit der Hoffnung zu tun, sondern mit dem Dunst der aus der Erde aufsteigenden Erinnerungen. Aber was kannst du von Sima verlangen! Sie ist eine Waise – da träumt es sich leicht. Sie ist ein freier Vogel, aber es ist kein Platz da, auf dem sie sich niederlassen könnte, alle Plätze sind besetzt. Und immer fliegen kann sie auch nicht, dafür sind die Flügel schon zu alt. Darja entsann sich des Spottes, den Sima geerntet hatte, als ihr erster Heiratsplan mißlungen war. Dem neuen Plan wird es nicht anders ergehen. Doch während sie darüber nachsann, dachte Darja mit Bitterkeit und Wehmut, daß Sima wohl die Wahrheit spricht, wenn sie sagt, Darja würde vom morgigen Tag nichts mehr erhoffen. Auch die schlichtesten Wünsche haben sich, scheint es, verflüchtigt. Und worauf soll sie hoffen? Auf den Tod? Dem wirst du auch so nicht entgehen, auf den brauchst du deine Hoffnung nicht zu richten. Worauf noch? Auf gar nichts. Dann wird es wohl bald ans Sterben gehen, wenn nichts mehr da ist, womit und wofür du lebst. Die Sima und die Katharina, die werden sich noch ein Weilchen halten. Nicht weil sie jünger wären – auch sie, Darja, ist noch bei Kräften –, sondern, weil die zwei anderen Frauen hier noch zu tun haben. Sima muß den Enkel aufziehen, Katharina lebt in der Sorge um den Sohn und hofft, daß er sich doch noch bessert. Die beiden werden noch gebraucht, und sie spüren und wissen das, das bringt und hält sie in Bewegung, das treibt sie an. Von ihr jedoch wird nichts mehr gefordert, ihr wird nichts abverlangt. Einstweilen spielt sie den Wächter in Haus und Dorf, aber wenn erst mal alle umgezogen sind, wird dies Amt nicht mehr benötigt werden. Der Mensch aber kann nicht leben, wenn er nicht mehr gebraucht wird. Das ist sein Ende. Noch ganz andere Menschen als sie, andere und jüngere, haben, als kein Bedarf mehr nach ihnen bestand, die Arme auf der Brust gekreuzt und sind verschieden. Es muß wohl irgendwen geben, der peinlich genau darauf achtet.

Es wurde noch heller und unruhiger – der Mond schien ins Fenster. Der einsame, übergeschnappte Köter ließ weiter sein blechernes Bellen ertönen – dieser lästige Laut bohrte sich in die Ohren. Um eine bedrückende, fast würgende Beklommenheit zu überwinden, die sie plötzlich empfand, stand Darja auf – sie tat es, obwohl sie wußte, daß es fruchtlos war, so überstark war dieser Wunsch in ihr. Sie stieg vom Ofen herunter und trat ans Fenster. Die eine Hälfte des Hofes war vom Mondlicht beschienen, die hölzerne Außentreppe badete in diesem Licht wie in Wasser. Die andere Hofhälfte lag im dunklen Schatten der Scheunen. »Das sieht wie gebrüht aus«, dachte Darja beim Anblick des Mondlichts und wendete sich erschauernd vom Fenster ab. Sima hatte den Kopf vom Kissen erhoben und beobachtete Darja. Die mußte jetzt etwas sagen, und sie fragte:

»Ist der Junge eingeschlafen?«

»Er ist eingeschlafen«, erwiderte Sima bereitwillig. »Schon lange. Und was ist mit dir?«

»Mir ist der Rücken steif geworden, oben auf dem Ofen. Das kommt von dem harten Stein. Da hab ich mir die Füße vertreten. Hab nachgeschaut, ob ihr das vorhin wart, die mit mir redeten. Jetzt steig ich zurück auf den Ofen.«

»Wer war es denn, der mit dir geredet hat?« fragte Katharina. »Wir oder sonst wer?«

»Da soll sich einer auskennen. Der Stimme nach wart ihr es, den Worten nach waren es blutjunge Weiber. Was wohl die Nastassja jetzt in der Stadt macht? Ob sie schläft, ob sie wacht? Vielleicht liegt sie so da wie wir hier und denkt an uns. Sie weiß ja nicht, daß wir in einem Haus schlafen. Ach, Nastassja! Soll sie schneller kommen, daß wir sie anschauen und mit ihr reden können. Wenn noch die Nastassja mit uns hier zusammen wäre, wären wir schon fast eine Kommune. Da hätten wir aneinander genug. Die hat bestimmt was zu erzählen, die hat jetzt so viel gesehen, wie vorher im ganzen Leben nicht. Die hat sich sattgesehen, für sich und uns. Die würde bis zum Morgen reden.«

Keuchend begann Darja, wieder auf den Ofen zu klettern. Als sie oben angelangt war, holte sie tief Luft und sagte:

»Wenn ein Mensch mit frischen Kräften mir zuschauen würde, dann würde er sagen, das ist die Hexe aus dem Märchen. Weder Haut noch Gesicht. Und was schlimmer ist, ich kriege jetzt gleich immer eine Wut. Das gefällt mir gar nicht. Früher bin ich, so scheint es, nicht böse gewesen. heute aber paßt mir das nicht und paßt mir jenes nicht. Nein, es ist hohe Zeit zum Sterben.

Die Wut, die fruchtet nichts und richtet nichts aus. Sie machen ja doch, was sie wollen. Aber zu Grabe werden sie mich trotzdem tragen, in die Erde werden sie mich legen. Mehr verlang ich gar nicht, mehr brauch ich nicht. Sprech ich die Wahrheit, Mädels, oder nicht?«

Die Mädels wußten nicht, ob es richtig wäre, Darja zuzustimmen. Sie schwiegen lieber. »Ihr seid wohl eingeschlafen, ihr beiden? Dann schlaft mit Gott. Bald tagt es wieder. Und wenn der Tag angebrochen ist, dann werden wir uns wieder tummeln. Das wird dann schon richtig sein. Schlaf, Darja, schlaf auch du. Es ist nichts da, sagen die Leute, weswegen dein Herz schmerzen müßte. Weshalb schmerzt es dann, das Herz? Es ist gut, wenn ein Grund da ist. Dann kannst du was dagegen ausrichten. Doch wenn das Herz wegen nichts schmerzt – oder wegen allem? Wenn es wie im heißen Feuer brennt und nicht aufhört zu brennen? Da gibt es freilich keine Rettung. Dann bist du wohl mit großer Schuld beladen, Darja. Ich weiß es wohl, daß ich mit Schuld beladen bin, doch keiner sagt mir, welche Schuld das ist, sonst würde ich gern bereuen, aber so . . . Und ohne Reue ist es maßlos schwer. Dann schlafe lieber, schlafe endlich ein . . . Morgen früh ist die Sonne wieder da, die wird dir manches sagen. Es läßt sich leben, um der Sonne willen, auch wenn es sonst nichts anderes gibt.«

18

Als das Getreide geerntet war, stellte sich für drei Tage wieder Regen ein. Diesmal war es ein milder Regen, er band den Staub, machte die müde harte Erde etwas weicher, benetzte und wusch die Wälder, die in der Sonne welk geworden waren, lockte die sich verspätenden Pilze aus dem Waldboden, dämpfte den rauchig bitteren Geruch der Brandstätten. Licht und leise fiel der Regen vom Himmel, nahm nicht viel Luft weg, verhängte nicht die Sicht, spendete nicht mehr Wasser als nötig. Durch die undicht geschlossene Wolkendecke sickerte, verdünnt zwar, das Licht der Sonne. Die drei Regentage über war die Luft warm und weich, der Regen lärmte nicht, er prallte nicht auf, er schmiegte sich an die Erde, er hinterließ keine Pfützen. Als er aufhörte, war der Boden gleich wieder trocken.

Und als der Boden wieder trocken war, war auch schon die Zeit der Kartoffelernte gekommen.

Die Fremden hatten, nach Abschluß der Kornernte, die Insel gottlob wieder verlassen – woraufhin der segensreiche, reinigende Regen kam. Jetzt war es wieder ruhiger im Dorf, man konnte sich zum Hoftor hinauswagen, konnte ohne Furcht spazierengehen. Beim Abschied war es freilich wieder lautstark zugegangen, es gab wieder eine Schlägerei, und eine Hetzjagd mit Gejohle quer durchs Dorf. Die drei Weiber zwitscherten besänftigend auf die Männer ein, was diese erst recht in Rage brachte: Bosheit prallte auf Bosheit. Eine Nacht lang war der Teufel los, das Dorf kam aus dem Schlottern nicht heraus, und früh am Morgen, kurz vor der Abfahrt, zündeten sie das Kolchosbüro an, in dem sie logiert hatten: lodernde Erinnerung an ihren Ernteeinsatz. Kaum waren sie fort, trat aus dem Gebüsch am oberen Flußarm noch einer von der Sippschaft, ziemlich mitgenommen, verdreckt, zerfetzt und schrecklich anzusehen. Dieser Mann hatte wohl einen Grund, sich vor den eigenen Leuten zu verstecken. Als er Feuer sah, rannte er ins Haus, durch die Kolchosbürotür, hinter der er offenbar etwas zurückgelassen hatte, konnte wie durch ein Wunder im Hausinneren wenden und sprang gleich wieder zur Tür hinaus, allerdings ohne Gepäck. Dann legte er vor dem brennenden Bau einen wilden Tanz hin. Nachdem er sich beruhigt hatte, stellte er das Tanzen ein und schaute nur noch dem Feuer zu.

Das Kolchosbüro brannte erstaunlich lange, erst gegen Abend sank das Feuer in sich zusammen, aber noch in der Dunkelheit brannte ein großer Haufen verkohlten Holzes, die traurigen Überreste dieses einstigen Amtsgebäudes. Keiner kam auf den Gedanken, eine Brandwache aufzustellen, und als die Dorfleute am Morgen darauf erwachten, brannten die nahe gelegenen ehemaligen Stallungen. Den wild tanzenden Burschen konnte man indessen nicht verdächtigen – er hatte noch am gleichen Tag die Insel verlassen. Während die Stallungen brannten, entzündete sich, stark und übelriechend qualmend, der festgetretene Dung im Hof. Da setzte dann der Regen ein – doch er konnte den Rauch nicht vertreiben. Jetzt wich der Rauch nicht mehr von der Insel.

Zum Ernten der staatlichen Kartoffeln schickte man Schüler. Die stürzten sich lärmend und flink, kaum an Land gegangen, zunächst einmal auf die Hühnerhäuser und Geflügelställe, auf der Suche nach Federn. Begegnete ihnen ein lebendes Huhn, war es um das Huhn geschehen. Es wurde eingefangen und kahlgerupft. Vera Nossarjowa rettete im letzten Augenblick ihren stattlichen Gockel. Zwei Burschen hielten ihn zwischen den Knien eingeklemmt, und der Hahn war seiner Federpracht schon fast beraubt. Nach diesem Vorfall krähte er nicht mehr, sondern gab nur noch klägliche Entenlaute von sich – so sehr war ihm die Todesangst in die Hühnerknochen gefahren. Die Schüler erfanden ein Gesellschaftsspiel. Sie steckten eine Hühnerfeder in eine Kartoffel und schleuderten die Kartoffel in die Luft. Das Spielzeug fiel in schönen Pirouetten pfeifend wieder auf die Erde. Noch lustiger war es, wenn die Kartoffel sich ein Ziel suchte und einen in Dekkung gegangenen Rücken traf. Das bloße Werfen mit Kartoffeln ist Rowdytum, steckt in der Kartoffel jedoch eine Hühnerfeder, dann ist es Spiel und Sport. Der Gerechtigkeit halber muß gesagt werden, daß nicht nur gespielt wurde. Manchmal verteilten sich die Schüler übers Feld, bückten sich, lasen etwas auf, und der Wagen brachte das

Aufgelesene vom Feld an den Fluß. Es waren einige Ältere dabei, die die Jüngeren antrieben und beaufsichtigten. Darja sah einmal aus einiger Entfernung zu: die Burschen grölten, entzündeten Lagerfeuer, die einen achteten darauf, daß sich die anderen nicht verkrümelten, aber die Arbeitenden kamen schnell voran und rissen das Kartoffelkraut aus dem Boden, als würden sie Hanf zupfen. Und was in der Erde bleibt, das weiß nur die Erde. Früher hätte sie, sich bewahrend und reinigend und für die neue Ernte rüstend, liederliche Arbeit an den Tag gebracht. Jetzt, vor ihrem Tod, war das der Erde gleich.

Damit die Kinder sich nicht zu sehr abrackern mußten, halfen ihnen Frauen aus der Siedlung, die sonst in Büro, Krankenhaus, Kindergarten oder Kantine arbeiteten. Die Sowchosleitung hielt es, nicht ohne einen Wink von oben, für tunlich, zunächst einmal im entlegenen und unbequemen Matjora Ordnung zu schaffen. Deswegen wurden hier die meisten Leute eingesetzt.

Und wirklich war man rasch mit der Arbeit fertig: nicht wie in früheren Jahren. Jetzt hieß es: Schluß mit der Schufterei – und Feierabend! Man war diesmal nicht auf hohe Zentnerbeträge aus: wieviel es auch sein mag – es wird genug sein. Es mußte kein Ernterekord erzielt werden. Der Staatswirtschaftsbetrieb hatte die Genehmigung erhalten, in den ersten Jahren nicht mit Gewinn, sondern mit Verlust zu wirtschaften. Was sollte man also auf den dem Untergang geweihten, schon bald vom Wasser überfluteten Äckern noch Ähren lesen oder die allerletzte Kartoffel aus dem Boden klauben?

Die Dorfweiber blieben der Staatskartoffelernte fern – sie gruben ihre eigenen Kartoffeln aus. Zum letzten Mal hatte sich das Dorfvolk versammelt. Doch anders als zur

Heumahdzeit traf man sich jetzt nicht, sang man keine gemeinsamen Lieder, führte man keine Gespräche über das anbrechende neue Leben draußen im Land. Alle hatten es eilig, jeder besorgte das eigene Haus, werkelte in seinem Gemüsegarten, und die nahe bevorstehende Überflutung der Insel schnürte ihm den Hals zu, packte ihn an der Gurgel. Für die staatliche Ernte wurden Leute angeheuert: Jeder vierte Sack gehört dir, aber mach schnell, beeil dich ... Und wenn erst mal der Kutter nicht mehr fährt, wenn er die Fähre nicht mehr hinter sich herzieht, dann wirst du verzweifelte Bocksprünge machen und laut nach einer Überfahrt rufen. Was dem Sowchos gehört, das haben sie rübergeschafft, die Felder hinter der Viehweide sind leer und stumm, und auch das Dorf wird immer kahler, bekommt immer mehr Häuserlücken. Wer wird schon frohe Lieder singen, wenn das halbe Dorf in Schutt und Asche liegt? Das halbe Dorf war abgebrannt, und die noch heilen, wie auseinandergezupften Häuser hatten sich aus Furcht so tief in den Erdboden geduckt, boten einen so kläglichen Anblick, waren so gealtert in dieser Zeit, daß es kaum verständlich war, daß in diesen Häusern Menschen leben konnten. Ans Singen von Liedern war nicht zu denken, wenn bereits die Wälder auf der Insel brannten. An manchen Tagen war sie so dicht in Rauch gehüllt, daß man sie vom anderen Ufer nicht mehr sehen konnte. Wenn jemand von dort auf die Insel wollte, steuerte er den Rauch an.

Die Zündler aus dem Forstbetrieb waren, als Podmoga niedergebrannt war, auf Matjora übergewechselt. Es waren fünf oder sieben Männer – die genaue Zahl vermochten die Dörfler nicht zu ermitteln. Im Gegensatz zu den Erntehelfern waren es Leute in gesetztem Alter, sie machten keinen unnötigen Lärm. Sie waren in der Koltschakbaracke einquartiert, nur durch eine Zwischenwand von Herrgottsschmer getrennt. Das war der einzige Ort im Dorf, der dafür noch in Frage kam. Am Morgen zogen sie auf dem Weg zur Arbeit durchs Dorf, abends legten sie den gleichen Weg in umgekehrter Richtung zurück. Ihre Arbeit war es, die sie erschreckend erscheinen ließ, jene letzte, endgültige Arbeit, die Matjora auf ewige Zeiten den Garaus machen, es vom Erdboden tilgen sollte. Schweigend schritten sie einher, grüßten nicht, richteten an keinen das Wort, schenkten niemandem und nichts Beachtung. Ihr festes Ausschreiten indessen verriet Sicherheit: sie waren sich bewußt, daß sie jetzt hier die Herren waren. Bereits der Anblick, ja allein die bloße Anwesenheit dieser Männer auf der Insel veranlaßte die Leute im Dorf, ihren Schritt zu beschleunigen und sich aus dem Staub zu machen. Lauf schnell davon – sonst rösten die dich noch! Die werden nicht erst lange fackeln. Selbst die Hunde spürten, was es mit diesen Fremden auf sich hatte, und wenn sie einen von ihnen erblickten, zogen sie den Schwanz ein und verkrochen sich. Dann kam noch das Gerücht auf, die Brandstifter, wie sie im Dorf genannt wurden, hätten sich abgesprochen, im Anschluß an den Wald auch das Dorf niederzubrennen. Herrgottsschmer hatte bemerkt und weitergemeldet, daß Woronzow und noch ein Mann aus dem Rayon in die Baracke gekommen waren und irgendwas mit den Zündlern beredet hatten. Nun, das Sengen und Brennen war ihr Beruf, es bestand kein Grund, ihnen deshalb böse zu sein, wenn sie es nicht tun, dann tun es andere. Trotzdem verspürte niemand im Dorf den Wunsch nach einem Gespräch oder sonst einem Umgang mit diesen Leuten. Denn immerhin waren sie die Täter, immerhin waren sie es, die sich tagtäglich vor aller Augen bewegten.

Die Kartoffeln waren diesmal ganz vorzüglich: zwei Stauden – ein Eimer, zwei Stauden – ein Eimer. So war es bei allen, die sich etwas Mühe gaben, die beim Ernten der Kartoffeln Sorgfalt walten ließen, beim Hacken und Häufeln und Einfüllen. Jedoch die Freudenschreie beim Anblick der weißen, sauberen, etwas sandigen, großen Kartoffeln verstummten beim Gedanken an den Abtransport des Kartoffelsegens. Das würde noch viel Schweiß und Mühe kosten, drüben auf dem anderen Ufer sogar größere als hier auf der Insel. Aus der Furche raus und auf den Wagen, mit dem Wagen das Hochufer hinunter, vom Ufer rauf auf den Kutter oder auf die Fähre. Auf den Wagen mußt du lange warten, im ganzen Dorf ist nur noch eine armselige Stute übriggeblieben, Autos und Maschinen sind überhaupt keine mehr da. Und die Fähre fährt ohne dich ab, wenn du nicht rechtzeitig zur Stelle bist. So wurde der Kartoffelüberfluß den Leuten zur Qual und zum Problem. Jedoch das schlimmste war: wo sollte man die Kartoffeln in der Siedlung lagern? In vielen Siedlungshauskellern stand seit dem Frühling das Wasser – da konnte man die Kartoffeln gleich in die Angara schütten. Der Sowchos hatte allerdings, um eine Lösung zu finden, den Einwohnern seine nur halbvolle Gemüselagerhalle angeboten, aber es wollte keiner Hausfrau in den Kopf, die eigenen Kartoffeln, die besonders schön und groß und schmackhaft sind, auf einen riesengroßen, allgemeinen Kartoffelhaufen zu schütten und später irgendwelche fremden Kartoffeln von zweifelhafter Qualität in Empfang zu nehmen. Und dann der lange Weg mit dem Kartoffeleimer zur Lagerhalle und zurück. Und die Lagerhalle liegt womöglich weit draußen vor der Siedlung, wo sich die Füchse und die Teufel gute Nacht sagen?! Auf jeden Fall hast du die Kartoffeln nicht mehr im Haus. Und für zwölf Dörfer reicht keine Lagerhalle.

Doch das würde dort sein, erst später – nicht gleich ... Einstweilen ging es darum, die Kartoffeln möglichst rasch aus der Erde zu graben und wegzuschaffen, bevor die große Flut kommt.

Pinigins waren in drei Tagen mit ihren Kartoffeln fertig, für den vierten Tag blieb noch ein kleiner Rest Arbeit. Pawel hatte in der Siedlung freigenommen, zum erstenmal während dieses Sommers war Sonja mitgekommen, jedoch nicht allein, sie hatte eine Arbeitskollegin mitgebracht, mit der sie im Büro am Rechenbrett saß. Diese Frau hieß Mila, war jung, lachte ständig und hatte feuerrotes Haar. Beim Lachen warf diese Mila ihren hochfrisierten roten Lockenkopf zurück und verdrehte die Augen. Da sie ohne Unterlaß lachte, wirkten ihre Augen wie blind, als hätte sie den weißen Star. Jedes Wort war für Mila ein Stichwort zum Lachen. Sie machte sich keine Gedanken darüber, ob es an diesem Ort schicklich war, über dieses und jenes zu lachen. Deshalb mißfiel sie Darja zunächst.

»Wie heißt deine Freundin? Was hast du gesagt?« fragte sie Sonja, absichtlich laut, damit die andere es hörte.

»Mila heißt sie.«

»Mila, sagst du? Ja, gibt es diesen Namen denn?«

»Den gibt es allerdings, den Namen Mila«, lachte die Frau. »Weshalb fragst du, Großmutter? Was hast du für Bedenken?«

»Es gibt ihn zwar, den Namen Mila, das weiß ich. Aber es ist ein Name für Jungkühe – nicht für junge Weiber.«

»Für Jungkühe?« lachte die Frau noch ärger. »Manchmal sagst du Sachen, Großmutter ... Dann bin ich also eine Jungkuh? Habe ich Ähnlichkeit mit einer Kuh?«

»Im Vertrauen, du hast viel Ähnlichkeit mit einer Jungkuh«, bestätigte Darja vergnügt. »Dann war der Name doch richtig gewählt.«

Mila grub zwei Tage lang Kartoffeln aus, und sie tat es mit Fleiß und Ausdauer. Das versöhnte Darja sowohl mit dem grundlosen Lachen, das selbst während der Arbeit kaum je verstummte, als auch mit dem läppischen Vornamen, der so unseriös war wie das ständige Lachen der Frau. Endgültig versöhnt war sie, als sie erfuhr, daß Mila verheiratet war und, wie jedes normale Weib, ein Kind hatte. Dann hatte also der Ehemann schon jahrelang das ewige Gelache erdulden müssen. Wie gut, daß er sich jetzt davon erholen konnte, während seine Frau hier Kartoffeln grub! Gegen Ende des zweiten Tages, als Mila ihre Sachen packte, sagte Darja:

»Deinen Namen solltest du doch lieber ändern. Mach einen Tausch mit einer Kuh ... Kühe haben bisweilen schöne Namen. Wir hatten eine – die hieß Sojka. Wär das nicht ein Name für dich? Dann würdest du vielleicht auch nicht mehr so viel lachen. Sonderbar, daß du alles zum Lachen findest.«

Mila lachte natürlich wieder los, und ihr Lachen wollte nicht mehr verstummen. Man hörte es noch vom Landesteg her, wohin Sonja die Freundin begleitete. Das hörte sich an, als würde jemand an einer Strippe ziehen – woraufhin ein Glöcklein endlos zu klingeln und zu scheppern begann. Darja aber dachte, vielleicht ist das gut und in Ordnung. Wer ständig lacht, kennt weder Sorgen noch Traurigkeit. Jedesmal und immer heißt es nur haha! Wenn zu so einer das Leid kommt, dann begreift die gar nicht, was da kommt, sie lacht dem Leid ins Gesicht, sie verscheucht es wie einen unerwünschten Galan. Keine Pein vermag ins Herz zu dringen, alles wird leichtgenommen, das ganze Leben ist eitel Lustbarkeit und Spaß. Das ist gewiß alles andere als schlecht. Wo könnte man so was erlernen?

Am dritten Tag nahm Pawel den Abtransport der Kartoffeln in Angriff. Fünfzehn Säcke wurden gefüllt, das war das ganze verfügbare Leergut, doch der Kartoffelberg im Gemüsegarten blieb fast genauso groß, wie er gewesen war. Auch in der Erde steckten noch Kartoffeln. Wann sollten sie das alles wegbefördern? Darja spielte darauf an, daß man Katharina helfen müsse. Fünf Sack mit Kartoffeln müßten mit, auf Petrucha sei kein Verlaß, mal zeigt er sich, mal bleibt er weg, und die alte Katharina würde auch irgendwo leben und etwas beißen müssen.

»Wo soll ich hin damit?« erwiderte Pawel, nicht ungefällig, sondern ratlos.

»Und wohin mit unseren Kartoffeln?«

»Was in den Keller nicht reingeht, schütten wir zunächst auf die Veranda.«

Pawel hatte sich einen ganzen Monat mit dem Keller seines neuen Hauses herumgequält. Er hatte Flußsand herangeschafft, hatte den Kellerboden abgedichtet und erreicht, daß das Wasser aus dem Keller verschwand. Es war noch ein Glück, daß das Haus erhöht lag – in den Kellern der tiefer gelegenen Häuser konnte man sich des Wassers nicht erwehren. Ein Nachteil war, daß der Keller merklich kleiner geworden war und nicht mehr so viel aufnehmen konnte. Ihn nach der Seite hin zu erweitern, wäre jedoch nicht gut, da käme man aus dem Ärger wohl überhaupt nicht mehr heraus. Der Keller war auszementiert, und wenn man den Zement aufrisse, käme bestimmt gleich wieder Wasser. Dann lieber so, wie es jetzt ist.

Sonja, die zwei Tage lang ihren Buckel gekrümmt hatte, konnte am dritten Tag nur noch auf den Knien rutschen. Dafür sprangen Sima und Katharina ein, gleichsam um die Logiskosten abzuarbeiten. Solange die Verwandtschaft bei Darja zu Gast war, hatten die zwei anderen Greisinnen in Nastassjas Haus gewohnt, nach Sonjas Abfahrt zogen sie gleich wieder zu Darja. Sonja konnte, als sie am Abend abfuhr, fast nur noch wimmern, in ihrem Büro hatte sie sich körperliche Arbeit abgewöhnt, und jetzt, beim Kartoffelernten, hatte sie sich übernommen. Dort in der Siedlung hatte sich Sonja während dieses einen Sommers so verändert, daß sie Darja fast wie eine Fremde vorkam. Sonja war dick und schlaff geworden, sie ließ sich das Haar nach Städterart schneiden und Löckchen drehen, wodurch das Gesicht größer und runder wirkte, während die Augen verquollen, zugekniffen und klein waren. Sie kannte sich neuerdings in allen möglichen Krankheiten aus, sprach darüber wie jemand, der Bescheid weiß, nannte alle Krankheiten beim Namen, wußte genau, welche Arznei gegen welches Leiden hilft. In Matjora hatte man den menschlichen Gebrechen früher keine sonderliche Bedeutung beigemessen, und noch nie hatten es die Feldscherinnen lange im Dorf ausgehalten. Sie kamen her, schauten sich um, sahen, daß ringsherum Wasser ist, daß die Leute arbeitsam und kerngesund sind, und kehrten der Insel bald wieder den Rücken.

»Wie ist es dort? Gefällt es dir?« fragte Darja behutsam.

»Hier gewiß nicht«, erwiderte Sonja unwillig, ohne sich näher darüber auszulassen. Darja spürte voraus, daß man in der neuen Siedlung zu ihr als alter Frau eine andere Einstellung haben würde. Hier in Matjora lebte sie in ihrem eigenen Haus, alles war ihr vertraut und mannigfach mit ihr verbunden, es ging von ihr aus und kam wieder zu ihr zurück. Sie war Herrin über Haus und Gelände und wurde als solche anerkannt und geachtet. Sie brauchte das nicht hervorzukehren. Es galt als selbstverständlich. Dort würde Sonja herrschen wollen. Sie ist auch nicht mehr die Jüngste, sie begreift, daß sie nicht mehr lange bei Kräften sein wird. Da muß sie sich als die Herrin gebärden. Der Mensch braucht einen, den er herumkommandiert, das ist für ihn der süßeste Dienst von der Welt. Und je länger er anderen Leuten unterstellt war, desto eifriger bemüht er sich, das Versäumte nachzuholen.

Jeden Tag schleppte der Motorkutter die Fähre ab, manchmal auch zweimal am Tag. Man schaffte die Kartoffeln weg, man schaffte das letzte auf der Insel verbliebene Vieh fort, man sammelte alles ein, was andernorts noch Nutzen bringen konnte. Längeres Säumen war jetzt nicht mehr möglich, die angekündigte Endfrist war abgelaufen: es war Mitte September. Für viele kam der Kahn wie gerufen, der eines Tages unverhofft am Ufer anlegte. Er gehörte einer Handelsstelle, und die kaufte Kartoffeln, für vier Rubel pro Sack. Der endlosen Plackerei mit den Kartoffeln müde, entschied sich Pawel für den Verkauf der letzten zwanzig Säcke. Er hatte drei Ladungen in die Siedlung geschafft, das waren jedesmal fünfzehn Sack. Die würden vollauf reichen. Katharina riet er, alles zu verkaufen. Er versprach, ihr das Lebensnotwendige aus den eigenen Lagerbeständen zu überlassen, es sind ja doch immer die gleichen Kartoffeln! Drei Sack behielt sie trotzdem zurück – man konnte nie wissen. Auch Sima war um zwanzig Rubel reicher geworden – die konnte ihr Hab und Gut erst recht nirgendwo unterbringen, konnte auf nichts bauen, und ihr kleines Gemüsegärtchen, so bescheiden es war, hatte nicht nur die erwartete, sondern noch zusätzliche Frucht getragen. Hinterher jammerte Sima, sie hätte mehr verkaufen sollen –, jetzt liegen die Kartoffeln im Licht und schimmeln vor sich hin.

Die Greisinnen waren sich lange unschlüssig, was sie mit Nastassjas Gemüsegarten machen sollten. Nastassja kam und kam nicht wieder. Den Sommer über hatte Darja nach dem Garten geschaut, hatte gejätet, umgegraben, die Hühner fortgejagt – sollte diese Arbeit umsonst getan sein? Es war der letzte Gemüsegarten im Dorf, nur da und dort sah man noch eine gelbe oder rote Rübe oder einen Rettich aus dem Boden ragen. Kohl hatte kaum jemand gepflanzt – der wäre doch nicht ausgereift. Die sinnlos gewordenen Umzäunungen verfielen, der Wind tönte leise im dünnen trokkenen Kraut der Gurkenbeete, bewegte das Kartoffelkraut. Vera Nossarjowa war die einzige im Dorf, die das Kartoffelkraut der Ordnung halber zu einem Haufen zusammentrug, aber auch sie scheute sich, es in die Siedlung mitzunehmen, um es dort später ans Vieh zu verfüttern. Das wäre der Mühe zuviel gewesen. Sie war heilfroh, daß sie wenigstens das Heu hinübergeschafft hatte.

Nastassja indessen kam nicht, und die Frauen mußten sich wohl oder übel ihres Gemüsegartens annehmen. Sie machten in Nastassjas Haus die Fensterläden zu, damit das Tageslicht nicht eindrang, und schütteten die Kartoffeln auf den Fußboden. Wozu das Ganze gut war – das Ausgraben und Lagern –, wußten sie nicht. Würden die Kartoffeln mit dem Haus verbrennen, oder würden sie noch einmal jemandem nützen? Sie wußten es nicht. Die Brandstifter, wurde berichtet, brüsteten sich damit, beim Niederbrennen der Wälder die fertig gebratenen Reizker zu sammeln. Vielleicht würde es Nastassjas Kartoffeln genauso ergehen. Doch die Kartoffeln in der Erde zu lassen, konnten sie nicht übers Herz bringen, das wäre unerhört gewesen. Irgendwann mußte Nastassja kommen – sie hatte es fest versprochen. Ohne Kartoffeln lebt es sich auch in der Stadt nicht gut. Etwas wird sie aufgehalten haben, vielleicht taucht sie im letzten Augenblick auf, entsteigt den Wassern der Angara, kommt ins Haus . . . Zum Ernten wird es dann zu spät sein, doch wenn die Kartoffeln schon im eigenen Haus lagern, bereitet der Abtransport mit vereinten Kräften keine großen Schwierigkeiten mehr.

Auch das Vieh hatten sie fortgeschafft. Pawel war einer der letzten, die ihre Kuh abholen kamen. Der klugen und folgsamen Majka waren das Feuer und die Verwüstung, die Einsamkeit und das Durcheinander mächtig in die Knochen gefahren, sie wagte sich tagelang nicht zum Hoftor hinaus. Darja wollte sie auf die Weide treiben, aber Majka muhte nur und blieb trotzig und furchtsam in ihrem schmutzigen und dunklen Stall. Nur nachts verließ sie ihn, lief aber nicht auf die Straße, sondern in den Gemüsegarten, um vom Grünzeug zu fressen. Dann ging sie wieder in den Stall zurück. Stundenlang stand sie mit gesenktem, vorgestrecktem, der Stalltür zugewandtem Kopf da, wie in Erwartung eines Ereignisses. Als Pawel ihr den Strick um den Hals warf und sie wegführte, folgte Majka bereitwillig: auf alles gefaßt und zu allem bereit – wenn es nur fortginge von dieser Erde, die ihr solche Angst machte. Gehorsam trottete sie über den Brettersteg auf die Fähre und ließ sich dort anbinden. Sie wendete sich von Matjora ab, schielte zum fernen gegenüberliegenden Ufer hinüber.

Darja brach in Tränen aus, als sie die Kuh zum Fluß begleitete.

»Nun, Mutter«, sagte Pawel, »am besten fährst auch du gleich mit? Mir scheint, hier im Dorf gibt es nichts mehr zu tun.«

»Nein«, sagte Darja fest. »Mich rühr einstweilen nicht an. Ich bin keine Kuh, daß ich einfach so fort könnte. Ihr seid es, die hier nichts mehr zu tun habt. Ich für mein Teil hab was zu tun.«

»Die zünden bald alles an, Mutter . . .«

»Sollen sie zündeln, sollen sie . . .«

Und obwohl sie wußte, daß es dafür zu spät und die Frage sinnlos war, konnte sie sich nicht zurückhalten, vorwurfsvoll zu fragen:

»Und die Gräber lassen wir zurück? Unsere Gräber kommen unters Wasser?«

Pawel sah so bedrückt aus, daß es weh tat, ihn anzuschauen.

»Du siehst doch, wie sich alles ergeben hat«, versuchte er sich zu rechtfertigen. »Wir haben es fest vorgehabt . . . und dann kam der Unfall dazwischen . . . Und jetzt ist keine Zeit mehr. Für mich ist einer eingesprungen, dem schuld ich drei Arbeitstage. Ich glaube nicht, daß es noch geht. Aber den anderen geht es auch nicht anders.«

»Unsere Gräber werden sie auch einmal aufgeben – wenn wir jetzt die Eltern zurücklassen«, sagte Darja. »Mein Gott, was sind wir für Unmenschen! Ja, geht es ohne Elterngrab?«

Als Pawel wieder fort war, ging Darja, noch aufgewühlt von dem Gespräch mit ihm, auf den Friedhof. Der Tag ging zur Neige, die Sonne stand schon ziemlich tief am Himmel, ihre trockene Glut war am Erkalten. Fast zum Ersticken roch es nach Brand, das Kiefernwäldchen hinter der Viehweide brannte jetzt. Die farblose, wie hohle, einem großen Sonnenreflex nicht unähnliche Flamme sprang unversehens in die Höhe, um gleich wieder in sich zusammenzusinken. Wenn es von dorther nicht geknistert und gedröhnt hätte, hätte keiner gesagt, daß es das Wäldchen ist, was brennt. Der Rauch hob sich von der über der Angara hängenden Rauchglocke kaum ab. Es wehte ein schwacher, mit dem Brandgeruch versetzter Nordwind. Darja mußte sich oft räuspern, ihr war schwindlig, die Füße traten aufs Geratewohl auf. Rechter Hand, von jenseits des Kaps, war immer noch das Tuckern des Motorkutters zu hören, der die Fähre mit der Kuh hinter sich herzog. Auch die Majka war nun also losgefahren, in der Vorahnung des Übels, das sich hier vollziehen würde. Dort in der Siedlung wird es darum gehen, die Kuh bis zum Frosteinbruch richtig zu füttern, damit ihr Fleisch nicht in der Qualität nachläßt.

Das Friedhofstor stand weit offen. Gleich dahinter, auf der ersten Friedhofswiese, war die Erde kahlgesengt und schwarz. Darja schaute hoch und erblickte weder Gräber noch Kreuze, weder Grabpfosten noch Umzäunungen. Was die Greise damals zu Beginn des Sommers vereitelt hatten, als sie in den Krieg gegen die beiden Friedhofsschänder zogen, war inzwischen, ohne jedes Aufsehen, nachgeholt worden. Aber jetzt verspürte Darja weder Empörung noch Schmerz – sie begriff, daß dies das Ende war. Es kam alles aufs gleiche hinaus. Sie hatte seither so viel mitansehen und ertragen müssen, daß ihr Herz zu Stein geworden war. Und jetzt noch der Friedhof und die Gräber . . . Es war ihr wohl so beschieden. Sie durfte jetzt nicht böse werden. Sie war zu ihren Eltern gekommen, da durfte sich ihre Seele nicht in Unfrieden verbittern. Sonst wäre es besser, gleich wieder umzukehren.

Sie wendete sich nach links und fand tiefer im Friedhofsgehölz den kleinen Hügel, unter dem ihre Eltern begraben lagen. Beim Herausreißen des Kreuzes war Erde übers Grab verstreut worden. Links ruhte die als erste verstorbene Mutter, rechts lag der Vater. Zu Häupten der Toten wuchs eine Eberesche, die Darja selber einst gepflanzt hatte, im Gras lagen die von Vögeln angepickten roten Beeren. Am Fußende stand eine Kiefer. Als das Grab angelegt worden war, hatte es den Baum noch nicht gegeben, er war später aus einem zufällig hergewehten Kiefernsamen emporgewachsen. Der Grabhügel kam Darja schon zu kurz vor, sie mußte mehrmals den Impuls niederkämpfen, sich längs des Hügels hinzustrecken, um seine Länge an ihrer zu messen und zu begreifen, ob der Hügel während dieser vielen Jahre geschrumpft war oder ob der Mensch so klein ist. Die Zweige der Eberesche und die Kiefernäste hatten sich in der Höhe verflochten. Schaurig und sündhaft und beseligend war der Gedanke, daß auch im Leben dieser Bäume, wie in ihrem eigenen, ein Stück von jenen beiden mitwest, die hier tief in der Erde liegen, dort, wo die Wurzeln ihre Nahrung holen. So ist sie denn mit allem ringsherum verwandt . . .

Darja verneigte sich vor dem Grabhügel und ließ sich neben ihm auf die Erde nieder. Der Wind drang nicht bis hierher, es war still, nur das trockene, stachlige Gras raschelte. Der Rauch hatte jenen süßlichen, nur auf Friedhöfen auftretenden Geruch noch nicht getilgt, in dem die Lebenden den Geist der Vergängnis zu spüren meinen.

Sie schloß von Zeit zu Zeit die Augen, um den Rauch und die verwüsteten Gräber nicht sehen zu müssen. Mit dem Oberkörper nach vorn und wieder zurück schaukelnd, als würde sie sich in den Schlaf wiegen, sich in ein befreiendes Nichtsein versenken, sprach sie endlich mit leiser Stimme:

»Das bin ich, Vater. Das bin ich, Mutter.« Die Stimme klang unsicher und welk, Darja verstummte wieder. Sie wartete noch einmal eine Weile, bis sich die richtige Stimme eingestellt hatte. Dann wiederholte sie den Gruß in einem anderen Tonfall, der eindringlicher war und tiefer reichen würde. »Ich bin also zu euch gekommen. Ich bin jetzt frei geworden, selbst noch die Kuh haben sie heut fortgebracht. Jetzt könnte es ans Sterben gehen. Sterben aber, Vater, werd ich draußen im Land müssen. Nicht in Matjora. Ich werd mich nicht zu euch legen können, da wird nichts draus werden. Ich hab euch mit mir nehmen wollen, damit wir dort beisammen liegen können, doch daraus wird jetzt nichts. Seid mir nicht böse deswegen, es ist nicht meine Schuld. Doch, es ist meine Schuld, es ist schon deshalb meine Schuld, weil ich ich bin, weil das Los auf mich gefallen ist. Und ich bin kopfscheu und ratlos gewesen, ich hab nicht gewußt, was zu tun ist. Du, Vater, hast mir gesagt, ich soll lange leben . . . Ich bin folgsam gewesen, ich habe gelebt. Und wozu hab ich das getan! Ich hätt besser daran getan, zu euch zu kommen, dann wären wir beisammen geblieben. Und was ist jetzt? Ich werde nicht in Ruhe sterben können, weil ich auf euch verzichtet habe, und jetzt wird zu meinen Lebzeiten unser Geschlecht entzweigehauen, und euch wird es forttragen . . . Und ich Vermaledeite werd mich von euch abtrennen und mich an einem fremden Ort ansiedeln. Wer wird mir das je verzeihen?! Vater! Mutter! Wo ist nun meine Schuld?« – Sie preßte das Gesicht gegen das Gras des Grabhügels, ihre Schultern zitterten. Und ins Gras und in die Erde rief sie bittere Klage: »Es ist so viel Rauch hier bei uns. Ihr seht es selber. Seht ihr auch mich? Seht ihr, wie ich geworden bin? Ich bin jetzt ganz wie ihr, ich müßte zu euch ... Dem Haus müßt ich noch das Geleit geben, und dann zu euch ... Das Feuer soll kommen, das Wasser soll kommen ...« Sie hob den Kopf und schob das Kopftuch zurecht. »Auch unser Haus, Vater, werden sie bald ... Wenn nicht heute, dann morgen ... Und ich werde zuschauen. Ich stell mich hin, wo es nicht gar zu heiß ist, und schaue zu, ob es gut brennt. Und danach komm ich wieder zu euch her und sag es dir. Was soll ich anderes tun?«

Plötzlich kam ihr ein Gedanke: wie aus weiter Ferne kaum hörbar ins Ohr geflüstert: »Hast du unser Haus auch für den Tod gerichtet? Du gibst ihm doch das Geleit? Oder wirst du einfach fortgehen und die Tür hinter dir zuschlagen? Du mußt das Haus herausputzen, bevor es stirbt. Es ist unser aller Wohnhaus gewesen.« Darja zuckte zusammen und erklärte sich sofort bereit: »Ich werde es putzen und richten. Wie hab ich das vergessen können? Ich hätt es selber wissen müssen. Ich tue es bestimmt.«

»Und was sonst?« fragte sie, auf eine Antwort hoffend. »Was soll ich außerdem noch tun?« Sie lauschte angespannt, nahm gierig noch die leisesten Laute in sich auf. Doch sie bekam keine weitere Auskunft. Das Wichtigste wurde nicht ausgesprochen. Ringsum war alles so still wie vorher, das Rascheln des Laubes und Grases fügte sich nicht zu einer Antwort. Sie fragte noch ein weiteres Mal, diesmal schon ohne Hoffnung – doch die Gräber schwiegen. Und sie kam zu dem Schluß, daß sie keine Vergebung erhalten hatte. Das geschah ihr auch recht. Welcher Verdienste wegen hätte ihr Vergebung zugestanden? Sie konnte sich nicht einmal selber vergeben – wie hätte sie darauf bestehen können, daß jene ihr vergeben? War das nicht schamlos gedacht?

Darja hob den Blick. In den Wipfeln der Bäume hing der Rauch, hoch am Himmel zogen heitere Wölkchen vorbei. Die Sonne stand jetzt tief, ihr Licht legte sich in Streifen auf das Friedhofsgehölz, die langen Schatten wirkten rund und fest. Längs eines der Schatten, wie an einem umgestürzten Baumstamm entlang, hüpften dicht hintereinander zwei kleine Vögel mit emporgereckten Schwänzen. Doch Darja verspürte keine Lust, in diese Welt zurückzukehren, wo die untergehende Sonne schien und wo die Vögel hüpften – die Zeit dafür war noch nicht da. Sie stellte sich statt dessen vor, daß nachher, wenn sie diese Erde verlassen und zu ihrem Geschlecht herabsteigen würde, viele, viele Menschen sich zum Gerichtstag versammeln werden. Der Vater und die Mutter werden dort sein, und die Großeltern, und die Urgroßeltern – alle jene, die vor Darjas Zeit ihren Lebensweg gegangen waren. Darja meinte, sie deutlich zu sehen, wie sie in einem riesengroßen, sich endlos nach rückwärts verbreiternden Keil dastanden, alle mit finsteren, strengen und fragenden Gesichtern. Und an der Spitze dieses sich durch die Zeiten hinziehenden Keiles, ein wenig zurückgesetzt, damit man sie besser sehen konnte, das Gesicht all den anderen zugewendet, stand sie selber, nur sie allein. Sie hörte die Stimmen und verstand, wonach sie fragten, obwohl die Worte undeutlich klangen – doch sie hatte nichts, was sie ihnen antworten konnte, mit Ratlosigkeit, Sorge und Furcht blickte sie den Vater und die Mutter an, die direkt vor ihr standen, sie dachte, daß die Eltern ihr helfen würden, daß sie sich vor den anderen für sie, Darja, einsetzen würden, doch die Eltern schwiegen betreten. Und die Stimmen tönten immer lauter, immer ungeduldiger, immer heftiger ... Sie fragten nach der Hoffnung, sie sagten, Darja hätte sie alle ohne Hoffnung und ohne Zukunft gelassen. Sie versuchte zurückzuweichen, man ließ sie nicht fort. Hinter ihr klang eine Jungenstimme, die forderte, daß sie bleiben solle, wo sie stand, und daß sie Rechenschaft ablegen solle, und sie begriff, daß die Jungenstimme in ihrem Rücken nur die Stimme ihres Senjka sein konnte, den der Baum im Wald als Halbwüchsigen erschlagen hatte ...

Darja wurde von Entsetzen gepackt, nur mit Mühe gebot sie der Vision Einhalt. Während sie langsam wieder zu sich kam, hatte sie den vagen Gedanken: »Dann geht es auch dort nicht ohne Hoffnung. Ohne die geht es nirgendwo. So wird es wohl sein.« Jedoch die Gesichter der Eltern und jenes von Senjka, die Gesichter der ihr drüben im Jenseits am nächsten Stehenden, waren weiterhin vor ihren Augen, entfernten sich, hüllten sich in einen trügerischen Schleier, bewegten sich dann wieder auf sie zu. Der Vater und die Mutter schauten sie stumm und traurig an, sie schienen Mitleid mit ihr zu empfinden und wohl zu wissen, daß Darja ihre Tochter war. Senjka indessen, der drüben ein Waisenkind war, wollte weiter etwas von ihr erbitten.

Sie erhob sich, schwankte, stand dann wieder fest auf den Beinen. Sie verneigte sich vor dem Grabhügel und entfernte sich in jene Richtung, in der die Schatten fielen. Ihr war jetzt noch schwindliger als vorhin, aber Senjkas Grab befand sich in der Nähe, etwa dreißig Schritt weit weg. Als Darja dort angekommen war, ließ sie sich auf die Erde niedersinken. »Sie zieht mich, die Erde, sie zieht mich zu sich hin«, merkte sie. »Heute zieht sie mich so stark wie noch nie.« Sie fürchtete sich, ein Gespräch mit dem Sohn zu beginnen. Den hatte sie nun wirklich hintergangen. Sie hatte sich nicht bei ihm im Jenseits eingefunden, und er wird sich hier an diesem Ort weiter quälen müssen, nicht gebunden an sein Geschlecht. Aber jetzt war sowieso nichts mehr zu machen. Sie saß da, die wie blinden Augen auf die Erde geheftet und grübelte, in lastende Gedanken wie in eine Fron verbannt. Eine Antwort wurde ihr nicht zuteil. Rings um sie herum standen die vertrauten Birken und Kiefern, Ebereschen und Faulbeersträucher, lagen die entblößten und entstellten Gräber mit ihren grasbewachsenen Buckeln. Fast in jedem zweiten Grab lagen Verwandte, Brüder, eine Schwester, mehrere Onkel und Tanten, die Großväter, die Urgroßväter und weiter hinab in der Geschlechterfolge . . . Wie viele es waren, hatte sie mit ihrer schwachen Einbildungskraft gerade erst gesehen, und das waren noch nicht einmal alle gewesen. Jawohl, so war es, die Erde zog sie zu sich hin. Die Blätter auf den Bäumen zitterten, das hohe weißliche Gras bewegte sich im Wind. Der Höhenwind hatte ein durchsichtiges Wölkchen vor die Sonne geschoben. Die Wolke hatte die Sonne nicht richtig verdeckt. Aber das Licht der Sonne hatte sich ins Fahle verfärbt. Die Schatten hatten sich von der Erde gehoben. Es war kühler geworden.

Darja mühte sich weiter um eine Antwort, fand aber keine. Da war jeder Verstand überfordert. Der Mensch kommt in die Welt, lebt in der Welt und verläßt sie wieder, manchmal des Lebens müde, wie jetzt sie, manchmal ohne Müdigkeit. Das war immer so und wird immer so bleiben. So viele sind es gewesen, bevor die Reihe an sie käme, und wie viele werden es, nach ihr, noch sein! Sie befindet sich jetzt am Übergang. In welcher Richtung sind es mehr, weiter nach vorn zu oder weiter nach rückwärts? Und wer kennt die Wahrheit über den Menschen, wer weiß, warum er lebt? Um des Lebens willen, um der Kinder willen, damit auch die wieder Kinder gebären, und die Kindeskinder wieder neue Kinder? Oder aus einem anderen Grund? Wird diese Bewegung ewig fortwähren? Und wenn du um der Kinder willen, um der Bewegung willen lebst, mußt du dann die Gräber aufsuchen? Hier liegen sie als zahlreiche Heerschar, liegen und schweigen: jene, die zu Hunderten alles für dich hergegeben haben, für dich und für solche wie dich. Und was folgt daraus, wo führt das hin? Was hat ein Mensch zu empfinden, um dessentwillen viele Generationen ihr Leben gelebt haben? Nichts empfindet dieser Mensch. Er empfindet und begreift nichts. Und er verhält sich so, als hätte das Leben von ihm seinen Anfang genommen und als würde es mit ihm zu Ende gehen. Ihr Toten, sagt an: habt ihr drüben, jenseits dieser Grenze, die ganze Wahrheit erfahren? Die Wahrheit darüber, warum ihr hier wart? Hier im Diesseits fürchten wir uns vor diesem Wissen, und außerdem fehlt uns die Zeit. Was ist das gewesen, das Leben? Wem gereicht es zum Nutzen? Und bringt es überhaupt welchen? Auch unsere Kinder, die wir in die Welt gesetzt haben, werden eines Tages, wenn sie müde und nachdenklich geworden sind, die Frage an uns richten, warum wir sie geboren haben. Gar zu eng ist es hier. Und schwer zum Atmen. Es riecht nach Verbranntem.

»Müde bin ich«, dachte Darja. »Müde und todesmatt. Wenn ich doch nirgendwo hin müßte, wenn ich mich hier hinstrecken könnte. Mich hinstrecken, mich zudecken und endlich Ruhe finden. Und mit einem Schlag die ganze Wahrheit erfahren. Ich spür, wie die Erde an mir zieht. Und wenn ich drüben bin, sprech ich herüber. Dann richte ich das Wort an jene, die noch hier sind. Dumm seid ihr, werde ich dann sagen. Und weswegen seid ihr so dumm? Und weswegen fragt ihr so viel? Das ist nur für euch unbegreiflich – hier im Jenseits verstehst du alles bis zum kleinsten Tüpfelchen. Wir sehen einen jeden von euch und werden ihn um Rede und Antwort ersuchen. Das werden wir, das werden wir. Wir sehen euch so deutlich, als wärt ihr ausgestellt. Und wir schauen genau darauf hin, wer von euch was tut, wer von euch was in seinem Gedächtnis trägt.«

Und schon bereitete es ihr Mühe zu glauben, daß sie immer noch am Leben ist. Ihr war, als würde sie wirklich diese Worte aus dem Jenseits ins Diesseits sprechen. Sie hatte diese Wahrheit gerade erfahren – und noch hatte man ihr nicht verwehrt, sie den Weiterlebenden zu eröffnen. Die Wahrheit steckt im Gedächtnis. Wer kein Gedächtnis hat, der hat auch kein Leben.

Doch sie begriff: das war noch nicht die ganze Wahrheit. Es stand ihr jetzt noch bevor, sich wieder auf ihre Beine zu erheben und vom Friedhof fortzugehen, um auf das zu schauen und zu lauschen, was ringsum geschieht, bis ans Ende. Hinterher würde sie das bis zum letzten Gesehene, Gehörte und Erlebte mit sich ins Jenseits nehmen und im Austausch dafür die volle Wahrheit erhalten.

Nicht ohne Mühe stand sie auf und schlug den Rückweg ins Dorf ein.

Rechter Hand, wo das brennende Kiefernwäldchen war, schlugen in der Abenddämmerung hell die Flammen empor, am Himmel zeichneten sich die ersten Sterne ab, auf der Viehweide stand dunkel und gebieterisch der *Königslärch*. Still, ohne einen einzigen Lichtschein oder Laut, als sei es von ausnahmslos allen verlassen worden, lag das kummervolle Matjora da.

19

Das Dorf und die Insel Matjora konnte man sich ohne die einsam auf der Viehweide stehende Lärche nicht vorstellen. Sie überragte alles andere, so wie ein Schafhirt seine über die Schafweide verteilte Herde überragt. Sie besaß wirklich Ähnlichkeit mit einem Hirten, der seit alters her Hüterdienste versieht. Aber niemand, und hätte er das Abc fünfmal erlernt, hätte auf diesen Baum die weibliche Form angewendet. Das war keine Lärche – das war der *Königslärch*, der herrisch und mächtig und ewig auf einer Anhöhe stand, eine halbe Werst vom Dorf entfernt, von fast überallher zu sehen und jedermann wohlbekannt. Und deshalb wohl, weil er sich so übermächtig hochreckte und diese Kraft in sich vereinigte, wurde droben im Himmel beschlossen, den Baum, der Ordnung und der Proportionen wegen, ein wenig zu stutzen. Und es brach jenes berühmte Gewitter los, als ein Blitz den Wipfel des *Königslärchs* abschlug und auf den Boden herabschleuderte. Aber auch verkürzt um seinen Wipfel, büßte der Baum seinen mächtig erhabenen Anblick nicht ein, er war sogar noch gewichtiger geworden. Seit alter Zeit lebte im Volk der Glaube, daß es der *Königslärch* sei, der Insel und Festland zusammenhält: durch seine in den Flußgrund reichende Wurzel. Und solange dieser Baum steht, so lautete weiter der Glaube, so lange wird auch Matjora bestehen. Noch vor kurzer Zeit wurde der Baum an den hohen Frühjahrsfesten, zu Ostern und Pfingsten, mit eßbaren Dingen reich beschenkt. Sie türmten sich am Fuße des Baumes und wurden anschließend von den Hunden verschlungen. Der Brauch hielt sich lange, seine Nichtbeachtung hätte den Zorn des *Königslärchs* erwecken können. Erst nachdem im ganzen Land das neue Leben begonnen hatte, hörten die Darbringungen auf, aber auch heute noch empfanden die alten Leute im Dorf Furcht und Respekt vor diesem herrischen, herrlichen Baum. Und das hatte gewiß seine Ursachen.

Die dicken, mächtigen Äste des *Königslärchs* wuchsen nicht, wie sonst bei Bäumen, schräg aufwärts, sondern seitlich im rechten Winkel, als wären es Bäume für sich. Der unterste Ast war in vier Meter Entfernung vom Erdboden gewesen und hatte *Paschkas Ast* geheißen. Irgendwann hatte sich an ihm das unglücklich verliebte Dorfmädchen Paschka erhängt. Die Koltschakleute, die die Insel während des Bürgerkrieges besetzt hatten, wußten von der armen Paschka bestimmt nichts, doch den Ast hatten sie ausfindig und nutzbar gemacht und zwei ihrer eigenen Soldaten daran aufgeknüpft. Was die zwei ausgefressen hatten, wußte niemand in Matjora. Einen ganzen Tag lang hingen die Gehenkten da, ihr Anblick ließ den Dorfleuten das Blut in den Adern gerinnen. Dann gingen die Männer zum Offizier und baten, die Toten, der Kinder wegen, aus der Schlinge zu nehmen. Die beiden wurden daraufhin, obwohl sie längst tot waren, noch einer weiteren Hinrichtung unterworfen: man warf sie vom Hochufer hinunter in den Fluß.

Sein letztes und unschuldigstes Opfer hatte der *Königslärch* bereits nach dem Krieg gefordert – und wieder war es *Paschkas Ast* gewesen. Vera Nossarjowas kleiner Sohn war von diesem Ast zu Tode gestürzt. Erst da taten die Dorfleute, was längst fällig war. Sie schlugen den Ast mit der Axt ab. Dann wurde er von den Kindern verbrannt.

Solche grausige Geschichten rankten sich um den Königslärch.

Während seiner langen Lebenszeit hatte der Baum so viele Nadeln und Zapfen verstreut, daß sich der Boden rings um den Stamm angehoben hatte. Wenn man drauftrat, federte er unter dem Fuß. An dem mächtigen Stamm, den man mit ausgestreckten Armen nicht umfassen konnte, rieben sich die Kühe, brach sich der Wind. Die Dorfburschen kamen mit Steinschleudern her und schossen die Harzklumpen von der Rinde, die sie dann den Mädchen schenkten. Im Lauf der Zeit hatte sich der Baum entrindet, der *Königslärch* ließ im Frühling sein Geäst nicht mehr ergrünen. Die schwächsten, dünnsten, am weitesten abstehenden Zweige fielen nach und nach ab. Doch was übrigblieb, schien nur noch kräftiger, verläßlicher und unverwüstlicher zu werden, wie auf ewige Zeiten gegossen. Der Stamm war weiß und knöchern geworden, sein mächtig ausgefächertes Fundament mit den Höckern der Baumwurzeln war fest und beständig und zeigte nicht das geringste Zeichen von Fäulnis oder Hohlheit. An der einen Seite des Stammes, gleichsam an seinem Rücken, besaß der *Königslärch* seit jeher eine Einbuchtung. Sonst schien alles wie aus einem Guß zu sein.

Ein Stück weiter weg, etwa zwanzig Meter zur Angara hin, stand eine Birke. Sie war noch grün, aber alt und todgeweiht. Sie war der einzige Baum, der sich einst vermessen hatte, neben dem trotzigen *Königslärch* seine Krone zu erheben. Und der *Königslärch* ließ die Birke gewähren. Unter der Erde mochten sich die Wurzeln der beiden Bäume vereinigt haben, vielleicht herrschte dort Eintracht. Hier oben auf der Viehweide, vor aller Augen, schien die Birke ihr Dasein nur der launischen Gnade des *Königslärchs* zu verdanken.

Und es kam der Tag, da traten fremde Menschen auf den

Baum zu. Dieser Tag war schon fast vorüber, die Sonne war untergegangen, die Dämmerung senkte sich auf die Insel. Die fremden Menschen kehrten von der Arbeit zurück, die sie schon zwei Wochen lang auf der Insel verrichteten. Und wie beflissen und geschickt sie sich auch anstellten, die Zeit ging schnell vorbei, die Fristen drängten. Die Arbeit dieser Männer mußte erst einmal richtig in Gang gebracht werden, dann nahm sie ihren Lauf von selber. Und jetzt, auf die Nacht zu, bogen also zwei dieser fremden Männer mit rußgeschwärzten, wie gegerbten Gesichtern vom Weg ab und traten auf den *Königslärch* zu.

Jener der Männer, der voran ging, schlug mit dem Beilrücken, um das Holz zu prüfen, gegen den Stamm und hätte das Beil beinahe fallen gelassen, mit solcher Wucht war es zurückgefedert. Der Mann rief verwundert aus:

»Das ist ein Tier – und kein Baum. Doch wir werden dich zu packen wissen, Bestie . . . Bei uns ist zwei mal zwei gleich vier. Da müßten schon andere Tiere kommen!«

Der zweite Mann, der der Ältere der beiden war, hielt in der Hand einen Kanister und betrachtete gähnend den Baum. Er trug wasserdichte Gummistiefel, die beim Gehen häßlich quietschten. Hier wirkten die Stiefel sinnlos und fehl am Platz, und es war unerfindlich, wie es die Füße in den Stiefeln aushielten. Ins Wasser konnte man damit auch nicht mehr gehen, an beiden Sohlen waren Löcher eingebrannt.

Die Männer gingen um den Stamm herum und blieben vor der höhlenartigen Einbuchtung stehen. Der Königslärch wuchs nicht kerzengerade zum Himmel empor, er besaß eine leichte Neigung, und zwar an der Seite dieser Vertiefung, als würde er die Höhle vor fremden Augen schützen wollen. Der Mann, der das Beil hielt, versuchte, Späne abzusplittern, aber zu seiner Verwunderung glitt das Beil immer wieder ab, brachte das Holz nur zum Klingen, konnte sich aber nicht hineinbohren.

»Das ist kein Holz – das ist Eisen«, sagte der Mann beeindruckt und stieß wieder eine sonderbare Drohung aus. »Aber du läufst uns nicht davon. Bei uns ist nämlich fünf mal fünf fünfundzwanzig.«

Er warf das nutzlose Beil fort und begann, die auf der Erde herumliegenden Äste aufzulesen und zu zerkleinern. Dann schichtete er sie über Kreuz unterhalb der Baumnische auf. Sein Kumpel übergoß, wieder mit einem Gähnen, den Stamm mit Benzin aus dem Kanister und verspritzte den Rest über den Holzstoß. Dann stellte er den Kanister hinter sich ab und entzündete ein Streichholz. Das Feuer loderte auf, flammte empor und umzüngelte den Stamm.

»So gefällst du uns schon besser«, sagte der erste Mann leutselig und hob sein Beil von der Erde auf. »Jetzt leuchte mal schön, sonst ist es uns zu dunkel. Das haben wir nicht gern.«

Und sie setzten ihren Weg ins Dorf fort, wo sie zu Abend aßen und zu Bett gingen, in der festen Überzeugung, daß das Feuer, während sie schlafen, sein Werk vollbringen würde. Als sie von der Viehweide fortgingen, hatte es den unteren Teil des gewaltigen Baumes so dicht umfangen, züngelte es so gierig und heiß empor, daß der Ausgang keine Zweifel erweckte.

Doch als sie am nächsten Morgen ans untere Ende der Insel marschierten, wo noch Arbeit auf sie wartete, da stand der Königslärch an seinem angestammten Platz, als wäre nichts geschehen.

»Schau dir das einmal an!« rief jener Mann verblüfft. »Steht da und rührt sich nicht. Na, warte mal! . . .« Da der Mann von fröhlichem Gemüt war, stimmte er mit Baßstimme ein Lied an: »Wart einmal, wart einmal, bildschönes Mägdlein . . .«

Diesmal gingen die Männer vorbei, aber gleich nach dem Mittagessen kehrten sie zum *Königslärch* zurück. Jetzt waren es nicht mehr zwei, sondern fünf Männer. Wieder gingen sie um den Baum herum, rührten mit den Beilen an den Stamm, machten den Versuch, ihn zu fällen, und gaben den Versuch wieder auf. Die Beile kratzten nur die dünne Rußschicht vom Holz und prallten ab wie an Gummi.

»Ich hab es gleich gesagt, ein Tier!« rief der frohgelaunte Mann. »Direkt wie unser Hauswirt« – gemeint war Herrgottsschmer – »Genauso spinnös wie der. Statt friedlich zu verbrennen, muß er die Leute quälen. Aber das alles wird dir nichts nützen. Die Losung lautet: sechs mal sechs ist sechsunddreißig.«

»Soll ihn doch der Teufel holen!« sagte der Mann mit den Gummistiefeln und schielte zum Brigadier rüber. Wir sind nicht verpflichtet, alles ratzekahl zu machen!«

Der Brigadier, von allen fünf Männern der unscheinbarste, jedoch mit einem Bärtchen über der Oberlippe, das seinen bübchenhaften Anblick ins Männliche kehren sollte, warf den Kopf hoch:

»Der Lulatsch muß weg. Sonst mault die Kommission. Wir müssen was unternehmen.«

»Wir brauchen eine Säge.«

»An dem kannst du bis zum Jüngsten Tag sägen. Wenn schon Säge, dann Metallsäge.«

»Oder Motorsäge.«

»Das geht schief. Schau mal, wie breit der ist. Den kitzelst du bloß mit der Motorsäge.«

Einer der Männer, die am Abend zuvor nicht dabeigewesen waren, hob einen dünnen versengten Span von der Erde auf und roch daran.

»Wozu die Umstände!« sagte er spöttisch. »Hier ist die Lösung. Seht mal, wie harzig das ist. Wir zünden ein Feuerchen an, und der Baum steht in Flammen.«

»Haben wir gestern versucht.«

»Ihr habt es nicht richtig versucht. Wir brauchen mehr Brennstoff.«

»Dann versuchen wir es noch mal. Wird schon brennen, der Bursche.«

Der Mann mit den Gummistiefeln wurde zum Ufer geschickt, wo ein Faß mit Benzin lagerte. Die anderen begannen, die Latten des verfallenen und umgestürzten Lattenzauns, der früher die Viehweide eingezäunt hatte, einzusammeln, zu zerkleinern und in Mannshöhe in zwei Lagen um den Baumstamm herum aufzuschichten. Zwischen die Latten stopften sie die Rinde der zuvor entrindeten Birke sowie Reisig. Unterdessen war das Benzin herbeigeschafft. Es wurde, nicht gerade sparsam, über den Stamm ausgegossen. Dann wurde der Holzstoß von unten her angezündet. Das Feuer knisterte auf, die Birkenrinde rollte sich zusammen, pechschwarzer Rauch stieg auf. Dann schossen die Flammen nach einem Augenblick des Luftholens jäh in die Höhe. Die Männer wichen zurück und bedeckten schützend ihre Gesichter.

»Ich hab doch gesagt: zwei mal zwei ist vier«, rief der fröhliche Mann siegestrunken.

Doch auch diesmal hatte er sich zu früh gefreut. Das Feuer tanzte eine Weile am Stamm entlang, leckte aber bloß das Benzin weg und löste sich dann vom Holz, als stünde ringsherum die Luft in Flammen, während der Baum durch einen unsichtbaren Schutzpanzer geschützt wurde und unversehrt blieb. Nach zehn Minuten war das Feuer vom Baum herabgeglitten. Jetzt begannen die trokkenen Latten mit lautem Knistern zu brennen, aber sie brannten für sich allein, das Feuer verschonte den *Königslärch*, beschmutzte ihn nur mit Ruß.

Bald waren auch die Latten verbrannt. Neue Latten heranzuschaffen, war sinnlos. Die Männer fluchten. Der Baum erhob sich gelassen und majestätisch gen Himmel und erkannte keine andere Macht an als seine eigene.

»Morgen bringen wir die Motorsäge mit«, sagte der Brigadier.

Lauter ertönten jetzt die Stimmen, die sich dafür einsetzten, den Baum einfach stehenzulassen:

»Scheiß drauf – und fertig! Soll er zum Himmel ragen. Der wird hier keinen stören, mittendrin im Wasser. Wir müssen mit dem Dorf anfangen. Der blöde Baum hat uns gerade gefehlt . . .«

»Im Scheißen seid ihr Meister. Das muß man euch nicht beibringen«, erwiderte wütend der Brigadier. »Aber wenn die Kommission kommt, wo versteckst du dann den Baum? Unter dem Pullover? Das wäre gelacht, wenn wir den Baum nicht aufs Kreuz legen würden . . .«

»Ja, wenn es ein Baum wäre . . .«

Am dritten Tag wurde die Motorsäge zum Einsatz gebracht. Die Beseitigung des *Königslärchs* galt nicht mehr als Nebenarbeit, sondern als Hauptaufgabe. Der Brigadier stellte sich selber an die Säge. Etwas unsicher und linkisch trat er auf den Baum zu, schätzte noch einmal dessen Mächtigkeit ab und schüttelte den Kopf. Schaltete die Säge ein, schob sie an den Stamm heran und drückte auf den Knopf. Die Säge machte einen Hüpfer, wäre fast seinen Händen entglitten, hinterließ aber eine – allerdings nicht tiefe – Rille. Während er in der Rille neu ansetzte, drückte der Brigadier stärker auf die Säge. Sie heulte angestrengt auf, unter ihr hervor spritzte ein schwacher Strahl farbloser Späne weg, aber der Brigadier sah jetzt deutlich, daß die Säge es nicht schaffen wird. Ein Schaukeln der Säge verbot sich wegen der Dicke des Stammes. Man konnte ihn ringsherum mit einem flachen Einschnitt umgürten, mehr war nicht möglich. Genausogut hätte man versuchen können, mit einer scharfen Rasierklinge einen Holzklotz zu zerschneiden. Der Brigadier stellte die Motorsäge ab.

»Den legst du nie um«, sagte der Brigadier und gab es auf. Er maß den Baum noch einmal von der Erde bis zum Wipfel. »Soll sich der mit ihm abgeben, der es nicht lassen kann.«

Er übergab die Säge an den neben ihm stehenden Mann mit den Gummistiefeln und sagte böse:

»Säg wenigstens die Birke ab. Damit die nicht herumsteht . . . Das wächst und wächst und hört nicht auf . . .«

Und die Birke, deren einzige Schuld war, daß sie neben dem mächtigen und eigenwilligen *Königslärch* stand, der den Menschen getrotzt hatte, stürzte auf ihre brechenden Äste und entblößte an den Bruchstellen ihr nicht mehr weißes, sondern altersschwach rötliches Gewebe. Der *Königslärch* stand weiter unbewegt da. Leicht geneigt, schien er das untere Ende der Insel, wo die Wälder gestanden hatten, mit Strenge und Aufmerksamkeit zu betrachten. Jetzt gab es die Wälder nicht mehr. Nur da und dort grünten auf der Wiese einsame, verwaiste Birken, und auf den Brandstätten ragten schwarzverkohlte Baumstümpfe empor.

Rauch wälzte sich über die Insel, gelb lagen die Stoppelfelder mit den versengten Feldrainen da. Gegen das kahle, entstellte Matjora preßte sich das genauso zugerichtete Podmoga.

Nur der unbotmäßige, widerspenstige *Königslärch* herrschte weiter über alles in der Runde. Doch diese Runde war leer.

20

Es war kein Kalk da und nirgends welcher aufzutreiben. Darja mußte wohl oder übel auf die Landzunge am oberen Inselkap gehen und weiße Steine sammeln, mußte die Steine im Eimer heimtragen – Säcke waren nicht mehr da, sie hatten alle, mit Kartoffeln gefüllt, die Reise in die Siedlung angetreten. Dann mußte sie, unter Aufbietung ihrer ganzen Willenskraft, die Steine brennen, ganz wie in alten Zeiten. Doch zu ihrer eigenen Verwunderung – als sie die Arbeit anpackte, glaubte sie nicht, daß sie damit zu Rande kommen würde – gelang es ihr, Kalk zu gewinnen. Ein Pinsel fand sich im Haus. Darja hatte immer selbstgemachte Pinsel benutzt. Sie waren aus dem hohen, leichten weißen Waldgras gefertigt, das vor dem ersten Schnee geschnitten wurde.

Das Weißeln des Hauses galt seit jeher als das Vorspiel zu hohen Festtagen. Zweimal im Jahr wurde geweißelt: nach dem herbstlichen Hausputz und kurz vor Ostern. Erst wurde das Haus gerichtet und erneuert, wurde der Fußboden so lange bearbeitet, bis er milchig gelb glänzte. Dann ging es ans Essenzubereiten, ans Kochen und

Braten, und es war so schön und angenehm, sich um den frisch geweißelten Ofen mit dem wie saubergeleckten Ofenboden herumzubewegen, inmitten von Reinlichkeit und Ordnung, im Vorgefühl des hohen Feiertages, daß diese österliche Helligkeit noch lange nicht aus der Seele wich.

Doch diesmal sollte sie das Haus nicht für den Feiertag schmücken. Nachdem sie am Grab der Eltern gefragt hatte, was sie tun solle, und eine, so schien es ihr, deutliche Antwort bekommen hatte, war sie jetzt nur noch von dem Gedanken erfüllt, diesen Rat zu befolgen. Einen Verstorbenen legt man nicht ins Grab, bevor man ihm die besten Kleider angezogen hat, so will es der Brauch und die Sitte. Wie aber könnte sie das Haus, aus dem die Eltern und vorher die Großeltern hinausgetragen worden waren, in dem sie selber ihr ganzes Leben verbracht hatte, dem Tod überlassen, ohne ihm den gleichen Schmuck, die gleiche Sorgfalt zu gewähren? Andere Leute mögen es damit halten, wie sie wollen, sie aber verstand, was sich ziemt und gehört. Sie würde dem Haus ein richtiges Geleit geben. Immerhin hat es gut seine hundertfünfzig Jahre an dieser Stelle gestanden. Wie könnte man so einem Haus die letzte Ehre versagen.

Den letzten Anstoß gab einer der Brandstifter, als er ins Haus schaute und sagte:

»Was ist jetzt mit euch Hübschen? Wir haben keine Anweisung zu warten, bis ihr gestorben seid. Für euch wird es Zeit, auf die Reise zu gehen. Und wir müssen unsere Arbeit beenden. Also seid so lieb und schiebt es nicht länger auf.«

Und Darja ging ans Werk: sonst zünden sie dir noch das Haus über dem Kopf an. Das obere Dorf gab es nicht mehr, mit Ausnahme der Koltschakbaracke, im unteren Dorf standen noch sechs dicht und unzertrennlich aneinandergebaute Häuser, die man auf einen Streich, von beiden Enden gleichzeitig, anzünden würde. Einzeln ließen sie sich nicht niederbrennen.

Als Katharina den Kalk sah, sagte sie verlegen:

»Ich hab mein Haus nicht hergerichtet.«

»Du hast nicht gewußt, wie es kommt«, tröstete sie Darja.

»Ich hab es nicht gewußt, das stimmt«, bestätigte Katharina, ohne Erleichterung zu verspüren.

Als Darja auf den Tisch hinaufstieg, war ihr schwindlig, vor ihren Augen flimmerten feurige Streifen, die Beine bogen sich unter ihr durch. Aus Furcht davor, zu stürzen, setzte sie sich rasch hin und preßte die Hände gegen die Schläfen. Sobald der Kopf in Ordnung war, begann sie – das wiederholte sich mehrmals – wieder mit der Besteigung des Tisches. Zunächst ging es auf allen vieren hinauf – es war ein Glück, daß der Tisch nicht zu hoch und stabil genug war –, dann stellte sie sich auf die Beine. Sich mit der einen Hand an einem Schemel festhaltend, den Körper linkisch gestreckt, führte sie die andere Hand mit kurzen Bewegungen – weit ausholende wären besser gewesen – an der Zimmerdecke entlang. Als Sima sah, wie Darja sich abquälte, bat sie:

»Gib mir den Pinsel. Ich bin jünger und schwindelfrei.«

»Bleib sitzen!« erwiderte Darja unwirsch, verbittert darüber, daß andere ihre Schwäche sahen.

Nein, sie wird das Haus selber weißeln. Und wenn ihr dabei die Puste ausginge, diese Arbeit durfte sie an niemanden weitergeben. Noch waren ihr die Arme nicht abgefallen – und hier waren ihre eigenen Arme und Hände nötig, so wie beim Begräbnis der Mutter die eigenen und nicht fremde Tränen Erleichterung bringen. Das Weißeln mußte ihr keiner beibringen, sie hatte ihr Leben lang mehr als genug geweißelt. Und wirklich legte sich die Farbe gleichmäßig auf die Decke, mit einem matten bläulichen Schimmern, und die trocknende Decke atmete. Beim Zurückblicken und Vergleichen bemerkte Darja, daß die Farbe schnell trocknet. »Die spürt, daß sie sich beeilen muß«, dachte sie. »Die ahnt, was es damit auf sich hat.« Und schon meinte sie, im frischen Weiß der Decke eine düstere Tönung zu erkennen.

Mit dem Pinsel in der Hand auf dem Tisch stehend, traf sie ein anderer Brandstifter an – sie hatten sich wohl abgesprochen, Darja der Reihe nach zur Eile zu ermahnen. Der Mann riß vor Verwunderung die Augen weit auf und sagte:

»Ja, bist du noch bei Sinnen, Großmutter? Wir zünden dir morgen dein Haus an, und du weißelst es, wie für den Einstand!«

»Morgen kannst du zündeln kommen«, erwiderte Darja, vom Tisch herab, mit Richterstimme. »Aber nicht vor morgen abend. Und jetzt mach, daß du fortkommst, du hast hier kein Hausrecht. Stör mich nicht bei der Arbeit. Und wenn du morgen herkommst, dann bleib gefälligst draußen, geh nicht ins Haus. Damit du mir das Haus nicht verdreckst und verschandelst. Hast du mich verstanden, Brandstifter?«

»Hab ich, Oma, hab ich«, nickte der maßlos verdutzte Mann und ging hinaus.

Darja trieb sich jetzt noch mehr zur Eile an. Wenn sie dir jetzt schon das Haus einrennen, dann ist Gefahr im

Verzug. Die können es nicht mehr erwarten. Die werden nicht lange fackeln – deshalb mußte sie jetzt schnell machen. Damit sie noch rechtzeitig fertig wird. Am gleichen Tag weißelte sie auch noch die Wände, mörtelte den Ofen aus. Sima half, bereits in der Abenddämmerung, beim Abwaschen der mit Ölfarbe gestrichenen Zwischenwand und der Fensterbretter mit. Die Gardinen hatte Darja schon vorher gewaschen. Die Beine konnten kaum mehr gehen, die Arme bewegten sich nur noch mit Mühe, im Kopf pochte ein dumpfer Schmerz, doch bis in die Nacht hinein verbot sich Darja jede Ruhepause. Sie wußte: wenn sie jetzt einhielte und sich hinsetzte, stünde sie nicht wieder auf. Sie bewegte sich immer noch und wunderte sich selber darüber, daß sie nicht einfach umfiel – wahrscheinlich war zu ihren eigenen schwachen Kräften eine zusätzliche Kraft hinzugekommen, damit sie diese Arbeit ausführen und zu Ende führen konnte. Um einer anderen Sache willen hätte sie nicht so viele Dinge tun können. Daran wäre nicht zu denken gewesen.

Beim Einschlafen atmete sie den angenehm kühlenden Geruch des trocknenden Kalks ein.

Am Morgen war sie in aller Herrgottsfrühe wieder auf den Beinen. Sie heizte den Ofen ein und erhitzte das Wasser zum Waschen des Fußbodens und der Fenster. Es war noch genug zu tun, da durfte sie nicht auf der faulen Haut liegenbleiben. Beim Gedanken an die Fensterscheiben fiel ihr ein, daß die Läden nicht geweißelt waren. Und sie hatte geglaubt, mit dem Weißeln fertig zu sein! Die Läden hatte sie glatt vergessen. Das war nicht in Ordnung und durfte nicht so bleiben. Ein Glück, daß sie gestern nicht den ganzen Kalk aufgebraucht hatte.

»Laß mich die Läden weißeln«, bat Sima wieder.

Und wieder lehnte Darja das Angebot ab:

»Nein, das mach ich selber. Ihr habt mit dem Schleppen genug zu tun. Heute ist der letzte Tag.«

Sima und Katharina waren damit beschäftigt, Nastassjas Kartoffeln mit einem Wagen in die Koltschakbaracke zu befördern. Herrgottsschmer half mit. Heute retteten sie die Kartoffeln vor dem Untergang, der sie morgen trotzdem ereilen würde. So würde es wohl kommen. Auch die Baracke wird nicht mehr lange stehen. Doch solange Rettung möglich war – so lange wurde gerettet. Anders ging es nicht. Die Hoffnung auf Nastassjas Kommen war geschwunden, jedoch das Brot und die Kartoffeln galten weiter als gottgegeben und dadurch geheiligt.

Darja weißelte gerade die Läden am zweiten Straßenfenster, als sie hinter sich Redefetzen und Schritte hörte. Das waren die Brandstifter. In voller Formation waren sie auf dem Weg zur Arbeit. Nicht weit von Darja blieben sie stehen.

»Die Alte hat wirklich nicht mehr alle beisammen«, sagte einer der Männer mit fröhlich verwunderter Stimme.

Eine zweite Stimme fiel ihm ins Wort:

»Schweig.«

Ein unansehnlicher Mann, der eine Maschine geschultert hielt, trat auf Darja zu. Das war der Tag, als die Zündler zum drittenmal ihre Kräfte am *Königslärch* maßen. Der Mann sagte mit einem Hüsteln:

»Hör mal, Großmutter, heute könnt ihr hier noch übernachten. Für heute haben wir noch was zu tun. Aber morgen müßt ihr ausziehen. Hörst du, was ich dir sage?«

»Freilich hör ich es«, sagte Darja, ohne sich umzuwenden.

Als die Männer fort waren, setzte sich Darja auf die Sitzbank neben der Haustür und lehnte den Rücken gegen die Wand. Sie spürte das rauhe und verbrauchte, aber warme und lebendige Holz der Hauswand – und sie begann zu weinen, qualvolle, kärgliche Tränen. So weinte sie ihre Pein und Kränkung heraus. Aber dieser letzte gnädig gewährte Tag in diesem Haus war nicht nur bitter – er war auch von Freude erfüllt. Vielleicht würde man ihr vor ihrem eigenen Tod genauso sagen: schon gut, Alte, leb noch bis morgen. Was würde sie an diesem Tag dann tun, wofür würde sie ihn verwenden? Wie gütig sind wir alle, einzeln genommen, und wieviel Böses richten wir alle zusammen an: aus Unverstand und fast mit Vorsatz!

Doch das waren Darjas letzte Tränen. Diesen Befehl erteilte sie sich, als sie sich ausgeweint hatte. Selbst wenn man sie zusammen mit dem Haus verbrennen würde, würde sie alles aushalten und keinen Laut mehr von sich geben. Wer weint, der bettelt um Mitleid, sie aber wollte nicht, daß man Mitleid mit ihr hatte. Vor den Lebenden war sie sich keiner Schuld bewußt, höchstens der, daß sie immer noch nicht aufhörte zu leben. Doch es gab wohl auch diese Notwendigkeit, daß sie hier war, daß sie jetzt das Haus richtete und zurüstete, daß sie Matjora würdig das Geleit geben würde.

Um die Mittagszeit versammelten sie sich wieder um den Samowar herum: die drei alten Weiber, Simas kleiner Enkel und Herrgottsschmer. Das war jetzt die gesamte Dorfbevölkerung, alle anderen waren davongefahren. Auch den alten Maxim hatten sie fortgebracht, sie hielten ihn an den Armen fest und führten ihn zum Ufer – aus eigener Kraft konnte er diesen Weg nicht mehr gehen. Die Tungusin war von ihrer Tochter abgeholt worden, einer nicht mehr jungen Frau mit einem blauen Fleck unter dem einen Auge, die ihrer Mutter im Gesicht sehr ähnlich sah. Die Tochter hatte Wein mitgebracht, und als die beiden Frauen auf dem abfahrenden Motorkutter standen, stieß die angesäuselte Tungusin in ihrer alten unverständlichen Sprache ans Ufer gerichtete Rufe aus. Der ältere Koschkin hatte bei seinem letzten Aufenthalt aus seinem Haus die Fensterrahmen rausgenommen und das Haus dann eigenhändig in Brand gesteckt. Die Rahmen hatte er in die Siedlung mitgenommen. Vorige Woche hatte sich auch Woronzow wieder im Dorf blicken lassen und mit den Zündlern ein Gespräch geführt. Als er Herrgottsschmer begegnet war, hatte er versucht, ihm einzureden, er möge die Insel unverzüglich verlassen.

»In Anbetracht dessen, daß du weder Kinder noch ein Haus hast, werde ich dir das schriftlich bescheinigen«, erläuterte Woronzow. »Das Rayonexekutivkomitee bringt dich schon irgendwie unter. Und du pack jetzt deine Sachen und mach dich reisefertig.«

»Hurenbrrrut!« erwiderte Herrgottsschmer und wendete Woronzow seine Kehrseite zu. Es wurde nicht deutlich, ob er die an ihn gerichteten Worte verstanden hatte oder nicht.

Doch auch dies war inzwischen vorbei, während der letzten beiden Tage hatte sich niemand mehr in Matjora blikken lassen. Es war hier auch nichts mehr zu tun. Alles Transportfähige hatte man weggebracht, um das Zurückgelassene war es nicht schade. Deswegen ist ja das neue Leben neu: weil man nicht jeden alten Plunder mitnimmt.

Beim Teetrinken sagte Darja, die Brandstifter hätten versprochen, mit dem Zündeln bis morgen zu warten. Sie bat die anderen:

»Bleibt diese Nacht nicht bei mir. In dieser letzten Nacht will ich allein im Haus sein. Bei Herrgottsschmer ist sicher Platz zum Schlafen.«

»Die sollen doch die eigene Mutter vögeln und anschließend anzünden!« rumorte Herrgottsschmer und fügte etwas ruhiger hinzu: »In der Barrracke sind Prrritschen!«

»Und ich komm morgen nach«, versprach Darja.

Nachmittags rutschte sie auf den Knien durchs Haus und wusch den Fußboden. Sie bedauerte, daß man ihn nicht richtig abschaben und anschließend mit Sand und einem harten Besen putzen konnte: damit sich die Sonne in ihm brechen kann. Das hätte sie bestimmt auch noch geschafft. Aber der Fußboden war mit Ölfarbe gestrichen, darauf hatte Sonja seinerzeit bestanden, als sie den Fußboden damals putzen mußte. Darja hatte ihr das nicht auszureden vermocht. Natürlich wäscht sich ein mit Farbe gestrichener Fußboden leichter, aber andererseits war das hier kein Büro oder Amt, bei sich daheim kann man auch mal den Rücken krümmen. Wenn das so weitergeht, werden sich die Leute bald selber mit Farbe anstreichen, um sich das Schwitzbad zu sparen.

An manchen Stellen waren die Dielenbretter tief ausgetreten. Doch jetzt würden keine Füße mehr darüber hinwegschreiten. Ihre Füße waren die letzten.

Während sie ihr Haus herrichtete, spürte sie, wie ihre Kraft immer mehr nachließ und schwand: je weniger Arbeit blieb, desto weniger Darja blieb übrig. Es schien, als würden sie sich beide zu gleicher Zeit verausgabt und verbraucht haben – und genau das war es, was Darja wollte. Wie gut wäre es, sich nach dem Ende dieser Arbeit quer zur Türschwelle hinzustrecken und einzuschlummern.

Dann soll kommen, was kommen muß, das wäre dann nicht mehr ihre Sorge. Die Lebenden werden sie finden – oder die Toten. Und sie führe mit den einen wie mit den anderen mit.

Sie ging in den verlassenen Kälberstall, dessen Tor weit offen stand, und suchte und fand in der Ecke eines alten Bretterverschlags eine rostige, gelbgefleckte Sense. Damit mähte sie etwas Gras. Das Gras war hart, in sich verheddert und ebenfalls rostig. Aber ein besseres Gras war jetzt nirgendwo mehr zu finden. Sie sammelte das Gras in einem Korb, kehrte ins Haus zurück und verstreute es über den Fußboden. So wollte es der Brauch oder das, was Darja an Brauches Statt erfand. Das Gras roch weniger nach frischem Grün als nach Trockenheit und Rauch, aber es würde nicht lange liegen und nicht lange duften müssen. Es wird auch so gehen. Niemand wird sie deswegen zur Rede stellen.

Das Schwierigste war getan, nur eine Kleinigkeit blieb noch zu tun. Ohne sich eine Ruhepause zu gönnen, hängte Darja die gewaschenen Gardinen vor die Fenster, entfernte alles Überflüssige von den Sitzbänken und von der Liege, stellte das Küchengerät behutsam an den Ort, wo es hingehörte. Doch immerzu war ihr, als würde etwas fehlen, als hätte sie etwas vergessen. Das wäre nicht verwunderlich gewesen: was sie jetzt tat, hatte keiner vor ihr gemacht. Sie wußte, was zu tun ist, um einem Menschen das letzte Geleit zu geben, dieses Wissen und Tun hatten die vielen Generationen der vor ihr Lebenden an sie weitergegeben. Hier aber mußte sie sich auf ihr Gespür verlassen, das reichlich vage war, obwohl ihr jemand ab und zu zuzuflüstern schien, was sie in diesem oder jenem Augenblick zu tun hatte.

Auch das Vergessene wurde ihr auf diese Weise eingesagt. Sie schaute in eine Ecke, in eine zweite Ecke und begriff, daß dort Fichtenzweige sein müssen. Genauso oberhalb der Fenster. Wie konnte man nur das Fichtengrün weglassen?! Aber Darja wußte nicht, ob es auf der Insel noch welches gab – sie hatten die ganze Insel verwüstet und versengt. Sie mußte auf die Suche gehen.

Draußen dämmerte es. Der Abend war warm und still, am Himmel und auf den fernen, von der Dämmerung wie saubergewaschenen Wäldern war ein lichtes Blau. Es roch, wie immer, nach Rauch, dieser Geruch wich jetzt nicht mehr von Matjora, aber außerdem roch es noch nach Frische, nach kühler, aufgepflügter Erde. »Woher mag das kommen?« fragte Darja und fand keine Antwort. »Von dort, aus der Erde hervor«, vernahm sie dann. »Woher soll es sonst kommen?« Und wirklich: von woher sollte der Geruch nach feuchter Erde kommen, wenn nicht aus der Erde? Wir aber sind so schlau geworden, daß wir, den Geruch nach Erde in der Nase, zum Himmel aufblicken.

Darja hatte den Weg zum nahe gelegenen oberen Flußarm eingeschlagen, dort war nicht so viel verwüstet wie anderswo. Das Gehen fiel ihr ganz leicht, als würde irgendwas sie dahintragen, ihre Fußsohlen brauchten den Pfad kaum zu berühren. Es ging sich leicht, es atmete sich frei. »Dann war das mit dem Fichtengrün richtig«, dachte sie. Und ein Gefühl der Ruhe und der Gewißheit, daß alles recht getan war, sogar die Verweigerung des letzten Nachtlagers für Sima und Katharina, breitete sich in ihrer Seele aus. Irgendwas hatte ihr die Verweigerung anbefohlen. Und irgendwas hatte dem Zündler eingegeben, die Brandstiftung auf morgen zu verlegen – und auch der wird nicht lange gegrübelt haben, er hat es eben gesagt. Nein, das alles war nicht so einfach und nicht ohne Hintersinn, es hatte damit seine besondere Bewandtnis. Und Darja verfolgte mit den Augen das Vögelchen, das dann und wann ihren Weg kreuzte, das sich irgendwo hinsetzte, dann wieder hochflatterte und weiterflog, als würde es ihr den Weg weisen. Am Ende war dieser Vogel ein von fern her ausgeschickter Bote?

Sie fand eine Fichte, die sich eigens für Darja erhalten hatte und sich ihr gleich zu erkennen gab, brach einen Armvoll Fichtengrün ab und kehrte bereits in der Dunkelheit heim. Erst daheim bemerkte sie, daß sie wieder zu Hause war. An den Heimweg und an ihre Gedanken während des Heimwegs konnte sie sich nicht erinnern. Sie blieb weiter von jener heiter gelassenen Stimmung erfüllt, ihr war immerzu, als ruhe irgendwessen Auge auf ihr, als leite jemandes Hand sie an. Selbst noch jetzt, auf die Nacht zu, verspürte sie keine Müdigkeit, ihren Armen und Füßen schienen Flügel gewachsen zu sein, sie bewegten sich lautlos und selbständig.

Bereits im Schein der Lampe, in ihrem rötlichen, trüben Blinken, befestigte sie, auf einem Schemel stehend, in den Zimmerecken und in den Ritzen über den Fenstern das Fichtengrün. Sogleich begann es, seinen rauchigen Duft auszuströmen, den traurigen Geruch nach Abschied und letztem Geleit, der die Erinnerung an brennende Kerzen und Grabgesänge heraufbeschwor. Und das ganze Haus hatte jetzt einen traurigen, weltabgewandten, erstarrten Anblick. »Es spürt genau, weswegen ich es schmücke«, dachte Darja, voller Furcht und Demut um sich blickend, danach suchend, was sie vergessen haben könnte. Doch alles nahm den ihm gehörenden oder zugewiesenen Platz ein. Das träge welke Rascheln des Grases unter den Füßen störte Darja. Sie machte die Lampe aus und kletterte auf den Ofen.

Eine schaurige, hohle Stille umgab sie hier: kein Hund bellte, kein Kieselstein knirschte unter einem Fuß, keine Stimme ertönte und verhallte wieder, kein Wind rauschte im vollen Geäst der Bäume. Alles ringsum war wie ausgestorben. Hunde gab es noch auf der Insel, drei bedauernswerte Köter, die von ihren Besitzern dem Schicksal überlassen worden waren. Sie streunten kreuz und quer über die Insel, aber in dieser Nacht waren auch sie verstummt. Kein Laut war zu hören. Von Furcht ergriffen, stieg Darja vom Ofen wieder auf den Fußboden herab und begann, ein Gebet zu sprechen.

Sie betete die ganze Nacht hindurch, schuldbewußt und demütig nahm sie Abschied vom Haus ihrer Väter. Und ihr war, als würde etwas ihre Worte ergreifen, wiederholen und davontragen.

Am Morgen nahm sie die kleine Sperrholztruhe, in der ihre Sterbekleider lagen, bekreuzigte zum allerletzten Mal die vordere Stubenecke, schluchzte auf der Haustürschwelle auf, bezwang die Versuchung, zu Boden zu fallen und sich dort auszuweinen, ging hinaus und machte die Tür hinter sich zu. Den Samowar hatte sie schon vorher vors Haus gestellt. Sima und Katharina warteten vor Nastassjas Haus auf sie. Darja sagte ihnen, daß sie den Samowar holen sollen, und machte sich, ohne sich noch einmal umzuwenden, auf den Weg zur Koltschakbaracke. Dort stellte sie die Truhe in der ersten Diele ab und betrat die zweite Diele, die den Zündlern als Unterkunft diente.

»Es ist soweit«, sagte sie. »Ihr könnt jetzt zündeln. Aber daß mir euer Fuß ja nicht ins Haus kommt . . .«

Dann ging sie zum Dorf hinaus. Wo sie den ganzen Tag über blieb, erinnerte sie später nicht mehr. Sie wußte nur noch, daß sie immerzu gegangen und gegangen war, ohne sich darum zu bekümmern, woher ihr die Kräfte zum Gehen kamen, und neben ihr war, auch das wußte sie noch, ein nie zuvor gesehenes, kleines tierähnliches Geschöpf hergelaufen und hatte versucht, ihr in die Augen zu blikken.

Die Greisinnen suchten nach Darja, riefen nach ihr, sie aber hörte nichts.

Gegen Abend fand der auf der Insel eingetroffene Pawel die Mutter ganz in der Nähe des *Königslärchs*. Darja saß auf der Erde, blickte starr zum Dorf hinüber und sah zu, wie es den letzten Rauch von der Insel forttrieb.

»Steh auf, Mutter«, sagte Pawel und hob sie hoch. »Tante Nastassja ist gekommen.«

21

Nastassja saß da, hielt die Hände gegen das Gesicht gepreßt, schluchzte ab und zu auf, schaukelte vorwärts und wieder zurück und stöhnte:

»Und der Jegor ... der Jegor! ...«

Die Frauen schwiegen ratlos und niedergeschlagen, sie wußten nicht, ob sie an Jegors Tod glauben sollten oder nicht. Wer weiß, vielleicht hatte sich Nastassjas Verstand in der Stadt noch mehr umnachtet, und wenn sie schon hier in Matjora Geschichten über den endlos weinenden und verblutenden Jegor erfunden hatte, dann hatte ihr getrübter Sinn den alten Mann inzwischen vielleicht sterben lassen – und in Wirklichkeit sitzt der Jegor gesund und munter in seiner Stadtwohnung und raucht seine Pfeife. Schlimm war freilich der Gedanke, daß es mit Nastassja so weit gekommen war, daß sie den eigenen Gatten totsagt. Genauso entsetzlich war die Vorstellung, daß es den alten Jegor auf der Welt nicht mehr gibt . . .

Herrgottsschmers Behausung war schmal wie ein Korridor und maßlos verwahrlost und verschmutzt. Die Sachen, die die alten Frauen hergeschafft hatten, machten das Chaos noch ärger. Auf den mit Heu bedeckten Pritschen lagen Pullover, Decken und Bündel herum, auf dem kahlen, von zahlreichen Ritzen durchzogenen Tisch türmte sich ein Geschirrberg. Darjas Samowar stand auf dem Fußboden, neben dem einzigen Fenster im Raum, dessen untere Scheibe fehlte. Dort sah man die untergehende Sonne – und unterhalb der Sonne das heilgebliebene, aber dreckige und speckige, während der langjährigen Beschmutzung durch die Fliegen blind gewordene Fensterglas. Auf dem Fußboden war ein roter Fleck aus festgetretenem Ziegelstaub – dort hatte einst ein eiserner Ofen gestanden. Jetzt war kein Ofen mehr im Raum. Überhaupt bot dieses Hühnerhaus, mit den Pritschen an der einen Wand und dem langen zuberförmigen Tisch an der anderen, den Anblick äußerster Unwohnlichkeit.

Doch eine schönere Wohnung konnte man sich jetzt nicht mehr auswählen – es war nur noch die Baracke übriggeblieben, selbst der letzte Viehstall und das letzte Schwitzbad waren niedergebrannt. Im unteren Dorf rauchten noch die Überreste einiger Häuser, in deren heißer Asche dann und wann ein kleines Flämmchen hochzüngelte, das bald wieder verlosch. Furchtbar anzusehen waren die kahl und allein dastehenden erkaltenden Öfen.

Das Dorf Matjora hatte sich aus seiner Verankerung gelöst, hatte sich in die Luft erhoben und war davongeflogen: das Himmelreich möge sanft zu ihm sein, dem Dorf! Die Baracke zählte nicht, sie war seinerzeit von fremden Händen gezimmert worden und hatte stets ein Randdasein gefristet. Nicht einmal die Brandstifter wollten sich mit ihr abgeben, sie waren gegen Abend auf dem Motorkutter fortgefahren. Vorher betraten zwei von ihnen Herrgottsschmers Barackenhälfte, wo sich Sima und Katharina verborgen hielten. Sie fürchteten sich und wollten das Bild der brennenden Dorfhäuser nicht vor Augen haben.

»Was soll man mit euch machen, Weiber«, sagte der eine der Männer. »Ihr seid doch nicht klar bei Verstand – die jagen euch bald zum Teufel. Und wir haben keine Lust, auf euch zu warten. Wir fahren lieber in die Sauna und waschen euren Ruß ab. Diese Festung könnt ihr selber anzünden.«

»Hör mal zu, Wolgaschiffer!« redete der andere Herrgottsschmer an. »Laßt ja nichts heil zurück, das ist gegen die Vorschrift. Habt ihr Zündhölzer da?«

»Hurenbrrrut!« knurrte Herrgottsschmer, während Sima, erschrocken und erfreut, versicherte:

»Wir haben Zündhölzer, jawohl. Wir zünden die Baracke selber an.«

Bald nach der Abfahrt der Brandstifter kam Pawel. Er brachte Nastassja mit, führte dann die Mutter von der Viehweide in die Baracke zurück. Pawel war verwirrt, er wußte nicht, was er mit den Greisinnen tun sollte. Ins Boot gehen sie nicht alle rein, außerdem gibt es noch diesen Herrgottsschmer – doch sie würden jetzt auch gar nicht fahren wollen. Er begriff das sofort, als er die Mutter sah, fragte aber sicherheitshalber:

»Fahren wir nachher los? Morgen könnte ich die anderen abholen kommen . . .«

Darja ließ Pawels Frage unbeantwortet.

»Gut«, sagte Pawel nach kurzem Nachdenken. »Wenn Tante Nastassja hier ist, dann ist das soweit in Ordnung. In zwei Tagen nehme ich den Kutter. Hörst du, Mutter, in zwei Tagen. Morgen muß ich die Nacht durcharbeiten. Haltet euch übermorgen bereit. Ich nehme Säcke mit, vielleicht bringen wir eure Kartoffeln weg.«

Er wanderte noch eine Weile an den schwelenden Brandstätten hin und her und fuhr dann wieder ab. So blieben sie jetzt ganz allein zurück, allerdings nicht mehr zu fünft, sondern, mit Nastassja, zu sechst.

Als sie sich etwas beruhigt, den Schmerz, ausgelöst durch das Wiedersehen mit Matjora, besänftigt hatte, begann Nastassja zu erzählen:

»Wir sind also angekommen in der Stadt, haben uns dort eingerichtet, doch der Jegor setzt den Fuß nicht vor die Tür, er sitzt immer daheim. Ich sag ihm: ›Warum gehst du nicht mal raus, Jegor? Warum kommst du nicht zu den Leuten heraus? Die Leute draußen sind genau wie wir, alles *Ertrunkene*.‹ So haben die uns nämlich in der Stadt genannt, die nicht von der Angara waren . . . Auf die Nacht zu kriechen wir alle die Treppe runter und gehn zur Haustür hinaus auf die Straße. Auf der Straße sind viele Menschen. Und wir setzen uns auf eine Bank und reden mit den vielen Leuten. Jeder sagt, wo er her ist. Ein altes Weib sitzt da, die kommt aus Tscherepanowo. Und Leute aus Worobjowo sind dabei, und Leute aus Schamanskoje. Und wir reden und reden über das Leben, das wir früher einmal hatten . . . Und der Jegor, der bleibt immer allein daheim. Stellt das Radio an – wir haben in der Stadt unser eigenes

Radio – und hört das Radio und will nicht auf die Straße. Ich sag ihm: ›Laß uns hinausgehn, Jegor, daß du hörst, was die Leute so reden. Hör dir lieber die Leute an statt immer nur das Radio.‹ Er aber sperrt sich, und du bringst ihn nicht vom Fleck. Und er kriegt einen Zorn, weil ich ihn immer bedränge. Der reinste Hausgeist ist er dort geworden, der Jegor. Und hat immer geweint und geweint ...«

»Hat er noch geweint, als du hergefahren bist?« fragte Darja, die Nastassja eine Falle stellen wollte, sich ihrer Worte aber sofort schämte.

»Als ich hergefahren bin?« fragte Nastassja. »Als ich wohin hergefahren bin?«

»Als du zu uns hergefahren bist«.

Nastassjas Gesicht begann zu zucken und zu zittern.

»Der hätt sicherlich geweint gehabt, der Jegor ... Aber wie hat er weinen können, wo er doch ... Als er erst mal tot war, hat er aufgehört zu weinen. Dagelegen ist er, und ganz hell hat er ausgeschaut, nach dem Sterben, der Jegor ... Ich kann mich nicht trösten, ich kann mich nicht trösten ...« Sie begann wieder, vorwärts und zurück zu schaukeln. »... Und er liegt da und schweigt und schweigt ...«

»Hat dir denn jemand geholfen, den Jegor zu beerdigen?« fragte Katharina, und Nastassja, als würde ihr diese Frage große Freude bereiten, begann, ruhiger zu sprechen.

»Viele Leute haben mir geholfen. Das Volk dort ist gutherzig, das muß man ihm lassen. Freilich sind die alle von der Angara. Die Axinja aus Tscherepanowo ist gekommen, als der Jegor gestorben ist, und hat ihn gewaschen. Und alle aus dem Haus sind gekommen und haben ihm die

Ehre erwiesen. Und sie haben einen Sarg geholt und haben den Sarg mit Stoff ausgelegt – ich hab keinen Finger rühren müssen. Und dann ist ein Wagen gekommen, und sie haben den Jegor hinausgetragen und auf den Wagen gelegt, und der Wagen ist fortgefahren. Die Axinja hat alle beaufsichtigt, die hat das gekonnt. Obwohl die auch ein altes Weib ist und vom Dorf kommt . . . Die hat sich irgendwie schon an die Stadt gewöhnt, als wär sie immer dort gewesen. Der Jegor hat sich nicht gewöhnen wollen, der hat so ein Heimweh gehabt, und geweint hat er, geweint . . . Und hat immer nur das Radio gehört. Hat gehört und geseufzt, gehört und geseufzt. Ich frag ihn: ›Was reden die im Radio drin, Jegor, daß du dich nicht satt hörst daran?‹ – ›Die Saatarbeiten‹, sagt er, ›sind im Gang‹ – ›Was für Saatarbeiten, Jegor? Bald ist Herbst, schau zum Fenster raus. Hast du den Verstand nicht mehr beisammen?‹ Dann sag ich noch: ›Was redest du, Alter? Wein lieber, statt Lügenmärchen zu erfinden.‹ Und der Jegor – ihr wißt selbst, daß er immer hat widersprechen müssen. Der Jegor also sagt mir: ›Dann haben sie die Saatarbeiten auf den Herbst verlegt.‹ An seinen letzten Tagen hat er nicht mehr gewußt, was er redet. Und ohne die frische Luft ist er durchsichtig geworden, ganz weiß im Gesicht und ganz dürr von Gestalt. Das ist immer ärger geworden mit ihm. Er ist grad so verloschen, vor meinen Augen. Ich frag ihn: ›Vielleicht schmerzt dich was, Jegor? Wo und an welcher Stelle hast du Schmerzen?‹ Ich bin nicht blind, ich seh, wie er dahinschmilzt. Doch er hat sich mir nicht eröffnet, er war bis zur letzten Stunde widerborstig. ›Hörst du‹, sagt er mir, ›die werfen wieder Bomben!‹ – ›Das sind keine Bomben, Jegor‹, sag ich ihm, ›die sprengen die Erde, damit sie sie nicht umgraben müssen.‹ Das haben mir die Weiber unten auf der Bank erklärt, das mit dem Sprengen. Beim erstenmal, als ich das gehört hab, da hätt es mich fast ins Jenseits befördert. Er aber ist nirgends hingegangen, da hab ich ihm alles berichten müssen, das mit dem Sprengen und alles. ›Das Ohrengeläut‹, sagt er, ›das Ohrengeläut, das quält mich noch zu Tode.‹ Nur übers Ohrengeläut hat er noch geklagt, sonst über nichts.«

»Und ist er auch ruhig gestorben?«

»Er ist ruhig gestorben, das ist er. Ruhiger als ruhig. Möge Gott auch mir so ein Sterben geben. Einmal sagt er: ›Geh ins Geschäft, Nastassja, und bring roten Wein mit, ich bin innendrin ganz welk geworden. Ich trink den Wein, der bringt das Blut in Wallung, sonst gerinnt es mir noch.‹ Da bin ich gegangen. Unser Geschäft liegt über der Straße, aber in dem Geschäft war der rote Wein ausgegangen. Da bin ich noch mal über die Straße. Und viele Wagen sind gekommen, aus der ganzen weiten Welt sind die angefahren gekommen, und sind vorbeigeflitzt. Und ich hab Angst gehabt vor den vielen Wagen, ich bin lange dagestanden. Ich dreh den Kopf dahin, ich dreh ihn dorthin, ich warte, bis die Wagen vorbei sind. Ich bin, scheint es, lange fortgeblieben. Ich komme heim, und der Jegor schaut mich so prüfend an. ›Ich bring den Wein, Jegor‹, sag ich ihm, ›es hat lange gedauert, sei mir nicht böse deswegen, in der Stadt, da geht es sich nicht so schnell.‹ Er hat darauf nichts gesagt. Ist aufgestanden, ist zum Tisch gegangen, hat zu schwanken begonnen, hat sich aber gleich geschämt. Wir haben uns an den Tisch gesetzt, es war Abend. Lange haben wir nicht dagesessen, und getrunken hat er kaum was: zwei Fingerbreit im Glas. ›Heut trinkt es sich nicht‹, hat er gesagt, ›heut geht gar nichts in mich hinein.‹ Und hat sich wieder ins Bett gelegt. Wir haben getrennt geschlafen. Er hat auf unserem Bett geschlafen, ich hab auf so einem Ding geschlafen, das die Stadtleute ›Klappbett‹ nennen. Das faltet sich wie eine Ziehharmonika. Hingelegt hat er sich, und ich sehe, er schaut mich an. ›Vielleicht brauchst du was, Jegor‹, sag ich, ›dann sag, was du brauchst.‹« Nastassjas Stimme klang angestrengt, sie beugte sich nach vorn, so wie man den Oberkörper vorstreckt, wenn man eine Antwort nicht abwarten kann. »›Vielleicht brauchst du was‹, frag ich ihn also. Ich hab schon gewußt, daß er nicht von ungefähr so schaut.« Nastassja richtete den Oberkörper wieder auf. »Doch der Jegor hat nichts gesagt. Ich hab gewußt, daß er was sagen will, aber gesagt hat er es nicht. Der hat mich nicht noch ärger ängstigen wollen. Der hat seinen Tod gespürt.« Sie unterbrach wieder den Bericht und nickte sich zu. »Er hat ihn gespürt. Ich hab das Licht fortgestellt, hab mich hingelegt, bin eingeschlafen. Ich bin eingeschlafen!« Diesen letzten Satz schrie sie heraus, aber gleich kam ihre Stimme wieder ins Gleichgewicht. »Und in der Nacht bin ich aufgewacht. Hab gelauscht, es hat geregnet. Wie sonderbar, hab ich gedacht, am Abend ist kein Wölkchen am Himmel zu sehen gewesen. Den Himmel siehst du zwar nicht sonderlich gut in der Stadt, doch aus Gewohnheit hab ich immer hingeschaut. Und der Regen ist nicht stark gewesen, ganz sanft und still hat er getropft. Da hab ich gleich was Ungutes geahnt. Ich bin ans Fenster, und der Regen hat grad angefangen, die Erde war noch gar nicht naß. Und ich hab mich erinnert, daß der Jegor am Tag zuvor vom Regen geredet hat. ›Es ist schon lang kein Regen mehr gewesen‹, hat er gesagt. Da hab ich in der Nacht zu ihm gesprochen. ›Jegor‹, hab ich gesagt, ›es hat jetzt zu regnen begonnen. Wozu hast du ihn denn gebraucht, den Regen?‹ Und hab noch mal wiederholt: ›Wozu hast du den

Regen gebraucht, Jegor?‹ Er aber hat geschwiegen. Ich hab nach dem Licht an der Wand getastet. Hab das Licht angemacht. Und der Jegor, mein Jegor . . .«

Nastassja begann zu weinen.

Die Sonne war untergegangen, in der Baracke war es dunkel geworden. Die Greisinnen schwiegen bedrückt. Das Kind zupfte Sima erschrocken am Ärmel, sie wehrte es sacht ab. Herrgottsschmer atmete die Luft pfeifend ein und wieder aus. Ohne abzuwarten, ob die Frauen sich um den Samowar kümmern würden, trug er ihn im allgemeinen Schweigen in die Diele und begann dort, mit dem Wasser zu gluckern.

»Oma, Oma«, quengelte Koljka.

Nastassja drehte sich um und bemerkte ihn.

»Der ist immer bei dir?« fragte sie Sima.

»Der ist immer bei mir, freilich«, erwiderte Sima. »Mit wem soll er sonst sein? Den geb ich nicht her, solang ich lebe.«

»Der Jegor und ich, wir haben auch Kinder gehabt«, sagte Nastassja. »Darja und Katharina, die erinnern sich gewiß noch. Erinnert ihr euch?«

Darja und Katharina wechselten Blicke, jede wollte, daß die andere antwortet. Aber keine von beiden tat es.

»Ja, lüg ich vielleicht?« rief Nastassja gekränkt.

»Reg dich nicht auf, Nastassja«, sagte Darja und strich ihr beruhigend über den Rücken. »Wir wissen, daß du nicht gelogen hast . . Es ist gut, daß du gekommen bist. Wir haben auf dich gewartet. Und deine Kartoffeln haben wir ausgegraben.«

»Was für Kartoffeln?«

»Die aus deinem Garten.«

»Wo soll ich hin damit?«

»Irgendwohin. Die darfst du nicht verkommen lassen.«

Sie wollten Licht machen, doch in Herrgottsschmers Behausung war keines zu finden, weder Lampe noch Kerze. Ihre eigene Lampe hatte Darja in ihrem Haus zurückgelassen, wo sie vielleicht zum schnelleren Brennen beigetragen hatte. Katharina ging in die andere Barackenhälfte, wo die Brandstifter gewohnt hatten, fand aber auch dort nichts. Sie mußten im Dunkeln sitzen. Soweit war es gekommen – und so mußte es wohl sein. Vielleicht war es sogar besser so. Die Dürftigkeit dieser Behausung, ihr Vagabundieren stand ihnen so nicht ständig vor Augen, die Furcht vor dem morgigen Tag war gemildert. Mit Matjora hatte es nun ein Ende genommen. Die letzten Dörfler, die woanders weiterleben wollten, hatten die Insel verlassen, Dorf und Insel waren aus der Welt gefallen, und den Zurückgebliebenen war, als sei jetzt alles vorbei, niemand würde mehr herkommen, die Welt würde sie nie aufnehmen. Sie hingen hier fest, und so würde es sie in der Finsternis davontragen, irgendwohin, bis für alle dann die letzte Stunde schlüge. Als würde er das spüren, begann Simas Enkel kläglich zu weinen.

Herrgottsschmer trug den kochenden Samowar in den Raum, stellte ihn wieder auf den Fußboden, suchte und fand auf dem großen Geschirrhaufen den Essenzkrug und goß Tee auf. Sie tranken den Tee, ohne von den Pritschen zu steigen, die heißen Emailkrüge mit beiden Händen umklammernd. Niemand fragte nach Zucker oder Brot: als stünden ihnen diese Dinge nicht mehr zu. Es war gut, daß es wenigstens noch Tee zu trinken gab. Durch das Loch im Fenster strömte kühle Luft in den Raum. Sima kümmerte sich um Koljka, schützte ihn vor der Kühle, brachte ihn zu

Bett. Aber Koljka plärrte weiter. Bald wurde es heller im Raum, die Wände zeichneten sich im Mondlicht ab, Herrgottsschmer meldete:

»Die Zigeunersonne. Hurenbrrrut!«

»Du hast deinen Samowar damals mitgenommen, Nastassja. Hast du ihn in der Stadt einmal aufgestellt?« fragte Darja.

»Nur zweimal in der ganzen Zeit«, sagte Nastassja aufseufzend. »Das erste Mal hat der Jegor noch gelebt, das zweite Mal hat er nicht mehr gelebt. Da ist die Axinja, die aus Tscherepanowo, zu mir gekommen und hat Tee trinken wollen. Doch in der Stadt wird der Tee nicht gut. Das liegt am Wasser. Die tun was rein, damit das Wasser nicht nach Fluß riecht. Und Holzkohlen sind auch nicht da. Da hat die Axinja Kiefernzapfen gesammelt, mit denen ist es auch gegangen. Da haben wir den Samowar genommen und sind die Treppe runter auf die Straße gegangen. Wo sollst du deinen Samowar sonst heiß machen? Sonst ist kein Platz dafür da. Wir sitzen also auf der Straße, die Axinja und ich, und warten, daß unser Samowar heiß wird. Und die Leute gehen an uns vorbei und lachen uns aus. Der Axinja, der macht das nichts aus, die hat Haare auf den Zähnen und vor nichts Furcht. Aber wir haben lange warten müssen. Ohne Rohr ist auch kein Zug, und die Kiefernzapfen sind steinhart. Immerhin, wir haben es erwartet. Also zurück mit dem Samowar in die Wohnung. Unsere Wohnung ist im vierten Stock, auch ohne Samowar steig ich die Treppe nur mit Mühe hoch. Auf jeder Stufe muß ich Atem holen. Die Treppe ist nämlich steil. Die Axinja, die lebt im dritten Stock, bis dahin ist es nicht gar so hoch. Dort sind auf jedem Stock vier Türen, Axinjas Tür ist links die letzte, wenn du von unten kommst. Bis zu mir sind wir nicht gekommen, mit dem Samowar, mein Herz ist bald aus der Brust gesprungen, da sind wir mit dem Samowar rein zu Axinja. Und bei Axinja wohnt noch so ein altes Weib, die ist so hager, daß sie sogar ebenerdig kaum gehen kann. Da haben wir uns zu dritt hingesetzt und haben den Samowar leergetrunken.«

»Und fährst du nun zurück in deine Stadt?« fragte Darja.

»Ja, wenn ich das nur wüßte, Darja! Einstweilen weiß ich überhaupt nichts. Ich wäre froh, nicht mehr hinfahren zu müssen, doch wohin soll ich sonst?«

»Du bist nicht festgebunden.«

»Die Sau ist auch nicht festgebunden, aber sie quiekt. Wohin soll ich mich wenden? Wer braucht mich schon? Ist es nicht so? Und Jegors Grab ist dort, wie könnt ich es zurücklassen? Später komm ich sowieso nicht neben ihn, da mußt du zur selben Stunde sterben. Ich hab extra nachgefragt. Es ist ein neuer Friedhof, alle werden der Reihe nach begraben. Aber lange werd ich es nicht mehr machen, da krieg ich dann mein Grab nicht zu weit weg vom Jegor. Ich weiß nicht, ob ich den Winter noch überstehe . . . Da hab ich mir gedacht, ich fahr zu euch und schau nach euch und schau mir Matjora ein letztes Mal an. Und danach bereit ich mich dann auf den Tod vor. Ist unser Haus niedergebrannt?«

»Erst heute. Hast du es nicht gesehen? Als du gekommen bist, da hat es noch gebrannt. Unser ganzes Viertel hat sich bis heute erhalten, und jetzt ist es auf einen Streich niedergebrannt. Hast du das nicht gesehen?«

»Nichts hab ich gesehen. Ich hab nicht mal gesehen, wie ich auf dem Schiff hergekommen bin. Das ist alles wie im Traum gewesen. Ich hab eine Sehnsucht gehabt, Matjora noch einmal zu sehen, ich hab es kaum ausgehalten . . . Ich hab die Welt vor meinen Augen nicht gesehen. Hab nichts anderes gebraucht und gewollt, kein Bissen Brot ist in meine Kehle reingegangen. Da hab ich gedacht, du fährst hin, sonst wird das kein Leben mehr sein. Fährst nach Matjora, holst das Kätzchen Njunja ab . . . Was ist mit der Njunja? Lebt sie noch? Ich hab sie doch bei dir zurückgelassen, Darja . . .«

»Frag lieber, ob ich selbst noch lebe. Statt nach der Katze . . .«

»Ja, lebt die Njunja? Ich hab dir aufgetragen, nach ihr zu schauen . . .«

»Gestern abend hat sie gelebt. Wo sie jetzt ist, weiß ich nicht. Gestern hab ich sie aus dem Haus gejagt, damit sie nicht verbrennt. Vielleicht ist sie zurück ins Haus, oder sie streunt herum.«

»Dann geh ich sie morgen suchen. Was soll ich ohne die Katze? Ja, wie soll ich jetzt weiterleben? Wie soll ich allein leben?« In der Dunkelheit begann Nastassja zu schaukeln und sich zu schneuzen.

Da sagte Darja: »Nimm doch die Sima und den Jungen mit. Die wissen auch nicht, in welche Himmelsrichtung sie sich wenden sollen. Oder den Herrgottsschmer. Und du hast die Katze im Kopf . . .«

»Ich geh nicht in die Stadt«, erwiderte Herrgottsschmer mit empörtem Keuchen. »Hurenbrrrut! . . .«

»Das wäre weitaus besser: wenn die Sima mitfährt«, meinte Nastassja erfreut. »Da könnten wir zusammen leben. Die setzen mir so oder so wen in die Wohnung, sagt die Axinja. Was brauch ich eine Fremde in der Wohnung? Da ist mir die Sima viel lieber. Was Besseres wünsch ich mir gar nicht.«

»Ich weiß nicht recht«, zögerte Sima. »Ich brauch wohl eine Genehmigung dafür. Wer weiß, ob ich die bekomme. Sonst wär das gut . . .«

»Von diesen Dingen versteh ich rein gar nichts«, seufzte Nastassja. »Die Axinja hat mir manches Mal mit Rat und Fluch beigestanden, sonst wär ich verloren gewesen. Das Stadtleben, das ist nicht leicht. Stadt bleibt nun mal Stadt. Das Brot mußt du erst kaufen, die Kartoffeln, die Zwiebeln, alles mußt du kaufen. Das Brot ist zwar nicht teuer, das ist wahr. Aber einmal hat mich die Axinja auf den Markt mitgenommen. Wir sind ganz lange auf Rädern gefahren, daß mich bald geschwindelt hat. Dann sind wir angekommen. Doch wozu sind wir hingefahren? Ein Napf Kartoffeln kostet drei Rubel, eine Knoblauchknolle kostet einen Rubel. Mein Gott, da geht was vor, hab ich gedacht, wo bring ich nur so viele Rubel her? Das ist doch wohl die reinste Räuberei! Ich bin wieder heim, ohne was zu kaufen. Dafür hab ich mich sattgeschaut. An den Bauern, die nahe bei der Stadt wohnen. Die raffen das Geld nur so. Wozu die wohl die vielen Rubel brauchen? Jegor und ich haben von dem Geld gelebt, das wir für die Färse bekommen haben. Wie das jetzt weitergeht, weiß ich nicht. Sie sagen, sie geben mir eine Witwenrente. Ich wart mal ab. Für die Wohnung zahlst du was, fürs Licht zahlst du auch was. Fürs Essen freilich brauch ich kaum Geld. Ich eß fast gar nichts mehr. Manchmal vergeß ich, einen Krümel in den Mund zu nehmen, und der Mund ermahnt mich nicht. Ich bin wie eine Heilige geworden. Grad so viel Leib, daß sich die Seele aufrechthält.«

Herrgottsschmer legte sich neben der Tür zum Schlafen hin. Nastassja verstummte, Katharina seufzte immer wieder auf. Sima und ihr Enkel waren still geworden. Ein von fernher und wie aus der Tiefe kommendes kaltes Licht kreiste durch den Raum, flimmerte fahl über die Wände und Gesichter, umwob die dem Fenster gegenüberliegende Tür. Berückt von diesem vagen Schimmern, gebannt in ihr Schweigen und ihre Verlassenheit, dämmerten die Greisinnen in den Schlaf hinüber.

22

Pawel erreichte die Siedlung kurz vor der Dunkelheit. Das Auto, das den Sommer über zwischen Fluß und Siedlung verkehrt hatte, fuhr nicht mehr. Pawel kettete sein Boot fest und wechselte ein paar Worte mit dem Bootswächter, einem Mann aus Podwolotschnaja, der früher wegen seiner Bärenstärke berühmt gewesen war, sich inzwischen jedoch in einen verhutzelten Greis verwandelt hatte. Dann trat er den hügelaufführenden Fußweg in die zehn Werst entfernte Siedlung an. Aber er hatte Glück. Bereits nach der ersten Werst holte ihn ein Motorradfahrer mit einem Helm über dem scharfgeschnittenen, strengen, von Falten durchfurchten Gesicht ein, hielt unaufgefordert und ließ Pawel aufsitzen. Den Zielort mußte er nicht erst erfragen, die Straße führte nur in die Siedlung. Auf diese leichte und bequeme Weise war Pawel schon nach zehn Minuten an der Ortseinfahrt angekommen. Wo die Garage war, bremste der Mann, erwiderte Pawels Dank mit einem stummen Nicken und bog links ab. Pawel ging geradeaus weiter, seine Straße lag noch weiter bergauf, direkt am Wald.

Die Sonne war untergegangen. In dem abendlichen Licht trat jeder Gegenstand deutlich hervor. Die Siedlung ähnelte zu dieser Stunde am ehesten einem Bienenstand. In gleichmäßigen, geraden Reihen standen sich aufs Haar gleichende Häuser, die von niedrigen, aber dichten Zäunen umgeben waren. Die eigentliche Wohnsiedlung lag links, sie wurde rechts von der Straße begrenzt, die Pawel jetzt hügelan stieg. Rechts waren die Produktionsstätten und öffentlichen Gebäude, die Autogarage, die verschiedenen Werkstätten, die Tankstelle, das Kesselhaus und, ein Stück bergauf, das Schwitzbad. Die Straße hieß deshalb nicht zu Unrecht Straße der Arbeit. Diese sonst laute, vom Autolärm erfüllte, nach Benzin, Kohle und Eisen stinkende Straße war jetzt erstaunlich still und unbelebt. Pawel war der einzige Mensch, der sie entlangschritt, wobei er sich an die linke, an die Wohnhäuser angrenzende Straßenseite hielt, dort war die Erde nicht gar so sehr aufgeworfen. Das Leben spielte sich hinter den Zäunen ab. Dort wurde gesprochen und Gitarre gespielt, dort rasselten die Hunde mit ihren Ketten und bellten. Woronzow hatte die Hundebesitzer angewiesen, alle Hunde an die Kette zu legen, nachdem Reviermilizmann Wanja Suslow, ein lustiger Bursche und ehemaliger Grenzsoldat, gut die Hälfte abgeknallt hatte. Jenseits der Zäune pendelte sich das Leben ein, vielleicht wurden dort sogar Faulbeersträucher und Birken gepflanzt. Hier auf der Straße, wie übrigens auch auf allen anderen Straßen, war es kahl, es gab weder Vorgärten noch Straßenbäume. Entweder waren die Arbeiten noch nicht so weit gediehen oder man war der Meinung, Bäume seien nicht notwendig, weil die Siedlung sowieso von Wald umgeben ist.

Irgendwo auf den weiter unten gelegenen Straßen knatterten Motorräder. Dort übten sich wohl die Jugendlichen im Fahren. Motorräder gab es jetzt wie Sand am Meer, in jedem Hof stand eines. Die Leute fuhren, um sie zu kaufen, nach Bratsk und sogar nach Irkutsk, sie hatten es wahnsinnig eilig, sie kauften wie um die Wette, als seien das die letzten Motorräder und deren Herstellung sei eingestellt worden. Oder sie wollten sich voreinander damit brüsten. Obwohl Pawel diese Eile nicht verstand, trug er sich selber mit dem Gedanken, zum Frühjahr ein Motorrad zu kaufen. In Matjora hatte er keines gebraucht, dort gab es keine großen Entfernungen, während es hier schon anders war. Morgens früh zur Schicht sind es über eine Stunde Fußmarsch, und wenn du im Sommer ans Wasser zum Angeln willst oder zum Pilzesammeln oder zum Beerensammeln, dann wirst du das ohne fahrbaren Untersatz kaum schaffen . . . Hier ist nicht Matjora . . .

Was wahr ist, das ist wahr: hier ist nicht Matjora. Und Matjora gibt es nicht mehr. Das Himmelreich sei sanft zu ihm, wie die Mutter, sich bekreuzigend, sagen würde. Das Dorf Matjora ist nicht mehr – bald wird es auch die Insel nicht mehr geben. Noch in diesem Herbst wird man auf dem Wasser hinfahren und herumfahren können – und sich den Kopf zerbrechen, ob das Dorf hier oder vielleicht dort gestanden hat . . . Erstaunlicherweise stellte sich Pawel dies alles ganz einfach vor, als hätte er es wiederholt erlebt: das Boot auf dem riesengroßen Wasser, und sich selber im Boot, nach den weit weggerückten Ufern Ausschau haltend, um so den Standort von Matjora zu ermitteln. Eindringlich in die dunkle, feste Wassermasse starrend, ob nicht aus der schlafenden Tiefe des Wassers ein Zeichen kommt, ein Licht aufblinkt. Aber es wird kein Zeichen kommen. Quer zur Strömung betrachtet wird man, beim Passieren des großen Wassers, vielleicht noch sagen können, wo sich das Dorf einst befand, jedoch entlang der Strömung wird sich der Standort nicht einmal ungefähr mehr bestimmen lassen. Matjora war, Matjora ist nicht mehr – wird es dann fortan heißen . . . Verwunderlich war aber auch, daß er in seinem Herzen nichts empfand außer dem Schmerz der Erleichterung, wie nach dem Aufplatzen eines schwärenden Eitergeschwürs. Was jetzt geschah, hatte geschehen müssen, und die Erwartung des Unabwendbaren hatte die Menschen schlimmer gequält und ermattet, als es der Verlust vermochte. Es war jetzt genug . . . die Kräfte waren fast versiegt. Fortan wird Matjora nicht mehr an dir zehren, du mußt nicht mehr Dorf und Siedlung vergleichen, ständig hin- und herfahren, deine Seele endlos anspannen. Jetzt bleibt nur noch die Siedlung, hier wirst du künftig leben, Wurzeln schlagen, ans hiesige Leben wirst du deine Wünsche richten, deine Anforderungen stellen.

Pawel bog nach links ab, kürzte ein Stück Weg ab – jetzt ging es wieder bergauf. Aus einem der Höfe roch es süßlich nach Rauch. Pawel, der von dort kam, wo sich der Rauch länger als einen Monat über der Erde ausgebreitet hatte, daß die Menschen kaum mehr atmen konnten, hielt unwillkürlich im Gehen inne und sog den angenehmen, mit der Erinnerung an alte Zeiten verbundenen Geruch in sich ein, der demnach die Umsiedlung überlebt hatte. Hausöfen und Schwitzbäder wurden hier nicht mehr geheizt, aber ein wenig Feuer und ein wenig Rauch auf dem eigenen Fußbreit Erde war auch in der Siedlung keinem verwehrt. Pawel begann darüber nachzusinnen, ob er während dieses Sommers in seinem Hof irgendwann, zu irgendeinem Zweck ein Feuer angezündet hatte, und stellte fest, daß dies kein einziges Mal geschehen war. Der Abfall, den er zu einem Haufen gekehrt hatte, faulte und moderte weiter in der Hofecke, durch ihn hindurch war schon das Gras gewachsen. Dabei hatte er ihn noch im Frühjahr verbrennen wollen, aber dann hatte er sich ausgemalt, wie jemand angerannt käme, was brennt da bei euch? Brennt vielleicht euer Haus? Und weshalb verbrennt bloß ihr euren Abfall – und nicht die Nachbarn? Daraufhin ließ er es lieber bleiben, obwohl wahrscheinlich niemand gekommen wäre und etwas gesagt hätte. Sie sind die neue Lebensweise nicht gewöhnt. Noch immer blicken sie sich erst mal um, stets warten sie auf Anweisungen, als würden sie bei fremden Leuten leben. In seinen Gedanken auf Matjora und seine heutige Fahrt dorthin zurückkommend, erinnerte sich Pawel beschämt, wie er vor seinem schon fast niedergebrannten Haus gestanden und ein Gefühl in sich zu entdecken versucht hatte – immerhin brannte sein Elternhaus, und nicht irgendein Baumstumpf –, aber kein starkes Gefühl wollte sich einstellen, außer der bitteren und etwas linkischen Verwunderung darüber, daß er in diesem Haus gelebt hat. So gründlich hatte sich die Seele bereits aus ihm verflüchtigt! Als müßte er sich deswegen rechtfertigen, dachte Pawel: Während der langen Jahre nach Kriegsende war er nicht wirklich zu sich gekommen, und den anderen Kriegsteilnehmern war es genauso ergangen. Er litt manchmal an Sinnesverdunklungen, und wußte dann nicht mehr, wo er geweilt und was er getan hatte, wenn er wieder zur Besinnung kam. Wenn es vorbei war, nahm er sich stärker zusammen, schulte sein Gedächtnis, tat alles Mögliche, um sich in der Wirklichkeit zu verankern. So ging es eine Woche oder zwei, manchmal auch länger – und dann sackte das Gedächtnis wieder ab, stürzte ein, und wieder zog, saugte es ihn in einen dem Mondwandeln vergleichbaren, ankerlosen, verdrehten und verqueren Zustand hinein, als sei er gar nicht mehr von dieser Welt. Er bewegte sich zwar weiter, aber ohne Kopf und nur nach dem Gesetz der Trägheit.

An Pawels Ohr drang, wie eine Welle, der Schwall zahlreicher Kinderstimmen, und Pawel erriet, daß es Schulkinder waren: die Spätschicht in der Schule war wohl zu Ende. Die Vorderfront des Schulgebäudes mit dem aluminiumweiß angestrichenen Regenabflußrohr war auch von hier aus zu sehen. Pawel betrachtete seufzend die Schule, er verspürte Bedauern darüber, daß seine Söhne schon erwachsen waren und diese Schule nicht mehr besuchen konnten. Eine selbst für heutige Begriffe schöne Schule hatten sie hier hingebaut, fröhlich anzuschauen, mit großen, blinkenden Fenstern, alle übrigen Bauten um drei Stockwerke überragend. Wenn man am Bild des Bienenstandes mit den peinlich genau abgemessenen, gleichmäßig aufgestellten Bienenstöcken festhielt, dann bildeten die nicht zum Wohnen bestimmten Gebäude der Siedlung – die Schule, der Kaufladen, der Kindergarten, die Kantine, sogar das Schwitzbad – etwas, das dem Einerlei der Wohnhäuser Akzente und Farbtupfer aufsetzte. Aber schön wäre es doch, dachte Pawel, wenn einer seiner Söhne oder notfalls auch ein Enkel hier in diese Schule gehen würde, und die Schulleitung würde ihn, Pawel, zur Elternversammlung einladen und auf die schlechten Noten und Lausbübereien seines Sprößlings ansprechen. Doch das war ihm wohl nicht mehr beschieden. Und die Schwermut drang in sein Herz und schnürte ihm die Kehle zu, wenn er, so wie jetzt, das Schulgebäude anblickte und den Stimmen der Schulkinder lauschte. Dann war das Leben also schon vergangen – obwohl die Zeit noch gar nicht abgelaufen war. Und während er daran dachte, fiel ihm wieder die

Mutter ein, und er dachte, daß man sie endlich von Matjora fortbringen müßte, und er konnte sich wieder nicht vorstellen, daß sie ihren Fuß irgendwann in diese Siedlung setzen würde. Etwas hinderte ihn daran, sich dieses Bild auszumalen. Sobald er den Versuch machte, senkte sich vor seinem Blick sofort ein Schleier nieder.

Vom Berg aus betrachtet, war die Dämmerung noch nicht soweit fortgeschritten. Die Motorräder setzten ihr Knattern fort und wirbelten den Staub auf. Von den weiter links gelegenen Feldern war das angestrengte Heulen eines Traktors zu hören. Immer noch lärmten die Schulkinder, die sich jetzt über die Straßen verteilten. Ihr bitteres Los beklagend, muhte in regelmäßigen Abständen eine in einen Hof gesperrte Kuh. In weiter Ferne schimmerte das gegenüberliegende Ufer der Angara, steil, fast rechtwinklig erhob sich über dem Ufer der reine, wie erstarrte Himmel, an dem ein einziges schwereloses, leicht eingefärbtes, hinter den Horizont gestecktes Wölkchen zu sehen war. Hier war der Himmel bereits erkaltet, er dämmerte zur Angara hinüber. Anders als in Matjora, wo es nach Sonnenuntergang sofort frisch wurde, war es ringsherum warm und trocken. Die Wärme stieg von der Erde und von den Gebäuden auf. Man spürte den Geruch nach Farbe und Benzin.

Pawel betrat seine Straße, die nur auf der einen, dem Wald zugekehrten Seite bebaut war. An der Gartenzauntür blieb er stehen, um festzustellen, ob sich unter den im Gesträuch herumstreunenden Kühen auch seine Majka befand. Sie war nicht dabei. Dann schaute er durch eine Ritze im Zaun und sah, daß Majka im Hof war. Mein Gott, war das ein kluges Tier! Sogar hier in der Siedlung, wo das Vieh ohne Viehweide und Aufsicht verwildert war, die

Kühe einfach so durch den Wald streiften, kam Majka jeden Abend von selber heim. Und dieses kluge, folgsame Geschöpf werden sie bald schlachten müssen. Pawel dachte daran, daß sie zum Schlachten jemanden herbestellen müßten – er selber würde es nicht über sich bringen. Er wird fortlaufen, wird herumirren, bis das Schlachten vorbei ist. Er konnte es nicht einmal mitansehen, wenn ein Ferkel abgestochen oder einem Hahn der Kopf abgeschlagen wurde.

Die bei solchen Maßnahmen weitaus entschiedenere Sonja winkte immer nur hilflos und etwas verächtlich ab, wenn Pawel die Flucht ergriff. Er hatte den ganzen Krieg mitgemacht, hatte allen möglichen Arten des Todes in die Augen geblickt, er führte noch heute nachts im Schlaf Krieg und nahm Abschied von den Gefallenen, aber beim Schlachten von Vieh kam er einfach nicht gegen sich an, dagegen konnte er nichts machen.

Pawel verspürte keine Lust zum Heimgehen. Der Abend war still und verhalten, umfloß sanft das Gesicht, die Dunkelheit hatte sich noch immer nicht verfestigt. Alle Laute und Geräusche dieser großen Ortschaft schienen sich zu entfernen, als würde der Strom der gebieterischen Zeit sie behutsam hinwegtragen. Von der Espe gegenüber vom Haus schwebte ein rotes Blatt herab und erstarrte in der Luft, wie Ausschau haltend und Richtung suchend, doch die Luftbewegung erfaßte das Blatt, trug es auf die Straße und schleifte es hier noch ein Stück weit weg. Pawel nickte zustimmend, aber gedächtnis- und gedankenlos. So mußte es wohl sein. Was aber sein mußte, an was sich die Unruhe und Sorge jetzt wieder heftete, blieb unklar. Wahrscheinlich hätte er vorhin standhaft bleiben und die Mutter herbringen müssen. Er hatte Matjora ohne größere

Besorgnis wieder verlassen, nachdem er beschlossen hatte, daß er übermorgen den Motorkutter nehmen und alle noch auf der Insel Verbliebenen auf einen Schlag von dort herunterholen würde. Aber jetzt war ihm unwohl zumute, und der Zweifel an der Richtigkeit seines Entschlusses hatte sich nicht erst jetzt eingestellt, er hatte schon die ganze Zeit an ihm genagt, Pawel aber hatte gemeint, etwas anderes würde ihn bedrängen.

Doch andererseits, wie hätte er Standfestigkeit zeigen können? Mit der Mutter läßt sich schwer reden, wenn sie nicht will, ohne die anderen Greisinnen wäre sie nicht mitgefahren. Und wenn sie ganz allein gewesen wäre, dann wäre sie trotzdem nicht mitgekommen. Erst hätte nach dem Untergang ihres Hauses wieder Ruhe in ihr Herz einziehen müssen.

Und wieder konnte er nicht glauben, daß die Mutter irgendwann durch diese Tür eintreten würde ...

Pawel stand noch eine Weile da und grübelte selbstquälerisch, ohne Trost zu finden. Dann ging er in das Haus hinein. Der Abend war kurz, morgen mußte er in aller Frühe wieder raus. Sonja saß unten in der Küche, wartete auf ihn und strickte. Aus einem großen Korb, der auf dem Fußboden stand, zogen sich ein roter, ein grüner und ein schwarzer Faden zu ihr hin. Das Stricken hatte sich Sonja in der Siedlung angewöhnt, als irgendeine seltene Wolle aus Riga oder aus Paris – das hatte Pawel nicht genau behalten – angeliefert worden war und die Leute im Büro, wo Sonja arbeitete, sich alle mit dieser Wolle eingedeckt und bei der Gelegenheit ihre Strickleidenschaft entdeckt hatten: auch wieder um die Wette. In Matjora hatte sich Sonja am Stricken nicht beteiligt, dort war es die Mutter gewesen, die die Wolle der eigenen Schafe zu fingerdicken

Socken und Fäustlingen verarbeitet hatte, und diese Socken und Fäustlinge waren unverwüstlich. Man konnte Wasser hineingießen, ohne daß es tropfte, während Sonja, der neuen Mode folgend, die Löcher in ihre Stricksachen sogar extra hineinstrickte.

Sonja stand auf, um das Essen für Pawel zu holen, und sagte:

»Unser Landsmann war vorhin zweimal da und hat nach dir gefragt.«

»Wer denn?«

»Der Petrucha. Nach seiner Mutter hat er auch gefragt.«

»Es wird langsam Zeit . . .«

»Ich hab ihm gesagt, du bist früh dran, Bürschchen. Wart doch noch ein wenig, bis die alles überflutet haben, dann kannst du sie suchen gehen. Bei dem weißt du gar nicht mehr, wann der nüchtern und wann der blau ist. Er redet immer den gleichen Quatsch daher.«

Pawel fragte nicht, mit welchem Quatsch Petrucha diesmal angekommen war, das interessierte ihn nicht. Aber sehen mußte er Petrucha: damit er ihm übermorgen beim Umzug der Greisinnen hilft. Außerdem soll er seine Mutter zu sich nehmen, um die er sich jetzt plötzlich sorgt. Aber wo bringt er die unter, in welchem Palazzo oder Schlaraffenland? Doch das war nicht Pawels Kummer. Er wird – das spürte und ahnte er – genug damit zu tun haben, einen Platz für Sima, ihren Enkel und für Herrgottsschmer zu finden. Außerdem wird er Nastassja in die Stadt heimbringen müssen, das alles würde ihm nicht erspart bleiben. Wenn er es nicht tut – wer täte es dann? Doch das schreckte ihn nicht, damit würde er fertig werden. Was ihm echte Furcht bereitete, war der Gedanke an die Mutter. Er konnte sich einfach nicht vorstellen, was aus ihr werden würde. Ein, zwei Tage Aufschub änderten nichts. Ehe du dich's versehen hast, ist es übermorgen, und du mußt wieder hin, mußt die Frauen abholen und herbringen ...

Kaum war Pawel mit dem Abendessen fertig, stapften Stiefel über die Veranda. An der übertriebenen Lautstärke des Getrampels erriet Pawel sogleich den Träger der Stiefel, es war Petrucha. Doch er kam nicht allein. Zugleich betrat jemand den Raum, mit dem Pawel nicht gerechnet hatte: Woronzow. Noch bevor er die Hausinsassen begrüßt hatte, begann er mit seinen runden Quellaugen, die ein genauso rundes Gesicht von rötlicher Gesichtsfarbe zierten, in alle Ecken und Winkel zu luchsen.

»Pawel Mironowitsch«, fragte er rasch und befehlshaberisch. »Wo hält sich deine Mutter auf?«

»Die ist in Matjora«, erwiderte Pawel, dem bereits aufging, worauf Woronzow hinauswollte.

»Wieso in Matjora?! Du warst doch heute dort!«

»Ich war dort, aber sie ist nicht mitgekommen.«

»Wollen wir jetzt Possen reißen oder was wollen wir?« krakeelte Woronzow, lautstark und ratlos zugleich. »Was heißt hier nicht mitgekommen?!« Als würde er immer noch nicht glauben, daß die alte Darja nicht im Haus war, blickte er sich nach allen Seiten um, trat sogar auf die Treppe zu und blickte hinauf, als wolle er nachsehen, ob sie dort oben ist.

»Sie ist nicht hier«, sagte Pawel, sonst wäre Woronzow noch die Treppe hinaufgestiegen. »Oder glaubst du, ich mach dir was vor? Sie ist nicht hier, sie ist dort. Sie sagt, sie muß dort noch ein Weilchen leben.«

»Und meine Mutter?« schrie Petrucha, als würde ihm

das Herz jetzt wirklich wegen seiner Mutter bluten. »Ist die auch dort?«

»Falls du sie nicht abgeholt hast, ja.«

»Wann denn, wann?! Wann hätt ich sie abholen sollen? Ich bin erst heut zurückgekehrt von meinem Auftrag. Genosse Woronzow wird das bestätigen.« Petrucha ließ direkt vor Woronzows Nase seine schmutzige, in einer schwarzen Mullbinde steckende Hand hin- und herfahren. An dieser fahrigen Geste, an den brennenden Augen und der gepreßten Stimme merkte Pawel, daß Petrucha betrunken war.

Woronzow zuckte zusammen.

»Der Säufer redet noch von Auftrag«, erregte er sich. »Warum befindet sich deine Mutter an einem Ort, wo sie nicht hingehört, du jämmerlicher Saufbold?! Dein Auftrag ist, dafür zu sorgen, daß sie hier ist. Oder meinetwegen sonstwo, aber nicht auf der Insel. Und was tust du?! Es gibt eine Verfügung, die betrifft auch dich. Werden wir uns mit der Verfügung vertraut machen, oder was werden wir tun? . . .«

Pawel verstand, daß das Gebrüll weniger an Petruchas als an seine Adresse gerichtet war.

Petrucha beschloß, den Gekränkten zu spielen.

»Ein Saufbold, das mag ich ja sein«, sagte er und blickte die Anwesenden unter der Stirn hervor an, als würde er sie auffordern, das Gewicht dieser Aussage gebührend zu würdigen. »Aber warum gleich ein jämmerlicher? Rück mal ein Stück, Genosse Woronzow! Es ist mir nicht möglich, diesen Anwurf auf mich zu nehmen. Dazu habe ich einfach nicht das Recht! Jawohl, so ist das nämlich!« Petrucha warf den Kopf empor, erstarrte in dieser Haltung und ließ sich von der Macht seiner eigenen Worte durchströmen. »Und was den Saufbold angeht . . .« fügte er hinzu. »Ohne uns Saufbolde wärt ihr anderen ganz schön aufgeschmissen . . .«

Woronzow beachtete Petrucha nicht, er fragte jetzt Pawel:

»Wo wohnen die dort auf der Insel?«

»In der Baracke.«

»In der Baracke?! Die steht also noch?! Steht sie noch da?«

»Sie steht noch da, Genosse Woronzow.«

»Das geht nun aber wirklich . . . Das ist einfach nicht zu fassen!« Woronzow begann zu zittern und rannte zum Fenster, wobei es unklar blieb, was er durchs Fenster zu erspähen hoffte. Dann wandte er sich wieder vom Fenster weg und stürzte sich auf Pawel: »Wie hast du das zulassen können, Pawel Mironowitsch? Du bist immerhin Kommunist und nicht so ein Waschlappen wie dieser Kerl. Und du bringst es nicht fertig, deine Mutter, eine hundertjährige Greisin, zur Ordnung zu rufen! Die Baracke steht noch immer da!« stöhnte er auf. »Und zu mir kommt morgen die Staatliche Kommission. Gleich in der Frühe kommt sie angefahren. Soll ich der vielleicht die Baracke zeigen? Und die Barackenbewohner, die sich mutwillig und vorsätzlich . . . Begreifst du überhaupt, was das bedeutet, eine Staatliche Kommission?! Und der Pinigin ist hingefahren und wiedergekommen. Und jetzt sitzt er da, der Pinigin, und trinkt seelenruhig seinen Tee. Den kümmert nichts, keine Baracke und nichts! Und von wem wird man morgen Rechenschaft fordern?« Als Woronzow die eigene, an sich selbst gerichtete Frage hörte, straffte er sich und erteilte den Befehl: »Macht euch fertig. Mir ist nicht nach Spielchen zumute. Es geht darum, die Lage richtig einzuschätzen. Morgen früh darf die Baracke nicht mehr stehen. Und die Leute dürfen nicht mehr auf der Insel sein. Und du fährst mit, du Trinkerseele. Du machst dich jetzt nicht etwa aus dem Staub. Du bekommst einen Auftrag, verstanden? Und auch du mach dich abfahrbereit, Pawel Mironowitsch. Wir haben sträflich lange gewartet. Immerhin ist das eine Angelegenheit des Staates. Da dürfen wir die Zügel nicht schleifen lassen!«

Pawel hatte keine Lust, noch mal wegzufahren. Er war müde, es ging auf die Nacht zu, morgen mußte er früh zur Arbeit. Da wird an Schlaf wohl kaum zu denken sein. Doch die ärgste Unlust empfand er beim Gedanken daran, daß er die Greisinnen in ihrem Nest aufscheuchen und daraus vertreiben würde und daß er dann auch noch das letzte erhaltene Bauwerk auf der Insel, nämlich die Baracke, die den Frauen eine letzte Zuflucht bot, anzünden müßte. Aber da war nichts zu machen – er mußte mitfahren. Er malte sich aus, wie Woronzow sich in der Dunkelheit anstellen und wie er die alten Frauen herumkommandieren und anschnauzen würde, wie er sie zur Eile ermahnen und auf den Kutter treiben würde, wie er ihnen drohen würde, ohne in der Wahl seiner Ausdrücke wählerisch zu sein, wie er diese alten Frauen und im gleichen Aufwasch alles auf der Welt zum Teufel wünschen würde. Er stellte sich die Mutter vor: wie sie Woronzow in seine Schranken weisen, mit welcher Eindringlichkeit und welchem Schmerz sie ihn, Pawel, anblicken würde . . . er stellte sich die vor Angst schlotternde, verlassene und verlorene Nastassja vor, die aus Furcht unaufhörlich mit dem Kopf nickte . . . den weinenden Jungen . . . den aufgeplusterten, dreisten Herrgottsschmer, den man außerdem auch noch ständig im Auge behalten müßte, damit er sich nicht auf Woronzow stürzt ... Als sich Pawel dies alles vorgestellt hatte, sagte er: »Vielleicht fährst du besser nicht mit? Ich denke, wir zwei schaffen es allein.«

»O nein«, widersprach Woronzow. »Nein, Pawel Mironowitsch, auf euch kann ich mich leider nicht verlassen. Ihr habt mein Vertrauen mißbraucht. Ich muß morgen Rede und Antwort stehen vor der Staatlichen Kommission, da muß ich sichergehen, daß das Gelände frei und kahl ist. Verlasse ich mich aber auf euch, dann muß ich das hinterher bitter bereuen. Man muß Einblick in die Aufgaben haben. Ich muß geradestehen – nicht du.«

Er erteilte Petrucha die Anweisung, den Kutterführer zu verständigen und mitzubringen, und verfügte, daß sie sich in genau einer halben Stunde vor der Garage treffen würden, um von dort ungesäumt abfahren zu können. Dann war er zur Tür hinaus.

»Er hat ja recht«, sagte Sonja. »Schließlich muß er sich verantworten.«

»Soll er sich verantworten«, erregte sich Petrucha. »Soll er sich verantworten, soviel er will. Aber den Menschen in mir drin: den soll er achten. Ich bin kein Baumstumpf, auf den man sich draufsetzt und den man dann auch noch verunglimpft. Rück mal gefälligst ein Stück, ich hab meinen Stolz. Herumbrüllen kann jeder Schafskopf.«

Es verging keine halbe, sondern eine volle Stunde, bis Petrucha den Kutterfahrer Galkin, einen mürrischen, älteren Mann, gefunden und auf Trab gebracht hatte, bis er selber irgendwas erledigt hatte. Als sie losfuhren, war es bereits dunkel, am Himmel waren schon Sterne. Sie nahmen den kleinen Bus, mit dem die Arbeiter morgens an abgelegene Arbeitsplätze befördert wurden. Ans Steuer hatte sich Pawel gesetzt. Die Straße war in einem guten

Zustand, bergab kamen sie schnell voran, der Wald kam auf die Straße zugerast und entfernte sich genauso rasch wieder, Insekten tanzten im Scheinwerferlicht und brachten es wie durch ein Wunder fertig, sich in das Licht hineinzubohren. Mit mürbem Laut knirschte unter den Reifen der Straßenkies. Die hinter Pawel Sitzenden schwiegen. Petrucha versuchte zwar, ein Gespräch in Gang zu bringen, indem er Anspielungen auf Überstundenbezahlung machte, aber Woronzow hielt es nicht einmal für nötig, ihm ins Wort zu fallen, woraufhin Petrucha wieder verstummte und sich darauf beschränkte, eine Leidensmiene – Pawel sah sie im Rückspiegel – aufzusetzen. Galkin dämmerte vor sich hin. Woronzow saß gerade aufgerichtet da, schwankte auch dann nicht, wenn es den Wagen durcheinander rüttelte, und starrte wütend die Windschutzscheibe an.

Als sie etwa die Hälfte des Weges zurückgelegt hatten, spürte Pawel, wie bei einer Kurve Feuchtigkeit durchs offene Fenster über sein Gesicht strich. Der Wald kam jetzt langsamer und träger auf sie zu, das Gummi der Reifen zischte dumpfer. Als sie anderthalb Kilometer vom Fluß aus dem Wald herauskamen, bewegten sich zunächst schüttere, dann immer dichtere, scheinbar wie die Insekten vom Scheinwerferlicht angezogene graue zerfetzte Streifen auf sie zu. Pawel begriff nicht gleich, daß es Nebel war. Galkin wurde plötzlich hellwach und fragte besorgt:

»Ist das Nebel?«

»Und wie«, bestätigte Petrucha.

»Vielleicht sollten wir ...« Er konnte sich nicht entschließen, seinen Wunsch offen auszusprechen, und warf nur seinen Kopf zurück. »Was sollen wir durch Nebel fahren ...«

Woronzow würdigte ihn wieder keiner Antwort.

Ohne zu wenden, fuhr Pawel bis dicht ans Wasser, hielt dann an und stieg als erster aus. Der rechts, hinter einer Reihe von Booten vertäut liegende Motorkutter war von hier aus nicht zu sehen, aber der Nebel hing erst in der Luft, er lagerte noch nicht auf dem Wasser, und ein Streifen Wasser war, soweit es die Dunkelheit erlaubte, ziemlich deutlich zu sehen. Es herrschte eine dumpfe, gleichmäßige Stille, das Wasser plätscherte nicht, von der flußaufwärts gelegenen Stromschnelle trug es nicht das übliche Rauschen her, kein Fisch ließ eine Wasserblase aufsteigen, und auch das lang hingezogene, leise Pfeifen der Strömung, das ein hellhöriges Ohr zu einer anderen Zeit deutlich vernehmen konnte, war jetzt nicht zu hören. Wasser und Erde schwiegen, alles ringsum war wie abgedichtet, undurchdringlich, tot. Ohne die eigenen Schritte zu hören, bestiegen sie den Kutter, Galkin ließ den Motor an, aber der Motor heulte nicht, wie gewöhnlich, ohrenbetäubend auf, er begann vorsichtig zu arbeiten, als müßte er erst Atem schöpfen, sein Tuckern reichte höchstens dreißig Meter weit. Als letzter sprang Petrucha auf den Kutter. Er brüstete sich mit glücklich albernem Lachen:

»Den Bootswächter hab ich eingesperrt. Der hat es nicht mal gemerkt, so tief hat er geschlafen.«

»Du hast nur Blödsinn im Kopf«, erwiderte Pawel.

»Na und? Wenn du Wächter bist, hast du zu wachen und nicht zu pennen. Stell dir vor, er wacht auf – und die Tür ist versperrt. Was tut er? Er steigt durchs Fenster. Was sieht er? Der Kutter ist fort. Was tut er? Er rauft sich die Haare.«

Petrucha lachte wieder, doch als er sah, daß sein Heldenstück Pawel mißfiel, trat er ein Stück zurück und kletterte in die Deckkabine, die die Bauern schlicht *Bude* nannten.

Sie schalteten den Rückwärtsgang ein, wendeten. Das Ufer war sofort verschwunden, der Nebel rückte noch dichter zusammen und legte sich auf Gegenstände, Kleider und Gesichter wie grauer klebriger Staub. Pawel spürte, wie sich seine Kleider mit einer widerwärtigen Feuchtigkeit vollsogen, hatte aber trotzdem keine Lust, in die Kabine zu gehen. Er setzte sich hinter der Kabine auf einen Holzklotz und zündete sich eine Zigarette an. Die Kühle und die innere Unruhe ließen ihn den Rauch mit besonderem Vergnügen einsaugen, jedoch die Unruhe wich nicht, im Gegenteil, sie wuchs weiter an. Sie werden jetzt also dort ankommen – und was wird weiter sein? Es war unmöglich, sich das auszumalen und vorzustellen, alles in Pawel sträubte sich gegen diese Frage. Er hatte so wenig Lust, auf die Insel zu fahren, daß er am liebsten ins Wasser gesprungen wäre. Am heftigsten bedauerte er jetzt, diesem nächtlichen handstreichartigen Landungsunternehmen zugestimmt zu haben. Er hatte bereits vergessen, daß ihm keine andere Wahl geblieben war. Mein Gott, wie konnte er nur seine Zustimmung geben? Und wie hätte er sich wiederum weigern können, wenn doch die Mutter dort war? Ihre Übersiedlung konnte er keinem anderen anvertrauen, das hätte ihm die Mutter nie verziehen ...

Matjora lag, schräg gegenüber, etwa zwei Werst vom Ufer entfernt, von dem sie abgefahren waren. Galkin hatte sogleich die Strommitte angesteuert. Jetzt fuhren sie blind, nur noch ihrem Gespür folgend. Schon fünf Minuten nach der Abfahrt gerieten sie in einen so dichten Nebel, daß sie selbst in zwei Meter Entfernung buchstäblich nichts sehen konnten. Pawel kam verspätet der Gedanke, daß sie zunächst einmal ein Stück stromabwärts hätten steuern müssen, um erst dann den Fluß zu überqueren, dann wären sie mit Sicherheit auf die Insel gestoßen, wären um sie herumgebogen und hätten an der richtigen Stelle angelegt. Freilich hätte dieser Einfall früher kommen müssen, jetzt war es dafür zu spät. Galkin kannte sich indessen auf dem Fluß aus, er befuhr diese Strecke den ganzen Sommer über und würde auch jetzt den Weg finden. Er steuerte den Kutter vorsichtig und mit niedriger Geschwindigkeit. Pawel hörte, wie Woronzow verlangte, daß er Gas geben solle, aber Galkin weigerte sich und behielt das Tempo bei. Sonst wären sie womöglich noch auf einer Sandbank gestrandet. Und für den Kutter trägt der Kutterfahrer die Verantwortung. Der Motor tuckerte kaum hörbar irgendwo tief im Bootsinnern. Dafür war das Zischen des zerreißenden Nebels und Wassers um so deutlicher zu hören, und dieser sanft monotone Laut wiegte Pawel in einen unruhigen Halbschlummer.

Er fuhr erschreckt auf, als es den Kutter in einer Kurve auf die Seite legte. Er stand auf und hielt nach dem Ufer Ausschau, auf das Galkin zusteuerte. Aber es war, so aufmerksam er auch schaute, kein Ufer zu erkennen. Der Nebel stand wie eine Mauer da, der Kutter schien auf der Stelle zu schlingern, außerstande, die Nebelwand zu durchstoßen. Jedesmal, wenn er zu diesem Versuch ansetzte, glitt er an der steilen Mauer ab. Pawel konnte sich nicht entsinnen, jemals vorher in einen Nebel geraten zu sein, der so dicht war, daß das fahle Schimmern des Wassers nur mit Mühe, als käme es aus einem tiefen, dunklen Brunnen, durch ihn hindurchdrang. Die Augen stießen gegen eine feste graue Masse, und der Schauende war versucht, die Augen zu schließen, so nahe kam diese Masse seinem Gesicht. Der Zeit nach hätten sie längst da sein müssen, aber es sah überhaupt nicht danach aus. Pawel ging in die Kabine, und aus jener intensiven Unruhe, mit der Galkin, den Hals streckend, seinen Blick auf die Finsternis heftete, um irgendwas zu erspähen, schloß Pawel, daß sie sich verirrt hatten. Nun, das war zu erwarten gewesen. Kluge Leute hätten sich eine solche Reise dreimal überlegt ... Und er hatte sich wie ein kleines Kind benommen: wo man mich hinführt, geh ich hin. Er hatte nicht einmal Widerspruch angemeldet. Jetzt werden sie im Kreis fahren müssen, bevor sie schließlich auf das eine oder das andere Ufer stoßen. Sie waren wohl an Matjora vorbeigefahren, waren dann, ohne es zu merken, von der Strömung erfaßt worden und mit ihr weitergeschwommen. So mußte es gewesen sein. Wenn es aber so war, dann mußten sie sich jetzt rechts halten und versuchen, von der anderen Seite her Matjora anzusteuern. Nicht gerade mit Bestimmtheit, eher so, als gäbe er einen unverbindlichen Rat, zeigte Pawel mit dem Kopf nach rechts, und Galkin, froh darüber, daß er nicht mehr allein die Steuerung zu verantworten hatte, machte, ohne lange nachzudenken, eine Drehung in die angegebene Richtung.

»Das dauert aber lange«, bemerkte der links von Galkin stehende, offenbar nichts Gutes ahnende Woronzow. »Wo sind wir jetzt? Warum sind wir nicht schon da? Haben wir die Insel verloren? Ja?«

»Wir finden sie schon«, erwiderte Galkin unsicher.

Die Stimmen hatten den in der Ecke dösenden Petrucha wachgemacht. Fröstelnd – er trug immer noch das gleiche Hemd über dem Gürtel wie am Tag – steckte er seinen Kopf zur Kabinentür hinaus.

»Das ist ein Nebelchen!« rief er verwundert, klappte die

Tür wieder zu und begann, sich mit den Händen die Brust zu massieren. »Den Nebel kannst du mit dem Messer schneiden. Dann schwimmen wir im Kreis? Jawohl, im Kreis ... Ich habe das vorausgesagt ...« Petrucha hatte nichts vorausgesagt, aber die Gelegenheit, sich als einer, der es schon immer gewußt hat, herauszustellen, ließ er sich natürlich nicht entgehen. »Wenn so ein Nebel ist, mußt du ein Fisch sein, um nicht im Kreis schwimmen zu müssen.«

Sie fuhren noch weitere fünfzehn Minuten: mehr als doppelt soviel, wie man braucht, um von Unserer Angara aus auf Matjora oder Podmoga zu stoßen. Aber sie stießen auf nichts, weder auf das Ufer noch auf irgendein Zeichen noch auf eine Lichtung des Nebels. Überall war nur die zähe, endlose, gallertartige Nebelmasse. Galkin wendete sein Gesicht Pawel zu, mit der stummen Frage: was sollen wir tun, wohin sollen wir abdrehen? Pawel zuckte nur mit den Achseln.

Aber dann faßte er einen Entschluß und sagte:

»Stell den Motor ab!«

Galkin stand auf und stellte den Motor ab. Pawel ging aufs Deck hinaus und lauschte auf das abebbende Rauschen des Wassers und des Nebels – sehen konnte man das Wasser nicht mehr. Er nahm den Holzklotz, auf dem er vorhin gesessen hatte, und warf ihn hinunter. Unten plätscherte es dumpf und jäh auf, also war dort wirklich Wasser. Dann beugte er sich über Bord und suchte und fand mit den Augen den Klotz, er schlingerte im Nebel neben der Bordwand, als hinge er in der Luft. Aber so scharf Pawel auch hinsah, er konnte die Strömung auch mit Hilfe des Holzklotzes nicht ermitteln. Jetzt war nicht einmal mehr festzustellen, in welcher Richtung sie gerade noch gefahren und von wo sie gekommen waren. Alles hatte sich zu einem gleichmäßig drehenden Kreis gefügt. Woronzow hielt es nicht länger aus.

»Wie lange werden wir noch trödeln? Was ist jetzt: begreift ihr oder begreift ihr nicht? Bald ist Tag, wir müssen etwas tun.«

»Schrei nicht«, unterbrach ihn Galkin. »Du bist hier nicht auf der Versammlung.«

Und so seltsam das anmuten mag: Woronzow verstummte wirklich. Er erriet, daß man in dieser Lage durch Herumkommandieren nicht weiterkommt. Jedoch das »Schrei nicht«, das ihn gekränkt hatte, weil er einen solchen Umgangston nicht gewöhnt war, setzte in ihm einen Entschluß frei. Er wandte sich an Petrucha und forderte: »Schrei«.

»Was soll ich tun?«

»Du sollst schreien. Was du willst, von mir aus um Hilfe. Hier muß es doch irgendwo lebende Menschen geben. Vielleicht hören sie dich. Oder habt ihr euch alle gegen mich verschworen? Na, wird's bald?«

Petrucha schrie nicht gleich los, er tat zunächst, als würde er das Für und Wider dieses Vorschlags abwägen, bevor er endlich der Aufforderung nachkam. Dann ging er zum Bug und brüllte los:

»Muuutter! Tante Darjaaa! Wo seid ihr? Heee!«

Doch es kam keine Antwort. Und es war lachhaft zu hoffen, daß jemand dieses Rufen erwidern könnte. Sosehr sich Petrucha auch abmühte, der Nebel schluckte seine Stimme sofort, aus dem Sumpf des Nebels schien eine Rettung nicht möglich.

Der Motor wurde wieder angelassen, der Kutter fuhr an. Man schwamm jetzt auf ein scheinbar genau anvisiertes

Ufer zu, fand keines, visierte ein anderes an, dann, als sich das gleiche wiederholte, ein drittes. So ging es fort und immer fort, und keines dieser vielen Ufer wurde je erreicht. Alles war in der milchigen Finsternis des Nebels untergegangen. Der Tageszeit nach war jetzt Morgen, aber der Nebel wich nicht, er lag mit einer so gewaltigen bleiernen Schwere auf dem Wasser, daß jede Hoffnung auf eine Auflösung vermessen erschien. Pawel hatte sich mit allem abgefunden, er gab Galkin keine Hinweise mehr, und Galkin steuerte aufs Geratewohl in eine immer wieder neue Leere hinein. Auch Woronzow war still geworden, saß mit hängendem Kopf da, blickte sinnlos mit rötlich entzündeten, schlaflosen Augen sich selbst vor die Füße, versäumte es indessen nicht, von Zeit zu Zeit den neben ihm dösenden Petrucha wachzurütteln und zu erneutem Schreien anzuhalten. Petrucha schüttelte jedesmal den Schlaf ab, ging aufs Deck hinaus und brüllte, die eigene Stimme kaum hörend, in den Nebel: »Muuutter! Tante Darjaaa! He, Matjora, hörst du mich?!«

Dann kehrte er in die Kabine zurück, lehnte sich ungeniert gegen Woronzow und schlief wieder ein.

Schließlich gab Galkin jede Hoffnung auf, jemals wieder Land zu sehen, und stellte den Motor ab. Es wurde ganz still. Ringsherum war nur Wasser und Nebel. Und sonst nichts.

23

Aus dem Schlaf geschreckt, begann der kleine Junge zu weinen und konnte sich nicht wieder beruhigen. Da erwachten auch die Frauen, regten sich, streckten die klammen Glieder, seufzten. Sie waren nicht zu Bett gegangen, sie hatten im Sitzen geschlafen, jede auf dem Platz, den sie gestern beim abendlichen Gespräch eingenommen hatte. Sima redete sanft auf den Jungen ein, und der Junge verstummte, schluchzte nur noch unterdrückt auf. In Herrgottsschmers Behausung war es nicht eigentlich dunkel, sondern gleichsam blind. Im Fenster war ein düsteres, feuchtes, nässendes Licht – ein Unterwasserlicht.

»Ist jetzt Nacht?« fragte Katharina.

»Tag ist gewiß nicht«, erwiderte Darja.

»Tag wird es für uns sowieso nicht mehr geben.«

»Wo sind wir? Unter den Lebenden?«

»Unter denen gewiß nicht.«

»Der Herr sei meiner Seele gnädig! . . .«

»Es ist gut, wie es jetzt ist. Wir sind zusammen. Was wollen wir mehr?«

»Aber der Junge gehört nicht hierher. Der muß leben.«

»Nein, meinen Koljka: den rück ich nicht raus. Mit dem bleib ich zusammen.«

»Dann bleibt er eben hier. Was soll er ohne uns?«

»Wo bist du, Darja? Bist du das, die redet?«

»Ich sitz neben dir. Siehst du mich nicht?«

»Bist du das wirklich? Oder spricht eine andere?«

»Das bin ich.«

»Und ich war fortgeflogen, ich bin vorhin nicht hier gewesen. Mir ist, als hätt ich mich grad erst hergesetzt. Ich weiß von nichts mehr.«

»Waren Leute dort, wo du hingeflogen bist?«

»Ich weiß nicht, ich hab keine gesehen. Ich bin durch Finsternis geflogen. Ins Licht hab ich nicht geschaut.«

»Und wer ist das auf dieser Seite?«

»Das bin ich, die Nastassja.«

»Die Nastassja von Matjora?«

»Die von Matjora. Und du bist die Darja?«

»Die Darja.«

»Die neben mir gewohnt hat?«

»Herrgott noch mal, was für eine denn sonst?«

»Ich hab dich, Mädel, gleich erkannt.«

»Nein, Mädel, ich hab dich zuerst erkannt.«

»Was redet ihr, um Gottes Himmels willen! Habt ihr den Verstand verloren?«

»Das mag schon sein: wir werden ihn verloren haben.«

Darja und Nastassja verstummten: beschämt durch Simas Machtwort oder in Verlegenheit gebracht durch die eigenen weit in die Irre gegangenen Worte. An der schwer lastenden Stille sägte der keuchende Atem des schnarchenden Herrgottsschmer. Im Rhythmus seines Schnarchens schaukelten, sich dadurch Erleichterung verschaffend, die alten Frauen vorwärts und zurück.

»Was ist im Fenster? Schaut mal durch.«

»Nein, ich habe Angst. Schau selber nach.«

Die Greisinnen starrten durchs Fenster. Sie sahen im fahl verwaschenen Schimmern große wolkenartige Fetzen vorbeijagen. Herrgottsschmer war jetzt auch aufgewacht und hatte sich ans Fenster gestellt. Die Frauen sprachen auf ihn ein:

»Was ist draußen? Wo sind wir? Red endlich!«

»Nichts zu sehen, Hurenbrrrut!« erwiderte Herrgottsschmer.

Die Greisinnen bekreuzigten sich, flüsterten Gebetsworte, berührten einander mit den Händen. Und wieder, nur schwächer und verlorener, tönte es:

»Bist du das, Darja?«

»Freilich bin ich da. Und wo ist die Nastassja?«

»Hier bin ich, hier.«

Herrgottsschmer trottete zur Tür und stieß sie auf. Durch die offene Tür wehte es, wie aus einem leeren Schlund, den Nebel in den Raum. Zugleich war ein nicht sehr fernes, trostloses Heulen zu hören: der Abschiedsruf des Herrn der Insel. Der Ruf verebbte, die Bewegung im Fenster wurde heftiger, der Wind pfiff jetzt lauter. Von irgendwoher, vielleicht von unten, drang das schwache, nur mit Mühe zu erkennende Geräusch eines Motors ans Ohr der Lauschenden. Dann wurde das Tuckern vernehmlicher, dann entfernte es sich wieder und verstummte. Und es erhob sich, diesmal aus größerer Nähe, wieder die Stimme des Inselherrn.